커피, 태양
전설의 땅

에티오피아

들어가는 말

여자는 시집살이 3년, 남자는 군대 살이 3년 이라는 말이 있었다. 저자는 에티오피아 살이3년을 더 하였다. 즉, 2016년 10월부터 남자의 군대 생활 3년과 같은 기간을 에티오피아에서 한 번 더 한 것이다. 내가 에티오피아를 가게 된 계기는 참으로 어리석고도 순진무구하고, 철없는 마음에서 시작되었다. 30년 이상을 공직에 근무하며, "국가로부터 많은 혜택을 받고 건강하게 퇴직을 하였으니, 나이가 더 들기 전에 조국을 위해 봉사활동을 해보자고 생각"한 것이 그 발단이었다. 돌이켜 보니 한없이 부끄럽고 부족한 생각이었다. 조국에 봉사하고 그 은혜를 갚는 일은 에티오피아에 가지 않아도 얼마든지 할 수 있고, 또 더 의미 있는 일도 많다. 그런데 왜 하필 그 머나먼 에티오피아 까지 갔단 말인가? 그 고생을 하고 마음의 상처까지 남기고 왔단 말인가? 그것도 환갑 시기에. 한순간의 결정이 오판이었다는 것을 확인 하는 데는 불과 3개월도 걸리지 않았다. 무엇보다 너무 준비가 없었다. 단지 6.25때 어려운 한국을 도와준 고마운 나라(123명 전사),

커피의 원산지, 솔로몬과 시바(슈바)의 전설이 있는 나라라고 막연히 도와주어야 한다는 생각뿐이었다. 더구나 나는 그때 한국에서 탄탄한 직장에 잘 다니고 있던 때였다. 무슨 큰 애국을 한다고, 멀쩡한 직장 때려 치고 간곳이 하필 에티오피아란 말인가? 지금 다시 생각해도 헛웃음이 나온다. 해외 근무 한다는 것, 특히 나이 들어 제2의 직장으로 나간다는 것은 매우 신중해야 한다. 그저 "봉사활동을 하고, 도와주면 모두 다 내생각과 같이 고마워하고 감동 하겠지, 나 스스로도 자긍심과 보람이 있겠지"라고 짐작하고 해외에 나가다 보면 큰 어려움에 직면할 수 있다. 분명히, 오늘날 에티오피아를 후원(봉사)하고 에티오피아에서 근무하는 것은 그리 녹녹한 것이 절대 아님을 먼저 강조한다. 반드시 현실을 잘 알고 준비해야 함을 강력히 말씀 드린다. 그렇지 않으면 신선(神仙)의 마음으로 지원하러 갔다가 원수의 마음으로 돌아 올 수 있다. 에티오피아에 근무하는 개인들은 배신감과 허탈한 마음의 상처뿐만 아니라 건강까지 해칠 수 있기 때문이다. 그래서 내가 머문 3년간의 에티오피아에 대하여 자세히 알려야 되겠다는 일종의 책임감 같은 것이 생겼다. 만약 내가 에티오피아에 가기 전에 이런 책을 보고, 준비를 하고 갔다면 시행착오를 줄이고, 아주 의미 있는 근무를 하고 돌아왔을 것이며, 돌아온 이후에도 뿌듯함을 가지고 아름다운 추억과 친구의 마음으로 그곳을 기억 할 수 있었을 것이다. 그래서 에티오피아 또는 인근 아프리카국가를 가는 분들이 있다면 이 내용을 꼭 참고하여 시행착오를 줄이고, 성공적인 생활이 될 수 있도록 내가 경험한 사실을 기록하여 전달하여야겠다는 생각으로 내용을 정리 하였다. 이 기록은 3년간 에티오피아 현장에서 머물렀던 저자의 정확한 Fact이다. 근무한 목적, 기간, 지역, 기관에 따라 각자 느끼는 부분이 다소 차이는 있을 수 있을 것이다. 1주일,

10일 정도 여행을 다녀온 분들의 시각은 그저 아름다운 전설의 나라, 향기로운 커피의 나라라고 생각할 수 있다. 1개월 정도 단기간 파견된 분들도 에티오피아를 또 다른 호감이 가는 나라로 기억 할 것이다. 그래서 이 책은 적어도 1년 이상 근무 하실 분들에게 적절하리라고 본다. 그리고 유사한 내용이 반복되기도 하는데, 근무 기간에 따라 그 느낌 정도가 다르기 때문이다. 특히 도둑의 사례는 너무 큰 충격을 받아 다양하게 정리 하였다. 내가 직접 경험하였던 어렵고도 힘든 사례를 위주로 정리 하여 처음 방문하는 분들이 참고토록 하였다. 미리 강조하건데, 고의로 에티오피아의 부정적인 면을 부각시킨 것이 아니다. 순수한 의도로 봉사활동을 시작 했지만, 결과는 그리 아름답지 못 하였다. 그것은 차분한 연구와 준비 없이 의욕만 앞세워 출발 했기 때문이다. 단순히 봉사하고 애국하려면 한국에서 하시라. 조국에서 직장 열심히 다니고 국가발전에 동참하고, 세금 잘 내면 그것이 더 큰 애국이고 봉사이다. 오히려 국내에서 더 가치 있는 봉사활동이 많다. 한국사람 중에도 어려운 사람이 많다. 그러니 꼭 외국을 고집할 필요는 없다. 가장 큰 애국과 봉사는 현재 자신이 하는 일을 잘하는 것이라고 강력히 주장한다. 이 기록으로 에티오피아 또는 유사한 아프리카 국가를 방문하거나, 장기간 근무하는 분들에게 조금이라도 도움이 된다면 저자로서는 큰 보람이라 하겠다.

2019년 10월
김 승 기

과감한 도전
그리고 현장의 생생한 기록

우리는 매일 향기로운 커피마시면서 일과를 시작한다. 그 커피의 원산지가 바로 에티오피아라는 것을 한국 사람들은 잘 알고 있다. 그러나 솔로몬과 시바의 나라, 6.25 전쟁 때 한국을 지원해 준 나라, 고대 동부 아프리카의 문명국, 유구한 기독교역사, 다양한 인류문화유산의 에티오피아에 대해서는 잘 알지 못한다. 에티오피아를 그저 아프리카에 있는 일개 국가 정도로 기억할 뿐이다. 사실 2019년 노벨 평화상을 에티오피아의 젊은 총리가 수상할 만큼 이 나라는 무시 못 할 저력과 함께 어느 아프리카 국가보다도 밝은 미래를 갖고 있는 국가이다.

공직에서 퇴직할 시기가 되면, 많은 분들이 봉사활동을 한번쯤 생각하게 된다. 그러나 그런 계획을 하였더라도 과감하게 실행에 옮기는 사람은 많지 않아 보인다. 김승기 박사는 경영학을 공부하였고, 자신이 생각한 것을 바로 아프리카에서 실천하였다. 경영

학의 이론적인 조직관리와 조직의 기획, 계획을 아프리카 현장에서 직접 몸으로 실현한 것이다. 그리고 3년이라는 현장의 경험을 학문적인 이론을 토대로 세밀하게 분석 정리하였다. 이 책은 에티오피아는 물론 아프리카와 동남아 등 여러 국가에 대한 NGO지원 및 한국기업의 진출을 위한 사전지식과 방향을 제공할 수 있는 중요한 내용이다. 뜻있는 이들이 이 자료를 활용함으로써 시행착오를 줄이고 성공적인 정착에 큰 도움이 될 것으로 판단된다. 용감한 도전정신으로 자신의 지식과 경험을 에티오피아 경영실무에 적응시키고, 다음 사람을 위해 소중한 자료를 정리하여 출간한 김승기 박사에게 격려와 치하를 보낸다.

국립인천대학교 경영학과 교수
전 경영대학장
김 준 우

에티오피아 개관(槪觀)[1]

에티오피아란 "태양에 그을린 얼굴의 땅(Land of the Burnt Faces)"란 의미로 기원전 약 800년경부터 이 나라가 시작 된다. 영화로도 유명한, "솔로몬과 시바의 여왕"사이에 태어난 메넬릭 (Menelik)1세부터 황제 국가가 된다는 로맨틱한 전설의 나라이다. 에티오피아는 아프리카 국가 중에서도 가장 오래된 독립 국가를 유지하고 있다. 대부분 한국인들은 에티오피아 하면 커피의 나라, 뜨거운 태양, 솔로몬과 시바(슈바: 현지인 발음)이야기 등을 떠올린다. 그리고 더 자세히 들어가면 6.25때 아프리카에서 유일하게 파병한 황제의 나라, 춘천호수 가에 있던 에티오피아 왕자의집 등을 기억하는 것이 고작이다. 나 역시 그 정도만 알고 의기양양하게 순진한 마음으로 NGO에티오피아 소장에 응시하여 그곳에 봉사활동을 시작으로 3년을 머물게 되었다. 에티오피아는 아프리카 동부에 위치하며, 한때는 그 위세를 떨친 나라이다. 에티오피아

---

[1] 일부 내용은 외교부 발행(에티오피아 개황, 2016년)자료를 인용 하였다.

(Federal Democratic Republic of Ethiopia)는 큰 나라이다. 인구도 약 1억 명이 넘고, 국토도 남한의 11배의 크기이다. 수도는 아디스아바바이며, 약 80여개 부족으로 이루어 져 있다. 주요 종족을 보면 오로모족 35%, 암하릭족 27%, 띠그라이족 6%정도로 분포되어 있고, 9개 주에 걸쳐 각 지역 별로 종족들이 집중적으로 모여 산다. 표준어는 암하라어 이지만 각 종족별 언어가 다르다. 교육을 받지 못한 지방 사람들은 자신의 종족언어 외에는 모른다. 지방으로 가면 같은 에티오피아인들도 서로 의사소통이 안 된다. 표준어는 암하릭어이고, 정부기관의 공용어는 영어인데, 아디스아바바 등 대도시는 영어가 통하는 편이다. 종교는 에티오피아 정교(Orthodox: 가톨릭과 유사)45%, 이슬람35%, 기타 15%정도이다. 에티오피아 정교는 아프리카에서 가장 유구한 역사를 자랑하며, 그 기원이 솔로몬과 시바(슈바)여왕에까지 올라간다. 7세기경 이슬람이 전파되었지만, Orthodox(정교)의 뿌리가 워낙 강하다. 다행스럽게도 종교 간의 갈등은 그리 심하지 않은 것 같이 보인다. 한 도시에 정교건물과 무슬림건물이 공존하고 복장도 다르다. 표면적으로는 종교간 대립은 종족간의 대립보다 적어 보인다. 그러나 종족간의 대립은 매우 심각하다. 내가 근무하는 3년 동안 종족분쟁으로 인하여 일부지역이 통제되고, 숙소외부로 출입을 못 할 정도로 심각한 경우가 3~4회 있었다. 이들은 많은 가정에 구식 총이 있다. 여차하면 총을 가지고 나와 서로 쏘기도 하며, 사상자도 다수 발생한다. 쿠데타 시도도 한번 있었다. 북쪽과 남쪽종족들은 분리 독립을 요구하며 소요를 일으키기도 한다. 이런 때는 이곳 정부에서 인터넷과 전화통신도 막아버린다. 기후 조건은 아프리카 국가 중에는 양호한 편이다. 통상 약 4개월은 우기이고 나머지는

건기이다. 우기에는 충분한 비가 내려 농사짓기에 적절하다. 토질은 화산재로 형성된 지역이 많은데, 검은색 개흙과 같은 토양이 비옥한 편이다. 우기(6~10월)이들의 주식인 떼프, 밀, 보리 등을 뿌려두고, 12월경 추수를 하는데 광대한 들판이 온통 황금색으로 변한다. 커피도 이때 수확하는데, 빨갛게 익은 모양이 아름답다. 우기에는 서늘하여 이 나라 사람들은 가죽옷이나 털옷을 입고 다닌다. 천연자원은 풍부해 보이지 않고, 가축이 많다. 아프리카 국가 중에 염소, 양, 소 등 가축의 수가 순위 안에 들 정도로 많다. 대부분의 도시들이 고원에 위치하여, 고도관계로 처음에 오면 금방 피로를 느낀다. 아디스아바바는 해발 약 2,600m정도이다. 그래서 일부 한국인들이 생각하기에 백두산 꼭대기 정도높이에 산다고 생각하며, "그런 높은 곳에 뭐가 있겠느냐?"고 질문을 하기도 한다. 이 나라는 아프리카에서 특이하게 고유문자와 고유의 달력을 가지고 있고, 신년이 양력 9.12일이다. 이런 것을 보면 고대 에티오피아는 강력한 국가 이었다는 것이 짐작된다. 실제로 북쪽 곤다르, 악숨지역은 화려했던 고대유적이 아직도 남아 있다. 공휴일은 연중 12일 정도이며, 참고로 대체 공휴일은 없다. 다만 현지 직원들은 신년과 종교관련 휴일을 전후하여 1주일 정도 연이어 휴가를 내어 쉰다. 정교와 무슬림 공휴일이 별도로 지정되어 있는데, 종교 구분 없이 같이 논다. 이 나라는 먹고 놀고 춤추는데 익숙한 나라이다.

　　최근의 역사를 보면, 황제 하일레셀레시 때에는 한국전 참전을 하였고, 그 유명한 "이길 때 까지 싸우고, 아니면 죽을 때 까지 싸워라" 라고 명령하여 한국전 참전 강뉴부대는 실제로 그렇게 하였다. 6.25전쟁 중 한명의 포로도 없었다는 신화를 남기기도 하였다. 참전 16개국 중 가장 용감한 군대였으며, "이기든지 아니면 죽든지"의 자세로 싸워서 253전 전승을 거두었다고도 한다. 또 전쟁에 참여한 군인들은 전쟁수당을 고국에 송금하지 않고 한국에 "보화원"이라는 유치원을 만들어 전쟁고아들을 후원 했다고 한다. 참으로 숭고한 일이 아닐 수 없다. 이런 사실을 보면, 내가 처음에 생각 하였듯이 한국은 당연히 에티오피아로 부터 큰 은혜를 입었고, 지금의 시점에서 꼭 도와야 할 나라임에는 틀림없다. 황제 시대에는 나름의 에티오피아 전통과 아프리카국가에서 강력한 지도력을 발휘한 시기였다. 메넬릭 2세시기인 1896년 이탈리아의 침공을 물리치고 독립 국가를 유지 하였다는 자부심도 대단하다. 그러나 가장 큰 문제는 공산주의 쿠데타, 집권(1974-1991)이었다. 에티오피아의 국운이 다 했는지 한국전 참전이후 7년간 계속되는 가뭄으로 많은 사람이 아사하였다. 이런 천재지변의 시기를 맞추어 공산주의 장교들이 쿠데타를 일으켜 황제 일가를 몰살하고 공산정권을 수립한 것이다. 이 쿠데타로 에티오피아는 나라가 통째로 망하게 된 계기가 된다. 그 이유는 지금까지 권력층에 있는 사람들이 공산주의 하에서 공부한 사람들이다. 그리고 현재 취업을 하는 20~30대는 공산주의 하에서 교육받은 선생으로부터 배운 사람들이다. 즉 이들은 공산주의와 황제주의의 나쁜 점만 물려받아 현재에 이르고 있다는 것이 내 개인적인 생각이다. 또한 공산주의 통치 시기는 한국전 참전자들에게 악몽의 시기이다. 참전용사들은 공산주의와 싸우기 위해 파병되었는데, 공산주의가 집권함으로서 이들은 정권의 1차적인 적이 된 것이다. 이시기에 참전용사들은 무차별 탄압과 심지어는 목숨까지 잃었다. 이 암흑시기에 한국전 참전용사들은 시골로 도피하여 숨어서 겨우 연명 했다고 한다. 그리고 공산 정권이 끝난 이후에도 이들의 가난과 자손들의 어려움은 회복되지 않았다. 또한 인민을 위한다는 명목으로 기업가, 자본가를 탄압하고, 인권을 보호한다는 명목으로 노동법 등 법을 노동자 위주로 개정 하였다. 이 법령들이 아직까지 그 틀을 그대로 유지하여 내려오고 있다. 세금 또한 같다. 공산주의의 집권이 에티오피아를 아프리카에서도 가장 가난한 나라의 하나로 전락하게 된 가장 큰 원인이 된 것이다. 그 통치 기간이 불과 17년에 불과 하지만, 그 악영향은 50년도 더 지속 될 것으로 본다. 한나라의 이데올로기의 변화가 이렇게 큰 영향을 미치는 것을 현장에서 확인 할 수 있었다. 그리고 동남아의 공산주의와는 또 다른 면이 있다. 즉 유교, 불교 문화권의 나라에서 받아들인 공산주의와 종족위주로 구성된 아프리카 나라에서의 공산주의 후유증은 그 본질부터 큰 차이가 나는 것 같다.

< 사진자료 >

최초인류 루시

Orthodox정교회 건물

이태리 침공시 황제의 피난처

교회가는 주민들

축제

농촌소득 증대사업

농촌지역 어린이들

어린이 급식사업

한국전 참전용사공원

생존 한국전 참전용사

커피 준비

전통적인 음식

염소도축

농가의 주식 인제라 준비

생고기

현지가정 방문

일몰

전통가옥

탈곡

농가

전형적인 농가

돼지 사육

연료로쓰는소똥

결혼식

민속공연

풍물 패

커피농장

야생커피나무

예르가체페, 야생커피나무

커피창고

Blue 나일 폭포

아바이 계곡

용암 (다나킬지역)

소금 채취

소금 분출

소금 호수

소금물 호수

소금 산맥

소금 대상

라리벨라, 바위교회

라리벨라, 바위교회

라리벨라, 바위교회

시미엔 국립공원

시미엔 국립공원

시미엔산 원숭이 떼

곤다르 고대성곽

티야, 석기문화

최고 오래된 커피브랜드 토모카

남쪽 낭가노호수

현지인 외출복장

한글교육

아침체조

도로를 가로지르는 가축 떼

염소시장

한국기업인 박동규사장님

인근호텔 커피샵

소더레강 낚시

전통공예품

애플망고

파파야

커피, 태양
전설의 땅
에티오피아

에티오피아에서 보낸 3년

차례

제 1 장

·

에티오피아에
왜 가려고 하는가?

위대한 대한민국, 우리나라 좋은 나라!

"이렇게 좋은 한국에 살지 뭐 하러 외국에 가?" 라는 말을 흘려들었다. 동부 아프리카 에티오피아에 3년을 머물러 보니, 대한민국이 더없이 위대하고 고마운 나라임을 절절히 느끼게 되었다. 우리가 그 속에서 지낼 때는 전혀 감사함을 모른다. 그러나 외국에서 고통스럽게 생활하다보면, "내 조국이 이렇게도 큰 울타리였구나!" 하고 저절로 알게 된다. 에티오피아에 머무르는 동안 6개월마다 휴가를 한국으로 오게 된다. 올 때마다 느낌이 다르다. 매번 눈에 띄게 발전한다. 이렇게 역동적이고 잘 짜여 진 나라는 전 세계적으로 드물 것이다. 매일 나오는 한심한 뉴스가 대한민국의 전부는 아니다. 그러고 보면 나는 지금까지 너무도 위대한 나라에서 너무도 행복하게 살아 왔다는 것을 모르고 있었던 것이다. 대부분의 해외에 오래거주 했던 분들은 이런 사실에 공감을 한다. 뭐니 뭐니 해도 우리나라 좋은 나라이다. 내가 태어난 곳은 중소도시였다. 50~60년 전에는 한국도 가난하였다. 그때는 에티오피아 보다 더 열악하였다. 그러나 지금은 세계 10위권 경제대국이 되어있고, 구호를 받는 나라에서 지원을 하는 나라로 바뀌었다. 산중턱을 가로지르는 고속도로는 전국을 관통한다. 어디를 가나 푸른 산과 풍요로운 들판이 있다. 깨끗하고 질서 정연한 도시들이 들어서 있다. 마을버스를 타고 가까운 병원에 의료보험으로 싸고 편하게 진료를 받을 수 있다. 119를 부르면 24시간 내내 응급환자를 신속히 병원으로 이송할 수도 있다. 취업수당 등 각종 혜택과 복지제도가 정착되어 있다. 전화 한통이면 식재료와 자장면도 편하게 시킬 수 있다. 인터넷으로 온 세상의 물건을 다 주문 할 수 있고, 어디를 가나 WiFi가 연결된다. 샤워기를 틀면 30초 안에 온수가 나온다.(에티오피아는 수도사정도 열악하다.) 전 세계에 이런 나라는 많지 않다. 그 속에 묻혀서도 우리는 스스로 힘들다고 불평불만을 하고 살아가고 있다. 한국과 비교 해보면, 내가 경험한 아프리카는 참으로 고통스러운 곳이다. 다들 집 떠나면 개고생이라고 한다. 조국을 떠나도 또한 고생이다. 더구나 한국과 같은 선진국에 살다가 아프리카에서 근무 한다는 것은 하늘과 땅 차이다. 특별한 애국자가 아닌 사람도 외국에 오래 지내다 보면 애국자의 자세로 바뀐다. 저자는 감히 강조한다. 대한민국, 한국사람 참 위대하다. 대한민국은 감사한 조국이라고. 그리고 "길이길이 보전하여야 할 우리의 조국(祖國)"이라고! 그러니 부디 자긍심을 가지고 조국의 울타리를 생각하며 각자의 멋진 인생을 준비하기 바란다. 그 멋진 인생의 행로에 이 기록이 작은 돌다리가 되기를 간절히 바란다.

NGO 근무의 기억

NGO 단체마다 그 정도는 분명 다를 것이다. 즉, 국가 산하기관인 KOICA나 재정이 튼튼하고 수장이 뛰어난 사람이라면 NGO 조직에서 근무하기가 좋고 자부심도 느낄 것이다. 그런 단체는 한마디로 화려한 근무이다. 급여도 좋은 수준이고, 대우도 준 외교관 대우이다. 그러나 내가 근무했던 법인단체는 상대적으로 어려운 단체였다. 우선 재정도 부족한데, 여성 위주의 직원 구성이다. 여성이 상대적으로 꼼꼼하고 급여가 낮다는 이유에서 선호하기 때문이다. 대부분 여성들은 해외근무에서 자질구레한 것은 잘 챙기면서도 육체적으로 힘든 일이나, 현지인 통제에서는 어려움이 있다. 그리고 NGO단체의 수장도 큰 영향을 미친다. 어떤 NGO 조직은 본부 회장이 지나친 간섭과 지부장을 못 믿고 의심하며 쪼이는 사람도 있다. 현지 소장이 일을 하는데 많은 제한이 된다. 아직도 조직을 고착된 군대방식으로 운영하려는 NGO도 있다. 그러다 보니 현지 상황과 동떨어진 지시를 많이 한다. 현실과 맞지 않는 목표를 설정하고 이를 성취하도록 요구를 한다. 그 목표를 달성하지 못하면 바보취급하고, 공개 비판을 하는 사람도 있다. 여기는 아프리카, 그것도 공산주의를 하다가 자본주의로 돌아선 특이한 나라 에티오피아인 것을 간과 한다. 그저 한국식으로 지시하면 모든 것이 척척 되는 것으로 알고 있다. 이런 수장 밑에서 지원을 잘 한다는 것은 절대불가하다. 그리고 NGO단체 자체가 어려운 기관이다. 예를 들면 매스컴에 아프리카 어린이를 돕자는 모성애를 자극하여, 모금한 돈으로 운영하는 방식이다 보니 당연히 어려운 것이다. 내 개인적으로 인내심이 대단하다고 자부 하는데도, NGO 내부의 돌아가는 상황을 알고 나면 견디기가 쉽지 않다. 표면적으로는 성스러운 일을 하는 것으로 보일지 모르지만, 내막은 아사리판 그 자체이다. 하나하나 사례를 들어가며 설명하겠다. 한국에서도 크게 문제가 되고 정권까지 바뀌는 원인을 제공 하였던 최**사건 같은 상황도 있다. 허울은 인도적인 아프리카 지원이지만 내막은 그런 개차반이 없다. 또 여성 직원이 많다보니 여러 가지 사건이 일어난다. 심지어 어떤 여직원은 자신이 근무하다가 불리하면 성희롱까지 들고 나온다. 그 결과 상대 직원이 즉각 잘린 경우도 있다. 다른 소장도 성희롱에 말려들어 수난을 당했다고 한다. 한국 NGO, 특히 아프리카 지원하는 NGO는 다 없애야 한다는 것이 내 지론이다. 이것은 국가적으로 큰 문제점을 안고 있다. 없앨 수 없으면 운영 체계를 확 바꾸어야 한다. 어마어마한 국고 또는 국민의 성금을 KOICA나 구호단체를 통하여 중구남방식으로 마구 돈을 뿌려대는 식이다. 돈쓰기 위하여 봉사라는 이유를 둘러대고 귀한 국민의 세금을 쓴다. 한국에도 어려운 국민이 넘치는데 참으로 안타깝다. 왜 이런 낭비적인조직을 운영 하는지 모르겠다. 그리고 어떤 NGO조직의 수장은 인신공격도 서슴없이 하며, 여직원을 스파이로 심어놓고 현지소장의 일 거수 일 투족을 감시하게 만든다. 그것도 한참 후에 알았다. 이런 사실을 알고 나면 멋모르고 아프리카 구호단체에 지원하여 좋은 일을 하고 싶다는 생각이 일순간 사라진다. 이런 재단은 아프리카 원주민을 위한 것도 아니고 한국을 위한 것도 아니다. 단지 하나의 사업으로 구호재단을 운영 할 뿐이다. 공공연한 비밀이지만, 후원금이 실제로 몇%가 현지인에게 지원 되겠는가? 50%? 그것도 많은 편이다. 우수한 NGO단체, 긍정적인 프로젝트도 물론 있다. 그러나 내가 경험한 아프리카 구호단체 지원은 없애는 것이 모두를 위해 좋다고 확신한다. 갑 질과 월권으로 대통령까지 구속되는 마당에 아직도 어떤 NGO단체의 수장은 과거의 구태의연한 자세로 NGO단체를 통솔을 한다. 지금부터 일반 대한민국의 선량한 시민들은 NGO단체의 간사한 유혹에 넘어가시지 말기를 바란다. NGO가 겉으로는 후진국을 지원하는 선량한 단체로 포장하지만, 실제는 그렇지 않음을 자세히 알려 드린다. 그리고 한국정부에서는 후진국 무상지원의 틀을 완전히 바꾸기를 강력히 촉구한다. 한국에 NGO 단체가 수십 개 난립하여 있다. 이들 중에는 종교단체 선교목적인 것도 있고, 다른 목적으로 설립된 단체도 있다. 아프리카에 나와 있는 후원 단체에 근무한 대부분의 사람들은 나와 같은 생각을 하고 있다. "아프리카에서 NGO는 철수해야 한다. 후진국 지원은 그 틀을 완전히 바꾸어야 한다." 아프리카 대부분의 나라들은 50~60년 이상 원조를 받아 왔다. 그러나 그 많은 원조를 받고도 이전보다 발전한 나라는 2~3개국에 불과하다. 이는 세계적인 석학들의 정확한 분석이다. 담비사 모요 "죽은원조(2012년)"의 저자는 이렇게 강조한다. "아프리카에 원조는 치유책을 가장한 질병"이다. 라고. 그녀의 책에서 아프리카 원조가 절정에 이루던 1970~1998년까지 아프리카 빈곤 율이 11%에서 66%까지 치솟았다고 하였다. 현장에서 경험해 보니 왜 그 천문학적 지원을 받고도 오히려 더 가난하게 되었는가를 피부로 느낄 수 있었다. 원조를 한다고 하면서 오히려 망하는 약을 준 것이다. 지금부터 그 세부 내막을 설명 하겠다.

한국은 에티오피아(아프리카)를 도와야 하나?

결론부터 말하면 절대로 돕지 말라는 것이다. 이유는 명백하다. 여러 가지 사례를 소개 한다.

6.25 한국전쟁의 폐허에서 오늘날의 G20 경제 선진국으로 도약했으니, 어려운 시기에 우리를 도와주었던 에티오피아를 지원해야 된다는 명분이다. 한국뿐 만 아니라 전 세계 선진국의 NGO 단체에서 약 400여개가 에티오피아에서 활약하고 있다. 모두 나가야 한다. 그리고 실제로 유럽의 몇몇 나라들은 정확한 현실을 확인하고 이미 철수 하였다. 도저히 이런 지원은 효과가 없음을 확신하였기 때문이다. 절대 공짜지원은 하지 말아야 한다. 절대로!!! 어느 나라든지 국민에게 공짜에 길들여지면 그 나라는 필연적으로 망하게 된다. 공짜로 주는데 뭐하려 열심히 일 하겠는가? 과연 이들을 지원하는 것이 누구에게 도움이 되겠나? 이런 사실은 오늘날

한국의 사례도 예외는 아니라고 하겠다. 공산주의 식 사고로 일 안 해도 무료로 지원하면 항상 손만 내밀 것이다. 인간은 누구나 공짜를 원한다. 직접 경험한 대표적인 사례를 시기별로 소개 한다.

농촌지원사업

아디스아바바 외곽 농촌지원 프로젝트를 시행하였다. 우물을 파고 태양광 전기를 설치하여 모델농장을 개발하고 이 지역에 가장 적합한 품종을 보급하여 이들의 소득을 향상 시키는 사업을 진행하였다. 일부는 성과도 있고 보람도 있었다. 그러나 아무 조건 없이 지원하는 것은 조직의 목적상 맞지 않아 마을 주민에게 조건을 제시하였다. "우물에서 각 농가까지 수도 라인을 설치 해 줄 것이다. 그러니 마을사람들 모두 나와 각자 자기 집까지 수로관을 묻을 통로를 파라! 모든 자재와 기술은 다 지원 해 준다." 마을주민 스스로 노력하여 자신들이 집에서 편리하게 마실 수 있도록 통로를 파라고 요구한 것이다. 그러나 그들은 거부 하였다. 그 모든 것을 NGO예산으로 해 달라고 한다. 그리고 만약 자신들이 땅을 파면 일당을 달라고 한다. 이해가 가는가? 이런 사람들에게 무었을 해 줄 것인가? 하도 어이가 없어 마을 원로들을 설득해 보았다. 자신들의 집에 수도를 설치하는데, 그 땅은 스스로 파야 되지 않겠나? 라고 했더니 그들도 몇 십 년 공짜로 받아먹어 버릇을 하였고, 국제NGO는 요구만 하면 돈을 퍼부어 주었으므로 일당을 요구하는 것이다. 그래서 그 사업은 포기하였다. 이런 나라이다. 그만큼 공짜의 폐해가 무섭다. 공짜로 한번 받아 먹어본 사람은 절대 힘든 일을 하지 않는다. 이 공짜를 구호단체에서 주기 시작하면, 그때부터 그 나라는 망국의 길로 간다. 한국도 같다. 절대 공짜를 주면 안 된다. 특히 새로 시작하는 한국의 청년들에게 무상지원을 해주는 것은 그들과 나라를 망치는 지름길이다. 올해에 종자를 무료로 100만원어치를 주었으면 내년에는 200만원어치를 달라고 한다. 물가가 올랐으니 지원금도 올려 달라는 것이다. 그렇게 지원해주지 않으면 NGO단체를 상대로 데모를 하고, 심지어는 소송까지 한다. 상상이 안 되는 행동이다. 그들은 국제 NGO를 자신들의 든든한 물주로 생각하고, 손 만 벌리면 돈대주는 멍청이 단체로 생각한다. 그러면 이런 지원이 과연 약(藥)일까 독(毒)일까? 간단히 답이 나온다. 정확하게 이들을 망치는 독이다. 그것도 마약과 같은 심한 독이다. 한 지역을 지원하다가 프로젝트 기관이 빠져 나가면 그 지역은 더 피폐해지며, 오히려 이전의 상태보다 더 악화되는 상황으로 돌아간다. 그것이 지금까지 천문학적 돈을 아프리카에 부었는데도 발전이 없고, 대부분의 나라가 더 가난하게 되게 되는 원인 중의 한가지 이다. 스스로 노력하고 자립하려는 의지가 있을 때 자금과 기술을 지원해 주어서 일어서도록 국제기구의 방식을 바꾸어야 한다. 그런데 대부분의 아프리카에 지원하는 국제기구는 그 목적을 달성하지 못하고, 의무적으로 해야 하니 지원한다는 명목으로 돈을 쏟아 붓는데 만 그치고, 자기들의 임무를 다 했다고 하고 철수한다. 한국도 같은 상황이다.

중복되는 사업도 있다.

코이카를 비롯한 10여개 이상의 한국단체가 에티오피아를 지원한다. 일부는 중복되는 분야도 있다. 한국의 지자체는 그들대로 별 따로, 또 다른 지원단체는 또 그들 목적으로 중구남방 지원하다 보니 농업분야도 지역은 다르지만 중복된다. 기술학교 지원도 같다. 이를 통합하여야 한다. 정부주관(또는 코이카)으로 모든 지원을 일원화하고 그 방식도 바꾸어야 한다. 지원을 하되 반드시 성과가 나오고, 그들이 스스로 자립하도록 하는 시스템으로 바꾸어야 한다. 그렇지 않으면, 해외 봉사기구에 한국 젊은 인재들의 직업 창출하는 것에 지나지 않는다.

또 다른 사례이다.

현재도 한국단체의 지원으로 에티오피아에 지하수 건설사업이 진행되고 있다. 물이 부족한 지역에 절실한 사업이라고 볼 수 있다. 그러나 아시는가? 심정을 파주고 지하수를 시설을 해 준 다음 한국 단체가 운영에 손을 뗀 후 그 95%정도가 시설이 방치되고 못 쓴다는 것을. 그런 비싼 시설을 설치 해 주었으면, 일정기간 지원 후에 주민 자체적으로 관리 요령을 습득하고 스스로 관리해야 함에도, 모터관리, 유류구매, 정비유지 등을 하지 않는 것이다. 그러니 지원단체가 떠나면 얼마못가서 모든 시설이 망가져서 사용을 못한다. 오히려 심정으로 표면의 오수가 들어가 지하수까지 오염되는 사례도 발생한다. NGO에서 개발하고 설치 해 주었으면 스스로 관리하도록 능력을 키워야 함에도 이런 일을 하지 않고, 가만히 앉아서 100% 지원해 주도록 요구한다. 그러니 유지가 되겠는가? 이런 곳이 에티오피아이고 아프리카이다. 그러니 절대 지원 말라는 것이다. 스스로가 자생능력을 갖도록 하고, 정신개조부터 먼저 되어야 한다.

NGO지원(보조)방법 개선이 필요하다.

NGO에서 지원을 OECD국가의 의무 등으로 중지할 수 없다면, 반드시 지원 방법을 바꾸어야 한다. 여러 방안이 있을 수 있다.

첫째, 이들은 초청하여 한국의 교육기관에서 현지인들을 교육 후 본국으로 돌려보내야 한다. 그들로 하여금 스스로 자신의 나라를 발전시키도록 해야 한다. 한국에 이들을 위한 교육기관을 두고 유학 식 교육을 시켜 보내야한다. 절대 현지에 무상으로 돈 주면 안 된다.

- 그러면 한국의 전문가들을 위한 직업창출도 가능하다.
- 예를 들어, 농업 기술전수학교를 한국에 만들어 그들 상황에 맞게 교육을 시켜 그들이 자국으로 돌아가 자기들 시스템을 스스로 개발 시키도록 해야 한다.(여러 가지 세부적인 방법이 있을 것이다.)
- 그들 스스로 일하고 개발할 자세가 되어 있을 때 기계장비 등을 지원해야 한다.
- 기술이나 학교운영도 한국으로 초청하여 그들에게 교육을 시키는 것이 좋다. 또는 지역별(동부아프리카 국가 등)로 묶어 교육기관을 설치하고 거기서 통합교육 후 본국으로 보낸다.
- 각 지원단체의 사업을 통, 폐합하고 정부주도로 사업승인을 해야 한다. 예)코이카 주관.
- 성과식의 지원으로 일단 자신들이 노력하여 결과물을 냈을 때 지원해야 한다. 마치 한국의 새마을 운동처럼 할 수 있도록 방법을 모색해야 한다.

둘째, 아프리카 지원 모금광고를 중지해야 한다.

- 더 이상 모성애로 아프리카 어린이들이 굶주리는 광고를 하며, 기부(Donation)를 유도하는 것은 절대 피해야 한다. 어떤 나이든 여자탤런트가 애처로운 목소리로 아프리카 굶주린 아

이를 안고 TV광고에 모성을 호소하면, Donation하려고 후원전화가 마비가 된다. 이런 아프리카 현실을 전혀 모르고. 국제 봉사 단체가 그야 말로 내부적으로는 아사리 판이며 복마전이다. 겉으로는 허울 좋은 후진국 헐벗는 사람 도와주는 숭고한 행위로 보이지만, 그 내막은 전혀 다르다. 그러니 광고에 나오는 여자모델의 청승맞은 목소리가 아프리카의 전부다가 아니라는 것이다. 잠깐 현지를 방문하여 헐벗는 아이사진 찍어 가지고 모성애를 호소하는 것은 엄밀히 말하면 일정부분 사기극이다. 한국의 일반 국민들은 이런 현실을 전혀 모른다. 현재도 여러 매체에서 애절한 목소리로 아프리카 주민을 위해 기부하라는 광고를 경쟁적으로 한다. 국민 여러분 제발 속지 마세요!

• 실제로 종교 관련이든 아니든 국민으로부터 직접 기부를 받아서 지원하든, 그 몇%가 현지에 지원되는지 아는 분은 적다. 많은 돈이 직원 급여, 임대료, 국제기구의 운영, 행정비로 들어가는 것은 공공연한 비밀이다. 즉 반 정도만 현지에 투여되고, 그것도 단지 지원했다는 생색내기에 그친다. 이런 사실을 각 단체들은 정확히 기부자들에게 공표하고 그에 대한 개선책을 세워야 한다.

셋째, 정부주도로 아프리카 지원사업을 재설계해야 한다.

국민의 세금이 들어가는 사업이다. 그 심각성을 인식하고 KOICA 운용, 국제 구호기금 사용, 후진국 지원사업 등 개선을 위해 T/F를 구성하여 신속히 그 대책을 마련해야 한다. OECD국가로서 의무로 지원을 해야만 한다면 지원 방식을 완벽히 바꾸어야 한다. 왜 피 같은 세금과 국민의 귀한 돈을 낭비하게 만드는가?

이 나라를 더 가난하게 만드는 주 원이이 외국의 NGO기관이다. 60년 이상을 공짜로 얻어먹던 버릇이 있어 아예 스스로 노력하고 발전하기를 거부 한다. 한국에서 국민의 세금으로 지원하면서도 결국 나라 욕 먹이는 기관이 된 것이다. 무상 지원하다가 그 액수를 줄이거나 중단하면 당장 원수가 된다. 보은의 나라가 아니라 원수의 나라가 되는 것이다. 뭐 하러 국민의 혈세를 동원하여 이 짓을 하는가? 즉 돈 주고 뺨맞는다. 나는 경험상으로 NGO의 나갈 방향을 개략적으로 제시하였다. 현행제도를 고수하면 나라망신, 국고낭비의 원흉이 됨을 누누이 설명 하였다. 어떤 탤런트가 자애로운 어머니의 모습으로 아프리카 아이 안고 나와서 기부하라고 광고하는데 절대 속으면 안 된다. 그리고 그런 광고를 묵인해서도 안 된다. 그러고 어떻게 그 돈을 쓰겠는가? 제대로 확인하고 검증한 곳이 있는가? 모금한 돈이 몇%나 효과 있게 지원되겠는가? 그렇게 지원된 것이 과연 해당국가와 현지인들에게 도움이 되는가? 생각 해 보시라! 그저 자신들의 밥그릇 유지위해 묵인하고 있는 이 현실은 반드시 바꾸어야 한다. 그리고 이런 자금들이 해당국가 정권의 정치인들에게 흘러들어가고, 오히려 독재체제를 유지하는 자금 줄이 된다. 지금 정부가 반드시 제도를 고치기를 당부 드린다. 여기에 비추어 보면 한국의 경제 개발계획은 참으로 위대하고 현명한 계획인 것을 느낀다.

제 2 장

·

소송사례

날강도 건설업체

저자가 공사관련 사례를 먼저 거론하는 이유는 개인적으로 에티오피아에서 가장 처절하게 피 눈물을 흘린 경험이 있기 때문이다. 이 사실은 내가 NGO소장을 하면서 직접 격은 정확한 Fact이다. 너무나 큰 고통을 받았고, 법원에 직접 가서 재판을 받은 것만 5차례이다. 물론 이건은 전임자 근무시기에 종료 된 공사이지만, 재판은 내가 업무를 인계 받고 나서 진행된 사안이다. 그 내막은 이렇다. 성급한 한국 사람은 말로 지시하는 경우가 많다. 현지 건설업체들의 공사나 소송 행태를 모르니 공사만 했다하면 한국인이 당한다. 아마도 한국인이 진행한 공사의 90%이상은 소송 당했을 것이다. 당하는 방법도 교묘한 소송을 통한 방법이다. 그러니 에티오피아에서 공사할 때는 철저히 주의를 기울여야 한다. 철저히 준비하여 계약 하였더라도 외국인이 와서 공사하면 무조건 사기 친다. 그러니 단단히 각오 하여야 한다. 어떤 한국기관은 공사비의 2배를 물어준 경우도 있다. 이것이 보편화 되어 있다고 보면 된다. 절대 과장된 사실이 아님을 알려 드린다. 에티오피아에 오래 근무했던 분들은 누구나 겪었던 내용이다. 현지 공사 업체와 공사 계약을 체결하면 그때부터 업체에 코가 꿰어 딸려가는 게 일상화 되어 있다. 보통의 한국인의 시각으로 보면 공사의 품질이 어설프기 짝이 없다. 곧 무너질 것 같고, 심지어 콘크리트 표면에 모래와 흙이 그대로 들어나는 경우가 있다. 전문가가 아니라도 불량공사라는 것을 한 눈에 알 수 있다. 그 공사담당업체는 현지에서 대형업체라고 하며, 도급순위도 10위 안에 든다는 업체이다. 그러나 그런 자료는 신뢰하기 힘들다. 이런 상황에 한국인 감독관이 길길이 난리를 치며 재공사를 지시한다. "이걸 공사라고 했냐? 다시 해."

그런데 이때 문서로 정확히 업체에서 하자공사를 무상으로 해준 다는 서류를 받아두어야 한다. 그러나 그런 상황을 잘 모르는 성질 급한 한국인은 "당장 다시 해!" 라고만 한다. 이때를 기다렸다는 듯이 건설업체는 "그렇게 하겠으니 여기 다시 공사한다는 회의록에 서명 하세요." 한국 담당자는 "알았어, 인마! 서명해 줄 테니 빨리 공사나 새로 해."라고 한다. 건축회사는 이런 서류 근거를 차곡차곡 준비 하여두었다가 최초 공사비가 청산되면, 바로 법원에 제소한다. 한국감독관은 현지 회사가 잘못한 것이니 당연히 무료로 재공사를 해 주는 줄 안다. 그러나 천만의 말씀!!! 이들은 이 서류를 근거로 법원으로 직행하는 것이다. 자신들이 다 한 공사를 한국 감독관이 다시 공사하라고 해서 한 것이니, 추가 공사비를 내라는 것이다. 그 금액이 최초예산의 50%정도 되는 액수를 배상하라는 판결을 받았다. 한국감독관은 당연히 지불을 거부하고 고등법원 항소하였다. 1심 판결 기간이 약1년 4개월 정도 걸렸다. 2심 판결도 그 정도 기간이 걸릴 것으로 판단하였다. 그러나 고등법원은 1심 판결의 내용을 검토하는 수준으로 신속히 끝난다. 단 2개월 만에 판결이 나왔다. 사실 후임이 전임자시기에 일어난 소송 건을 처리하는데, 후임자는 그 내막을 잘 모른다. 근무기간 동안 계약한 변호사에게 일임하고 좋은 결과만 기리는 형편이었다. 고등법원 판결기간도 1년 이상 걸릴 것으로 판단하였었다. 그러나 고법, 대법은 하위법원의 판결을 근거로 신속히 결정된다고 한다. 그래서 내가 근무하는 기간에 모든 것을 해결해야하는 상황이 된 것이다. 실상 추가 공사금액은 업체요구액에 훨씬 못 미치는 것으로 NGO측에서는 판단하였다. 그래서 열 받고 괘씸하여 항소 한 것이다. 다분히 감정적인 면이 있었다. 그 결과 항소하기까지 기간의 이자, 법정 등기비용, 변호사비 모두 포함하여 3.3억을 지불해야 한다. 기가 차다. 이 나라 법은 외국인에게 더 엄격하다. 그리고 한국단체가 고용한 변호사도 큰 문제이다. 전혀 활동을 하지 않는다. 단지 급여만 받아가는 것이다. 그 변호사가 하는 일은 "언제 법정이 열리니 대표자가 가야 된다"는 연락 정도만 한다. 오래 거주한 한국인들의 의견으로는 건축회사와 소송하면 대부분 지며, 항소해서 이긴 경우는 5%도 안 된다는 설명이다. 그만큼 현지 법원은 현지인 위주로 판결한다는 것이다. 그것도 모르고 다분히 감정적으로 대처하고 현지법원이 이성적으로 판결 해 줄 것이라고 믿은 큰 실수가 있다. 경험 있는 한국 사업자들은 이구동성으로 건축소송이 걸리면 판결나기 전에 빨리 적절한 금액으로 합의 하는게 최선이라고 한다. 고법에서 패소 후 건축업자 만나서 읍소하고, 호소하고, 우리 실정을 아무리 설명하여 금액삭감과 지불기간 연기 등을 요청해보아도 이곳 에티오피아 업자들은 바늘도 안 들어간다. 고등법원 판결이 난 이후에 나 자신도 건설부 장관까지 동원하여 수차례 대금삭감을 협의하려 해 보았지만 헛수고였다. 하도 답답하여 대사관 공사님과 오래계신 M병원장, 또 다른 NGO소장님과 상담을 하였다. 고법에서 판결이 나왔다고 하니, 눈이 갑자기 눈이 뚱그래지며 "그거 큰일 나는 거예요. 빨리 제시간에 지불하도록 해요. 그렇지 않으면 이곳 외국인은 법적용이 엄격하여 법정에서 바로체포 될 수도 있어요. 두말없이 지불해요. 이곳 건축업자는 날강도 같은 사람들이라 절대 합의는 안 해 줍니다." 라며 펄쩍 뛴다. 현지 한국병원과 여러 곳에서 건축하며 많이 당한 경험담이다. 어떤 한국기관은 소송에 패하여 최초 100억 원 공사를 계약하였는데, 100억 원을 추가로 꼼짝없이 지불 했다고 한다. 기가 막힌 현실이다. 국제 NGO등 외국기관의 공사를 하는 업체는 어떤 구실을 만들어서라도 소송을 걸려고 한다. 이들은 국제기관이 공신력 실추를 원치 않는다는 점과, 소송을 통하여 추가 대금을 긁어내기 쉽다는 약점을 교묘하게 이용한다. 정말 악질 놈들이다. 실제 공사 한 것을 보면 회의실이 꼭 창고를 지어 놓은 것 같다. 쉬운 예로 지붕은 이곳 유칼리톱스 나무로 만든 석가래 에다 못을 쳐 놓고 마무리를 하였다. 하도 엉성하게 하여 바람이 불어 지붕이 날아가고 파손 되었다. 무료 A/S를 해 주어야 할 상황을 추가 공사라고 하며, 그 비용도 과장하여 3~4배를 요구한다. 이것이 에티오피아의 공사에 흔히 있는 행태라고 보면 된다. 국제 NGO, 기관 등은 좋은 사냥감이다. 그러니 제발 한국인의 급한 성격을 버려라. 그리고 이곳 현실을 직시하여 눈높이를 낮추어라. 공사는 계약된 대로 그 일정과 재질 그대로 완성해야 한다. 계약서를 정확히 준비하고, 그 내용을 반드시 한국 전문가의 법적검증을 거쳐야 한다. 절대 서둘면 위와 같이 100%당한다. 한국인은 언제 오픈이니 그 기간을 반드시 맞추어야 한다는 강박관념이 이런 소송을 당하게 되는 원인이 된다. 이 사례는 최초부터 잘못된 계약도 치명적인 실수였다. 계약 내용에 "감리회사가 인정한 금액은 발주자가 인정한 것으로 본다." 조항이 있다. 웃기는 것이 감리 회사는 NGO가 고용하여 돈을 주는데, 모든 것을 건축회사 입장에서 결정하고 건축업자 편을 든다. 왜냐하면 이들 모두가 한통속으로 현지인 먹이사슬이 있기 때문이다. 즉, 고용주를 위해서 일하는 것이 아니고 자기나라 회사의 상위 먹이사슬을 위해 일한다는 것이다. 외국기관은 일회성으로 끝나지만, 이곳 건축업체는 그들의 평생고객이기 때문에 NGO가 고용 했음에도 모든 것을 건축회사 입장에서 결정을 한다. 그런 것을 모르고 감리회사에 모든 결정을 위임하는 계약서에 서명을 한 것이다. 최초부터 단추가 잘못 꿰인 것이다. 그러니 재판에서 아무리 분해하고 욕을 해도 이길 수가 없는 것이다. 한 가닥 양심에 기대어 항소를 해보았지만 턱도 없다. 외국에서 들어온 기관은 백전백패이다. 그러니 제발 한국인이여 급하게 서둘지 말라! 제때 오픈 식을 못하면 이 나라 실정에 맞게 연기해라. 계약서를 처음부터 잘 챙겨라. 또 하나, 비용이 두 배 들더라도 유럽, 일본, 중국, 터키계 건설사와 계약하는 것이 오히려 더 싸게 먹힌다. 가급적이면 현지 건설사와는 계약하지마라! 현지인들 자신의 입으로도 절대 현지 건축회사 믿지 말라고 하는 형편이니 더 말할 필요가 없다. 이 사실은 내 몸으로 직접 경험한 내용이다.

"배 째라!"식 소송

아디스아바바에서 차로 약2시간 거리의 시골마을에 모델농장을 하는 사업이 있다. 최초 이 지역에 모델농장사업을 시작할 때 땅에 관한 모든 것은 지방정부가 무상으로 제공한다고 협정을 맺고 시작하였다. 그러나 문제는 기간이었다. 무상으로 제공하는 기간이 3년으로 문서계약이 되어 있다. 그래서 3년이 지난 후 다시 사업을 계속하려면 지방정부에서 농민에게 땅 사용에 대한 보상비를 다시지불하고, NGO단체에게 무상으로 사업을 하게 해 주어야 한다. 그런데 3년 후 지방정부에서 농민에게 땅 사용 보상금을 지불 하지 않은 것이다. 그러니 농민들은 지방정부에 항의하고 따진다. 그런데 지방정부가 정말 웃긴다. "지방정부는 줄 돈이 없으니, 농민 너희가 돈 많은 국제지원기구인 한국NGO기관을 상대로 소송을 해라. 돈 나올 곳은 거기뿐이 없다." 라고 NGO를 상대로 소송하라고 안내를 해 주었다고 한다. 또 더 웃기는 상황은 지방법원이다. 모든 땅 보상은 지방정부가 당연히 지불해야 하는 것을 알면서도, 이상한 판결을 내린다. "NGO가 들어와서 사업을 하니 너희가 주관하여 지방정부와 협의 후 농민에게 보상하라. 만약 지방정부와 보상협상이 안되면, NGO가 보상을 해야 한다."는 판결을 내렸다. 이것이 에티오피아의 현실이다. 사법 기관마저 자기들 정부와 농민 편이다. 그래서 지방정부와 보상협상을 하니 무조건 배째라 이다. 최초 계약서에 너희 지방정부가 보상한다고 되어 있지 않냐? 군수에게 계약서를 들이밀고 강조 해 봤자 헛일이다. 이들은 "그건 아는데, 자기네 정부가 가난해서 돈을 못주는데 어떻게 하냐?" 그리고 기다려라. 다음에 회의하자. 또 기다려라. 군수가 출장이다. 담당자 없다. 곧 해결 될 것이다. 등 등. 갖은 핑계를 대며 시간을 계속 끈다. 그러다 법정기일까지 해결이 안 된 것이다. 그런 다음에 법원은 결국 NGO가 정부와 해결을 못해 주었으니 바로 토지 대여비용을 물어주라는 판결을 내렸다. 즉 국제NGO는 에티오피아에 돈 주러 왔으니, 무조건 퍼주고 가라는 식이다. 지방정부와 법원은 이미 수 십 차례 이런 사례들을 경험했으며, 시간만 끌면 국제NGO는 스스로 지쳐 돈을 댈 것이라고 알고 있는 것이다. 이런 상황을 알고 당하면 머리가 멍해진다. NGO는 매년 계획된 지원예산이 정해져 있고, 이런 돌발적인 상황에 대비한 예산은 없다. 그래서 한국 본부에 급히 결과를 보고하면, 심각한 책임을 현지 지부장에게 전가한다. 현지상황이 이런데 한국서 온 지부장이 이걸 해결하는 것은 참으로 어렵다. 이런 상황을 대비하여 역시 최초부터 면밀한 계약서 확인과 전문가의 확인, 조언이 필요하다.

현지 지방정부가 당연히 해 주도록 협약한 것도 NGO에 떠밀고 돈 내놓으라 하면 꼼짝없이 주어야 한다. 참 참 참! 마을 발전 시켜 주고, 돈 주고 소송당하고, 법정에 서고, 죄인 취급당하고, 제때 안 주면 NGO대표가 구속당하여 에티오피아 감옥에 갈 수도 있다고 협박당하고……. 이런 걸 미쳤다고 지원 하나? 애초에 계약을 할 때 현지 정부에서 토지관련 문제를 해결 해 주지 않으면 NGO는 당장 사업을 중지할 수 있다는 조항을 넣어야 한다. 그리고 이들이 계약을 위반 하였을 때는 가차 없이 사업을 철수해야 한다. NGO의 업무를 정확히 정립하고 그대로 실천해야 현지인들의 이런 나쁜 버릇을 고칠 수 있다. 칼만 안 들었지 강도들이다. 돈 주고 죄인 되고, 돈 주고 뺨맞고, 한국 속담에 국 쏟고 ㅇㅇ 데이고, 바로 그 상황이다. NGO단체는 기관운영을 지속하기 위하여 성과를 내야하고, 후원금을 계속 받기위해 사업을 지속해야만 하는 사정이 있다. 그러니 할 수 없이 끌려가는 것이다. 이것이 국고를 낭비하는 도둑놈이 아니고 무엇이겠는가?

인권소송

에티오피아는 공산주의를 거치며 인민(노동자)의 인권분야는 잘 보장된 것 같다. 뻑 하면 공장 근로자들이 소송을 한다. 한국 매니저가 회의시간에 업무부진으로 소리를 높이고 야단치면, 바로 반응이 온다. 목소리 높이지 말라고. 그리고 계속 그러면 고소한다고 까지 한다. 처음에는 이 말을 무시 하였다. 그런데 오래 있던 한국 분들에게 확인하니 자기가 불리 한 것이 있으면, 이걸 꼬투리 잡아 고소도 한다는 것이다. 한국 사람으로서는 이해하기 힘든 부분이다. 근로자들의 소송 부분에서는 지상천국이다. 이 나라는 엄청나게 변호사가 많다. 이것은 그만큼 소송이 많다는 증거이다. 또 이 나라 변호사 자격 취득은 한국과 많이 다르다. 변호사 자격 제도가 각 주 마다 다르고, 법대 나오고 근무 경력에 따라서 변호사가 될 수도 있다고 한다. 요지경이다. 이렇게 변호사가 많고 법률이 발전되어 있는데도 이 나라는 여전히 가장 못사는 나라중의 하나이다. 되도 않는 인권만 따지고 고소나 하며, 일할 생각은 않으니 잘 살 리가 있나? 자식뻘 되는 직원들이 눈을 똥그랗게 뜨고, 자신의 잘못은 생각하지 않고 단지 야단맞은 것만 가지고 시비 건다. 방법이 없다. 이런 친구들은 경고장을 차곡차곡 쌓아 두고 기회를 봐서 내보내는 수밖에.

여기 공산주의 영향을 받아 인민의 권리라고 생각되는 분야는 매우 강력하고 인민 편에 있다. 해고된 직원은 거의 90%가 법원에 소송을 한다. 도둑질하고, 칼부림하고 싸웠어도 소송을 하고 본다. 아무리 현지인이 잘못한 것이라도 판사는 현지인에게 후하게 판결한다. 100% 현지인 잘못이라도 "그동안 회사위해 일 했으니 몇 달치 위로금을 주라"고 판결한다. 그리고 온갖 증인을 다 불러 모은다. 한국매니저도 가서 서 있어야 한다. 법정에 가면 죄인같이 판사 앞에서 10, 20분 서 있어야 한다. 증인이라고 별 따로 물어보는 것도 없다. 참 웃기는 판사들이다. 그리고 재판이 한번으로 끝나는 게 아니다. 6월~1년 이상이 걸리기도 한다. 그래서 재판 걸리면 바쁜 회사일 못하고 몇 번씩 법정에 가야한다. 그래서 돈 물어주는 것도 문제지만, 법정 가느라 일 못하는 것도 큰문제다. 이런 놈의 나라에서 사업을 한다는 것은 창자를 다 꺼내놓고 하지 않으면 힘들다. 꼴에 노동자 인권보호라고 별의 별 웃기는 짓을 다 한다. 노동자는 1차 재판에 져도 벌금이 없고 재판비용을 거의내지 않는다. 그러니 무조건 재판 하고 본다. 손해는 없고 조금만 잘 되면 몇 달치 급여 건지니까. 이러니 나라가 발전하나?

제 3 장

·

에티오피아 NGO지원의
허와 실(虛/實)

양측이 지는 게임

무엇을 하든지 Win-Win게임을 하는 것이 기본이다. 그러나 아프리카 무상지원은 이와 완전한 반대 현상이다. 한국은 세금낭비, 개인의 지원금낭비, 에티오피아는 빈곤의 되풀이 및 지속화, 자력발전 불가의 길을 도와주는 것이다. 이것은 명확한 사실이다. NGO관련 종사하는 사람이라면 누구라도 잘 아는 사실이다. 또한 후원 사업종료 후 피지원국은 한국을 나쁜 나라로 매도한다. 그들의 눈에는 충분히 돈을 주지 않는 사기꾼 나라라고 생각하게 된다. 즉, 한국을 불신 하게 된다. 그래서 돈 주면서 한국과 원수가 되고 국위에 먹칠을 하게 되는 것이다. 한국 국제지원단체 근무자 대부분은 이런 사실에 대하여 극도의 실망감을 가지게 된다. 그리고 이들은 누구를 막론하고 피 지원국에 대한 부정적 생각을 갖게 된다. 모두가 실망하고 두 번 다시 기억하고 싶지 않은 나라라고 생각한다. 즉 아프리카에 NGO단체를 통한 후원은 누구를 위해서도 도움이 안 된다. 현지인들에게 한국국위 손상, 나라망신, 한국인에 대한 이미지 추락, 소송, 불평, 범죄국가라는 인식이 자리 잡게 된다. 과거 중국인이 그랬듯이 한국도 멀지 않는 미래에 NGO로 인하여 중국과 같이 이미지가 나빠 질 것이다. 현지인들이 얼마나 중국인을 경멸하는지 쉽게 알 수 있다. 동양 사람에게는 무조건 "짜이나 짜이나" 하며 멸시의 눈으로 비난한다. 그만큼 과거 중국인들이 나쁜 짓을 한 것으로 각인 되어 있기 때문이다. 한국도 같은 길을 걸을 것인가? 아직까지 한국의 이미지는 좋다. 한국전 당시 혈맹이며, 삼성과 현대, LG제품에 대한 신뢰 등으로 인하여 한국은 고마운 나라라고 인식하고 있다. 이 나라는 NGO가 떠나야 그나마 제대로 살 수 있다. 이것은 저자 혼자만의 생각이 아니고, 이미 세계적인 석학들과 NGO관계자들이 같은 내용을 분석해 놓았다. 무엇 때문에 돈 주면서 욕먹고 결국 원수의 나라가 되려고 하는가? 한국인 또는 한국 지원단체가 지원하다 프로그램이 종료되고 지원을 중단하면, 그들은 그때부터 한국을 거짓말쟁이, 원수의 나라로 바뀌게 된다는 점을 명심해야 한다. NGO기관들은 자신의 존립을 위해 근시안적인 생각만 하지 말고, 한국을 생각하고 무엇이 진정 에티오피아를 위한 길인가를 정확히 인식해야 한다. 심지어는 한국 NGO기관끼리 지원하는 분야를 경쟁적으로 차지하려고 하기도 하니, 이게 무슨 나라꼴인가? 돈 퍼 주는 것도 경쟁적으로 주겠다는 것이다. 한국정부도 이 시점에서 아프리카 구호 정책을 정확히 인식해야 한다.

한국전 참전용사 후손 지원

어떤 면에서 이것은 은혜를 갚는 일이며, 지원해야 할 필요도 있다. 한국전 참전군인 후손 어린이 지원 프로그램이 있다. 이것도 참전자 본인에게 한정하고 마무리 짓는 것이 좋겠다는 생각이다. 그 후손의 불행에 대한 것은 이 나라가 스스로 해결해야 할 문제이다. 마치 한국의 독립운동을 한 후손들이 가난하게 사니 지원해야 한다는 것인데, 후손에 까지 지원해 준다는 것은 지나친 것으로 본다. 참전용사 본인은 어렵게 사는 것은 사실이다. 그러나 참전용사 후손까지 지원을 하는 것은 아니다. 대부분의 다른 어린이도 비슷하게 어렵다. 이것이 진정 한국전 참전 후손들을 위하는 길인가? 한국에서 직장인들 급여에서 몇 만원 자동이체 하여 일대일 결연으로 진행 되는 사업이다. 그러다 후원자가 사직을 하거나 직장을 옮기거나 더 이상 후원 의사가 없으면 계좌송금을 중단한다. 이곳에 해당 어린이의 후원도 동시에 중단된다. 그러면 그 부모와 어린이는 사무실로 와서 울고불고 난리다. 같이 받던 옆의 친구는 계속받는데 왜 자신만 빠지느냐, 2~3시간 매달리며 애걸복걸한다. 지원이 중단된 사람들은 그때부터 한국 사람을 못 믿을 사람, 나쁜사람으로 인식하게 된다. 아무리 설명해도 이들은 이해하려 들지 않는다. 한번 지원 해 주었으면 아이가 다 성장할 때 까지 지원 해주어야 한다는 것이 그들의 생각이다. 이런 지원사업도 다른 사람에게 의지하는 의타심만 키우게 된다. 후원하는 틀을 반드시 바꾸어야 한다.

급식 지원

참전용사 지원사업의 일환으로, 아디스아바바 참전용사 마을초등학교 급식을 지원 하는 현장을 자주 확인 하였다. 이 학생들 중에 아침을 먹지 못하고 오는 사람이 많다. 초등학교 1학년 정도되는 아이인데, 자신이 한 번 먹고 기다렸다가 남은 음식을 한 접시 더 먹기도 한다. 참 안쓰럽다. 정부에서 추천받은 100명에 한해서 급식을 제공한다. 추천받은 학생이나 못 받은 학생이나 형편은비슷하다. 그런데 누구는 주고 누구는 못 주니 이것도 마음의 갈등이 많이 생긴다. 추천받은 후손들만 별도로 모아 점심을 제공한다. 그러면 점심시간에 해당되지 않는 다른 아이들이 식당 창문에매달려 후손들이 점심 먹는 것을 지켜보고 침울해 한다. 하루에 한끼 정도만 먹는 학생이 많다는 것이다. 그러니 한국전 참전용사 후손이라고 하여 일부만 선별하여 지원하는 것 그 자체가 또 다른 형

평성을 불러 온다.

애절한 사연

하루는 두 소녀가 허름한 옷을 입고 와서 소장과 상담을 하기를 원하여 만나 보았다. 울먹이면서 호소를 한다. 왜 같이 받던 다른 사람들은 떼프(이 나라 곡식)를 다 받는데 자신들만 못 받느냐? 고하며 자신들은 여기서 지원받지 못하면 먹을 것이 없다고 한다. 그들을 지원하는 한국의 후원자가 직장을 잃어 더 이상 후원 할 수 없다고 자세히 설명 하였다. 그래도 이해를 못하겠다며 구호물자를 달라고 한다. 아무리 설득을 해도 물러가지 않는다. 자신들은 먹을 것도 없고 돈도 없다. 도와달라는 것이다. 같이 받던 다른 사람은 다 40kg씩 식량을 타가는 데 옆에서 보면서도 자기에게 할당량이 없어지니, 얼마나 가슴이 터지겠는가? 1시간 이상을 설득해서 겨우 돌려보냈다. 시골에서 여기까지 확인하러 오느라 차비도 들었을 텐데. 옆 사람 것을 좀 나누어 줄 수도 있지만 규정대로 하지 않을 수 없다. 그러니 눈물을 머금고 매정하게 끊을 수밖에 없다. 참 싸하다. 그럼 이런 구호 지원을 계속 해야 하나? 자괴감이 든다. 집에 가는 차비하라고 돈을 좀 주어 보냈다.

제 4 장

·

에티오피아 실상 1

태양

한국 사람이 느껴 온 것과는 전혀 다른 느낌의 태양이다. 강렬한 태양인데 건조한 상태에서의 태양 빛은 그 느낌이 다르다. 그래서 나는 일과 전에 반드시 썬 크림을 바른다. 그리고 긴 팔을 입는다. 다음, 건물 외부를 나갈 때는 자동적으로 썬 글라스를 낀다. 모자도 쓴다. 물과 차를 자주 마신다. 물은 가급적이면 냉수가 아닌 상온의 물을 자주 마셨다. 물을 마실 때는 한 번에 많이 마시지 말고 조금씩 자주 마시는 것이 좋다. 스스로 규칙을 정해 놓고 지키려고 하였다. 한국전 참전용사 중에 현재 시력을 완전히 상실한 분들이 많다. 이분들은 젊은 시절에 강한 자외선을 막을 선글라스를 끼지 않고 오랫동안 활동을 하신 분들이다. 이곳의 자외선은 강하다. 매일 조금씩 축적되면 몇 십 년 후 자신도 모르는 사이에 눈에 손상을 줄 수가 있다. 그만큼 자외선이 위험하다는 증거이다. 선크림도 마찬가지로, 오랜 시간 자외선에 노출되면, 피부에 손상을 준다. 선배들로부터 사우디근무시절 건강관리 사례를 들은 바 있다. 날이 덥다고 냉수나 냉 음료를 많이 마셨는데, 그런 사람일수록 노후에 치아가 일찍 망가졌다는 것이다. 일리 있는 얘기다. 그래서 덥더라도 물은 상온의 것을 마시는 게 좋다. 중국 엔지니어들은 더워도 꼭 따뜻한 물로 차를 준비하여 마신다. 다음, 개인적으로 치아 관리에 관심을 가졌다. 세면대에 항상 소금(죽염소금)을 두고 가글(Gargle)을 하였다. 소금이 떨어진 후에는 한국에서 소주(처음처럼)를 가져 와서 가글을 하였다. 소주 가글은 지인이 소개 한 것인데, 큰 효과를 보았다. 근무 중에 같은 곳 잇몸이 계속 부풀어 올랐다. 항생제를 먹어도 재발되어, 휴가 중에 치과에 확인하니 풍치가 와서 빼야 된다고 한다. 해외근무 끝나고 빼다고 하고 다시 에티오피아로 복귀하였고, 계속 소주로 가글을 하니 염증이 사라졌다. 6개월 후 다시 치과에서 검진하니, 빼지 않아도 된다는 진단이다. 민간요법이지만 소주 가글이 내게는 잘 맞았다. 강조하고 싶은 것은 각 개인별 자신의 건강관리 방법은 다르다. 이런 내용을 참고 하여 각자 나름대로의 건강관리 방법을 계발하면 좋을 것이다. 분명 한 것은 한국에서 보다 2배는 관심을 가져야 잘 견딜 수 있다.

기온과 의복

에티오피아는 일단 좋은 자연조건을 가졌다. 6, 7, 8, 9월 4개월이 우기 이다. 이때는 거의 매일 한차례씩 신나게 비가 온다. 특이한 것은 우리나라 장마 비 같이 길게 오지 않고 통상 1시간 정도 소나기처럼 집중 적으로 내린다. 천둥, 번개, 때로는 우박까지 같이 온다. 어떨 땐 우박이 탁구공만한 게 떨어진다. 그리고는 소나기가 온 후 날이 개이고 파란하늘이 나온다. 이런 비는 이곳을 푸르게 하고 매연과 오염물질을 쓸어 준다. 거리의 가축분뇨(소똥, 염소 똥)도 깨끗이 청소된다. 이 시기 우산은 필수 이다. 우산을 살 수 없는 사람은 비닐봉투를 머리에 쓰고 뛰어간다. 비가 많이 오는 시기에도 우산 없이 다니는 사람이 많다. 우기에는 좀 서늘하고 춥다. 현지인들은 한 겨울로 생각한다. 이 시기에는 독감도 자주 걸린다. 현지 직원들은 목도리와 겨울옷을 입는다. 한국에서 옷을 준비 할 때 여름옷과 초겨울 옷도 준비해야 한다. 우기와 12, 1월경은 밤에 잘 때 좀 춥다. 그래서 전기장판을 가져오는 사람들이 많다. 한두 달은 전기장판이 필요 하다.

커피(분나, Bunna)

남부 예르가체프 지역근처의 커피농장을 방문 할 기회가 있었다. 누가 소문을 냈는지 한국에서는 이곳 예르가체프 생산커피가 최고라고 한다. 그러나 현지인들은 전혀 모르는 사실이다. 오히려 하라 지역커피가 더 고품질이라고 한다. 한국의 벼 창고 같은 곳에 커피를 정리하여 건조시킨 다음 저장해 둔 곳이다. 이것을 마대에 넣어 무게로 판매 한다. 이곳의 커피를 준비하는 방식은 다르다. 수 천 년 동안 그들 나름대로 발전시킨 커피 제조 방식이다. 커피(분나)를 까맣게 복은 다음, 절구에 찧는다. 그런 다음 토기주전자에 넣고 즉석에서 숯불로 끓여 준다. 커피 잔은 에티오피아 문양이나 국기가 그려진 중국 빼갈잔 크기인데, 의외로 고소하고 맛이 특색이 있다. 이 맛에 길 들여 지면 한국식 커피는 맛이 없다. 내가 근무 할 때 도로가에 포장을 치고 준비 해 주는데, 한잔에 5비르 (약 200원)로 싸고 맛있다. 이들은 워낙 커피를 즐긴다. 의외로 쓰지 않고 이곳 설탕을 넣어 마시면 아주 맛이 좋다. 에티오피아 어디를 가나 커피 집은 많고, 커피 하나는 참 맛있다. 현지인이 초대하여 집을 방문하면 부인이 방 한 구석에서 커피를 준비한다. 처음부터 볶고 빻고 끓이는 전 과정을 숯불을 피워서 한다. 이때 커피 볶을 때 나는 연기를 프라이팬을 가지고 와서 손님에게 맡도록 한다. 가정집에 초대받으면 집에서 간단한 커피 세리모니를 한다. 커피향도 아주 그만이다. 커피의 최고 적임지역으로서, 고도가 높고, 뜨거운 태양, 비가 적절히 오고, 땅이 비옥하여 그야 말로 최고의 커피가 생산된다. 에티오피아는 커피를 빼고 얘기 할 수 없는 나라이다. 커피는 정말 질이 좋고 세계최고라고 생각된다.

발전된 법률천국

오해 마시라! 다른 것에 비해 상대적으로 법률이 아주 발전 되었다는 것이다. 특히 외국기관 돈 빼 먹는 분야의 법률은 기막히게 잘 조립 되어있다. 에티오피아는 역사가 3천년이 넘는 문명국가였다. 그런 문화, 역사적 관점에서 보면 당연히 법률이 발전 되었을 것이다. 그러나 많은 부분 왜곡되었다. 17여 년 공산주의를 거치면서 인민의 권리 분야, 국가 세금분야, 외국기업, 국제기구의 의무, 자신들이 공여 받는 분야 등에 대해서는 아주 발전 되어 있다. 이 나라는 일단 외화를 가지고 오면 해외로 반출 할 수 없다. 국제기구도 일단 돈을 들여왔으면 무조건 여기에서 다 쓰고 가야 한다. 사업이 종료되어 예산이 남건 어쩌건 들어온 돈은 여기서 다 소비해야 한다. 기막히게 잘 짜놓은 법 조항이다. 그래서 이런 기본 윤곽을 잘 모르면 무조건 손해를 당한다. 심지어 간단한 교통위반의 경우도 벌금은 벌금대로 따로 내야하고, 번호판을 뺏기면 그것 회수에도 다시 2중으로 돈이 든다. 벌금 내는 것도 해당 주에 가서 내야 한다. 그래서 간단한 교통 딱지 처리도 하루가 걸리고 어떨 때는 2일이 걸리는 경우도 있다. 이런 나라에서 무슨 일을 제대로 하겠는가? 공산주의를 하던 관습이 곳곳에 남아 있다. 그 대표적인 것이 소송이다. 인민의 인권을 중시 한다는 명목으로 해고 관련 법률을 엄격히 만들어 놓았다. 외국단체에 근무하다 해고 되면 거의 대부분은 소송으로 간다. 이곳에서 활동하기 전에 반드시 법령부터 먼저 숙지하는 것이 필수이다. 저자가 근무 중에 수없이 당했고, 큰 고통을 겪었기 때문에 여러 차례 강조하여 설명할 것이다.

교통상황

다른 아프리카와 마찬가지로 운전이 매우 위험하다. 이들의 자동차 문화를 접 한지가 오래 되지 않았고, 차도 낡은데다가 아주 험하게 몬다. 틈만 나면 우선순위 관계없이 들이민다. 자칫 접촉사고가 나기 쉽다. 문제는 접촉 사고 났을 때의 대처이다. 우선 차를 현장에 그대로 두고 보험회사와 상대편과 해결해야 된다. 한국같이 교통흐름을 위해 먼저 차를 빼 주면 절대 안 된다. 빨리 사무실 현지인을 연락하여 오게 하여 처리한 후 차를 빼야 된다. 뒤에 차가 막히건 말건 신경 쓸 필요 없다. 차를 먼저 빼 주면 모든 책임을 질 수도 있다. 그리고 인명 사고는 절대로 나지 말아야 한다. 인명사고가 나면 보험여부를 따지지 않고 구속하여 조사한다. 특히 외국인은 조심해야 한다. 도로가 파인 곳이 많아 매우 위험하다. 야간 운행은 조심해야 한다. 아직까지 음주운전에 대한 단속이 허술하여 술 마시고 운전하는 사람이 많다. 점진적으로 음주 단속을 시작하고 있다. 내가 처음 온 시기에는 신호등이 없었다. 최근에 주요 교차로부터 신호등을 설치하였다. 그러나 이들의 교통질서 의식이 없어 교차로에서 차가 엉키기가 일수이다. 그리고 제일 좋은 것은 현지고용 운전사에게 운전을 맡기는 것이다. 그게 사고가 나도 안전하고 사후 처리도 더 수월 하다. 그리고 아디스아바바에서는 가능하면 전철이나 대중교통이용을 습성화 하는 것도 좋다.

배은망덕(背恩忘德)

에티오피아에 오래계신 한국 분 들은 이곳 현지인들을 절대 믿지 말고, 잘 해 주지도 말고, 못 해주지도 말고, 공적으로만 대하라고 한다. 그 이유는 하도 많이 배신을 당했기 때문이라고 한다. 도대체 은혜와 의리, 인간의 도리를 모르는 사람들이라고 한다. 나도 몇 건이 있다.

　　한국전 참전용사 지원을 담당하는 현지직원이 현금을 분실했다고 하는 것이다. 한화로 약 190만원이다. 여기 에티오피아에선 아주 큰돈이다. 자기 봉급 6개월 치가 넘는다. 항상 일을 잘 하던 직원이 어느 순간부터 인상이 일그러지고 예민해지는 것이다. 거기다가 일이 지연되는데 계속 다른 이유를 댄다. 3개월 정도를 숨기다가 더 이상 숨길 수 없어 보고를 한 것이다. 그가 지원하는 참전용사 노인들은 거의가 90대가 넘은 분들로서 오로지 이 보조금으로 살아가는 분들이 대부분이다. 그래서 본부에 보고하니 바로 해고하라는 지시다. 그러나 그간의 업무를 생각하고, 인연을 봐서 2달간의 경과 기간을 주기로 하였다. 네가 매월 분납하고 너의 성실한 회복노력과 근무태도를 보인다면 해고 없이 계속 근무시키겠다. 그리고 분실금액 중 일부를 내 개인 돈으로 급히 빌려 주었다. 평소 머리도 좋고 성실하였고 나이도 어린 친구여서 당연히 믿었다. 그리고 해고 대신 경고장을 주는 것으로 마무리 지었다. 젊은 나이의 실수는 누구나 할 수 있고, 이것이 범죄 경력과 연결되는 것은 그의 평생을 두고 큰 손실이다. 내 자식과 같은 나이인데, 한 번의 실수로 미래를 파괴하고 싶지 않아 최대한 도와주었다. 그런데 이친구가 공문을 들고 와서 경고장을 취소하라고 소장을 협박을 한다. 만약 취소하지 않으면 조직의 약점을 관련기관 모두에 뿌리겠다고 한다. 이래서 오랫동안 에티오피아에 있었던 한국 분들이 경고 하였구나! 후회가 된다. 바로 해고하고 법적으로 처리했어야 하는데……. 또한 한참 후에 알게 되었는데, 이 직원이 실제로 공금을 분실하지도 않았던 것이다. 자신은 거짓말하여 보상받은 다음 돈을 풍족하게 썼다는 얘기를 다른 직원들에게 몇 개월 후에 듣게 된 것이다. 참으로 어이가 없다. 온지 얼마 안 되어 당한 사례라서 충격이 컸다.

또 다른 사례는,

한국에서 온 종교관련 봉사기관 앞에 신발 닦는 남자아이가 있었다고 한다. 성실해 보여서 종교기관에서 일자리도 주고 숙식도 제공해 주었다고 한다. 이어서 야간에 학교도 다니게 해 주었다. 그야말로 이 아이에게는 하늘이 내려준 보물 같은 인생의 새로운 기회를 잡은 것이다. 그런데 이 친구가 봉사단체의 물건을 훔쳤다고 한다. 그래서 바로 해고하고 내보냈다고 한다. 그랬더니 한국 봉사기관을 불법으로 해고하고, 가혹행위를 했다고 고소를 했다는 것이다. 기가 찰 노릇이다. 그러니 한국 분들이여! 사랑과 감성은 그저 깊이 간직하되, 이곳 에티오피아에서는 공적, 법적으로만 현지인을 대하기 바란다.

도둑1

도둑의 사례는 너무나도 많고 그 수법도 다양하다. 그래서 종류별, 시기별로 사례를 적나라하게 정리 하였다. 그 방법이 기상천외이어서 내가 보고도 믿기 어려운 것도 있었다. 우리나라도 과거 그런 기억이 있다. 어디든 좀 후진국은 비슷한 유형의 절도 행각은 있을 것이다. 여기도 그렇다. 과거 10여 년 전에 에티오피아는 다른 아프리카 보다 도둑이 더 심하지는 않다고 한다. 그러나 지금은 아프리카 국가 중에도 도둑이 많은 나라로 되었고, 특이한 상황도 가끔 있다. 오랜만에 스트레스 풀려고 한국지인들과 강(소더레)에 낚시하러 갔다. 그런데 거기가 한국의 리조트 비슷한 곳이다. 같이 간 분이 충전을 하느라고 차에 핸드폰을 두고 강으로 갔다. 물론 차문은 잠근 채로. 한참 낚시 후 점심시간이 되어 내가 라면을 끓이기 위해 도구를 가지러 갔다. 그때까지 분명히 있었다. 그리고 그릇과 라면 등을 둑에 옮겨 놓고 다시 별생각 없이 차 문을 분명히 잠그고 강 밑으로 라면을 끓이러 갔다. 그리고 라면을 맛있게 먹고 와서 다시 그릇을 차에 두러 왔는데, 핸드폰 충전기에서 핸드폰이 사라졌다. 참 참 참! 거기에는 그분의 거래처 번호와 가족사진이 다 있다고 하는데.. 기분 죽상이다. 메기도 많이 잡고 스트레스 확 풀리는 좋은 순간에 완전히 기분 잡친다. 곰곰이 생각 해 보았다. 언제 어떻게 핸드폰을 훔쳐 갔을까? 가만히 생각해보니 라면 끓일 기구를 둑에 옮겨 놓을 때 그 사이에 눈독을 들이고 있다가 순간적으로 가져 간 것 같다. 참 귀신같은 행동이다. 차에서 그 둑 까지 불과 10m, 그사이 갔다 오는데 쏙 빼 간 것이다. 도둑질을 하려면 그 정도 솜씨는 되어야 할 것 같다.

또 한 번은 미수에 그친 상황이다.

시내를 달리는데, 뒤에서 RV차가 다가오더니 그 차 운전수가 내차바퀴에 대고 손짓을 하며 서라고 한다. 그래서 길가에 세우고 왜 그러냐고 물어 보니, 자기가 뒤에서 보니까 내차 바퀴가 흔들려 위험해보여서 알려 주려고 했다는 것이다. 그러냐고 하고 감사하다고 하며, 내려서 차바퀴를 툭툭 차 보았다. 그러나 별일 없었다. 그리고 별 생각 없이 차를 타고 갔다. 그런데 며칠 뒤 한국 분으로부터 기상천외한 소매치기 수법을 들었다. 나와 똑 같은 상황으로 한국인 차를 세운 뒤 운전석 뒷바퀴를 돌아보는 순간 차안에 있던 돈 가방을 감쪽같이 가지고 달아났다는 것이다. 그것도 30만 비르 (약1600만원), 아차! 순간 등골이 서늘하였다. 다행히 나는 한적한 도로 옆에 차를 세웠고, 운전석반대쪽에 귀중품이나 가방이 없었고, 내가 운전석으로 내려 선채로 바퀴만 툭툭 차보고 다시 차를 탔기 때문에 도둑 맞을 일이 없었다. 이런 수법은 외국인에게 자주 있었다고 한다.

또 다른 사례,

한국교환학생이 하교하다 미니버스(봉고형)에 있다가 핸드폰을 잊어버린 건이다. 길이 울퉁불퉁 하여 차가 기우뚱 거리며 사람들이 차안에서 서로 부딪치는 상황이 있었다고 한다. 잠시 후 한국학생 옆에 탄 현지 젊은 친구가 급히 차를 세워 달라하고 내렸다고 하였다. 그리고 한참 있다가 한국학생은 집근처 정류장에 내렸는데, 아차! 주머니에 핸드폰이 없어 졌네! 차가 일렁거릴 때 현지 젊은 남자가 슬쩍 한 다음 바로 내린 것이라고 한다. 복잡한 시장(피아자)에 갈 때 특히 조심하시라. 차문을 열고 핸드폰을 하든지 뒷주머니에 넣고 다니면 위험하다. 한국인은 주 표적이다. 현지에서 세계최고급 삼성 핸드폰과 현금을 많이 가지고 다닌다고 소문이 나 있다. 이들은 핸드폰을 특히 좋아 하는데, 삼성 최신 버전은 이들의 몇 달 급여로도 못살 정도로 비싸고 기능이 좋기 때문이다. 대비책으로 배낭을 앞으로 메고 다니는 것도 좋은 방법이다. 무조건 중요 물건은 앞 바지 주머니에 넣는 것이 안전하다. 돈은 많이 가지고 다닐 필요가 없다. 필요한 몇 천 비르(Birr)만 가지고 다니기 바란다.

낚시

개인적으로 가장 좋은 취미를 개발 한 것이 낚시이다. 너무 감사한 스트레스 해소 방법이다. 근무지에서 1시간 거리에 아와사강 지류가 있다. 뻘건 황토 물에 메기가 산다. 건조한 에티오피아의 강에 산다. 모습은 한국메기와 똑 같다. 강에 영양이 많아서 그런지 팔뚝만한 것도 자주 잡힌다. 메기 낚시 미끼는 소의 간을 쓴다. 메기가 육식이라서 그걸 잘 먹는다고 한다. 난 아프리카 에티오피아서 메기 낚시를 한다는 것이 신기해서 같이 따라갔다가 이것이 가장 좋은 스트레스 해소를 위한 취미로 되었다. 그러데 매운탕을 해 먹기 까지는 오래 걸린다. 한 3일 정도 깨끗한 물에 넣어서 황토 흙냄새를 빼야 한다. 그러면 한국서 먹던 메기 매운탕과 매우 비슷하다. 아프리카서 먹는 매운탕은 별미이다. 오랜만에 먹는 고향 맛이며, 술 한 잔 같이 하면 스트레스가 싹 풀린다. 그런데 이곳 주민들은 비늘이 없는 메기는 먹지 않는다. 강에는 메기의 천적이 없어서 그런지, 상대적으로 메기가 많은 것 같다. 최근에 중국사람 들이 메기를 좋아한다는 것을 알고 그물로 잡아서 팔기도 한다. 여기까지 와서 메기 매운탕을 먹을 줄이야! 한국에 있는 친구들이 믿지 않아 할 수 없이 카톡 사진을 보냈다.

한국 제품

주로 한국 상품은 삼성 핸드폰, LG가전제품, 현대 자동차이다. 이들은 이런 상품으로 미루어 한국이 선진국이라는 것을 인식한다. 삼성 핸드폰은 젊은 사람들에게 로망이다. 가정에서 부유층으로 인식되는 척도가 LG TV, 세탁기, 에어컨 등이다. 최근에 현대 자동차 브랜드가 늘어나는 추세이다. 올림픽 마라톤 은메달 리스트가 현대 차 대리점을 하고 있기도 하다. 이런 첨단 제품들은 한국의 국가 이미지도 크게 영향을 준다. K-POP으로도 한국이 많이 알려 지면서, 많은 젊은 세대들은 어떻게 해서든지 한국에 가서 돈을 벌고자 하기도 한다. 그리고 다른 면으로는 이들의 수입이 한국제품을 살 여력이 없으니, 도난의 주요 표적이 되기도 한다. 철저한 대비가 필요하다.

교통딱지

한번은 아침 일찍 지방을 과속으로 가다가 여경에게 잡혔다. 그녀는 허리가 짤록하고 키가 늘씬한데, 다행히 영어를 못했다. 번뜩, 가방에서 태극기와 에티오피아 국기가 있는 열쇠고리를 생각하고 준비했다. 우선 창문을 열고 곤조 폴리스 우먼(아름다운 여자 경찰관님!)하고 외쳤다. 그리고 얼른 열쇠고리의 두 나라 국기를 보여주며, I am not a Chinese, I am Korean. Korea and Ethiopia friend, friend! 하면서 열쇠에 있는 양국 국기를 보여 주었다. 그랬더니 열쇠만 살짝 받아 갖고는 웃으면서 그냥 가라고 한다. 참 유용하게 써 먹었다. 안 그랬으면 딱지 끊기고, 차 번호판도 떼였을지도 모를 일이다. 여기서 5~6회 이렇게 위기를 넘겼다. 열쇠고리가 아주 유용하였다. 그리고 에티오피아 사람들은 중국인들에게 나쁜 감정이 있다. 과거 중국인들이 와서 바람직하지 못한 짓을 많이 하고, 책임도지지 않고 돌아갔기 때문이라고 한다. 문제는 외모가 흡사한 한국인도 현지인들은 무조건 중국인으로 취급한다. 여기 있는 동양인의 95%이상이 중국인이기 때문이다. 덩달아 한국인도 피해를 본다. 그래서 경찰에 걸리면 우선 국적을 먼저 밝힌 다. 그러면 쓸데없는 시비는 붙지 않는다. 중국인이 너무 많고, 그 들 중 일부는 한 장의 면허증을 칼라 복사하여 여러 사람이 돌려 쓰는 이유도 있다. 현지경찰이 사진을 보면 거의 비슷해 보이기 때 문에 이를 악용 하는 것이다. 경찰이 이를 알고 동양인 같으면 무 조건 중국인으로 생각하고, 별 위반이 없는데도 잡아놓고 본다. 하 여튼 전 세계 퍼져 있는 중국인들은 참 유별나다. 현지 교민 중에 는 번호판 까지 뺏겨 시간과 돈을 낭비한 사례가 많다. 또 한 가지 나의 노하우는, 저 만큼 경찰이 보이면 교통 규정을 지키고 천천히 가급적 1차선으로 간다. 그리고 평소 모자를 깊이 눌러쓰고 경찰 이 동양인이라는 것을 알아보지 못하도록 한다. 그리고 똑바로 앞 만 보고 달린다. 절대 경찰과 눈을 마주치지 않는다. 그러면 걸릴 경우가 적다. 그리고 이게 좋은 노하우인지 장담은 못하지만, 활용 하기 바란다.

성수(聖水)

일요일 교외로 바람을 쏘이러 간적이 있다. 아디스아바바 동 쪽으로 약 30분 정도 가는데, 흰 천을 두른 사람들이 많이 모여서 가는 곳이 있었다. 계곡으로 따라가 보니 뜨거운 온천수가 나오는 곳이다. 물에다 손을 대보니, 한국의 유황온천 같은 질 좋은 뜨거 운 물이다. 그런데 주위에 쇠사슬을 찬 사람들이 많이 보였다. 이 들은 정신병자 들이다. 정신병자들이 이곳에 와서 그물을 먹고 거 기에 목욕을 하면서 기도하면 치료 된다고 믿는 모양이다. 일반 신 자들도 많이 와서 작은 건물로 들어가 목욕을 한다. 부모들이 어린

자녀들을 데려와서 같이 목욕을 하기도 한다. 그러다 중간 중간에 괴성이 들린다. 그러면서 날뛰고, 기도하는 소리도 들린다. 남탕, 여탕 구분되어 있는데 그 안에는 안 들어 가봤지만, 기도하는 소리가 들리고, 자신들의 질병을 치료하는 성스런 곳으로 인정 하는 모양이다. 멋모르고 신을 신고 물이 흘러나오는 곳을 들어갔는데, 한 여자아이가 얼른 와서 타이른다. 여기는 성스러운 곳이니 신을 벗어야 한다. 그래서 나도 얼른 맨발로 들어갔다. 이들은 이곳을 성스런 물로 강력히 믿는 모양이다. 병을 치유하는 곳으로. 이 목욕탕도 중국인들이 지어 주었다고 한다. 그러니 중국의 입김이 곳곳에 스며있는 것이다. 이렇게라도 성수라고 믿고 그들의 고질병이 고쳐졌으면 좋겠다. 그리고 그들의 핏 속에 잠재 되어있는 나쁜 DNA도 이 물로 빨리 지워지기를 바란다.

공중도덕

에티오피아에서 부유층 사람들은 나름대로 잘 산다. 한국 돈 5억 정도 되는 저택에 식모, 청소부, 경비 등을 고용하고 산다. 도둑이 하도 많아 대부분 저택은 사설경비를 고용한다. 그런데 잘사는 사람, 못사는 사람 모두가 없는 게 있다. 공중도덕이다. 남에 대한 공공의 배려가 없다. 운전, 환경, 질서, 쓰레기 처리 등 많은 부분이 아직은 부족하다. 대표적으로 남자들은 어디서든 소변을 본다. 자신의 차바퀴, 도로중간 가드레일, 나무 옆. 여자는 아니지만. 장거리 버스 여행에 휴게소와 화장실이 없어 길가에 세우고 남자고 여자고 그냥 노지에서 싼다. 어떨 땐 슬쩍 현지 남자들 물건을 볼 때도 있다. 보는데도 별로 개의치도 않는다. 그런데 물건하나는 튼실하다. 새카맣고 긴 방망이 같은데 참 부럽기도 하다. 그런 물건을 아무데나 꺼내놓고 싼다. 처음에는 당황스러운데 1년 가까이 지나니 이런 것도 적응이 된다. 이곳은 수십 개 종족으로 구성되어 있고 나라의 개념보다 종족의 개념이 더 강하다. 이 나라 학교에서는 기본적인 도덕 교육이 아주 미흡해 보인다. 종족으로 나누어져 수천 년 동안 생활 해오다 보니 도덕관념이 더 없어 보인다. 도대체 남을 위한 배려, 공중도덕은 없어 보인다. 어릴 때부터 학교교육이 중요한데, 종족별 자존심은 크지만, 도덕교육은 과목편성자체가 아주 부족해 보인다.

구걸

많은 사람이 다니는 곳에 걸인이 많다. 자신의 신체불구를 내보이는 사람, 피부병이 극심한 사람, 어린 꼬마들 앞세우는 사람, 갓 난 아기를 업고 교통 체증구역에서 상주하는 여인, 정신병자, 맨발로 방황하는 사람, 심지어 바지를 벗고 날뛰는 사람, 환각성 잎(짜뜨)먹는 사람 등 가지가지사람이 많다. 오랫동안 공산주의를 거치며 경제가 피폐되어 이런 상황이 더 악화 된 이유도 있는 것 같다. 처음에는 너무도 애처로워 보여서 동전을 한 주먹 가지고 다니며 자주 나누어주기도 하였다. 그런데 오래 거주한 한국 분들이 돈 줄때 조심하라고 한다. 그리고 정체지역에서 가급적이면 창문을 닫고 주지 말라고 한다. 이유를 들어보니, 어린아이를 업고 구걸하는 여인은 어떤 경우 자신의 아기가 아니고, 구걸을 위해 다른 사람 아이를 빌려 업고 거리에 나온다는 것이다. 설마 그럴까? 하고 현지인 운전수에게 확인 해 보았다. 그 친구가 그렇다고 한다.

그리고 운전을 하면서 동전을 주면 경찰에게 교통법 위반으로 걸릴 수도 있다. 또 돈을 주는 순간에 벼룩까지 옮을 수가 있다고 한다. 어디까지 믿어야 할지 잘 모르겠다. 참 걸인이 많다. 특히 일요일 교회 가는 길은 양쪽으로 나와서 구걸한다. 휠체어 탄 어머니를 아들이 밀며 구걸도 한다. 특히 동양인을 보면 득달 같이 달려온다. 동양 사람은 무조건 중국인으로 간주하고, "짜이나 짜이나" 하며 손을 벌린다. 참 듣기 싫고 경멸을 당하는 느낌 까지 든다. 에티오피아 생활이 길어지면서 차츰 돈을 주지 않게 되었다.

일부다처, 다자녀

에티오피아의 남쪽, 북쪽 시골을 방문한 적이 있다. 여기 종교가 에티오피아 정교인데도 일부다처가 있다. 특히 시골이 이런 경향이 많다. 조금 여유가 있는 사람은 2명의 처를 거느린다고 한다. 그리고 그것이 불편해 보이지도 않는다. 내가 아는 커피농장 주인도 부인이 2명이다. 500m옆에 큰 마누라 집이 있다. 현재는 작은 마누라 집에서 주로 지낸다고 한다. 그리고 여기는 여자들이 그렇게 대우 받지는 못한다. 첫째 마누라가 둘째마누라 얻는 것을 싫다고 하면 바로 이혼 당한다고 한다. 시골에서는 이런 상황을 받아들이고 같이 산다. 그래서 배 다른 형제가 많다. 자식도 많이 낳는다. 여자들은 자식 생산을 하나의 큰 축복으로 생각한다. 한 가정에 자녀가 통상 7~8명이 된다. 50~60년대 한국과 상황이 유사하다. 시골로 갈수록 자녀가 많다. 신세대 젊은 부부들도 보통 4~5명의 자녀를 둔다. 공장 여직원들에게 물어보아도 자식을 많이 낳기를 원한다. 아직 이곳은 인구감소에 대한 걱정은 안 해도 된다. 인구로 봐서는 젊은 나라이다.

가축

땅이 넓다. 시골로 가면 수십만 평의 땅에 양, 소, 염소, 당나귀, 말 등을 키운다. 심지어 수도 아디스아바바 도심에도 양을 몰고 다니며 도로가의 쓰레기, 풀 등을 먹이며 키우고, 곳곳에 가축 시장이 선다. 즉석에서 잡아주기도 하고, 차에 싫고 가서 자기 집에서 스스로 잡기도 한다. 주로 전봇대에 걸어 놓고 잡는데 30분이면 다 해체를 한다. 축제나 결혼 등 경축일에 일반가정에서 염소나 양을 잡는다. 염소와 양은 인간에게 고마운 동물이다. 전 세계 어디에 가도 적응을 잘 한다. 염소는 약 15만원, 소는 약 100~150만 원정도 한다. 그런데 당나귀와 말은 매우 싸다. 이들은 말과 당나귀 고기는 먹지 않고, 오직 운송 수단으로만 활용하기 때문이다. 최근에 중국인들이 당나귀 고기를 보신용으로 먹기 위해 많이 수입한다고 한다. 시골에서 소를 10마리 이상 키우면 상당히 부자에 속한다. 40~50년 전 한국과 유사한 상황이다. 과거 한국의 시골에서 대학을 한사람 보내려면 소 한 마리씩 팔지 않았는가? 육 고기가 매우 싸다. 그런데 소고기, 닭고기는 육질이 매우 질기다. 그 이유가 사료를 먹이지 않고 오로지 풀만 먹으며, 가축들이 풀을 먹기 위해 하루 수km를 이동하기 때문에 근육이 질길 수밖에 없다. 또 특이한 것은 오리는 키우지 않고, 오리고기 자체를 잘 모르며, 돼지고기도 먹지 않는다. 이슬람이 아니라도 돼지고기는 안 먹는다. 그래서 돼지는 키우는 사람이 거의 없는데, 특이하게 일부 키우는 사람은 돼지도 방목을 한다. 이곳 돼지는 길거리를 다니면서 쓰레기와 풀도 뜯어 먹는다. 돼지가 육식동물이 아니고 초식 동물인 것을 여기서 처음 알았다. 참 키우기 쉽다. 그냥 풀어 놓으면 하루 종일 거리를 다니며 도로의 쓰레기를 찾아 먹다가 저녁때 염소와 같이 자기 주인집으로 찾아온다는 것이다. 그러고 보면 돼지도 참 IQ가 높은 동물이다. 최근에는 중국인과 유럽 사람이 많아 돼지를 키우는 사람이 좀 있다. 그래서 외국 계 슈퍼마켓에서 부드러운 돼지고기를 살 수 있다. 종교 의식을 거치지 않고 도축한 가축이나, 죽은 가축은 먹지 않는다. 예를 들어 도로에서 금방 차에 치어 죽은 염소라도 이들은 절대 먹지 않는다. 피가 식기 때문이란다. 가축 체온이 식기 전에 피를 제거한 동물만 먹는다고 한다. 종교별로 절차에 따라 도축한 고기만 먹는다. 여기는 이슬람과 기독교가 공존한다. 고기를 살 때 정육점이 명확하게 구별된다. 기독교 계통은 가게 앞에 큰 십자가를 그려 놓았다. 무슬림은 무슬림 표시가 있다. 가축을 잡을 때 기도를 종교별로 다르게 하고, 또 잡는 순서가 다르다고 한다. 그래서 그들은 꼭 자기 종교의 가게에 가서 고기를 산다. 그리고 종교마다 고기를 먹지 않는 기간이 있다. 그때는 아예 정육점이 문을 닫는다. 외국인들이 이 기간에 고기를 사려면 외국계 마트에 가야 한다. 아니면 미리 구매하여 냉동 해 놓아야 한다. 에티오피아 정교가 이런 규율을 또 엄격히 지킨다. 자신이 굶어죽더라도 지키려 한다. 허 참!

찌끄리 옐롬(좋아요. OK)

에티오피아에서 많이 듣는 말 중에 하나가 찌끄리옐롬이다. 즉 OK, 걱정마라, 이상 없다는 것이다. 그러나 아주 위험한 말이며, 그대로 믿었다가는 큰 봉변을 당한다. 금방 들통이 날 거짓말을 하고도 면전에서 찌끄리옐롬이다. 이런 문화가 널리 퍼져 있다. 그래서 나는 직원들에게 절대로 찌끄리옐롬을 함부로 말하지 말라고 수없이 강조한다. 자신도 없으면서 왜 OK라고 하느냐? 현지인으로부터 이 얘기를 들었으면, "그래! 가보자", 하고 현장에 가서 확인해야 한다. 그렇지 않으면 매일 당한다. 쉬운 예로, 이런 조건의 집을 일요일 까지 구해 줄 수 있느냐? 중계자는 "찌끄리옐롬"이라고 지신 있게 말한다. 이사 준비 다 해놓고 당일아침에 다시 확인해도 찌끄리옐롬 이다. 막상 오후에 이사 가려고 하면 준비가 안 되었다고 한다. 성질 급한 한국인은 돌아 버린다. 그러니 무조건 자기 눈으로 확인 하고, 서명하고 돈을 주고 시작을 해야 한다. 나 자신도 이 말을 믿고 그대로 했다가 수도 없이 곤욕을 치렀다. 명심하시라! 현지인들의 찌끄리옐롬은 그저 상투적인 습관화 된 말이라고 보면 된다. 가벼운 일상용어 "그래요" 정도로 이해하면 된다.

술, 담배

이 나라는 이상하게도 담배는 거의피우지 않는다. 현지인들에게 선물 주려고 한국담배 2보루를 가지고 왔는데, 1년 가까이 주지 못했다. 그래서 한국 분 드렸다. 대신 술은 잘 마시는 편이다. 지방층이 많아서 인지 잘 취하지도 않는다. 이곳은 주로 맥주를 많이 마시는데, 현지직원들에게 맥주사주면 아주 좋아한다. 담배는 종교적인 영향이 많은 것 같다. 에티오피아 정교 올토독스를 믿는 사람이 많기 때문이다. 거리에 담배꽁초는 거의 안 보인다. 그것은 좋은 점이다. 맥주 집에 오는 여자들은 담배를 많이 피우는데, 고객으로 오는 중국인들이 권하고, 담배를 무료로 주어서 그렇다. 중국인들의 담배인심은 후하다.

시골 주유소

시골에 방문 하였다가 주유소에 들렀다. 차 주유 구를 손가락으로 가르치며 "디젤! 디젤"하고 큰소리로 외쳤다. 으시(예스)하며, 주유원이 주유 라인으로 안내 하였다. 당연히 디젤인지 알고 넣고 영수증까지 잘 받아 가지고 왔다. 주유를 하고 시동을 거는데 전혀 이상 없이 사무실 까지는 잘 왔다. 그리고 몇 시간 후 업무 때문에 다시 운행하려고 시동을 거니 영 안 걸린다. 왜 그런가 한참고민 하는데, 현지 직원이 영수증을 살펴보더니 깜짝 놀란다. 디젤이 아니고 휘발유를 넣은 것이다. 참 기가 막힌다. 주유소에 일하는 놈이 영어로 디젤이라는 발음을 못 알아들어 다른 기름을 넣어주는 놈들이니. . . 지방으로 가면 영어가 전혀 통하지 않는 곳이 있다. 그래서 명패를 만들었다. 영어, 암하릭, 오로미파(지방언어)까지 써서 시골, 변두리를 갈 때는 꼭 보여주고 확인을 한 다음에 넣는 것이 좋다. 기름 제거하고 고치는데 15만원이 들었고, 정비소에 3일간 입고하였다. 참 손해가 막심하고 후회된다. 왼 놈의 주유소 사장이 직원들에게 가장 간단한 업무 영어도 안 가르치고 일을 시키나? 말도 안 되는 일이지만 에티오피아에서는 말이 되는 상황이다. 여기는 아프리카, 그리고 에티오피아니까.

짜뜨

이들은 도로가 커피 집, 카페 등에서 어린 찻잎 같은 것을 자주 씹는다. 그것도 음료수와 땅콩을 겸해서. 염소가 풀 뜯어 먹듯이. 뭔가 확인하니 담배와 같은 중독성 있는 연한 나무 잎인데, 이곳 에티오피아 남자들은 흔히 잘 먹는다. 간혹 좀 여유 있어 보이는 여자들도 즐긴다. 이 짜뜨가 중동에 까지 수출된다고 한다. 이것은 가난한사람 부자 할 것 없이 즐기는 것 같다. 호텔이나 관광지에서도 자리를 깔고 비스듬히 누워서 물 담배와 함께 즐기는 모습도 자주 보인다. 저자도 경험삼아 맛을 보았다. 일반 차 잎과 비슷한 맛인데, 조금 먹어서는 별 효과가 없었다. 한참동안 많이 씹고 몇 시간 지나야 효과가 나타난다고 한다. 가끔 거리에 쓰러져 있는 사람들 중에 짜뜨를 많이 먹고 환각상태로 있는 사람이 있다. 심한사람은 눈에 흰 동자가 나타나며 몸을 못 가누는 사람도 보았다. 이런 행동은 이들이 가난 할 때 이 잎을 씹으면 허기를 잊는다고 한다. 그래서 가게 어디나 쉽게 이것을 구 할 수 있다. 할 일 없어 빈둥거리는 젊은이들은 아예 1리터짜리 물병을 옆에 놓고 줄기차게 씹어 댄다. 그렇게 먹어서 이들의 허기가 없어지고 스트레스가 사라진다면 좋으련만…….

배달 커피

가게를 낼 돈이 없는 사람은 장바구니에 보온병을 넣고 커피를 가지고 다니며 도로가에서 판다. 공사장이나 공원의 그늘에서 팔기도 한다. 일반 커피 집 보다 가격이 싸다. 맛은 그런대로 괜찮다. 그리고 이들은 튀김감자도 같이 가지고 다니며 판다. 배달의 민족이 아닌데도 보온 통을 들고 다니며 배달을 한다. 내가 근무하던 기관 앞에도 이런 여자가 있다. 점심 먹고 오다가 마주치면, 이웃 사람들 다 불러 한잔씩 사 주고 나도 마셨다. 10잔을 사주어도 2,000원도 안 든다. 이들은 분나 한잔 사주어도 인사는 수 십 번씩 한다. 손을 마주 잡고 연신 고개 숙이고 인사말(아마세끄날루)을 반복한다. 제발 말로 하지 말고 진실한 행동을 보이면 좋겠다.

일체 돈거래는 하지마라!

한국인이 처음 오면 이들의 돈 빌리는 작전이 있다. 한국사람 성질 급한 것을 알고 업무를 최종 마무리 기한까지 차일피일 미룬다. 그리고 말일이 되면 초치기로 하려고 한다. 그러다가 오늘까지 완료해야 하는데 당장 돈이 없어 못하니 며칠만 빌려 달라고 한다. 공적업무에 급하다고 빌려달라는 것이다. 이런 상황을 모르는 한국 직원은 당장본부에 결과보고는 해야 하고, 자기 근무 실적과도 연관이 되니 무심코 몇 십 만원 빌려준다. 그런데 한번 빌려주면 못 받는다고 봐야한다. 미루는 것도 기가 막힌 수법을 다 동원한다. 나중에는 스스로 넌덜머리가 나서 받기를 포기하게 만드는 것이 이들의 습성이다. 정 돈이 없어 사업이 연기되게 되면 정식보고하고 연기하여라. 그래야 이들이 두 번 다시 이상한 행동을 안한다. 나도 몇 번 속았고 결국 받지 못했다. 정부기관 공무원도 수법이 다양하다. 일단은 찌끄리옐롬하며, 자기가 책임 질 테니 걱정말라며 미룬다. 그러다 법정 기일이 다가오면 그때는 어쩔 수 없다. "나는 모르겠다. 맘대로 해라"는 식이다. 그러니 한국 기관이 꼼짝없이 물어낸다. 기가 막힌 수법이다. 이런 것에 휘말리지 않으려면 사전에 규정대로 미리 하고, 안 되면 모든 것 포기 한다고 선언하고 나와야 한다. 그러나 한국의 공신력, 기관의 신뢰도 때문에 기관, 개인이 물어내더라도 그 사업을 정상적으로 하려고 한다. 그러니 현지인에게 농락당한 꼴이다. 민간 사업가들도 유사한 사례를 여러 차례 얘기한다. 이들과 같이하는 사업은 참으로 조심해야 한다는 것이다. 이들과 합작 또는 동업하면 열에 아홉은 실패한다.

특이한 관습

NGO소장으로 혼자 있으니 가끔 술집에 간다. 여기도 야간에 술집은 붐빈다. 보통 맥주 집은 안주 없이 마셔도 되니까 술값(맥주 한 병 약800원)하나는 아주 싸다. 동양인이 혼자 맥주를 마시고 있으면 으레 현지 아가씨가 붙는다. 자기도 맥주 한 병 사달라면서. 이들은 대게 영어를 한다. 한번은 상당히 끼가 있어 보이는 여성이 접근하였다. 그러려니 하고 맥주 한 병을 사 주었다. 한참 후 자기는 동양 남성을 좋아 한다나 어쩐 다나 하면서 죽치고 있다. 그런가 하고 한참동안 가만히 있으니, 돈을 벌기 위해 다양하게 유혹을 한다. 그러고는 자기 몸매가 좋으니 먼저 확인해 보고, 맘에 드는지 판단하라고 한다. 술집 한쪽 테이블이 어두컴컴하고 분위기도 되는 상황이어서 아가씨가 하자는 대로 못이기는 척 하며 그대로 두었다. 그런데 내 손을 자기 스커트 안으로 안내를 한다. 속살이 부드럽고 탄력이 있었다. 아니! 이 아가씨 자신의 중요 부위 국경까지 내 손을 안내 하는 것이 아닌가? 어 어 어!!! 당연히 부드러운 숲을 지나 갈 줄 알았는데, 깔끔한 대리석 표면이다. 움찔하며 내손을 철수 하였다. 그렇지 않았으면 안철수(정치인이아님)하고 버티려 했는데……. 한참 후 호흡을 가다듬고 자세히 물어 보았다. "왜 남자와 자려고 하면서 그곳 수풀을 다 밀었느냐" 하니? 자신은 남자와 관계를 할 때 숲을 민다고 한다. 그럼 다른 현지 여자들도 그러느냐? 현지 여자들도 그곳 면도를 한다고 한다. 오잉??? 거 참, 술이 확 깨네. 이유는? 위생적이고 또 현지 남자들은 그걸 좋아 한다나? 나 원 참! 옛날 유머 리스트에 어떤 왕이 취미가 너무 별나서 그런 여자를 좋아 했다는 말을 듣기는 했지만, 현장에서 그런 것을 보니 참으로 묘한 생각이 든다. 위생적으로 관리하기위해서 라는 것이 일정부분 이해가 된다. 이들은 물 사정이 좋지 않아 자주 샤워를 할 형편이 못된다. 남성 해외 근무자들은 참고하시기 바란다. 뭐, 별건 아니지만... 참고하실 밤 문화! ! ! 그런데 꼭 알아 두어야 할 것은 이곳 직업여성들이 매우 위험한 질병을 가지고 있는 사람이 많다는 것이다. 절대, 절대, 절대! 유의하길. 또 현지여성이 의도적으로 접근하고 호의를 보이는 경우가 있는데, 대부분은 돈이 목적이라고 이해하면 된다. 동양인은 오로지 돈으로 생각한다. 그리고 무슬림여성들은 유의해야 한다. 매우 엄격히 교재를 금지하기도 한다. 일부 무슬림은 결혼 전에 남자를 사귀기도 하지만, 무슬림 종파에 따라 매우 심각하게 다루는 경우가 있다. 무슬림도 신세대들은 남녀 교재와 성적접촉도 자유로워 졌다고 한다. 그러나 외국인에게는 두려움의 대상이 될 수 있으니, 특히 무슬림 여성, 검은 의상으로 온몸을 가리는 무슬림은 절대 접근 말기 바란다.

자동차관리

에티오피아에서 가장 힘든 것 중에 하나가 자동차 운행이다. 다양한 사례를 소개 한다. 절대 정비소에 오래 맡기지 마라. 가끔 고장이 나면 계약된 현지 정비공장에 가서 정비를 하는데 어떨 때는 두고 가라고 한다. 그래서 두고 오면 1~2개월 잡고 있는 경우도 있었다. 이게 말이 되나? 한국 같으면 하루면 고칠 수 있는데 어떻게 이럴 수 있나? 하고 생각 하였다. 그런데 문제는 한국 차가 이곳에 보편화 되지 않아 수리부속 조달이 어려운 것이다. 할 수 없이 한국서 부품을 가져와서 겨우 고쳤다. 그리고 현지 정비공장에 차를 오래 맡기면 위험한 장난을 친다. 즉, 멀쩡한 부속 빼서 다른 차로 돌려 막기를 한다는 것이다. 실제로 한국교민 중 다수가 이런 사고를 당했다. 정비를 한 다음 금방 고장이 나서 다른 정비소에 가니 멀쩡한 부속을 바꿔치기 했다는 것이다. 이런 장난은 정비소 개별적으로 하기도 하지만, 현지 운전수와 짜고 하는 경우도 있으니 참 신경 많이 써야 한다. 기상천외의 사기를 치니만큼 먼저 오신 분들의 조언을 잘 들어야 한다. 다행히 저자는 약 20여 년 전에 와서 사업을 하시는 박동규 사장님으로부터 소중한 노하우를 많이 전수를 받았다. 이런 사실을 안 이후로는 운전수와 직접 가서 원인을 확인하고, 정확한 수리부속을 한국으로부터 공수 받아서 단기간에 수리 하였다. 참고로 이곳 도로사정이 좋지 않아 고장이 자주 나고, 운전수의 운전 습관과 관리태도가 나쁜 관계로 자주 고장이 난다.

종족 갈등/국가통일

에티오피아는 큰 종족이 약 8개정도 된다. 암하라, 오로모, 띠그라이, 구라게, 소말리 등. 그런데 이들은 국가개념 보다 종족개념이 더 강하다. 외국인들은 구별을 못해도 그들 스스로는 종족 구별을 명확히 한다. 그리고 그들끼리 뭉친다. 그래서 종족간의 정치적 발언이나 종교 관련 언급은 하지 않아야 한다. 자칫 큰 문제의 발단이 될 수 있다. 국가라는 틀의 개념이 매우 희박하다. 전체 통일도 어렵다. 공용어가 있지만 각 종족별 고유 언어를 고집하고 지역마다 의사소통이 잘 되지 않는다. 그래서 대학을 입학 할 때에는 성적이 되는 사람에 한하여, 각 지역 국립대학을 추천하여 무작위로 간다고 한다. 대학생을 각 지역별로 썩어 버리는 것이다. 각 지역별 언어도 다르고, 각 주별로 변호사도 각각 임명을 한다. 중앙의 변호사가 지방에 변호를 못한다. 지역별 언어가 다르고 변호사 자격인가도 다르기 때문이다. 그래서 지방에서 소송이 걸리면 변호사를 그 지역에서 선발해야 한다. 어떤 경우는 수도와 지방 2사람을 선임해야 하는 경우가 있다. 참 불편하다.

치료약

여기도 약은 많다. 대부분 유럽과 중동에서 들어온 약이다. 그렇다 보니 매우 비싼 편이다. 일반 시민들은 변변한 연고조차 사기가 힘들다. 숙소 근처에 조그만 공터가 있어 아침 운동 나갔다. 거기에 현지인들도 몇 사람이 나와서 몸 풀고 같이 운동 하였다. 그 중에 베켈레라고 하는 나이든 친구가 있었다. 나보다 훨씬 더 늙어 보이는데, 실제로는 세 살 아래 이였다. 이친구가 영어를 잘하여 자주 어울리게 되었다. 자신은 아디스아바바 대학 졸업하고 박사 학위까지 받았으며, 현재 대학교 도서관장으로 근무 한다고 하였다. 그러면서 다리를 걷고 보여 주었다. 다리에 상처가 나서 오래 되었는데도 낫지 않는다는 것이다. 아직도 그대로 상처가 있었다. 그러냐? 그럼 내일 아침 내가 쓰는 연고를 주겠다. 다음날 아침 한 국에서 가져온 네오시덤이라는 항생연고를 주었다. 그리고 며칠 후 다시 만나 물어보니 잘 아물었고, 1주일 후 상처를 다시 보여 주면서 말끔히 나았다고 한다. 한국의 약 품질이 아주 우수하다. 유럽이나 미국제품에 비하여 결코 떨어지지 않는다. 이렇듯이 이 나라에서는 그래도 지식인 임에도 불구하고 자신의 다리상처 하 나 치료할 좋은 연고조차 없는 것이다. 그 친구는 감사하다며 자신 의 집으로 초대 하였고, 아디스아바바 시내 유적지를 안내 해 주기 도 하였다. 볼펜과 모자 등 생필품을 나누어 주었다. 영어를 잘 구 사할 정도의 우수 자원이나, 병원치료 받을 여건도 안 되고 다리상 처를 방치하고 있는 것이 이 나라의 현실이다. 한국서 가져온 연고 와 위생재료는 여기서는 아주 유용하다. 그래서 휴가 때 제약회사 대리점을 하는 친구에게 부탁하여 기초적인 의약품을 많이 기부 받아 왔다. 큰 박스로 가져 왔는데도 만나는 사람마다 나누어 주다 보니 금방 바닥이 났다.

한국인 교류장소

　개략적으로 한국인 에티오피아 거주자가 약 500명 정도 된다 고 한다. 그런데 이곳 한국교회(명성교회)가 있는데 일요일에 가면 약100~150명 정도가 온다. 수도인 아디스아바바에 거주하는 한국인 약 반 이상이 모이는 것 같다. 우선 한국인들이니 편하고 종교라는 것을 떠나 이 나라 정보나 여러 가지 지식을 얻고 교류 할 수 있다. 그래서 일요일 특별한 일이 없으면 이곳에 갔다. 또 좋은 것은 김치와 한국식 뷔페를 먹을 수 있다. 개인적으로 소송이 걸려 어려울 때 여기서 많은 조언을 받고 큰 도움이 되었다. 이 교회는 명성 종합병원 울타리 안에 같이 있다. 이곳에 한국 병원과 교회가 있다는 것이 교민에게는 좋은 매개체 역할을 해 준다. 이 종교 단체에서는 현지에 봉사 활동도 많이 하고 에티오피아 주민들의 의료지원에 큰 역할을 하고 있다. 무엇보다 개인적으로 이곳에서 애로사항을 서로 공유하고, 현지에서 여러 상황으로 인해 받는 스트레스도 해소 할 수 있어서 아주 큰 도움이 되었다. 초기에 잘 적응하지 못하는 한국인들은 이곳을 잘 활용하면 좋을 것이다. 한국의 명성교회에서 현지인을 위한 교회는 거창하게 지어 놓았다. 병원의 진료 수준도 우수하다. 그런데 진료비가 매우 비싸다. 한국인 디스카운트 없이 진료하면 의료보험이 없는 관계로 엄청난 진료비가 나온다. 그래서 한국직원이라고 하고 신청서를 따로 내고 진료를 받으면 할인을 해 준다. 간단한 예로, Work Permit을 위해 간단한 신검도 30~40만 원 든다. 신검은 차라리 이 나라 병원에 가서 받는 것이 좋다. 그러면 근로허가서에 필요한 약식신검을 해주고 3~4만원 받는다. 나도 이런 사실을 몰라서 처음에는 크게 썼다. 신검 외에 정식진료는 한국병원에서 하는 것이 좋다. 한국과 미국에서 수련하신 우수한 박사 분들이 많고 장비도 종합병원 수준이다. 아직 대부분의 현지 병원의 진료 수준은 아주 저조하기 때문에 피하는 것이 좋다. 잘못 현지 병원 갔다가는 낭패 당한다. 그리고 가끔 아디스아바바 가서 점심시간이 되면 병원 구내식당에 가서 한식뷔페를 사 먹는다. 김치가 한국과 똑같이 맛있고, 식사가 아주 속이 개운하다.

에티오피아 정교회(Orthodox)

숙소 근처에 마리암이라고 하는 큰 정교회가 있다. 마침 옆집 사는 사람이 이교회 다닌다고 한다. 그래서 언제 한번 안내 좀 해 달라고 하니, 일요일에 초청을 해 주었다. 아침 일찍 같이 가서 모든 내부시설을 둘러보았는데, 한국의 천주교와 비슷한 분위기가 풍긴다. 그리고 좀 엄숙하며 정적인 느낌이 들었다. 신자들은 남녀노소 옷을 단정하게 입고 흰 스카프를 두르고, 경건한 자세로 기도를 하였다. 내부가 넓은데 목회자들이 향로 같은 것에 향을 피우며 구석구석 돌아다니기도 하고, 건물 안에 연기로 가득 차 있다. 헌금을 하는 것은 보이지가 않았다. 나중에 물어보니 헌금 박스가 있는데 자발적으로 넣는다고 한다. 그리고 교회전체분위기가 매우 격식이 있고, 건전해 보인다는 느낌을 받았다. 속으로 이들이 교회 오는 것과 같이 정직하고 건전하게 생활을 한다면 에티오피아는 지금보다 훨씬 더 잘사는 나라가 되지 않았을까? 하는 생각이 든다. 길가에 걸인들이 밤 세워 거적을 쓰고 앉아 구걸한다. 교회가는 사람들은 이들에게 고루 동전을 나누어준다. 지나가며 1비르(약 40원)씩 주고 간다. 어떤 사람은 10비르짜리 지폐를 첫 번째 거지에게 주고 대신 동전 9비르 거슬러서 옆에 거지들에게 차례로 1비르씩 나누어 주기도 한다. 신기한 모습이다. 그리고 새벽부터 구걸한 거지들에게 빵과 따뜻한 차를 파는 여자들이 온다. 그러면 거지들은 구걸한 돈으로 빵과 차를 사서 아침 식사를 한다. 구걸한 돈으로 빵을 사먹는데, 그 빵을 팔기위해 거지 앞으로 행상이 오는 것이다. 참으로 기막힌 장사모습을 보았다.

특산품 전시회

한국에서 온 교환학생들과 에티오피아 특산품(선물)전시회를 한다고 하여 방문 해 보았다. 아디스아바바 서쪽에 위치한 골프장에서 열리는 전시회였다. 임시 텐트를 쳐 놓고 여러 가지 물품을 전시 해 놓았다. 확인 해보니 대부분 가죽 제품이었는데, 질이 저조하고 디자인이 조잡하였다. 아들에게 선물 할 작은 가죽가방 하나 샀다. 가격은 4만원인데 튼튼해 보인다. 특산품이 가죽제품 인데 그리 만족할 수준이 아니다.

가축 판매와 방목

수도인 아디스아바바에도 곳곳에 염소, 양 가축시장이 있다. 이곳에서 수백 마리의 염소, 양을 모아 놓고 즉석 흥정과 판매를 한다. 보통 살아 있는 염소를 트렁크에 싣고 가서 각 가정에서 도축을 한다. 아주 쉽게 잡는다. 또 현장에서 잡아 달라면 20분정도에 도축을 해 준다. 대신 도축 비를 한국 돈 약 1만 원정도 이며, 가죽은 도축업자가 갖는다. 염소와 양은 현지인들에게 가장 인기 있는 가축이다. 그리고 골목골목에서 조금이라도 풀이 있으면 대도시에서도 양을 몰고 다니며 키운다. 통상 20마리 정도를 한 아이가 관리 한다. 이들은 양을 돌보며 월급을 받는다. 주로 도시 빈곤층 아이들이 가축을 돌본다. 이들의 숙소를 가 보면 전기도 안 들어오고, 움막처럼 만들어 살고 있으며 매번 불을 피워 식사를 만들어 먹는다. 수도인 아디스아바바에도 이런 빈곤층이 많다.

NGO 현지 직원들의 근무태도

직원들 간의 능력이 많이 차이가 난다. 능력도 없고 일할 의지가 없는 직원도 섞여 있다. 이들의 근무태도는 전형적인 공산주의 행태인데, 아무리 급한 일이 밀려도 정시에 퇴근 한다. 오버타임 수당을 제공할 것이니 야근하고 급한 일을 마무리 하라고 해도 잘 안 따른다. 정시 퇴근은 노동자의 권리라고 주장하는 놈들도 있다. 시간만 때우고 월급만 받겠다는 자세이다. 그리고 업무를 마무리 하지 못하면 갖가지 핑계를 아주 잘 댄다. 다 그런 것이 아니고 약 50%정도의 직원은 성실한 편이다. 이들은 그래도 이 나라에서는 일류대학을 나오고 영어를 잘하는 엘리트 계층이다. 급여도 다른 직장에 비해 많은 편이다. 그런데도 그들이 가지고 있는 고착된 생각이 변하지 않는다. 아무리 교육하고, 소리 지르고, 강조해도 별 소용이 없다. 이런 현지 사정을 모르는 한국 본부에서는 왜 몇 명 되지도 않는 사무실직원도 제대로 못 다루냐고 문책을 한다. 이곳은 에티오피아 이다. 그렇게 잘하는 나라이면 벌써 선진국이 되었고, 한국단체에서 지원도 필요 없는 나라가 되었을 것이다. 대부분의 한국인이 그렇듯이, NGO소장을 하면서 항상 내가 제일먼저 출근하여 문을 열고 제일 늦게 퇴근하며 문을 잠근다. 리더가 가장 열심히 일하고 모범을 보였다. "이들도 사람이면, 젊은 신세대라면 보고 따라 하겠지" 하고 1년을 한 결 같이 솔선수범하였다. 그리고 1년 후에 보니 하나도 바뀌지 않는다. 인터넷도 잘하고, 서구의 문화를 접하고, 머리 좋은 젊은 세대들도 이렇게 바뀌지 않는다. 이 나라 민족성을 이해해야 한다. "내가 잘하고 잘 대해주면 따라오겠지" 라는 생각은 철없는 생각이다. 턱도 없는 소리이다. 그래서 오래계신 한국인들이 이들을 다루는 것은 공식적인 법과 규정으로 다루는 수밖에 없다고 하시는 이유를 알게 되었다.

숙소 임대

아디스아바바 외곽에 한국의 연립주택 형태의 집으로 방 1개, 부엌, 화장실(샤워시설포함)이 있는 허술한 집이 20만원(2018년 기준)의 월세를 요구한다. 기타 비용을 합치면 약 25만 원 정도 된다. 이 나라 대졸 자 초임이 보통 20만원이 안 된다. 그러니 현지 봉급생활자는 월급 받아서 아디스아바바 외곽 월세도 못내는 것이다. 그래서 이들은 방 한 칸짜리 공동주택에 사는 경우가 많다. 그곳은 화장실, 수도, 부엌 등을 공동으로 사용 한다. 이런 시설은 약 5만 원 정도 한다. 그래서 현지인들은 매일 샤워를 할 여건이 못 되는 것이다. 현지 집은 구조나 시설이 형편없다. 현지인의 수준에 맞게 지었기 때문에, 한국인이 보면 한숨이 나온다. 좀 더 나은 단독주택은 월세 100만원이 훌쩍 넘는다. 이곳의 물가는 매우 비싼 편이다. 특히 공산품의 가격이 비싸다. 건축자재도 일부는 외국에서 수입을 하는 관계로 비싼 것이다. 아디스아바바 지역 집세는 한국의 중소도시 수준으로 비싸다.

농촌행사

모델농장에 매년 1회씩 Farmer's Day행사를 한다. 이것도 NGO지원업무의 하나이다. 농장에 도착하니 건물 뒤에서 소(100만원상당)를 이미 잡아서 축제를 준비 하고 있다. 비린내가 진동하고 동내 개와 까마귀 떼들이 몰려든다. 모델농장 관련주민 100여명과 지역담당 군 치안사령관 대령이 총 든 병사 20여명을 대동하고 나타났다. 축제 중에 혹시 모를 종족 소요사태 예방하기 위한 목적이지만, 실상은 그들에게 대접하는 것이다. 지휘관이 나보다 한참 어렸고, 군인다워 보였다. 내가 한국국방부에서 정년퇴직하였다고 하니 예의를 표시하며 자기 부대원들에게 교육을 좀 해달라고 한다. 그래서 간단히 그들에게 군인의 사생 관과 한국전에서 에티오피아 군인들이 목숨을 걸고 도와주어 감사하다는 인사를 전했다. 지휘관은 근무 중 술을 하지 않았다. 대신 부하들에게 생고기를 제공해주기를 원한다. 그렇게 예우를 해주니 매우 감격해 한다. 소고기를 군인들에게 푸짐하게 내왔다. 잘도 먹는다. 술도 한잔씩 한다. 군기는 들어 보이고 눈빛이 살기가 돌며 훈련도 되어있어 보인다. 가을 축제에 소 한 마리를 잡아서 온 동네잔치를 한다. 특이 한 것은 소의 피를 받아 두었는데 아직 따듯한 것을 사람들이 마신다. 아이들도 피를 마시고 생고기도 잘 먹는다. 한국의 육회처럼 양파, 고춧가루, 마늘, 야채를 넣고 만드는데, 남녀노소 생고기를 잘 먹는다. 나와 한국직원들은 겁이 나서 생고기는 일체 먹지 않았다. 한국인에게 적응이 안 되는 기생충이 있을 것 같았다. 축제 때 이들도 술을 즐긴다. 꼭 한국의 막소주 같은 "아라께"라는 술이다. 각 지역과 농가에서 비공식적으로 만드는데 아주 독하고 질이 좋지 않아 마시고 나면 머리가 아프고 속이 쓰리다.

중국의 저질 고량주 같은 느낌이다. 가급적이면 이 술을 안 마시는 게 좋다. 처음에 모르고 몇 잔 마셨다가 고생을 많이 했다. 소고기 요리도 하는데, 솥뚜껑 같은 것을 걸어 놓고 소똥과 장작으로 불을 피우고 불고기 식으로 요리 하는데 이것은 먹을 만 하다. 그런데 고기가 한국사람 에게는 매우 질기다. 인제라(현지인주식)와 같이 싸 먹는데 이들은 즐기지만 한국인에게는 별로 맞지 않는다. 이 때 한인 가족 두 팀이 와서 동참했다. 이들 가족들은 에티오피아 농촌 생활을 보지 못했기 때문에 신기하다는 듯이 즐긴다. 온 마을 사람이 푸짐하게 먹고 그다음 흥이 나니 모여서 리듬에 맞추어 춤도 춘다. 소 한 마리로 축제를 하고 흡족하게 돌아갔다.

모델 농장 농민교육

새로 NGO소장으로 부임하여 모델농장 농민들에게 인사 겸 회의를 할 기회가 왔다. 전형적인 한국인으로서 이들에게 꼭 강조, 전달해야 할 교육을 했다. 농촌지역 사람들은 영어를 거의 못 알아 듣는다. 내가 영어로 하면 현지 직원이 통역하는 절차로 진행하였다. 나는 힘주어 강조했다. "한국NGO가 언제까지나 지원 할 수는 없다. 그러니 사업기간동안 여러분들이 스스로 인력을 편성하고 기술전수를 완료하여, 한국 NGO가 떠나더라도 자체적으로 잘 농장을 진행 하도록 준비하라"는 내용이었다. 그렇게 강력하게 교육을 했지만 이들은 별 반응이 없었다. 내가 보기에는 현지 농민들이 "어, 왜 소장이 저런 교육을 하지?" 하는 표정이다. 즉 자신들은 무조건 천년만년 공짜로 지원만 받으면 된다는 자세이다. 어떻게 하든지 선진기술을 배우고 자체 조직을 하여 농장을 승계 발전시키겠다는 생각 자체가 없다. 한숨이 나온다.

연말 결산

　　NGO사업의 회기는 연말이다. 금년 중에 해결해야 할 예산을 종료해야 한다. 토요일이고 일요일고 사무실 나와 연말 업무 결산을 완료해야 한다. 밀린 싸인 하는데 볼펜 한 자루가 다 닳을 정도이다. 참 일 많다. 그동안 전임자 있을 때부터 1년 치를 정리 하지 않고 쌓아 둔 것이다. 연말 전에 이곳 직원들에게 경과를 확인하면 이상 없이(찌끄리옐롬)잘 되고 있다고 한다. 세부적으로 확인하지 않으면 그냥 지나간다. 그러다가 1년이 지나간 다음 결산을 하려고 하면 그때야 허겁지겁 모든 서류를 가져와서 결재 해 달라고 한다. 그걸 연말에 종료 하려 하니 뼈가 빠진다. 그런데 묘한 상황이 발생 하였다. 마무리 일자에 맞추어야 하기 때문에 긴급 우편을 보낼 사유가 생겼다. 그런데 현지직원이 당장 돈이 없다고 하여 할 수 없이 내 주머닛돈 약 15만원을 급히 빌려 주었다. 그런데 이 친구 함흥차사다. 결국은 이 돈도 떼였다. 공적인 일 때문에 급히 빌려주는 돈인데도 떼어 먹는 것이 현지인들이다. 그 후로도 어쩔 수 없이 업무를 위한 급한 돈을 몇 번 빌려 주었지만 결국 못 받았다. 이런 상황을 한국 본부에서 알지도 못하고, 인정 해 주지도 않는다. 본부 회장이라는 사람은 현장 방문 와서 왜 그 간단한 것도 처리 못하느냐고 책임 추궁만 한다. 현지 시스템이 한국같이 잘되지 않는다고 누누이 설명해도 씨도 안 먹힌다. 이런 단체가 국제 지원 단체라니 한숨이 나오고 실망감이 너무 크게 된다. 본부 회장이 본인이 직접 나와서 현지 상황을 지휘해보면 금방 알 것이다.

가족 방문

에티오피아의 1월은 상대적으로 추운 계절이다. 그러나 한국에 비하면 아주 덥다. 한국의 가을 정도의 날씨로 쾌적한 편이다. 한국의 한 겨울 추울 때 여기는 날씨가 아주 적절 하다. 그래서 Wife와 딸을 초청 하였다. 약 1달 정도 머물렀다. 인근 관광지와 남쪽 예르가체페지역 근처의 커피 농장을 방문 하였다. 나름대로 의미가 있다. 여행으로 와서 단 기간 머무는 것은 좋다. 날씨도 청명하고 아주 색다른 문화를 경험할 수 있기 때문이다. 그래서 에티오피아는 단기간 여행을 위해서 오는 것은 좋다. 처음의 인상을 그대로 유지 할 수 있기 때문이다. 가족들은 커피 세리모니와 전통식사와 공연도 좋아 한다. 나도 보람이 있었다. 그리고 2박 3일정도 케냐의 사파리도 즐길 수 있다. 여기서 케냐는 비행기로 1시간정도 걸린다. 케냐의 사파리를 즐길 수 있으니 인근국가를 묶어서 여행 오면 좋다. 지인이 에티오피아와 케냐, 이집트, 마다가스카르등을 묶어서 여행 오는 것을 보았다. 좋은 패키지여행이다. 그리고 여기는 식료품과 과일도 아주 싸다. 머무는데 비용도 저렴하다. 그리고 아주 색다른 문화이니 한번쯤은 가족을 초청하여 즐기는 것도 좋을 것이다. 참고로 Wife는 한국의 겨울을 이곳에서 보내기위해 매년 방문을 하였다. 특히 북쪽 인류문화유산지역 방문과 남쪽 커피농장 방문은 큰 의미가 있었고, 나름대로 아주 만족하였다. 즉 단기간 여행목적으로 오는 것은 좋다. 그러나 장기간 직장인으로 오는 것은 생각해 볼 필요가 있다.

식사와 인체에너지소비

에티오피아는 고도가 높다. 대부분의 도시가 해발 2,000m가 넘는다. 처음 오면 머리가 띵하고 쉽게 피로를 느낀다. 아디스아바바는 2,600m고지로 육체적인 부하가 많이 걸린다. 처음에 멋모르고 운동하다가는 쓰러진다. 그리고 인체의 대사가 빨리 진행 되는 것 같다. 저녁에 잘 때 보면 다리가 조금 부풀어 있다. 한참 지나야 인체가 정상으로 돌아온다. 같은 양의 식사를 하여도 일찍 소화가 되는 것 같다. 처음 도착하여 먹을 것 이라곤 현지 식사뿐이어서, 할 수 없이 그걸 먹었다. 속이 부대끼고 더부룩하고, 불편하다. 생전 처음 먹는 인제라이니 그럴 수밖에……. 이것은 3일정도 숙성시킨 다음 만든다. 그래서 시큼하다. 꼭 막걸리 빵 같은 냄새가 난다. 그리고 식당에서 파는 인제라는 질이 좋은 것이 아니다. 싼 재료를 썩어서 만들기 때문에, 먹은 후에는 속이 편하지 않다. 그래서 할 수 없이 햄버거나, 샌드위치를 먹는다. 그런데 그것도 열악하여 계속 먹기는 한계가 있다. 어떨 때는 스파게티를 주문 해보지만 그것도 오래 먹을 수는 없다. 그래서 도착한지 3개월 만에 몸무게가 딱 5kg가볍게 빠졌다. 다이어트 하려면 이곳 음식을 먹으면 된다. 1년 내에 10~15kg 감량된 사람도 수두룩하다. 이것은 다이어트가 아니고 생존의 문제다. 갑자기 몸무게가 빠지니 얼굴이 홀쭉해 지고, 목에 주름도 생기고 무엇보다 몸에 히마리가 없어진다. 허리가 꼬부라지는 것 같고 힘을 쓸 수가 없다. 그리고 자외선 강한 이곳 태양을 받으면 현기증까지 난다. 사람마다 차이는 있지만, 현지식사에 적응하지 못하면 매우 난감하다. 나는 할 수 없이 8개월을 혼자 견디다가, 한국인이 사는 집으로 들어갔다. 그 집에 돈을 많이 내고 하숙하듯이 했다. 그러면서 4개월 정도 한국식 밥을 먹으니 원기가 다시 돌아 왔다. 그러고 나서는 어느 정도 이곳에 몸이 정착되는 것 같다. 그다음부터는 현지 식을 먹어도 별 부담이 없었다. 참! 인체라는 것이 묘하여, 유전인자와 배치되는 음식이 들어오면 적응하는데 한참 걸린다. 어디든지 천천히 적응을 해야 오래가고 몸에도 큰 타격을 주지 않는다. 6개월 후에 한국에 첫 휴가 가서는 주로 젓갈류와 장아찌를 가지고 왔다. 입맛 없을 때 이곳의 안남미(安南米)밥이라도 젓갈과 먹으면 그래도 속이 좀 회복된다. 된장과 고추장은 필수이다. 이곳 야채가 싸니 거기다 된장만 조금 넣고 끓이면 그나마 조금 낫다. 그리고 건조된 어류도 좋다. 재미있는 얘기로, 캐리어 마다 말린 오징어를 몇 마리씩 넣어라. 그러면 에티오피아 공항에서 검색을 하려고 가방을 열었다가도, 세관원이 비린내에 기겁을 하고 닫으라고 한다!(단, 100% 믿지는 마시고.) 이곳 사람들은 바다생선을 먹어보지 못해서 생선냄새는 질색을 한다. 다만 호수나 강가에서 붕어같이 비늘이 있는 민물 생선을 튀겨서 먹는다.

맥주

여기 왈리아(Walia), 하베샤(Habesha), 세인트조지 등 많은 종류의 맥주가 나온다. 질이 아주 좋다. 대부분 유럽회사가 만드는 맥주이다. 맥주 집에서 작은 병 하나가 약 20비르(800원)정도 한다. 이 나라에서는 이것도 큰돈이다. 그래서 맥주도 현지인들은 함부로 못 마신다. 조금 큰 맥주 집에 가면 음악을 틀어준다. 주로 경쾌한 현지 음악이다. 정신없이 볼륨을 크게 해 놓는다. 귀가 아플 정도이다. 그리고 현지 여자들이 있는 곳이 있다. 이들은 자기에게도 맥주를 사 달라고 한다. 그래서 맘에 들면 한 병 사 준다. 한참 얘기하다가 별로라고 생각되면 그냥 오면 된다. 그녀들은 맥주만 얻어 마시고 간다. 이곳은 안주 없이 마시므로 싸게 마신다. 맥주 값만 내면 된다. 현지에는 중국공장이 많다. 한국인이 가도 무조건 중국인으로 본다. 그리고 맥주 집 가서 굳이 한국인이라고 밝힐 이유도 없다. 실수해도 차이나이다. 즐겁게 얘기하고 마시고 스트레스 풀고 오면 된다. 대부분의 중국인들은 아직 술집 매너가 세련되지 않아, 현지인들이 그리 좋아 하지는 않는다. 오히려 한국인이라면 아주 반색을 하며 몰려온다. 더 후하게 돈을 주고, 세련되고 신사라는 느낌을 받아서 그런 것 같다. 그런데 아주 조심하시라. 술은 절대 적절히 마시고 스트레스 풀 정도만 하는 것이 좋다. 만취해서 이 여성들과 잘못 어울리면 큰일 난다. 이들 중에 누가 위험한지 알 수가 없다. 더구나 여기는 아프리카다. 괜히 인사 불성되어 방호(?)없이 객고를 풀다가는 정말 큰일 난다. 그리고 절도의 표적이 될 수 있다. 명심하시라. 에티오피아에서는 항상 본인 나름의 절제와 통제가 필요하다. 한국 여성 파견자도 같은 이치이다.

NGO의 행태

내가 있었던 소규모 사단법인 NGO조직은 참으로 근무하기가 만만치 않다. 제2의 직장이고 봉사의 개념으로 생각하고 근무하려고 해도 조직내부의 스트레스로 인내의 한계가 온다. 특히, 현지 직원 중에 어린여자 간사를 시켜 소장을 감시 시키고 가지고 놀고 하면 도저히 견딜 수가 없다. 그 치욕과 인격모독에서 배길 사람은 없다. 본부의 수장이라는 사람이 독재자와 같은 자신의 업무 스타일을 고집하고, 성과를 내라고 강요하면 일하기 참으로 힘 든다. 여기는 아프리카이고 에티오피아 인데, 현실 여건에 맞지 않는 지시를 하고 목표달성을 강요한다. 그러니 현지소장은 등골이 빠질 수밖에 없다. 나의 앞의 전임 2명도 비슷한 상황으로 퇴직했음을 알았다. 첫 직장을 정년퇴직하고 봉사의 마음으로 NGO업무를 했지만, 이런 조직은 갈등이 심하여 도저히 오래 근무 할 수가 없다. 그리고 그 내부에 불합리하게 돌아가는 상황을 알고, 조직의 특수한 문화에 부 적응 자는 견디기가 쉽지 않다. 또 주기적으로 본부에서 감사를 한답시고 정신병자 같은 미친년을 감사관으로 보내 현지소장을 가지고 논다. 그리고 소장이 모멸감을 느끼고 스스로 포기 하도록 유도를 하기도 한다. 조직의 겉포장은 세상에서 가장 거룩하게 포장을 하는 국제구호단체가 막상 그 내막은 전혀 다른 현실이다. 한국본부에서 감사하러 온 젊은 년은 마치 나라를 망친 최**이 널뛰듯이 생 쇼를 다 한다. 현지 직원들 앞에서 소장을 죄인 취급하고, 인격을 말살하고 고양이가 쥐를 가지고 놀듯이 희롱한다. 이런 상황에서 봉사활동을 계속할 사람은 대한민국에 한 명도 없다. 이름만 거룩한 봉사 단체로, 그래도 본부의 수장은 가오마담으로 사회 지도층을 초빙하여 앉혀놓는다. 무지하기 이를 데 없는 가오마담 본부의 수장이 이런 분위기를 조성하는 것으로 보인다. 저자가 근무 당시 수장은 사회 고위층 출신으로서 군대식으로 조직을 운영하려는 사람이었다. 자신의 말이 곧 법이라고 강조를 하니 참으로 이상한 조직으로 생각된다. 어떤 때는 재벌 오너 같다는 생각도 든다. 물론 다른 봉사단체는 내가 정확히 잘 모르겠다. 제발 다른 NGO봉사 단체는 그렇지 않기를 간절히 바란다. 현지에서 소장들 모임에서 들어보면 다른 기관도 이와 유사 하다는 것을 알 수 있다. 단, 지자체 소속공공기관과 KOICA는 다르다. 혹시라도 퇴직 후에 봉사를 하려고 한다면 심사숙고하여 그 단체를 잘 선정하기 바란다. 오랫동안 일을 해 보았든지, 잘 관찰해 보았든지, 종교단체로서 확신 있을 때만 들어가서 근무하기를 간곡히 권유 드린다. 그렇지 않으면 평생가지고 있던 봉사단체의 선한마음이 모두 원수의 마음으로 바뀔 수 있기 때문이다. 봉사의 의미를 아주 다르게 생각하게 되었다. 개인적인 생각은 이렇게 아프리카 까지 와서 현장에서 몸으로 하는 것도 봉사이지만, 자기의 직장이나 하고 있는 일을 잘하여 발전시키고, 세금을 국가에 잘 내는 것이 오히려 더 큰 봉사가 아닐까 하고 생각한다.

달러

에티오피아뿐만 아니라 대부분의 아프리카 국가가 외환사정이 좋지 않다. 그래서 달러($)를 가지고 들어는 것은 자유지만 가지고 나 갈 수는 없다. 그대로 여기서 다 소비하고 가야 한다. 봉사단체나 종교 단체도 마찬 가지다. 프로젝트가 취소되어도 이미 들어온 예산은 본국으로 다시 보낼 수 없다. 웃기는 나라다. 그러니 송금은 꼭 필요한 만큼만 그때그때 송금 받아쓴다. 그런데 가끔 문제가 발생 한다. 갑자기 은행이나 이 나라 전산 시스템 불통으로 송금이 며칠 지연 되는 경우가 있다. 그러면 난리가 난다. 직원급여를 못 주니 사방에서 불평하고 심지어는 노동부에 고발도 한다. 이들은 그달 급여를 받아 방세내고 모든 비용을 맞추어 사는 방식이기 때문이다. 인플레도 매년 15%이상 된다. 일자리는 많이 없고, 급여가 인플레만큼 오르지도 않는다. 대졸자의 초봉이 약 한국 돈

20만 원 정도 된다. 외국 사업자들은 할 수 없이 편법을 쓰는 수밖에 없다. 여기서 번 돈을 본국으로 송금을 못하니 할 수 없이 다른 방법으로 돈을 처리 한다. 결국 정상적인 흐름이 안 되고 왜곡된 과정을 거친다. 그러다가 정부의 시각에서 벗어나면 한꺼번에 세금으로 두들겨 맞는 수가 있다. 그러면 일부 회사는 손들고 파산하고 나간다. 또 하나는 현지 직원들의 외국인 회사에 대한 충성도이다. 이들은 그들이 받은 수혜에 대해서는 일체 잊어버린다. 현지직원과 일정한 거리를 두고 관리 할 필요가 있고, 항상 크로스 체크해야 한다. 꼭 의심해서가 아니라 제도적으로 대형 사고를 미연에 방지하기 위해서는 그렇게 해야만 한다. 이런 달러($)관리도 현지직원들에 의해 징보가 셀 수가 있다. 여기는 아프리카 에티오피아 이다.

현지 시간, 달력

이곳은 나름대로 전통을 잘 지킨다. 그게 편리하던 아니던. 현지시간은 국제 표준 시간보다 6시간 늦다. 즉, 유럽시간으로 오후 3시면 이들은 오전 9시이다. 이들과 약속 할 때 항상 International Time을 명시하고 잡아야 한다. 그리고 1년이 13개월이며, 신년이 9월이다. 혼란이 올수 있는데도, 이들은 이것을 고수한다. 꼭 한국의 음력을 따지듯이. 그런 것을 전통이라고 아주 가치 있게 받아들인다. 거기까지는 얼마든지 이해한다. 그러나 약속시간 마저 잘 안 지킨다. 현지인들(공무원 포함)은 약속을 참 잘 안 지킨다. 통상 한 시간 정도 늦는 것은 보통이다. 그런데 늦고서도 그리 미안한 태도가 아니다. 뭐 그럴 수도 있지 라는 것이다. 두

손바닥으로 쓱 올리면서 Gesture 하면 그만이다. 그래서 약속한 당일 한 번 더 언급을 해 두는 것이 좋다. 그리고 이 시간 늦는 것에 대해 너무 민감하게 받아들이지 않는 것이 좋다.

Road kill

로드 킬을 많이 볼 수 있다. 여기는 야생동물과 떠돌이 개가 많다. 특히 고속도로에는 짐승들이 죽어 있는 것을 자주 본다. 떠돌이 개를 치었을 때는 물어주지 않아도 된다. 왜냐 하면 주인이 없고 이곳은 개를 사육하지도 않고, 고기를 먹지 않기 때문이다. 가끔 도로에 등치가 큰 하이예나가 죽어 있는 것도 볼 수 있다. 그러나 주인이 있는 가축을 로드 킬 하였을 경우 반드시 주인을 찾아 변상 해 주어야 한다. 흔히 염소, 양, 당나귀, 소 등이 될 수 있다. 뺑소니 후 잡히면 시가의 3배 물어주고, 면허증 뺏긴다. 또 위험 한 것은 시골 외곽지역에서 뺑소니 하면 멀리서 보고 총을 쏘기도 한다고 한다. 그러니 맘 편하게 물어주고 가는 게 좋다. 염소, 양의 경우 현재 약 10~15만 원 정도 물어 주면 된다. 이상하게도 이곳의 도로에 짐승이 죽으면 치우지를 않는다. 사체가 한동안 배가 부풀어 있다가 터지면 냄새가 지독하다. 그러다가 1달 정도 지나면 모든 것이 사라져 버린다. 일부는 떠돌이 짐승들이 먹기도 하고, 자연적으로 부패되어 사라지기도 한다. 주택가에도 죽은 짐승들이 가끔 있는데, 그걸 누구하나 치우는 사람이 없다. 이런 공공적인 활동이 매우 미흡하다.

개떼

에티오피아는 개가 많다. 그야 말로 개떼가 몰려다닌다. 개도 튼실하다. 등치가 한국시골 똥개보다 크다. 현지인들은 전혀 개고기를 먹지 않으므로 떼를 지어 떠돌이 개들이 몰려다닌다. 때로는 20여 마리가 다닌다. 이 개 들은 주로 동물사체, 현지인들이 소, 양을 잡은 후 머리 등 버린 부산물을 먹는다. 현지인은 가축을 집에서 잡고 머리 등은 길가에 버린다. 그러면 개들이 이것을 먹으면서 자체적으로 잘 번식 한다. 그런데 최근 일부 변화가 있다. 중국인과 베트남 사람들이 몰래 개를 잡아먹는 모양이다. 그래도 개 숫자가 워낙 많다. 한국은 개고기 식용 문제로 시끄러운데 여긴 개의 방치로 골칫거리다. 쓰레기장에도 개떼가 많다. 도로에 어떨 때는 개보다 더 등치 큰 것이 죽어 있는데 자세히 보면 개가 아니고 야생 하이예나이다. 하이예나는 덩치가 개보다 더 크고 얼룩덜룩하다. 어떤 날 밤에는 개들이 시끄럽게 짖는 경우가 있다. 그때는 야생 하이에나가 마을로 접근하여 개떼들이 단체로 대항하는 것이다. 여하튼 개가 많다. 여기 오래 살고 계신 현지 사업가 한분이 에티오피아 사람들을 자주 개(Dog)에 비유하기도 하다. 에티오피아 사람도 잘 대접받고, 이곳 개들도 잘 대접받는 날이 오기 바란다.

제 5 장

•

에티오피아 실상 2

현지 2년차 생활

이미 언급하였지만, 한국인이 에티오피아 생활할 때 그 시기마다 느끼는 것이 달라진다. 즉 1개월, 3개월, 6개월, 1년, 2년, 그 이상기간이 단계마다 생각과 행동이 달라진다. 1개월 정도 생활한 사람은 "뭐, 괜찮은 나라이네" 라고 판단 할 수 있다. 그러나 머무는 기간이 길면 길수록 그 느낌은 확연히 달라진다. 필자의 경우는 근무 기간이 길면 길수록 어려운 것이 많이 보이고, 심적인 고통이 커지는 것을 느낄 수 있었다. 그래서 나만 그런지 알고, 한국인 모임에서 이곳에서 사업을 하시며 오래 머문 분들에게 물어 보았다. 그분들은 에티오피아에 10년 이상 거주하신 분 들이다. 내가 이렇게 느끼는데, 이것이 잘못된 것 아닙니까? 하고. 그분들이 이구동성 말씀하시는 것이, 내가 느끼는 것이 지극히 정상이고 자신들도 가면 갈수록 이 나라에 정을 붙일 수가 없다고 한탄한다. 단지 벌려놓은 사업이 있어서 어쩔 수 없이 관리하고 있다는 의견이다. 사람은 누구나 느끼는 것이 비슷하다. 크게 다르지 않을 것이다. 10년이 넘은 그분들도 나와 똑 같이 느꼈던 것이다. 이 시점에서 나는 운 좋게도 NGO소장 근무를 마치고 한국제조업 회사로 옮길 수 있었다. 마침 이곳에 와서 사업을 막 시작하는 중견기업으로 자리를 바꾸게 되었다. 만약 그렇지 않았다면 NGO소장을 더 이상 하지 않고 바로 귀국 하였을 것이다. 나 자신이 최초부터 3년을 이곳에서 근무하고 가겠다고 계획을 세웠다. 해외 나왔으면 기본적으로 3년은 있어야 되지 않겠는가 하는 생각에서였다. 그러면서 에티오피아 생활 2년차가 시작 되었다. 공장은 아디스아바바에서 남쪽으로 약 30분 정도 거리에 있는 두캄(Dukem)이라는 공장 지역이다. 아디스아바바로부터 고속도로가 연결되어 있는 곳이다.

업무의 부하는 많더라도 국제 구호단체의 내부적인 불합리, 심리적인 갈등, 요상한 아사리 판으로 부터 해방 될 수 있어서 개인적으로 너무도 감사한 것이었다.

도둑 2

저자가 에티오피아에 근무 하면서 다양한 도둑 사례를 경험하였다. 수법이 기상천외하여 처음 오는 한국인들은 모르고 당하기 아주 쉽다. 자세히 사례별로 확인하여 참고하기 바란다.

공장에 공사하려 쌓아둔 철근과 쇠파이프 수 십 개가 간밤에 사라 졌다. 에티오피아는 인플레가 심해서 철근자재 가격이 2배가 올랐다. 그래서 이런 자재는 가지고 나가면 바로 현찰이다. 그런데 상대적으로 무거운 철근을 어찌 훔쳐 갈까? 결국 경비와 짜고 울타리 밖으로 빼내가는 수법을 쓴 것이다. 그러지 않고는 도저히 나갈 수가 없다. 이 나라는 도둑이 많아 조그만 공장이나 심지어 개인 가정에도 사설 경비를 채용 한다. 그런데 경비가 도둑질을 하는 경우가 많다. 본인이 직접 도둑질을 하는 경우도 있지만, 대부분 외부에 있는 도둑과 결탁하여 도와 준다. 통상 경비들의 보수가 적으니 그런 것으로 보충 하려 한다. 후진국은 어디나 비슷할 것이다. 외국 계 회사라면 더욱더 훔치려고 혈안이 되어 있다. 왜냐하면 외국 계 회사는 더 안전하고 사후에 고발이나 잡힐 염려가 더 적기 때문이다. 결국 경찰에 신고하고 사건 처리 하도록 하였다. 그랬더니 경비들이 긴장 한다. 경찰이 의지가 있으면 도둑놈은 금방 잡아낸다. 그리고 개인적으로 경찰과 식사하며 대접을 하기도 하였다. 경찰에게 활동비를 좀 주더라도 이런 도둑은 꼭 잡아서 처리해야 한다. 참고로 경찰들이 이런 일을 해결 해 주려면 사전에, 그리고 사후에 사례금을 지불하는 것이 관례이다. 심지어 오토바이 기름 값도 줘야한다. 철저히 처리해야 향후로도 경비들이 정신 차리고 근무 잘 할 것이다. 경찰이 조사하고 경비가 관련 된 것이 확인 되었다. 그래서 직접 연관자는 해고 하였다. 해고하기 전에 분실물품비용을 나누어서 배상 하도록 하였다. 그리고 근무를 잘 못선 경비들에게 공동 부담을 하도록 분담하여 급여에서 공제 하도록 하였다. 그래야만 새로 들어오는 경비들도 도둑질을 안 하기 때문이다. 이런 사건이 있고나서 그래도 한동안 도둑이 줄어들었다. 그러나 이 나라 특성상 완전히 없어지지는 않았다. 공장의 물건이 분실된 것에 대한 경찰의 수사가 진행 되고, 경찰 2명이 와서 경비 대상으로 조사 1시간 여 후 결론을 바로 내렸다. 경비들의 말이 각각 다르고 의문점이 있다고 경찰관이 판단하였고, 다음날 오전 까지 의심 가는 4명 경찰서 출두하라는 명령을 하고, 현장조사는 마무리 하였다. 이미 누구의 짓인지 대강 윤곽을 잡은 다음 해당자를 출두 시키니, 다음날 경비 1명은 도주하고 3명만 경찰 출두하여 추가조사를 받았다. 이들도 바로 구금에 들어갔다. 이곳 경찰들이 심문 할 때는 살벌하게 한다고 한다. 일단 어느 정도 심증이 간다고 하면 야간에는 무자비 하게 들고 팬다고 한다. 그래서 경찰이 도둑을 잡으려고 맘먹으면 잡아낸다고 한다. 워낙 도둑이 극성이어서 잡아내는 수법도 남다른 모양이다. 그래서 도둑질한 1명은 줄행랑을 친 것이다. 이렇게 하여 범인을 잡아냈다. 관할 지역경찰서와 유대관계를 잘 해 둘 필요가 있다. 이런 시범을 보여야 경비들이 경각심을 가지고 도둑과 결탁을 하지 않고 서로 견제하며 근무를 잘 하려고 한다.

에티오피아 건축공사

에티오피아에 와서 가장 어려운 것 중 하나가 건축부분이다. 한눈에 봐도 엉성하다. 한국 40~50년 전에 벽돌 쌓아서 하는 식의 공사이다. 현지 여건상 정부 고위관료들이 추천하는 회사를 억지로 정하여 할 수 밖에 없는 사정도 있다. 이 나라는 부조리가 심하여, 외국 계 공장이 관청의 허가를 받는 대신 고위 관료의 청탁을 받을 수밖에 없는 구조 이기도하다. 후진국 어디나 비슷할 것이다. 그런데 여기 공사는 너무 엉망이다. 최초 도면에 내부 구멍이나 배관 공간을 거푸집 안에 만들어놓지 않고 무조건 다 쌓은 다음 나중에 필요한 것을 깨어 홈을 만든다. 참 아둔하게 공사를 한다. 최초 콘크리트를 부을 거푸집부터 필요한 파이프나 공간을 만들어놓으면 한 번에 다 할 수 있는데, 꼭 콘크리트가 굳은 다음 필요한 공간을 다시 깨 낸다. 하루 종일 소음으로 사무실 일을 하기 힘들다. 잡일을 하는 대부분 노동자가 여성인데, 치마 입고 일을 한다. 왜 치마를 입고하는지? 바지를 입으면 편할 텐데.. 전부 맨손 맨발이다. 가끔 그들을 보면 한국서 가져온 상처연고를 나누어 준다. 다음 건물의 미세한 부분은 보수 없이 그냥 넘어간다. 깔끔하게 마무리를 하는 문화 자체가 아니다. 대충 시멘트 발라서 때워 놓고 페인트칠하고 만다. 창틈이 잘 맞지 않아 바람이 술술 들어온다. 한 눈에 봐도 엉터리 공사라는 것이 다 보이는데도 그게 최고 수준의 공사라고 우긴다. 모래성과 같은 공사이다.

스트레스 해소와 폭음

한국 회사로 옮긴지 얼마 되지 않았다. 그래도 여기서는 세끼를 한국식 밥을 먹으니 살 것 같다. 밥은 좋은데 반찬이 부실한 것은 사실이다. 현지직원을 교육시켜 만드는데 흉내만 내지 제대로 만들지 못한다. 공장 기숙사에 4명의 한국인과 2명의 중국엔지니어가 같이 거주 하였다. 이들끼리 모여서 자주 음주를 하곤 하였다. 일과 후에 스트레스 해소와 중국인들과 팀워크를 위해 그렇게 한다. 그런데 어떤 토요일에 공장 생산본부장이 스트레스와 향수병으로 낮부터 혼자 술을 마시다가 그만 폭음을 하였다. 일요일 식사도 거르고 방에서 나오지 않았다. 쉬려니 하고 그냥 두었는데 문제는 월요일 발생했다. 이분이 출근을 하지 않고 아침도 거른 것이다. 그리고 직원들이 점심을 먹고 있는데 얼근하게 술이 취해서 식당으로 왔다. 그러더니 "아니 왜 일요일 날 일을 해요?" 하고 묻는 것이다. 본인은 혼자 자다 깨다 술을 계속 마셔서 오늘이 일요일인 줄 안 것이다. 여기에서는 누구라도 이런 상황을 맞을 수가 있다. 스스로 스트레스 해소하는 방법을 찾지 못하고 술로 해결 하려다 보면 그럴 수도 있는 것이다. 아프리카에서는 본인의 생활관리, 신체리듬관리는 스스로 잘 해야 한다. 안 그러면 당장 본인의 건강을 해치고 조직의 일도 제대로 못하고 중간에 귀국하여야 한다. 얼마 전에 한국에서 에티오피아 지사로 파견 온 직원 한명이 적응을 못하고 3일간 죽도록 술만 마시다가 그대로 죽어버린 일도 있었다. 해외생활에 적응 못하면 얼마든지 일어 날 수 있는 상황이 된다. 아무리 월급을 받고 오지만 자신과 맞지 않는 곳이라면 해외 지사로 나오면 안 된다. 단지 의욕과 각오만 앞세워서 오다 보면 자칫 몸이 망가지고 위험을 맞이할 수 있다.

희한한 사고

일요일 저녁 한가하게 저녁 식사를 하는 중에 갑자기 아래층에서 "와장창" 하는 소리가 났다. 뭔가 해서 여러 사람이 뛰어 내려가니 현지 경비가 다리 등에 피를 뚝 뚝 흘리면서 놀라 서 있다. 당황해서 어쩔 줄 모른다. 로비에 온통 유리 파편이 널브러져 있다. 다리와 이마 턱 손에서 피가 떨어진다. 급히 구급함을 가지고 와서 소독, 항생 연고, 붕대로 감아 주었다. 출혈은 멈추고 안정이 되었다. 사유를 물어보니 한국직원의 짐 옮기는 것을 도우려고 오다가 로비 문 앞턱에 걸려 출입문 옆 유리를 머리로 헤딩을 했다고 한다. 웃기지도 않는다. 아무리 돌대가리라도 어떻게 머리로 그 두꺼운 현관 유리를 산산 조각 낸단 말 인가? 머리가 진짜 돌은 돌인 모양이다. 아니면 머리가 쇠인가? 그래도 중요 부위는 다치지 않아 다행이다. 참 기상천외다. 멀쩡한 열려있는 문 놔두고 엉뚱한 데를 들이박아 유리를 산산 조각 내다니, 참 기운도 대단하다. 어떻게 그런 사고가 나냐? 그리고 큰 유리문을 부수고 쓰러 졌는데도, 그 정도 다쳤으니 천만 다행이다. 여기 현지인은 일 시키기가 참 어렵다. 뭘 시키려 하면 사고 우려 때문에 걱정이 앞선다. 그리고 이들은 안전사고의 개념이 거의 없다. 슬리퍼 신고 공사장에 일하고, 헬멧은 거의 안 쓴다. 이대로 하라고 금방 가르쳐 주어도 엉뚱하게 한다. 돌아보면 다르게 해놓기가 다반사다. 세상에 어디 한국 사람같이 착착 맞는 사람 없나? 그는 다리가 5cm정도 깊이 찢어 졌는데도 내가 응급처치해준 그걸로 마무리 하고 병원에를 가지 않는다. 갈 생각도 않고, 보내달라고 요구 하지도 않는다. 이 친구는 좀 특별하여 병원에 가라고 권유해도 안가는 원인이 주사 공포증이 있어 주사를 못 맞는다고 한다. 등치는 산 만 한 놈이 꼴이라고는. . . 한편 안타깝기도하고 답답하기도 하다. 응급처치 끝나고 일회용 밴드와 남은 항생연고 준 것에 만족해하는 눈치다. 다행히 한국 동기생이 제약회사 대리점을 하여 많은 수량을 기부 받았다. 여기서 아주 요긴하게 쓰고 있다. 항생연고, 피부연고 등 요긴하게 사용된다.

시외버스

수도 아디스아바바에서 이곳 공장까지는 30여km 떨어져 있다. 휴일에 가끔 아디스아바바를 간다. 개인 필요 물품구매와 약속 때문이다. 개인차가 없어 시외버스를 타고 가보기로 했다. 짧은 거리인데도 1시간이 더 걸린다. 여기는 시외버스가 2가지가 있다. 대형 버스가 있고, 한국의 봉고도 버스 역할을 한다. 이들은 봉고 형 미니버스를 Taxi라고 부른다. 우리 시외 버스마냥 마을마다 다 들린다. 그리고 아줌마들이 많이 탄다. 고역이다. 뚱뚱한데다가 특유의 아프리카 사람 냄새가 너무 강하다. 가운데 복도 까지 나무의자를 놓고 않아 있다. 움직이기도 힘든데다 냄새까지 역하니 보통 고통이 아니다. 다른 방법을 찾아야지, 이들의 시외버스는 인내하기 힘든 곳이다. 그리고 더 힘든 것은 잘못 하다가는 이들로부터 벼룩이나 빈대를 옮을 수도 있다. 여기는 아직도 이런 해충이 많이 있다. 또 지갑이나 핸드폰을 쓰리 당할 수도 있으니 매우 조심해야 한다. 그래서 시외버스를 탈 때는 한국의 대형버스 형태를 타거나 가까운 곳이면 한국의 택시를 타는 것이 좋다. 어떨 때는 외국인이 버스 정류장에서 내리면 요구도 안 했는데 짐을 들어 준다고 캐리어를 낚아채서 가지고 간다. 그리고 몇 십m 들어주고는 돈을 요구

한다. 10비르 정도 주면 되는데, 잔돈이 없어 100비르를 주면 그대로 갖고 튀기도 한다. 외부에 나갈 때는 잔돈을 준비하는 것이 좋다.

풀밭의 벼룩

한국에서 아주 먼 옛날의 기억이다. 반세기도 더된 기억……. 그땐 한국도 벼룩과 빈대가 있었다. 일제 강점기 만주를 다녀오신 부친은 흥미 있는 얘기를 해 주셨다. 때놈(중국사람)들은 자기 몸에 붙은 빈대를 잡아서 그대로 씹어 먹는다고 한다. 자신의 피를 빨아 먹었다고. 물론 웃으라고 하는 얘기다. 한국에도 그 시절에 빈대, 이, 벼룩이 있었다. 특히 겨울에 많았다. 겨울 옷 속의 붙은 이는 잡아내기도 힘들다. 어린 여자 아이들 머리카락 속에 이의 알이 많았다. 벼룩을 기억 한다. 조끄마한 빨간 것이 방바닥을 뛰어 다니면, 손바닥으로 탁탁 치던 기억이 있다. 그리곤 몇 십 년을 잊고 살았다. 그런데 이곳 현장직원 대부분이 다리가 시커멓게 탈색이 되었다. 물어보니 벼룩에 물려서 긁었고, 그것이 덧 나서 색이 변했다고 한다. 사방이 물린 자국이다. 벼룩, 빈대가 이곳 풀밭에 있다고 한다. 나도 처음에는 실감을 못했다. 멋모르고 잔디밭에 들어갔다가 그날 밤 간지러워 혼났다. 다행히 그리 심하진 않았다. 50년 전에 있던 빈대가 아직 이곳에 있다. 그만큼 후진국 또는 농약의 청정지역이라 할 만하다. 여기는 무 농약의 이유가 농약을 살 돈이 없어 뿌리지 못한 것이 그 이유이다. 경치 좋다고 함부로 풀밭에 들어가지 마라. 후회한다. 특히 벼룩이 좋아하는 맛있는 피를 가진 분은.

일과 후 통제

저자는 만추를 타국에서 보낸 것이 몇 년 되는 것 같다. 그때마다 느낌이 달랐다. 이곳 에티오피아도 기온은 다르지만 가을기분이다. 들판에 떼프(주식)와 밀이 익어 노랗게 되었다. 숙소에서 들판을 보면 가을 풍경이다. 허허벌판에 건조한 바람이 불면 곡식이 익어 간다. 여기는 한국 같은 겨울이 없고 봄, 우기, 여름, 가을 정도의 날씨 이다. 회사 규정상 6개월에 한번 휴가를 한국으로 간다. 그리고 근무 기간 중 어쩔 수 없이 스트레스를 많이 받는다. 그래서 개인적으로 시간 통제를 잘 하려고 노력 하였다. 저녁 먹고 숙소에 인터넷이 안 되고, 불도 어두컴컴하여 책을 잠시 보면 졸린다. 그래서 저녁 8시정도에 일찍 자버리니 새벽에 깬다. 3시간정도를 침대에서 시간을 보내니 하루가 피곤하다. 그래서 일과를 조정 하였다. 밤 10시 까지 무조건 시간을 보내기로 하였다. 영화와 뉴스를 가끔 보며 시간을 컨트롤했다. 그러니 리듬 조절하기가 훨씬 쉬워 졌다. 해외에서는 어떻게 향수병을 달래고 여유시간을 조정하는가가 큰 과제가 된다. 특히 날씨 좋은 가을에는 더욱 향수가 깊어진다. 그리고 자신만의 놀이를 개발해야 한다. 그래야 오래 견디고 좋은 성과를 낼 수 있다. 참고로 어떤 직원은 맥주 마시러 자주가고, 어떤 직원은 여자 친구를 만나러 간다. 그러다보면 시간 통제가 되고 스트레스 해소도 되고 리듬을 자신의 것으로 조정 할 수 있다.

여성들의 외모

에티오피아에 오기 전에 제약회사 지사장을 하는 친구가, 그곳에는 치료 여건이 열악하니 연고를 기부 하겠다고 하여 큰 박스를 받아 왔다. 그리고 이곳 근로자, 경비, 청소부, 조리사 모두에게 일단 1개씩 나누어 주었다. 며칠 후 뚱뚱한 청소부가 오더니 다 썼다고 하나 더 달란다. 무슨 상처가 그렇게 많이 나서 몇 일만에 그걸 썼냐? 하니까 피부가 거칠어서 그걸 화장품같이 발랐단다. 그런데도 피부가 깨끗해지더라고 한다. 그래서 또 달라고 한다. 몇 개를 더 주었다. 이번에 통역을 시켜서 이 것은 상처 연고이니 상처 났을 때 만 바르라고 다시 알려 주었다. 상처연고를 피부에 바르니 피부가 좋아 졌다고 하니, 일리는 있다. 여태껏 태양에 탄 피부를 그대로 방치 하다가 항생연고를 바르니 당연히 좋아 지겠지. 원래 에티오피아 인들은 중동 예멘의 피가 흐르고 있어 키는 좀 작고, 이목구비가 또렷한 민족이다. 피부가 검은 편이지만 수단과 같이 시커멓지 않고 고운 편이다. 시바여왕이 그들의 조상이라고 하니 얼마나 아름다웠겠는가? 그런데 잘 가꾸지 않아 아줌마가 되면 엉덩이와 유방이 갑자기 커져버린다. 본래는 골격이 예쁜 사람들이다. 등치도 한국여자에 비하여 크지 않은 편이고 아담하다. 이들의 경제 수준이 올라가면 몸을 가꾸는 요구도 같이 올라 갈 것이다.

도둑3

과거 한국도 어려운 시절 도둑질이 성행 했던 기억이 있다. 한 사례로 의정부 미군 2사단에서 있었던 얘기를 들은 적이 있다. 미군 공병대 물자를 싣고 가는 트럭을 대상으로 하는 도둑질이었다. 공병물자 싣고 간다는 정보를 입수 하고는, 술을 마신척하는 바람

잡이 하나를 세워 꼭 다리 중간에서 차를 세우고 행패를 부린다고 한다. 그러면 당황한 미군 운전수사와 동행자들이 나와서 술 취한 사람을 설득하는 사이에, 어수선한 틈에 다른 일행이 트럭에 올라가 몽키, 스패너, 곡괭이 등 공구를 개울로 던진다는 것이다. 그렇게 적당히 던지기가 끝나면 그때 바람잡이 주정꾼이 차를 비켜 준다는 것이다. 그렇게 하기를 수개월, 이상히도 다리에서 시비만 붙으면 물자가 없어지는 것을 안 미군 헌병대에서 함정 작전을 실시했다고 한다. 그래서 이 사실이 밝혀지고 도둑들을 일망타진 했다고 한다. 지금 생각해도 기막힌 수법이고, 웃음이 나오는 상황이다. 이곳 에티오피아도 유사한 상황이다. 어느 곳이나 후진국은 도둑이 극성이다. 얼마 전에 도난사건을 경찰에 신고하여 해결 하였는데, 어제 또다시 도난사건이 발생 했다. 정말 목숨을 건 도둑질이다. 이곳은 공산품이 부족하여, 공사자재는 아주 좋은 표적이다. 그러니 동료가 경찰에 잡혀 갔는데도 또 다른 놈이 도둑질을 하는 것이다. 공사가 지연된다. 말도 나오지 않는다. 역사, 문화, 전통, 자부심 이런 것이 모두 가난 앞에서는 전혀 부질없는 것이다. 요사이 한국에서 누가 미군의 물건을 도둑질 하나? 지금은 미군이 한국물건 훔치는 시절이 되었지. 여기도 한 40년 후에는 그렇게 될지도 모를 일이지만. 얼마 전에 또 다른 도난이 있었다. 한국직원이 처음에 와서 숙소를 외부에 잡았다. 그런데 그 집 경비가 영어를 잘하더라고 했다. 친하게 지냈는데, 그놈이 사전 정찰을 해 둔 모양이다. 어느 날 퇴근하고 보니 캐리어를 부수고 팬티까지 싹 긁어 털어 갔다고 한다. 그 직원이 11월 말에 휴가 가는데 남방 하나만 걸치고 가려 한다. 어떻게 추운데 남방 하나만 걸치고 가요? 하니 "아 글쎄! 도둑놈이 다 털어가고 이 남방 하나 남았어요." 하는 것이나. 그래서 내가 빠가를 빌려 주었나. 그러니 여기 에티오피아에서는 무조건 조심이다. 철저히 조심하고 친절히 다가오는 사람도 반드시 경계해야 한다. 더 의미심장한 것은 여권은 그대로 두고 갔다. 한국 잘 갔다가 다시 물건을 많이 가지고 들어오라는 의미인 것 같기도 하다. 참, 참, 참!

현지직원 동행

가까운 곳을 여행 하거나, 기념품 등을 구매 할 때는 현지인 믿을만한 운전수나 다른 직원을 동행 하는 것이 좋다. 상품을 구매 할 때는 이 직원을 시키는 것이 좋다. 동양사람 같아 보이면 이들은 중국인으로 간주하고 바가지를 씌우려 한다. 현지인을 대동하면 운전하기도 편하고 지방 같은 곳에 안내도 잘 해 준다. 한국인들 끼리 가면 당연히 덤터기 쓴다고 보면 된다. 남쪽 호수에 갔는데 튀김 붕어가 맛있어 보여 다른 현지인에게 값을 물어 보았다. 적절하여 우리도 시켜 먹었다. 그런데 계산서를 보니 현지인의 배를 받는 것이다. 왜 이렇게 받느냐고 하니 원래 그렇다고 하며 막무가내다. 그래서 꼼짝없이 주었다. 이런 사례가 많다. 가죽잠바를 사러 스타디움 밑에 처음 갔는데, 거기도 바가지 썼다. 현지인들에게는 1,200비르 정도 받는데, 한국인에게 2,000비르 받는 것이다. 이들에게는 외국인이 봉이다. 운전시 접촉사고가 나도 현지인 운전수가 운전을 했으면 큰 문제가 없이 원활히 합의가 잘 된다. 한번은 1박 2일로 북쪽 나일 폭포를 여행 한 적이 있는데 현지인과 같이 갔다. 아주 편하게 잘 갔다 왔다.

현지 월급날

여긴 아직 은행 계좌송금이 일반화 되어 있지 않아, 급여 리스트를 프린트한 봉투에 현찰을 넣어주는 사람도 있다. 아련한 추억이다. 약 36년 전 첫 급여가 누런 편지 봉투에 담겨져 있던 기억이 난다. 그 후에는 바로 은행계좌를 만들어 모든 급여가 은행으로 들어가서 현찰을 받을 기회가 없었다. 급여일 현지 직원들은 들뜬 모습이다. 기분이 좋은 모양이다. 대 졸자 초봉이 20여 만 원, 청소부는 약 8만 원정도이다. 아직 임금만은 싼 편이다. 회계 창구가 떠들썩하다. 한국에 가면 막일도 숙식 제공 받고 약 150만원이니 약 10배의 임금을 받는 꼴이다. 그러니 한국에 간 많은 에티오피아 사람들이 도망가서 불법 체류를 하더라도 한국에서 일 하려 한다. 나의 지인 한사람도 한국 가서 아들을 난민 신청 해 놓고 자신은 공장에 불법 취업 했다. 이곳에는 공장이 많이 몰려 있다. 외국 계 공장이 많아 봉급날은 돈이 많이 돈다. 근처에 호텔과 술집이 아주 많고, 밤에는 불야성이다. 이곳 술집은 저렴한데, 좋은 것은 맥주만 마셔도 된다. 안주는 주문하지 않아도 되니 맥주 한 박스를 시켜 마셔도 한국 돈 3만원이면 된다. 이런 잔재미가 있어 그나마 스트레스를 풀기가 좋다.

직원평가

누군가는 칼자루를 쥐고 악역을 해야 한다. 저자는 직책상 어쩔 수 없이 이 일을 하였다. 수습기간을 마치고 정규직으로 가는 과정에서 평가를 거친다. 부적합이라고 판정되면 가차 없이 다음 날부터 해고 된다. 인정사정을 봐줄 수도 없고, 봐줘도 안 된다. 한

번 정규직으로 채용하면 해고하기가 매우 어렵다. 인민의 권리를 철저하게 보장하는 과거 공산주의 관습 때문이다. 정(情)에 끌려 정규직으로 고용하면 전환 이후에 자세가 돌변하는 현지인이 가끔 있다. 간 쓸개 빼 줄 것 같이 하다가도 자신에게 조금만 불리하면 은혜고 뭐고 없이 소송 거는 사람들이다. 이들은 애사심, 팀워크 같은 개념이 약하다. 너무 뚱뚱하고 혈압이 있어 도저히 청소부로 근무 할 수 없는 직원을 부득이 정규직전환 하루 전 해고 하였다. 회장, 이사, 고문 등등을 찾아다니며 다시 검토 해달 라고 울고 불고 애걸복걸하며 난리를 친다. 그래도 잘라야 한다. 마음이 아프지만 달리 방법이 없다. 그런 직원은 두고두고 문제가 될 수 있다. 그런데 그런 일을 인사 담당으로 하려니 마음이 아프고, 어떨 땐 트러블이 많다. 대를 위해 소를 희생한다는 것이지만, 개인에게는 큰 타격이니 참 마음이 아프다.

해충 처리

물어물어 이가 물어 벼룩도 함께 물어 ♬~ . 어릴 적 형 들이 "나훈아" 노래를 개사하여 부르던 노래가 기억난다. 여기는 아직까지 이런 해충이 있다. 그래서 해충 제거 방법을 설명 하려고 한다. 한국은 50년은 족히 된 과거의 일이지만, 당시 이가 많았고, 어머니들은 머리 감을 때 이의 알을 제거한다고 가는 참빗으로 머리카락을 긁어내리는 것을 본 적도 있다. 그리곤 어느 순간 우리의 기억에서 이런 충(蟲)이 사라졌다. 아마도 농약의 효과로 보인다. 얼마 전 회사 동료들과 맥주를 마시러 갔다. 일과 후 종종 가는 허름한 맥주 집이다. 그날따라 사람이 많아 구석지고 우두 컴컴한 곳의 낡은 소파에 앉게 되었다. 맛있는 에티오피아 브랜드 왈리아 맥주를 잘 마시고 돌아와 편안하게 잠자리에 들었다. 그런데 이상히 새벽에 가려워서 잠을 깼다. 모기에 물린 줄 알고 불을 켜고 살펴보았는데 모기는 아니다. 어깨, 등, 사타구니, 특히 허리 벨트 부분이 좁쌀 크기로 빨갛게 수도 없이 부풀어 있다. 아하! 이 이게 미리 온 사람들이 말하는 벼룩이구나! 새벽에 깨어 잠을 잘 수가 없었다. 어떻게 박멸할까? 이것이 과제이다. 일단 그날 입었던 모든 옷을 벗어다. 그리고 여기 슈퍼에서 산 가루비누(하이타이 유사함)를 듬뿍 부어 물에 담갔다. 그리고 2일간을 그대로 두었다. 이곳 가루비누는 매우 독하다. 아직 여기는 환경이나 인체유해 관련 규정이 희미하다보니 몸에 헤가 있건 없건 화학독성을 강하게 민든다. 마치 DDT 같다. 아마도 친환경을 생각하면 코스트가 올라가니 가장 저렴하고 강력한 화학제제로 만드는 것 같다. 맨손으로 가루비누 세탁을 하면 피부가 벗겨 질 정도로 독성이 강하다. 그러니 벼룩에게도 분명 독약이 될 것이다. 즉 가루비누 물로 모든 옷을 소독 하는 것이다. 그런 다음 이불이 문제다. 이불은 다음날 옥상에 햇빛으로 말렸다. 에티오피아의 태양은 자외선이 강열하고 매우 유익하다. 그러고 나니 해결 되었다. 이곳에 처음 오는 사람들, 대사관 직원 포함 거의 모든 사람이 벼룩의 공격에 대한 아픈 추억이 있다. 어떤 사람은 다른 방법으로 대처하여 장기간 퇴치를 못하고 고생한다. 여기는 세탁소도 거의 없다. 그래서 생각한 방법이 이것이다. 그렇게 가루비누 소독을 하니 잠잠 해 졌다. 주의 할 것은 현지 가루비누의 독성이 강하다는 것이다. 반드시 고무장갑을 끼고 깨끗이 헹구어야 한다. 가루비누 그 자체가 독약이니. 혹시라도 빈대, 이, 벼룩에 옮았다면 이 방법을 해 보시라. 효과를 볼 것이다.

이곳에 빈대도 있다고 하는데 아직 빈대를 본적은 없다. 벼룩도 눈으로 본적은 없다. 그러니 참 답답한 노릇이다. 벼룩은 이곳 풀에도 기생을 하니 참고로 알고 계시라.

햇빛 에너지

에티오피아의 축복 중의 하나가 태양인 것 같다. 다른 아프리카 국가들 같이 마냥 뜨겁고 모든 생명을 건조하게 만드는 것이 아니다. 이곳은 고도가 높고, 한낮에는 30~40℃까지 올라가며 따갑다. 그런데 아침저녁은 쾌적하다. 태양이 매우 신선하고 사람을 포함한 생명체에 건강한 에너지를 주는듯한 느낌이다. 적절히 시원하고, 적절히 뜨거운 것 같다. 거기에다 6~10월 까지 우기로서 매일 소나기 같은 비가 온다. 에티오피아 사람들은 이 환경에 적응이 잘 된 것 같다. 12~1월 까지는 쌀쌀한 편이다. 이들에게는 한 겨울인 것이다. 그래서 그런지 아침에 직원들이 오면 햇빛 쪽에 앉아 햇볕을 쪼인다. 마치 태양광 패널이 햇빛을 받아 에너지를 생산하듯, 식물이 태양을 받아 광합성을 하듯……이들은 피부가 검은데도 모자를 쓰지 않고 그대로 햇빛을 받는다. 아마 야간에 식은 몸의 기온을 햇빛을 받아 체온을 올리는 것 같이 보인다. 그리고 이들은 그렇게 하여도 피부가 더 검어 지는 것은 아니다. 다른 아프리카 보다 덜 검다. 아마 조상들이 중동 쪽에서 온 이유가 있을 것이다. 점심시간에도 이들은 밖에 나가 햇볕 쪼이기를 한다. 구형 핸드폰을 들고 삼삼오오 모여 떠들며 쉬는 것이 그들의 전형적인 휴식 문화다. 위대한 에티오피아 태양으로 에너지 충전을 하는 것이다.

신체리듬 조절

12월 새벽기온은 영상 5℃정도로 떨어진다. 한낮은 35℃이상 올라간다. 현장에는 기온이 더 높다. 일교차가 거의 30℃이상 난다. 그리고 매우 건조하다. 한국 사람은 적응하기가 쉽지 않다. 초저녁에 덥다고 샤워하고 가볍게 자면 감기가 걸린다. 그리고 건조하니 감기가 오래간다. 과로로 몸살까지 겹치면 아주 힘들다. 온몸에 맥이 빠지며, 마디마디가 쑤신다. 다행히 한국병원이 있고, 한국에서 감기약을 가져와서 대부분은 3~4일이면 회복된다. 그런데 한번 오지게 걸리면 오래 간다. 왜냐하면 저녁에 서늘하고 낮에 뜨겁기 때문이다. 그래서 옷 입는 것과 생체리듬을 잘 조절해야 한다. 한국직원 한분은 날씨가 더운데도 목 토시를 하고 다닌다. 나름대로 자신의 신체리듬조절 노하우를 알고 있다. 그리고 찬물로 샤워하지 않는다. 다음 중요한 것은 회식을 하더라도 적절히 술을 마시고 충분히 자야 한다. 한국같이 늦게까지 기분 내다가는 리듬이 깨지기 십상이다. 한번 깨지면 회복하는데 참 힘들다. 스트레스와 신체리듬을 병행하여 잘 조절해야 장기간 건강하게 근무가 가능하다. 얼마 전 한국 상사직원 한사람이 3개월도 안되어 질병으로 도저히 근무를 못하고 본국으로 돌아가기도 하였다. 이런 상황을 맞는 사람이 약 20%정도 되는 것 같다. 그러니 나름대로 생체리듬을 조절하는 노하우를 터득해야 한다. 자신에게 맞는 영양제나 한약제등도 일정부분 도움이 되는 것 같다. 참고로 나는 화분(꿀벌), 인삼엑기스, 현지 꿀로 영양 보충과 신체 리듬을 조절 하고 있다. 이런 것들과 아울러 규칙적이고 정상적인 생활 패턴이 더 중요하다. 객고를 달랜다고 과음은 리듬을 무너트리게 된다. 자신에 맞는 나름의 노하우를 찾아서 규칙적으로 생활 하는 것이 아프리카 생활의 세일 수칙이나. 그렇나고 현시 문화를 선혀 즐기지 날라는 것은 절대 아니다.

공사 행태

참 속 터진다. 이들이 공사 하는 것을 보면. 도대체 생각을 하려고 하지 않는다. 공사 감독을 하다보면 열불이 난다. 사례로, 시멘트, 모래, 자갈, 물을 썩어서 만들어 놓은 레미콘 공사를 하다가 여분이 약 30% 남는데도 오후 5시가 되면, 그대로 내 팽개치고 나가버린다. 잠깐 추가 시간이 되더라도 마무리하고 가려고 하지 않는다. 깨끗이 마무리 하면 다음날 시간도 절약되고 비용도 절감된다. 레미콘이 남아 바닥에 더덕 쌓아놓아도 그냥 방치한다. 다음날 굳어서 못쓰면 철판에 남아 있는 레미콘을 그대로 버린다. 그리고 굳어 있는 콘크리트를 다시 정으로 깨어서 버린다. 물자와 인부시간 모두 낭비 한다. 여자 인부들은 콘크리트 건조할 때 물을 주기 위해 양손에 작은 페인트 통으로 물을 날라 한번 휙 뿌리기를 반복한다. 물 조루이용이나 고무호수로 연결하면 시간과 물 낭비도 줄일 수 있는데……. 회사에 그런 걸 사 달라고 하면 쉽게 해결 될 텐데, 생각하려고 하지 않는다. 다음은 자원도 부족하고 비싼데, 시멘트를 반 포대 쓰고 남으면 그대로 팽개쳐서 바닥에 흩어져 버린다. 시멘트 한 포대 값이 일용직 노동자 일당의 1.5배 금액이다. 모래, 자갈도 쓰다 남으면 그대로 뭉개서 버린다. 새 못이 줄줄 흘러 떨어져도 버린다. 작업 후 시멘트 포대를 그대로 방치하여 습기가 들어가 다음날 굳어지면 버린다. 아무렇지도 않게 당연히 그런 줄 알고 버린다. 시멘트 블록이 도착하면 20%이상이 부서진다. 내릴 때 신경 써서 내려야 하는데 덤프트럭으로 우르르 내려 버리니 하부의 블록은 다 부서진다. 그 것은 날림으로 만들어 강도가 약한 면도 있다. 인부들이 한 장 한 장 정성껏 내려야 함에도 신경 쓰지 않는다. 부서지건 말건. 현장에서 보면 두통이 생기고 가슴이 답답해진다. 이 가난한 나라에서 비용 절감이라는 개념이 없다. 노동자는 단지 시간만 때우고 일당만 받아 가는 것이고, 현지 감독관도 비용절감에는 관심이 전혀 없다. 수차례 교육해도 금방 원상복귀이다. 공산주의 관행이 아직도 전염되어 몸속에 흐른다. 아마 한국도 현대화시기에는 이와 유사 했을 것 이다. 일제 강점기에는 이들보다 더 했을지도 모른다. 그래서 일본사람들이 "조센징은 맞아야 말을 듣는다."고 했을지도 모른다. 지금 여기서 보니 그 말이 나온 배경을 조금은 이해가 될 것 같다. 후진국일수록 생각이 없는 것 같고, 자기 돈 이외에는 관심이 없다. 지금 한국인의 시각으로 보면 기도 안찬다. 모든 현지인 공사의 약 20%는 물자가 낭비 되는 것으로 보인다. 그래서 공사 계약은 2배가 비싸더라도 한국, 중국, 선진국 업체와 계약 하는 것이 오히려 예산을 절감하는 길이다. 재료낭비, 저질공사로 재시공, 공기 2배 이상지연, 법적 소송문제 등 이런 것을 감안 하면 현지 업체가 싸더라도 절대 맡기면 안 된다. 공사완료 후에 부실공사가 다반사로서 재시공 하는데 몇 배의 노력과 추가 예산이 든다. 현지 업체와 공사를 제대로 했다는 얘기를 들어 본적이 없다. 그리고 대부분은 소송으로 마무리를 한다. 그러면서 한국직원들의 스트레스는 어느 정도이겠는가? 외국 기업체만 전문적으로 찾아다니며 계약하는 전문 사기꾼 현지 시공업체도 있다. 그들은 외국인 회사를 봉으로 보고 무조건 저가로 계약을 딴 다음 부실공사와 소송으로 뜯어 먹으려고 한다. 이런 관계로 한

러시아 업체는 문도 못 열고 철수했다. 이들은 공사 하면서 바로 소송을 걸 준비를 한다. 현지 법 체계에 생소한 외국 업체는 당하기가 다반사다. 나중에는 공사금액의 2~3배를 추가로 물어주게 된다. 그러니 첫 계약을 신중, 또 신중히 해야 한다. 절대 현지 공사 업체에 맡기지 마라! 한국직원 10년 빨리 늙는다!

브로커(Broker)

한국에서는 브로커라는 의미가 부정적인 면이 많다. 그러나 여기는 하나의 직업으로 매우 긍정적인 직업이다. 공장에 전기를 끌어오는데 현지인 땅에 전주를 박아야 한다. 한국의 한전에 해당하는 국가기관이 이를 협조하고 사전에 현지인들과 보상을 협의하고 진행해야 한다. 그러나 여기 관공서에서 하는 일은 이런 절차 없이 해버린다. 농민들은 발발한다. 정부 기관에 이의신청을 해 봤자 공식적인 손실 평가금액 약간만 주어지고, 또 배상도 바로 되는 것이 아니다. 그러니 돈 나올 곳은 외국 계 회사라는 것을 이들은 너무도 잘 안다. 그리고 전문 브로커를 앞세워 외국회사를 압박하여 돈을 뜯어내려 한다. 빤한 수작이다. 처음에 인부가 들어가 구덩이를 팔 때 까지 그냥 둔다. 그러다가 크레인이 들어가면 바로 비디오 촬영을 하여 외국 계 회사로 개떼 같이 몰려온다. 소리를 지르며 공포분위기를 조성하고 일부주민은 총도 가지고 있다. 영어를 잘하는 브로커를 앞세워 지역 주민의 원성이 대단하니, 즉시 변상하라고 한다. 만약 그렇지 않으면 지역주민 연합회에서 조직적인 회사 방해를 하겠다고 한다. 이들에게는 논리적인 설명 이라는 게 없다. 이것은 에티오피아 전력회사에서 주관해서 변상해야 한다는 것은 단지 한국 사람의 설명일 뿐이다. 한술 더 떠서 농민들이 화나면 지역에 있는 모든 농민이 합세하여 반기를 들 것이며 그들은 모두 총기를 소지하고 있다고 으름장을 놓는다. 어떤 행동을 할지 모른다고 윽박지른다. 뻔히 보이는 협박을 한다. 해당자는 농민 2명인데 선동자가 20여명 온다. 이들은 경찰이 와도 안중에 없다. 워낙 종족간의 봉기가 흔한 곳이라 경찰도 이런 충돌은 방관시 한다. 오히려 경찰이 이들 편으로, 빨리 요구대로 협상을 하는 편이 회사 경영에 장기적으로 좋을 것 이라고 그럴듯하게 조언을 해주는 척 한다. 그놈이 그놈이다. 배상액 협상에 들어가면 기가 찬다. 온 밭에 1년 농사 다 지어도 30만 원 정도 소득이 나오는데, 전체에 1/100넓이에 해당 하는 곳, 단지 전봇대 10개 정도 박는 넓이가 손상 되었는데 300만원을 요구한다. 휴대폰 비디오 까지 보여주며 어르고 협박한다. 이들의 수법을 아는데도 별 뾰족하게 대처 할 방법이 없다. 그리고 "농민들이 재판을 걸면 그동안 모든 장비가 압수되고 공사가 중단 되니 회사도 큰 손해 일 것"이라며 배상을 신속히 요구한다. 우리는 정상절차로 피해액을 산정하여 정부확인 후 내일 문서로 정식 청구하라. 그러면 정상지급 할 것이다. 라고 해도 막무가내다. 그러면 정부의 공식 보상액은 1/10도 안 되는 금액이 뻔히 나오니까. 날강도가 따로 없다. 정말 개(Dog)떼다. 이들이 가난하게 사는 이유가 반드시 있는 것 같다. 처음부터 협상가격을 어마어마하게 부르고 나서 한국 회사가 에티오피아 경제에 크게 공헌하는 점을 들어 선심 쓰듯 깎아 준다고 까지 하며 당장 협상 끝내라고 한다. 밤 8시가 다 되가는데 사무실에서 고래고래 소리 지르고 난리를 친다. 정상절차로 손실액 검증받아서 내일 가져오라고 해도 막무가내다. 그저 총이 있으면 다 갈겨야 할 인간들이다. 독재자와 무식한 지도자가 나오는 이유도 이런 환경에 있는 것 같다. 이런 놈 들을 다루는 방법은 다른 게 없다. 총으로 갈기든지 몽둥이로 두들겨 패서 내 쫓던지. CEO에게 보고하여 할 수 없이 협상 하게 된다. 보기 싫은 자식들 더럽지만 돈 줘서 내보내라는 것이다. 브로커와 떼거지들은 1년 치 생활비를 간단히 벌었다. 이런 상황을 몇 번 거치면 이 나라에 학을 띠게 된다. 고개가 절로 절레절레 흔들어진다. 이것이 이곳 현실이다. 이런 인간들과 사업을 해서 회사를 경영하고 이익을 남긴다는 것은 거의 신기(神技)에 가까운 것이다. 그 장사로 유명한 중국, 인도, 터키 사람들 일부가 두 손 들고 짐을 싸는 나라가 에티오피아다. 얼마 전 한국 경제 사절단이 20여명 도착하여 현지 실사를 하고 갔다. 그때 현실을 다 설명하지 않았다. 그렇게 하면 투자 할 사람 한사람도 없기 때문에. 대사관의 요청도 있고 하여. "절대 오지마라. 다른 동남아 나라를 택해라"가 답이다. 10년 넘게 여기서 사업을 해온 박 사장이 계신다. 이분이 첫 번째 만나서 한 조언이 생각난다. 이 나라사람들은 "정상 사람으로 생각하면 절대 안 된다. 전부가 개(Dog)인기라" 처음에는 너무 지나치다고 생각했는데 점점 이 말이 정상적으로 받아들여지니, 나도 세월이 간 모양이다. 과연 어디까지 받아 들여야 하나?

자동차 구매

여기는 전 세계 중고자동차 박물관이다. 오래된 대우 마티즈 승합차도 보인다. 그런데 도로 여건이 따라가지 못한다. 30년 된 토요다 부터 금방 나온 포드까지 참 종류도 많다. 좋은 차도 많다.

일반 대졸 근로자 20년 치 월급을 주어야 살 수 있는 좋은 차들이 즐비하다. 차의 여건으로만 보면 꽤 잘 사는 나라이다. 그 이면에는 문제도 많다. 사업가, 정치가, 경찰고위직들, 권력자들은 풍족하다. 그러나 95%이상국민은 가난 하다. 대부분의 차가 오래된 토요타이다. 기본이 15년 이상 된 것 들이다. 최초 토요다가 시장을 석권하였고, 그 이후에 들어오는 것도 자동적으로 토요다 차이다. 문제는 차가 고장이 나서 정비 공장에 들어가면 토요다 등 일제차는 금방 고치는데, 한국 차는 수리부속을 구하기가 힘들어 정비기간이 오래 걸린다. 그래서 부속을 구할 때 까지 입고 시켜 둔다. 그 기간이 기본으로 1개월 이상이다. 애국한다고 한국 차 사면 유지 보수가 힘들다. 지금은 현대 차 부속대리점이 생겨 다소 좋아졌다. 그래도 대부분의 부속은 없다. 여기서 생활하려면 보편적으로 많이 있는 차를 사는 게 좋다. 애국한다고 국산차 샀다가는 오히려 원망만 높아지고 혈압만 올라가고, 흰머리도 는다. 절대 애국이 아니다. 오히려 국산차에 대해 나쁜 감정만 가지는 계기가 된다. 그냥 유지 보수가 쉬운 중고 일제차 눈 딱 감고 써라. 그것이 곧 애국이고, 이곳에 정을 붙이고 사는 방법의 하나다.

중국 엔지니어

아직도 여긴 야생동물이 꽤 있다. 직원 한사람이 철망 덫을 만들었다. 그런데 바로 한 마리가 들어갔다. 그게 너구리라고 하였다. 난 별로 관심이 없어 보지 않았는데, 그걸 중국인 기술자들이 바로 요리 해 먹었다. 참 중국인이란. 다리 4개 달린 것 중 못 먹는 것은 오직 책상이라고 하더니, 그걸 바로 요리를 해 먹은 모양이다. 녹한 이곳 막소주를 곁들여서. 이곳에서도 금기가 있다. 공장안에서 짐승을 잡는 것은 그리 달가워하지 않는다. 직원들이 항상 위험한 일을 하고 있기 때문에 이런 것을 금기시 한다. 그런데도 중국 엔지니어는 다르다. 그들은 못 먹어서 난리이다. 한국직원 한사람이 하루는 메기를 많이 잡아 공장 공터의 작은 웅덩이에 넣었다. 그 얘기를 들은 중국인들은 일요일에 모두 모여 바가지로 웅덩이 물을 폈다고 한다. 그 메기 잡아먹으려고. 의외로 중국 사람이 한 요리가 또 맛이 있다. 그래서 낚시해서 잡은 것은 중국인 준다. 그러면 호떡집에 불난 것처럼 왁자지껄하며 요리를 잘 만들어 먹는다. 이들은 개, 당나귀, 고양이, 비둘기 가리지 않고 다 잘 먹는다. 이들의 식성에 손들었다. 져 부렀어!#♬ 어릴 적 어른들로부터 "때놈" 얘기를 많이 들었다. 여기서 같이 생활 해보니 일부는 이해가 가는 면이 있다. "때 놈"은 원래 대국(大國-중국)에서 대자를 따와 중국 사람을 비하하는 의미의 "대국 놈"으로, 이것이 줄어서 경음화 되어 "때 놈"이 되지 않았나 싶다. 몸에 때가 많아서 때 놈이 된 것은 아닌 것 같다. 우선 이들은 담배를 많이 피운다. 엔지니어 중 금연자는 하나도 없다. 담배 인심은 끝내 준다. 처음 보면 무조건 담배를 주며 통성명 한다. 하루는 회식에 가서 한 까치 씩 담배를 받은 것을 모아보니 한 곽이 되었다. 숙소 안에서도 오소리 굴같이 담배를 피운다. 공장안에서도 담배를 피우고 아무데나 꽁초를 버리고 침을 뱉는다. 다음은 많이 마신다. 식사도 많이 먹는다. 다음은 지저분하다. 엄청 지저분하다. 다음은 목소리가 크고 시끄럽다. 즉 공중도덕이 많이 부족하다. 그리고 대부분 남자가 요리를 한다. 위아래가 격의 없다. 아들 같은 직원과 같이 술집(색시 집)에서 주저 없이 현지여자들과 어울린다. 그리고 문화적으로 한국인과 유사한 부분도 있다. 어른과 기술 장인을 예우한다. 그리고 한 문으로 필담을 하면 대화가 어느 정도 가능하다. 감정이 유사한 부분이 있어서, 같이 어울려 중국식사도 하고 독한 고량주도 자주 마실 수 있었고 나름대로 좋은 팀워크를 유지 할 수 있었다. 에티오피아인 대하기보다는 몇 배 편하다.

에티오피아 공휴일

여기의 신년은 9월 12일이다. 그리고 이들의 크리스마스는 1월 7일 이다. 유럽 달력을 사용 않고 독자 달력을 사용하기 때문이다. 새해 1월 1일은 별 흥미 없다. 평일과 같이 지낸다. 이들의 가장 챙기는 휴일이 에티오피아 신년과 부활절, 크리스마스 정도이다. 이들은 전체적으로 휴일이 적다. 일 년 통 털어야 12일 정도 된다. 그리고 공휴일이 일요일면 대체휴일이 없고 그냥 지나간다. 아직 경제가 어렵고 살기 힘들어서 인지 대체휴일의 개념이 없다. 다른 국제기구나 외국 계 회사들은 토, 일 휴무 하는 곳이 대부분이다. 토요일 근무 한다고 업무의 효율이 오르는 것도 아니다. 이들은 휴일은 철저히 쉬려고 한다. 초과근무수당을 많이 주어도 일 하기 싫어한다. 게다가 현지직원들은 업무 시간에도 업무에 집중력이 떨어지며 효율이 아주 낮다. 참고로 일요일 근무하면 기본급의 2배, 공휴일 근무시 기본급의 2.5배의 급여를 주어야 한다.

현지인 식생활

에티오피아 주식은 인제라 이다. 테프라는 아주 작은 곡식을 숙성시켜서 만든다. 직경 50cm정도 되는 큰 부침개 같은 인제라 판(사진참조)을 만든다. 그런 다음 그 위에 소스, 야채, 고기 등을 얹어 싸서 먹는다. 보통 식사 전에 손을 씻고 손으로 먹는다. 먹음 직스럽게 잘 싸서 먹는다. 소스는 주로 슈로라고 하는데, 콩과 식용유를 듬뿍 넣어 스프처럼 만든다. 식용유가 많이 들어간 음식을 먹어서 여성들이 20세만 되면 엉덩이와 가슴이 급속도로 비대 해지는 것 같다. 이곳 음식이 한국 사람은 잘 적응이 안 된다. 인제라가 시큼한데다가 소스에 특유의 향이 좀 난다. 그리고 이들은 일주일에 2일은 육류를 먹지 않는다. 계란이나 우유가 들어간 제품도 금지다. 에티오피아 정교(Orthodox)교리 상 통상 수, 금요일은 채식으로 만(Fasting)한다. 한국 사찰에서 지키듯이 철저히 지킨다. 그렇게 종교의 규율을 잘 지키면서도 교회를 떠난 일상은 전혀 종교인의 자세가 아니다. 이들 음식 중 그래도 맞는 게 똡스 이다. 숯불을 토기 항아리에 밑에 피우고 불고기처럼 구워 따뜻하게 해 주는 요리이다. 맥주를 곁들여서 그나마 똡스가 먹을 만 하다. 처음 오는 한국인은 이런 현지 음식에 적응을 잘 못하여, 체중이 줄고 고생 하는 경우가 많다.

낭비

조선시대 왕비 중에 가장 사치스러운 왕비가 누구일까? 낭비!<썰렁 유머>. 다른 아프리카 국가와 마찬가지로 에티오피아는 물자가 귀하다. 특히 공산품은 거의 수입에 의존한다. 그런데도 자재 귀한 줄 모르고 함부로 낭비 한다. 먼저 정리 정돈의 개념이 없다. 공사를 하고 자재가 남으면 보관 해 두고, 다음날 공사에 써야 하는데, 그대로 방치하고 밟고 하여 버린다. 한두 번 교육하고 강조해도 그 다음날 또 마찬가지다. 사무실 비품도 같다. 자기 것이 아니면 마구 쓴다. 현장의 감독, 매니저를 경고주고, 강조 교육을 하여도 잘 고쳐지지 않는다. 이미 수천 년 몸에 배어서 내려오는 습관이니 고치기 어렵다. 매번 내가 현장 갈 때마다, 일부러 남아있는 시멘트 더미를 정리하고 뜯어진 시멘트는 안전하게 모아둔다. 여러 번 내가 직접 시범을 보인다. 그래도 습관을 고치고 따라하는 현지 직원은 없다. 어휴! 이렇게 차이가 나는가? 뼛속에 스며있는 습관은 이렇게도 고치기 힘든가? 마치 DNA가 종족 대대로 전달되듯이. 이 습관도 그런 모양이다. 지속해서 교육하고 소리지르고, 경고하면 느리긴 하지만 조금씩 변화를 보인다. 아주 조금씩 바뀐다. 그리고 직원을 선발 할 때 가급적이면 학교를 갓 졸업한 어린 사람이 좋다. 아직 그들의 사고가 더 유연하고, 그만큼 변화를 받아들이기 쉽기 때문이다. 20대 초반의 직원들은 서구 문화와 영어에 익숙해 있다. 그래서 새로 가리켜 적응시키기가 훨씬 수월 하다. 한국식 빨리빨리 철학은 여기서는 환상의 업무 개념이다. 정말 대한민국 국민은 위대한 유전인자를 가지고 있다. 여기서 보면 확실히 느낄 수 있다. 역시 위대한 대한민국!

사탕과 경제여건

사탕은 달고, 맛있다. 적어도 에티오피아 직원에게는 그렇다. 한국인은 건강에 안 좋다고 별로 즐기지 않지만 여기서는 꽤 유용하다. 여기 슈퍼에서 사탕 값은 꽤 비싸다. 한국과 거의 값이 같다. 왜냐하면 이것도 두바이나 다른 중동에서 수입 해 오기 때문이다.

현지인들은 이 사탕도 특별한 행사나 축하의 날에만 먹을 수 있다. 어른 아이 할 것 없이 다 좋아 한다. 육체노동자 중에 아침을 못 먹고 오는 사람이 꽤 있다. 이유는 두 가지. 하나는 대부분의 직원이 경제적으로 어려워 아침을 거르는 경우이다. 그리고 출근시간이 빨라 시간이 없어 못 먹는 친구들도 있다. 그래서 오전 중간 10시경 현장을 돌며 직원들에게 젤리사탕을 주면 너무 들 좋아 한다. 잠시의 피로도 풀리고 휴식도 된다. 사탕발림 같지만 허기도 달랠 수 있어 매우 유용 하다. 특히 어린 여직원들은 한국산 고급사탕을 주면 매우 즐거워한다. 이들은 점심을 많이 먹는다. 회사 구내식당에서 제공하는 식사가 질이 좋으며, 또 아침을 거른 육체노동자들은 그야 말로 꿀맛이기 때문이다. 남자직원 들은 통상 한판(쟁반)의 인제라를 먹고 한 번 더 먹는다. 20대 초, 중반의 나이이니 식성은 얼마나 좋겠는가? 최고의 품질을 신선하게 먹을 수 있으니, 얼마나 좋아 하겠나? 우선 잘 먹어야 일을 잘 할 수 있으니, 식당운영을 청결하고 건강한 식단을 준비 한다. 동 서양, 아프리카를 막론하고 먹는 것이 우선이다.

성(性)문화

개방적이다. 젊은 남녀의 신체적 접촉도 매우 자연스럽다. 친구가 된다고 하면 자연스럽게 육체관계도 이루어진다. 결혼 전에 순결은 큰 의미를 두지 않는 것 같다. "그럼 이슬람젊은이들도 그런가?" 물으면 비슷하다고 한다. 결혼 전 남녀 간 친구라면 별 문제가 없다고 한다. 그리고 다른 파트너와 결혼해도 크게 개념 치않는다고 한다. 흔히들 이슬람의 경우 혼전 순결에 엄격하고, 혼전

부정을 저지르면 가족 명예를 위해 아주 위험한 행위도 한다고 들었는데, 여기 이슬람은 상대적으로 개방되고 원리주의와 좀 거리가 멀어 보인다. 그러나 크리스천과 이슬람 등 서로 다른 종교인끼리는 교재 및 결혼을 거의하지 않는다고 한다. 젊은이들이 결혼 전 종교가 달라도 어울리기는 하지만 결혼은 대부분 같은 종교인끼리 한다고 한다. 외국인에게도 매우 개방적이다. 맘에 들면 바로 친구 하자고 한다. 그러나 외국인과의 친구 개념은 대부분 돈을 바라는 일시적 친구이다. 그러니 이들과 남녀 간의 친구관계는 너무 심각하지 않아야 한다. 여기는 중국인이 약 50만 명 정도이다. 이들이 오래 전부터 비정상적인 관계를 현지 여성들과 맺어 왔다. 동양인은 모두 중국인으로 취급한다. 그래서 이들은 동양 남자에 대한 인식이 좋지는 않다. 그러니 쓸데없이 껄떡거릴 필요 없다. 괜히 구릿빛 현지 미인이 묘한 눈빛을 보낸다고 혹 하지마라! 동양인은 오로지 돈으로만 보니까! 그럼 남자 주재원의 경우 장기간의 객고를 어찌 해결 하노? 그건 간단하다. 깨끗이 돈 주면 된다. !!! ??? 반드시 돈을 주어야 된다. 그리고 18세 이하는 절대로 접하지 마라. 미성년이기 때문에 걸리면 큰일 난다. 간혹 가다가 맥주 집에 화장을 진하게 하고 어린여성이 20살 넘었다고 하며 나오는 경우도 있다. 잘 확인해야 하며, 혹, 몰랐더라도 사전에 나이를 물어보고, 대가는 꼭 지불을 해야 한다.(너무 자세히 정보를 알려 주었나?!!!!!)

결혼 전 남녀 간에 거리낌 없이 육체관계도 즐긴다. 공터 옆에 가면 전날 밤 사용하고 버린 콘돔이 수두룩하다. 여자들도 활달하다. 남자와 똑같이 즐기고, 또 다른 남자친구 사귀고, 서구와 다를 바 없다. 보통 대학을 가지 못하기 때문에 고교 정도 졸업 후 취업하기를 원한다. 그런데 결혼 후에 여성들은 다른 남성과의 관계는 일체 하지 않는 것으로 보인다. 종교적인 영향 일 것이다. 그러나 남자들은 상대적으로 자유롭다. 여기가 후진국이고 성적으로 자유 분방하다 보니 성병도 만연해 있다. 이곳 어느 호텔에 가도 콘돔이 수북하게 쌓여 있다. 국제기구가 무료로 배포 해 준 것이다. 혹시 라도 이곳에서 객고를 풀려고 하면 필수가 이것이다. 괜히 객고풀 기위해 객기부리다가는 지름길로 가는 수가 있다. 이곳에 눌러앉 은 한국인 중에 몇몇은 현지인 부인이 있다. 이들은 경제적으로 부 인에게 많이 지원 해주는 것을 보았다. 당연하지 않겠나? 이상히 도 한국인과 결혼 하여 출생한 2세들은 현지인을 더 많이 닮는다. 한국인 같지 않고 현지인과 아주 유사하게 나온다는 것이다. 흑인 의 유전자가 더 우성인 모양이다. 개인취향에 따라 결혼 하는 것이 니. 또 의외로 살짝 흑인을 좋아하는 한국 사람도 있으니 만큼. ♬ ☺

통풍

저자가 아주 특별한 질병 경험을 하였다. 바로 통풍이다. 과거 에는 흔한 질병이 아니었던 통풍은 오래 전에 부자들에게 발병하 는 질병으로 알려졌으며 심지어는 "왕의 질병"이라고도 불렸다. 그 이유는 이 병이 좋은 음식과 술을 먹는 귀족이나 상류층 사람들 에게 흔히 발생했기 때문이다. 그런데 나와는 전혀 상황이 맞지 않 는다. 이곳에서 제대로 식사도 못했는데 무슨 귀족의 질병이란 말 인가? 곰곰이 원인을 생각해보니 한 가지 떠오르는 게 있었다. 바 로 맥주였다. 일과 후 동료들과 공장 인근에서 맥주를 자주 마신 것이 원인으로 생각된다. 어쨌든 통풍은 고통이 심하다. 극심한 고통(꼭 말벌에 쏘인 것 같이 발등이 찐빵처럼 부풀어 올랐다.)으로 밤잠을 잘 수가 없었다. 그래서 다음날 아침 일찍 한국병원인 명성병원으로 갔다. 전문의가 보더니 금방 통풍이라며 주사제와 약을 처방 해 주었다. 주사 맞고 약 먹으니 30분도 안되어 사라졌다. 간밤에 통풍이 왔을 때는 뭔지도 몰랐고 극심한 공포가 동반 되었었다. "이역만리에서 이름도 모르는 병으로 죽을 수도 있겠구나."하는 생각도 들었다. 치료 이후 맥주를 금하고 기름진 음식을 피하니 재발은 없었다. 치료는 쉽게 되었지만, 개인적으로 너무 충격이 커서 통풍에 대하여 자료를 찾아보았다. 참고하기 바란다.

통풍이란 관질에 고통, 뻣뻣함, 염증이 발생하는 관절염이다. "통풍(gout)"이라는 말은 "방울"이라는 의미가 있는 라틴어 "gutta"와 프랑스어 "gote"에서 유래되었다. 실제로 통풍은 관절에서 결정을 이루는 과도한 요산에 의해 발생된다는 것이 확인되었다. 특히, 통풍은 혈중 요산 량을 제어하는 대사 과정이 파괴되었을 때 발생한다. 통풍의 증상은 일반적으로 갑자기 발생한다. 주로 밤에 예고 없이 찾아올 수 있다. 일반적으로 엄지발가락(발가락 통풍)에서 발생하지만 몸의 모든 관절에서도 발생할 수 있다. "타는 듯 한 느낌"이라고도 하는 통풍 증상은 엄청난 고통이 동반되기 때문에 가볍게 여겨서는 안 된다. 피부가 극도로 민감해지고 빨갛게 되며 염증이 생긴다. 침대시트로 덮는 것과 같이 해당 부위에 조금만 압력을 가해도 참을 수 없는 고통이 따른다. 그래서 바람만 불어도 아프다는 말이 생긴 것 같다. 일반적인 통풍 증상은 발목, 손, 손목, 무릎, 발, 특히 엄지발가락의 관절에 극심한 고통이 오고, 해당 부위가 따뜻하거나 뜨겁게 느껴진다. 급성 통풍 증상은 일반

석으로 3~10일이 지나면 사라지며 수개월이나 1년이 지난 후에도 재발하지 않을 수 있다. 그러나 주의하라. 이 질병을 치료하지 않으면 통풍이 더 자주 발생할 수 있다. 타는 듯 한 느낌을 더 많이 경험할수록 고통이 더 극심하고 오래간다. 통풍은 건강하지 않은 생활 습관과 의료 상황 등 특정 위험 요인으로 인해 발생할 수 있다. 유전자로 인해 통풍이 발병할 가능성도 조금 있다. 부모 양쪽 모두 또는 한쪽이 통풍이 있으면 여러분과 여러분의 자식이 통풍에 걸릴 확률도 높다. 통풍에 영향을 미치는 중요한 요인이 요산 수치를 파괴하는 건강하지 않은 음식이다. 통풍은 혈액의 요산 수치가 높은 고요산 혈증을 앓고 있을 때 발생한다. 일반적으로 고요산 혈증은 증상이 없지만 치료를 하지 않으면 요산 혈액 수치가 계속 상승하여 통풍으로 인한 타는 듯 한 고통이 증가한다. 과도한 체중은 더 많은 지원이 필요하므로 통풍을 악화시킨다. 이로 인해 이미 민감해진 신경 종말은 더욱 자극을 받게 된다. 통풍의 예방은 건강한 생활 습관을 유지하면 예방할 수 있다. 가공 식품 섭취를 줄이고 비식물성 탄수화물을 건강한 지방으로 대체하고, 가공 식품은 절대로 피해야 한다. 몸에 이로운 지방이 많이 함유된 식품에는 코코넛, 코코넛 오일, 아보카도, 올리브, 올리브 오일, 버터, 마카다미아, 호두 같은 견과류가 있다. 생수 마시기. 혈액, 신장, 간은 요산과 같은 독성과 노폐물을 몸에서 제거하기 위해 물이 필요하다. 그리고 햇빛에 노출하여 비타민 D를 충분히 얻는 것이 좋다.

분실물품 찾기

그냥 깨끗이 포기 하는 것이 건강에 좋다! 그것이 제 수명대로 사는 지름길이다. 범인을 분명히 알고 있고, 목격자도 있고, 경찰도 범인을 알고, 그의 집에 분명 도난품이 있는데도 분실물품 찾기는 하늘에 별 따기다. 왜? 아프리카니까. 에티오피아 이니까. 뚜껑 열린다.

사례로, 공장에 콘크리트 작업하는 바이브레이터를 분실했다. 한화로 약 40만 원 정도 된다. 전날 작업한 현지인이 가져갔다. 그는 마지막으로 기계를 사용 했으며, 그날 밤 경비와 짜고 가지고 나갔다. 같이 근무한 사람도 그가 범인이라고 지목했다. 그는 다음 날 나오지 않고 바로 도망갔다. 그의 집에 가서 확인하니 분실물품이 거기 있는데도 찾아오지 못한다. 경찰서 5~6회가서 진술서, 확인서, 증언을 했다. 그런 다음에 회사의 대표까지 오라고 한다. 안 찾고 말지, 회사의 중요한 일 안하고 경찰서 가서 진술하겠나? 외국기업에게는 엄청 절차를 까다롭게 하여 질리게 만든다. "너희는 돈 많으니까 잊어버리고 말아라. 아니면 일도 못하게 계속 괴롭힐 것이다." 라는 식이다. 이러니 누가 가서 찾으려고 하겠나? 그것도 몇 개월 시비를 걸고, 그 기간이 지나도 찾을 뚱 말 뚱 하다. 그러느니 그 시간에 하나 새로 사는 게 훨씬 비용이 절감된다. 그 도둑놈은 죽어도 부인한다. 그리고 도망가서 나타나지 않는다. 그러다가 6개월 정도 지나 흐지부지 되면 다시 정상생활을 한다. 그러니 이런 곳에서 어찌 사업을 하겠나? 이런 분위기이니 이 나라는 발전하려면 멀었다. 이 악습부터 버려야 한다. 심지어 경찰, 검사, 공무원, 판사, 정부까지 바뀌지 않으면, 에티오피아는 발전이 없을 것이다. 개(Dog)라는 단어가 절로 입에서 나온다. 두 번 다시 이 단어가 나오지 않기를 바랄 뿐이다. 제일 좋은 것은 스스로 잘 지켜 도둑을 당하지 않는 것이다! 소 잃고 외양간 고쳐봐야 돈만 더 들어 가지…….

인접회사의 고충

우리 회사가 있는 바로 옆에 중국 철강 회사가 있다. 규모가 한국회사와 비슷한데 중국에서 중고 기계를 들여와서 공장을 만들고 있다. 그곳에 애로 사항이 무엇인가 확인 해 보니 우리와 아주 유사한 점이 있다. 첫째 이 나라에 도둑이 많다는 것이다. 둘째. 이 나라 건축업자들이 능력이 부족하다는 것이다. 셋째 이 나라에서 자본 조달이 어렵다는 것이다. 그래서 공기를 맞추기가 어렵다고 한다. 이 나라에서 사업하기 위해 어떤 회사나 갖고 있는 공통 사항이다. 추가적으로 그 회사 물건을 도둑맞았는데, 범인을 알고 경찰에 신고 해도 매일 오라 가라 괴롭히기만 하고 물건 찾아줄 생각은 아예 하지 않는다고 한다. 느긋하기로 유명한 중국인들도 머리를 내 두른다. 중국보다 몇 배 더한 나라가 에티오피아이다. 중국공장도 한국공장과 유사한 고민을 가지고 있다. 그러니 이 나라에 투자 하려는 사업가는 반드시 이 사실을 염두에 두고 시작 하여야 한다.

도둑4

새벽2시에 벼락같은 소리가 들린다. 깊은 잠결인데도 순간 뭔가 잘못된 것이다 싶어 추리닝만 걸치고 뛰어 나갔다. 바로 옆방 자던 직원이 방문을 열고 나오는 순간 도둑과 정면으로 마주 친 것이다. "너 누구냐?" 소리치고 따라가는 중이었다. 다른 방 동료들까지 튀어나와서 로비로 가 보았지만 이미 사라진 뒤였다. 잠시 맘을 정리하고 다시 숙소 층으로 와서 살펴보았다. 그런데 숙소 방이 몇 군데 털렸다. 사람이 자고 있는데 문을 따고 들어와 노트북, 핸드폰, 지갑을 싹 들고 갔다. 게다가 한 곳은 침대 옆에 중국요리용 사각 칼을 두고 갔다. 그 직원은 충격에 빠진 상태이다. 아침에 확인 해 보니 현지 직원 책상위에 둔 노트북도 들고 갔다. 현금화하기 쉬운 것 만 싹 들고 간 것이다. 숙소 동까지 칼을 들고 들어와 잠긴 문을 따고 중요 물품만 훔쳐갔다. 마침그때 옆방직원이 나오지 않았다면 차례차례 모든 방을 다 따서 가져갔을 것이다. 그리고 사전에 식당에 가서 식칼까지 준비 하였다. 여차하면 칼을 쓸 준비까지 한 것이다. 이미 이곳을 잘 아는 놈의 소행이 분명하다. 그리고 원한이 있어 보인다. 칼을 침대 위에 두고 간 것이다. 위협의 의미이다. 그러고 보니 얼마 전 일용직으로 근무하다가 더 이상 필요가 없어 그만두게 한 친구가 생각난다. 혹시 그 친구가 일을 못하게 하여 원한을 가진 게 아닌가? 하는 추측이 된다. 그때도 그 근로자가 성실히 일을 잘 했으면 계속 여기서 근무 할 수가 있었던 근로자였다. 그의 실수로 인해 그만두게 한 것이다. 참으로 한심한 나라다. 옆방 첫 번째 털린 사람은 그 친구에게 나오지 말라고 통보한 사람이다. 이 직원은 잊어버린 물건도 물건이지만 큰 충격을 받았다. 과연 여기서 계속 근무를 해야 하나 말아야 하나 까지 고민을 하게 한다. 그리고 모든 컴퓨터 안에 있는 데이터를 다 분실하였다. 너무 허탈해 진다. 그가 만약 잠결에 깨었더라면 목숨이 위태로웠을 지도 모른다. 칼 까지 들고 들어갔으니. 이런 나라에서 목숨까지 걸고 일을 해야 하나 하고. 더 아이러니 한 것은 여권은 트렁크 두고 간 것이다.

경비(Guard)

대부분의 도난 사건은 거의 경비와 연결이 된다. 가드는 회사에 어디에 뭐가 있는지, 어느 시간대가 가장 취약한지, 어느 지점이 가장 좋은 지점인지를 잘 알고 있다. 내부 근로자나 협력업체 직원, 또는 외부의 도둑놈이 현금화시키기 쉬운 물건에 눈독을 들였다가, 경비와 짜고 한탕 하는 것이다. 경비와 짜지 않고는 도둑질을 하기가 어렵다. 항상 경비들에게 관심을 집중해야 하고, 선발할 때 신중을 기해야 한다. 이곳 경찰서에서 추천을 받고 개런티를 받아도 별 소용이 없다. 이곳 생활이 어렵고 눈앞에 현금화 할 수 있는 값나가는 물건이 있기 때문에 이들은 그 유혹에서 벗어나기가 힘들다. 그리고 문제는 한번 분실하면, 외국 회사에서는 더욱더 찾기 어렵다. "더러워서 안 찾고 말지"하고 손들어 버린다. 그래서 경비를 채용 할 때는 신중의 신중을 기해서 선발해야 한다. 그런데 그것이 참으로 어렵다. 어떤 놈이 정직한지를 알 수 가 없다. 멀쩡하게 대학 나오고 영어도 잘 하는 놈도 도둑질에 동참 한다. 일단 회사를 신축하거나 생산을 시작 할 때 보안 체계부터 확실하게 해두고 시작해야 한다. 먼저 담을 안전하게 만들고, 다음은 사람을 확실하게 뽑고, 무인카메라 설치하고, 경비의 보증을 받아야 한다. 그리고 정확하게 책임을 물을 수 있도록 법률, 회사 규정 체계를 갖추어야 한다. 공정이 좀 늦더라도 반드시 이 절차를 먼저 정착시킨 후 공사에 들어가야 한다. 그리고 일일이 기록하고 사인을 받아 두어야 한다. 그나마 나중에 책임을 물을 수 있는 방법이다. 과거 경비체계가 문제가 있어 전면 교체하였다. 엄선에 엄선을 거쳐 선발한 경비다. 그런데 새 팀이 또 도둑질에 연관이 되어 있다. 돈 앞에서는 별 수가 없는 것 같다. 이들은 야간 수당까지 받아 경비이지만 오히려 사무실 근무자 보다 더 많은 급여를 받는다. 그런데도 이들의 도벽습관은 그렇게 간단히 없어지지 않는다. 방법은 수시로 한국직원이 체크하고 감시하는 수밖에 없다. 도둑예방이 본 공사보다 더 어렵고 신경이 쓰인다. 한번 도난을 당하면 그 물품은 포기하고, 한국이나 중국에서 다시 신청을 해야 한다. 그리고 직원들의 심리적 충격이 너무 커 진다. 현지인 누구도 믿을 수 없게 되고 색안경을 끼고 볼 수밖에 없다. 그러니 일이 제대로 되겠나?

소송대비

이곳은 과거 공산 정권에서 국민의 권리 보장을 위해 법률 정비를 잘 해 놓은 편이다. 즉, 근로자 측면에서는 보장이 잘 되어 있다는 것이다. 그러나 고용주 입장에서는 매우 직원관리가 힘들게 되어 있다. 수습기간(Probation)45일이 지난 후에는 근로자가 심각한 잘못을 하지 안는 한 해고하기가 매우 어렵다. 이들은 공산주의습관으로 자신이 잘못이 있다 해도 죽어도 인정을 안 하고, 목에 칼이 들어와도 부정한다. 과거 공산주의 하에서 잘못을 시인하는 것은 바로 죽음을 의미하기 때문이다. 그리고는 자신의 잘못으로 해고 되어도 소송을 건다. 인민을 위한다고 하여 1차 소송은 비용도 거의 들지 않는다. 그래서 이들은 밑져야 본전으로 소송을 건다. 그러면 법원에서는 근로자의 잘못으로 해고 하였더라도 에티오피아 국민의 인권이 달려 있으니, 회사에서 몇 개월분 급여를 일시 지급하라고 권고한다. 웃기는 자장면 나라다. 얼마 전에도 가드가 술이 취에 근무를 선다고 출근하였다. 조용히 집에 가서 쉬라고 하였다. 그리고 다음날 해고 통보를 하였다. 그랬더니 회사 정문으로 와서 행패를 부린다. 법인장 나와라. 면담하자! 등 갖은 욕을 하며 소리 지른다. 그리고 복직을 시켜달라는 것이다. 경비라는 놈이 술이 취해서 출근하고서는 자신의 잘못이 없다고 하는 나라이다. 이해가 가시는가? 규정을 정확히 알고 엄격히 적용하는 것이 중요하다. 한번 인정을 베풀다가는 조직이 살아남을 수가 없다. 뻑 하면 이들은 노동부에 신고하고, 법원에 고소한다고 한다. 소송 천국이다. 돈을 많이 버는 사람이 변호사 들이다. 그들은 줄을 이어 변호하고 이건이 끝나면 다른 법정의 사건 변호하러 달려간다. 소송하면 80%이상이 외국회사에 불리하다고 보면 된다. 그러니 소송 전에 가급적이면 협상하여 적정한 선에서 손해보고 마무리 하는 편이 오히려 시간, 비용낭비 줄이고, 심리적으로 편하다. 한번 소송 시작하면 기본이 6개월이다. 판사들은 여름휴가가 있다. 그것도 7, 8월 2개월이다. 명목은 재교육, 오리엔테이션이다. 여름에 잘못 걸리면 2개월은 그냥 건너뛴다. 그러니 그 기간 신경 쓰고 법원 가느라 고생 한다. 그리고 나서도 이길 확률은 피, 아 같은 조건이라도 20%도 안 된다. 일단 소송에 걸리지 않도록 제도적으로 잘 준비 하는 것이 첫 번째이다. 그러나 어떤 외국회사, 단체 치고 소송이 몇 번 걸리지 않는 곳이 없다. 그러니 법과 전공한 직원이나 전담 변호사 계약 등을 철저히 해야 한다. 변호사! 선정 역시 잘 해야 한다. 별 실력과 연줄이 없는 친구를 선임하면 전혀 역할을 못한다. 단지 연락병 역할 만 한다. 고객의 입장에서 소송을 이기려고 하거나, 유리하게 할 의사는 없고 단지 급여만 받아 챙긴다. 법원에서 될 대로 되도록 그냥 둔다. 적극 변론하여 고객에게 유리하게 한다는 생각이 전혀 없어 보인다. 그리고 나중에 판결나면 결과 전달만 해 준다. 희한한 변호사 개념이다. 그러니 상대에게 뜯기고 변호사에게 또 뜯기는 형국이다. 이러니 참 참 참! 소송을 당하지 않도록 만반의 준비를 하시라.

경제관

돈에 대해서는 철저하다. 단돈 500비르(약 2만원)월급을 더 준다고 하면 가차 없이 다른 공장으로 옮긴다. 무서운 돈 지향적 인 사고이다. 돈 앞에서는 충성심이고 의리고 인격이고 우정이고 회사고 없다. 이해가 되는 면도 있다. 아디스아바바 변두리에 방을 하나 얻더라도 신입사원들은 버겁다. 두, 세 명이서 어울려 살고 개별 화장실, 샤워는 꿈도 못 꾼다. 어떤 친구는 간단한 빨래를 가져와 쉬는 시간에 회사에서 몰래 하기도 한다. 직책 중에 경비와 청소부가 이직이 심한 편이다. 육체 근로자로서 다른 곳에서 조금 더 준다면 바로 옮기려 한다. 급여를 매우 신중하게 올려 주어야 한다. 같이 들어온 동료보다 적게 받거나, 후배가 많이 받을 경우 심한 반발이 있고, 불평과 심지어는 현지 노동부에 고발하기도 한다. 후배보다 급여가 적다고 노동부에 고발하는 상황을 상상해 본 적이 있는가? 그곳이 에티오피아 이다.

재확인 하라!

서산 대사님의 "눈 덮인 광야를 걸을 때 함부로 휘젓고 걷지 마라. 오늘 내가 간 이 길이 후세 오는 사람들의 이정표가 되리니" 간결하고 위대한 시를 가끔 되새긴다. 이시에 함부로 라는 말이 나온다. 이미 설명 하였지만 다시 한 번 강조한다. 그런데 에티오피아 사람들은 "찌끄리옐롬"이라는 말을 함부로 마구 쏜다(마치 총을 쏘듯이). 영어의 "OK" 와 우리말의 "아무 문제없다"는 의미이다. 이 말을 그대로 믿으면 망한다. 이들은 언제나 찌끄리옐롬 이다. 그래서 사실을 확인하면 전혀 아니다. 심지어 시멘트 실은 차가 "지금 출발했으니 곧 도착한다. 찌끄리옐롬"이라고 연락받고 그대로 믿다가는 큰일 난다. 모든 작업자와 장비를 대기 시켜놓고 시멘트를 기다리지만 일과가 끝날 때 까지도 도착이 안 된다. 어떤 때는 이 말을 듣고 2일이 걸린 적도 있다. 그 시각에 싣지도 않았음에도 그런 얘기를 한다. 정문에 들어와야 들어오는 것이다. 속이 뒤집어진다. 그러고서도 왜 늦었느냐고 하면 10가지 이유도 더 댄다. 바퀴가 펑크 났다 거니, 도로공사로 막혔다든지, 운전수가 아프다느니!!!!! 그래서 현지 직원들에게 함부로 "찌끄리옐롬"이라고 하지 말라고 한다. 100% 확실할 때만 그 말을 쓰도록 했다. 그런데 어림도 없다. 이들은 말끝마다 이 말을 달고 산다. 한번 뼛속에 새겨진 유전인자는 참으로 고치기 어렵다는 것을 자주 느낀다. 이 말을 함부로 하지 않을 때가 에티오피아가 선진국이 되어가는 시기 일 것이다.

그러면 아프리카가 아니지!

"에티오피아 사람들이 한국 사람처럼 생각하고 행동하면 우리가 뭣 하러 여기에 왔겠어요?" 한 교민의 강변이다. 맞는 말이다. 동부 아프리카 그리고 후진국이니 한국 사람들이 여기 진출해서 활약을 하는 것이다. 한국은 여기보다 더 했을지도 모른다. 정말 곤조(일본말)부리고, 꼴통 짓을 더 심하게 했을지도 모른다. 참고로 에티오피아 말로 곤조는 "아름답다", "멋있다", "잘 한다"는 뜻이다. 그러니 이곳 현실을 하나하나 받아들여 체화 해야만 한다. 별 수 없다. 그래도 이들이 아주 조금씩이지만 계속 교육하고, 강조하면 변화가 된다. 머리 좋은 신세대들은 더 빨리 바뀔 수 있을 것이다. 그날을 기대하며 엄청난 뚝심으로 밀고 나가야 한다. 아니면 이들의 작전에 당하고 욕만 하고 떠나가게 된다. 한때 유행하던 EDPS(음담패설). 남자와 여자가 100m달리기를 하는데 결승점에 도달하여 각자 자신들의 성기(性器)를 확인 해 봤다. 아 그런데 웬걸, 서로 성기가 바뀌었다. 왜? 여자는 *나게 달려서 남자 것으로 바뀌었다나. 여기서도 나중에 욕만 *나게 퍼붓고 떠날게 아니라, 일단 너무 큰 기대를 접어두고 차근차근 이 나라 실정에 맞추어 개선하고 발전시키면 좋겠다는 생각이다. 내 개인적으로 약 2년 정도 지나니, 이 나라를 받아들이고자 시도도 해본다. 그러나 또 현실에 부딪치면 성질이 확 올라온다. 이것도 한국인의 특징이고 자산 이기는 하지만 참 조율하기가 어렵긴 어렵다. 에그!

대중교통

여긴 봉고 크기의 미니버스를 택시라고 부른다. 정원이 12명 정도인데, 20여명 이상 잘 탄다. 특이하게 차장이 남자이며, 정거장에서 호객을 한다. 요금은 싸다. 시내는 보통 5ETB(200원정도) 장거리 시외거리도 10~15ETB(400-600원)정도이다. 한국인들은 택시나 장거리 여행 시 대형 그레이하운드(고속버스형태)를 이용 하는 것이 여러모로 좋다. 다음 아디스아바바 중심부에 전철이 다닌다. 중국이 깔아 준 것이다. 그런데 약20분 정도 만에 한 번

씩 다니고, 캐빈 량이 5칸 정도여서 매우 붐빈다. 요금은 역시 싸다. 10ETB면 가장 먼 거리 까지 갈 수 있다. 이 전철은 그래도 덜 고역이다. 그리고 도심 역을 찾기가 쉽다. 도심에서 이동은 전철이 좀 수월하다. 아디스아바바 시내의 러시아워에는 교통지옥이다. 서울과 비슷하다. 크락션 소리에 삿대질에 소리 지르기, 심지어 차 밖으로 나와 후드를 쾅쾅 치기도 한다. 접촉사고도 자주 난다. 야간 운전에 유의해야 한다. 음주운전이 많기 때문이다. 아직까지 음주 단속을 거의하지 않고, 밤에 도심에서 나오는 차는 음주 차량이 많다.

관리들의 업무 행태

정부관리 들은 엘리트로 보인다. 일단 외모가 깔끔하고 대부분 영어소통이 잘 된다. 그러나 시장, 군수실, 경찰서장실 이라도 참 허름하다. 한국의 50여 년 전 동사무소 같은 분위기이다. 급여도 박하다. 중앙부처 국장급이라도 1만 비르(40만원)정도라고 한다. 그런데도 그들은 잘 사는 편이다. 아마도 다른 수입(?)이 있어 보인다. 여긴 위에도 로비하고 아래에도 로비해야 한다. 통상 윗사람 만 OK하면 통과 하는데 비해, 여긴 위는 위고 아래는 아래대로 또 챙겨야 한다. 나가서 중앙에서 협조한 것과 별도로 지방 정부에서 다시 로비를 해야 한다. 그래서 공무원의 생활수준이 좋게 된 것이다. 또 세금 감면과 무상 택지 등을 공급해 준다. 경찰도 마찬가지이다. 공무원의 행패가 지방으로 갈수록 정도가 좀 심한 것 같다. 경찰에게 운전하다가 중국인 같아 보이면 자주 잡힌다. 나도 2달에 한 번꼴로 걸렸다. 나는 다행히 경미한 위반을 하여 잘 넘어

갔다. 다른 한국인은 많이 당했다. 그래서 어떤 이는 신권 100비르 (약 4천원)을 미리 준비하여 다니다 걸리면, 수고한다고 하며 악수하면서 슬쩍 전달한다. 대부분 경찰은 돈만 살짝 빼고 통과 시켜 준다. 그러나 조심해야 할 곳도 있다. 도심의 공개적인 검문소 지역은 오히려 역풍을 맞는다. 경찰 매수하려 한다고 경찰서 까지 끌고 가기도 한다. 그러니 분위기에 맞추어 시도 해보라. 이것도 여기서 살아가는 한 방법이다. 이차 저차 싫다고 하면, 그리고 위반 사항이 경미하다고 생각되면 그냥 티켓 받아라. 벌금이 적은 편이다. 다음 차량 접촉사고나면 작은 것은 서로 합의하에 바로 현장에서 마무리 지어라. 본인 과실이면 몇 만원 물어 주면 된다. 그러나 심각한 사고는 경찰이 올 때까지 그대로 기다려라. 경찰이 와서 조사하고, 티켓을 끊고 정리한 후에 차를 움직여야 한다. 허락 없이 미리 빼면 다 뒤집어쓴다. 보험회사 보험금 청구에도 경찰의 확인서가 필요하다. 그러니 이래저래 피곤하다. 애초에 사고가 나지 않도록 해야 한다. 일반 공무원의 행태를 보면 많이 차이가 난다. 한국 같으면 바로 해임 감인데 이들은 그러려니 한다. 11시 좀 넘으면 점심 먹으러 간다. 오후 1시 반은 되어야 나타난다. 식사하고 분나(커피)도 한잔하고 어슬렁어슬렁 온다. 그래도 이곳에서는 누구나 불평 하는 사람이 없다. 그리고 웬 출장이 그리 많은지? 뻑 하면 없다. 그래서 관공서 일 처리하기 전에 반드시 전화를 하고 상황을 확인 후에 가는 것이 좋다. 통상 금요일, 토요일은 관공서 일이 잘 안 된다. 개인 일이나 회사 일이 아무리 급해도 아랑곳 없다. 약간 머리를 쓰면, 현지 직원을 시켜 담당 직원에게 미리 눈도장을 찍게 만든다. 식사대접과 선물 등을 좀 준비해서 잘 통하도록 해 둔다. 그래서 전화로 정보를 확인하고 가면 시간을 단축 할 수 있다. 지방 정부 공무원은 부조리가 더 심하다. 공무 수행을 하면서 회사에 출장비를 요구한다. 기막힌 돈 챙기는 방법이다. 그것도 공문을 만들어 정식으로 요금을 청구 한다. 자신의 급여 일당보다 훨씬 많은 금액이다. 일요일 출장은 두 배의 출장비를 공식적으로 받는다. 그래서 이들은 일요일을 출장일자로 잡기도 한다. 아주 기막힌 나라이다. 공무로 일 해 주면서 돈을 챙긴다. 그리고 출장기간에 식사접대로, 당연히 가장 좋은 고기 집으로 간다. 그리고 생고기(이들은 소고기 등 육회를 고춧가루에 찍어 먹는 것을 즐긴다.)를 주문하여 술과 함께 한잔 잘 걸친다. 저희들끼리 식사 할 때는 50비르짜리 먹으면서, 출장 업무 할 때는 400-500비르짜리를 먹는다. 그리고 일 잘 처리 하였다고 공치사를 하고, 귀가 차비 까지 달라는 것이다. 그래도 이렇게 협조하여 일을 진행하는 편이 시간과 예산을 절약하는 길이다. 이들은 외국회사의 급한 사정을 너무나도 잘 이용 해 먹는다. 이미 이들은 60년 이상 외국인들로부터 길들여 져 있기 때문이다. 그래서 대부분 이곳에서 근무하는 한국단체는 이런 것들을 아예 비용으로 처리한다. 그렇지 않으면 담당자 개인 돈으로 지불해야 하기 때문이다. 그래도 이곳 정부와 관리들이 점점 의식이 깨어가고 부조리도 감소하는 느낌이다. 한편으로 다행이다.

신체접촉 그리고 술주정

이곳은 남녀 간의 신체적 접촉에 대해서는 관대한 편이다. 같은 사무실 직원들 남녀 간에 어깨동무를 자연스럽게 한다. 여자직원이 약혼자가 있는데도 다른 남자직원과 스스럼없이 어깨동무를 하고 다닌다. 그리고 남자들끼리도 친하면 손을 잡고 간다. 나이든 아들과 아버지가 손을 잡고 가기도 한다. 그리고 사무실에 앉아 있으면 상관이라도 자연스럽게 어깨에 손을 걸치기도 하고, 상급자에게 어깨동무를 시도하기도 한다. 친절의 의미이다. 처음 당하면 우습다. 나는 이자식이 하며 어깨를 내리 쳤다. 그런 것은 한국문화가 아니니, 두 번 다시 하지 말라고 하였다. 남녀 간에도 포옹과 얼굴 키스, 손잡는 것은 자연스럽다. 이들도 술을 좋아 한다. 특히 맥주를 즐긴다. 3명이 10병정도 마셔도 1만원도 안 나온다. 그런데 외국인과 현지인간에 술을 먹고 싸운다든지, 기물을 파손하면 심각해진다. 일단 이 나라에서는 폭력에 대하여 엄격하다. 종족간의 분쟁이 심하여 엄격히 법률을 적용 하는 것 같다. 술 마시고 현지 여자를 폭행하여 고소당하면 골치 아프다. 바로 체포되어 징역 몇 개월 살 수 있다. 또는 합의에 고액을 요구한다. 그러니 술 취해 현지인들과는 일체 시비 붙지 않는 게 좋다. 질이 안 좋은 현지 청년들이 "짜이나 짜이나" 하며 일부러 시비를 걸어오기도 한다. 그럴 때면 피하라. 아니면 현지 직원이나 경찰을 부르라. 여기에 휘말리면 골치 아프다. 실제 회사에 엔지니어로 온 중국인 기사가 술이 과하여 식당 여직원에게 위협을 가하고 기물을 부수었다. 할 수 없이 회사에서는 더 큰 처벌을 피하기 위해서 신속히 그들을 해고 하고 현지 여직원에게 사과하는 것으로 끝냈다. 만약 여직원이 경찰에 고소라도 하면 그 즉시 중국인들은 구속이다. 다행히 그 선에서 마무리 되었다. 특히 술주정은 금물이다. 한번은 중국공단 앞에서 맥주를 마시고 바자지(소형 오토바이형 택시)를 타고 숙소에 오는데 요금을 미리 30비르로 약속 하였다. 1.5Km정도의 짧은 거리다. 그런데 운전수가 중국사람 같이 보이고, 술이 취한 것같이 보이니

까 300비를 요구한다. 그래서 경찰 부른다고 하니 꼬리를 내린 적
도 있다.

명절

이 나라도 큰 축제가 있다. 주로 종교 관련축제이다. 신년(9
월12일), 에피파니/올토독스경축일(1.19), 크리스마스(1.7), 부활절
(4.8)등 10여일의 공휴일이 있다. 이때는 보통의 가정에서는 양이
나 염소를 한 마리 잡는다. 형편이 못되는 가정은 닭으로 대치한
다. 보통 어머니들이 퇴근시간에 시장에서 붉은 수탉을 한·두 마
리(마리당 약 8천원)사서 다리에 끈을 묵고 거꾸로 들고 간다. 흐
뭇한 보습니다. 즐겁게 가족들을 향해 걸어가는 것을 보면 꼭 어릴
적 우리나라 추석풍경 같아 빙그레 웃음이 나온다. 그 집 아이들
은 얼마나 엄마를 기다릴까? 그 엄마는 아이들 고기 먹일 생각에
얼마나 기쁜 마음일까? 어릴 적 옷 한 벌 얻어 입고 고기라도 먹는
날은 추석과 구정이었다. 한국의 그 시절 모습과 유사하다. 그런데
조금 있는 사람들은 소를 한 마리 잡는다. 여러 사람이 어울려 직
접 마당에서 잡아 해체한다. 그 자리에서 옛날 한국과 같이 생고기
와 간, 천엽 등은 고춧가루와 아라께(에티오피아 막소주)를 곁들여
잘 먹는다. 아이들도 잘 먹는다. 내가 있던 옆집에서 소를 잡아먹
으라 하는데, 나는 겁이 나서 못 먹었다. 이방인은 이곳 토속 기생
충에 약하니 혹시라도 걱정이 되어서 이다. 참고로 6.25참전한 에
티오피아 장병들이 생고기를 먹는 것을 보고, 이들 아프리카 흑인
들이 혹시 인육을 먹지 않나 하고 처음에는 겁먹었다는 기록도 있
다. 주로 종교적인 축제일에는 남녀가 전통 옷을 입는다. 흰색 바

탕에 화려한 무지개 색깔의 자수를 놓은 전통 직조방식의 옷이다. 싸다. 5~6만원이면 여성 옷 한 벌을 산다. 그러나 이 나라 실정으로는 큰돈이다. 아이들도 곱슬머리를 예쁘게 땋고 색동옷을 입는다. 즐겁게 종교 시설로 가는 것을 볼 수 있다. 세상 어느 곳이나 축제일은 아이들이 제일 좋아 한다. 까무잡잡한 피부에 새까만 눈이 반짝이는 것을 보면 지상의 천사가 따로 없다. 참 푸근해 보인다. 적어도 이때는.

직원채용, 관리

한국과 유사한 절차 이다. 채용공고를 대학교와 공공건물에 낸다. 그러면 5~10배수의 이력서가 온다. 그중에 서류심사를 하여 2배수정도 면접을 본다. 그 후 채용 한다. 그런데 이력서가 과장이 많이 되어 있다. 액셀 잘 한다고 기록 하고는 거의 못하는 게 대다수 이다. 용접 잘한다고 하여 실제 시키면 전혀 못한다. 그래서 세심한 검증이 필요하다. 면접 때 현장에 근무할 공대 졸업생들은 구두면접 끝나고 바로 현장에 가서 실기 테스트를 진행 하여야 한다. 그래야 수준을 알 수 있다. 이곳 대학 수준이 열악하다. 개인 학원 비슷하게 해놓고 허가를 받아 대학이라고 한다. 최고 좋은 아디스아바바 대학을 나왔다고 해도 별수 없다. 영어 문장도 많이 틀린다. 채용하고 처음부터 필요한 교육을 다시 시켜야 한다. 그런데 면접 볼 때는 태연하게 거짓말을 한다. 그래서 이들 말을 그대로 믿을 수가 없다. 이력서를 과장하거나 허위로 작성 할 수도 있다. 수차의 면접을 통하여 요령을 터득 하였다. 결국은 면접자의 인상이다. 실력보다 인상, 인성, 외모가 좌우함을 알았다. 실력에서는 평균 하향되어 저조하니 크게 구별이 안 된다. 그러니 결국은 정직성, 도덕성, 성실성을 주로 인상으로 판단 할 수밖에 없다. 그리고 그것이 이상하게도 대부분 맞는다는 것이다. 조금 이상하다 싶은 직원은 채용 후 보면 제대로 근무를 못하고, 수습기간 중에 해고 되는 경우가 많다. 참 인상이 중요 하다. 가끔은 특별 채용이 있다. 하청 업체소속으로 현장에 근무하다가 성실성과 실력이 확인되어 즉석 채용 되는 경우도 가끔 있다. 학교를 전혀 다니지 않은 농부가 채용 된 적도 있다. 정원사를 모집하는데 읽고 쓰지도 못하는 늙수레한 농부가 왔다. 6명의 고등학교 졸업한 20대와 같이 지원 했는데, 이 농부가 가장 성실하고 잔디를 잘 가꿀 것으로 판단되어 그를 선발 했다. 그는 횡재 한 것이다. 여자 청소부 3명 중에 2명이 초급대학 졸업이다. 그러니 이 나라의 수준을 알만 하고, 젊은이들이 일할 직장이 부족하다. 또 재미있는 것은 하청업체 일용직으로 현장에서 근무 하던 친구인데, 그는 성격이 밝고 적극적이다. 그런데 이 친구가 한국직원에게 가끔씩 재미있는 제안을 하는 것이다. 자신이 예쁜 현지 여자를 아는데 친구로 소개 시켜 준다고 한다. 피곤하고 분위기 안 좋을 때, 맥주 한잔하고 싶을 때 그런 제안을 하는 것이다. 한국직원에게 참한 현지 여성도 소개 시켜주고, 그래서 눈에 띄었고, 적극적으로 취업하기를 원하는 의사를 표시하였다. 그래서 이왕이면 싹싹하고 눈치 빠른 친구가 좋을 것 같아 다음에 자리 나면 알려 주겠다고 하였다. 그 후 마침 자리가 나서 그 친구가 추천 되고 정규 직원이 되었다. 하청업체 일용직 하다가, 한국직원 채홍사 노릇 잘 해서 정규직원 된 경우 이다. 엄청난 혜택인 것이다. 일단은 실력도 중요 하지만, 다른 여러 가지 방법으로 실력을 발휘 하는 길이 있다. 그리고 기업과 관련 된 위치에서 일 하다보면 기회가 오고, 사람을 잘 만나는 것이 중요 하다. 추천을 잘 받아야 하니까! 모든 것이 사람 사는 세상이고, 사람이 일을 하니까. 그런데 그 채홍사 직원이 아직까지 내게는 현지 여성을 소개 시켜주지 않았다. 이 친구 저를 채용해준 가장 은인이 누군지 아직 모르는 것 같다. 다른 눈치는 빠르면서 왜 그 눈치 까지는 없는지 괘씸한 놈! 그 사실을 알려 줘야 하나 말아야 하나? 일단 외국 기업에 정규직원이 되면 대우가 현지 기업보다 좋다. 보수, 복지 부분이 좋은 편이다. 기를 쓰고 들어오려 한다. 직원을 새로 뽑으면 한국같이 수습기간이 있다. 45일간 관찰기간이다. 이 기간 중 부적합한 직원은 서류절차나 통보 없이 해고 할 수 있다. 그런데 해고 할 때 준비를 잘 해야 한다. 1주일 정도 근무시켜보니 부적절하여 해고 하려면, 바로 해도 된다. 그런데 유의 할 것은 이 사람의 업무능력이 부족하여 해고한다고 해야 한다. 한번은 별 생각 없이 신입직원을 1주일 만에 해고 하였고, 이유를 업무능력이 부족하고, 이 나라 표준어인 암하릭어 능력이 부족하다는 해고사유를 썼다. 그리고 내일부터 나오지 말라고 하였다. 그런데 다음날 멀쩡히 나온 것이다. 왜 나왔냐고 하니 노동부에 부당한 해고라고 신고를 했다고 한다. 잠시 후 지역 노동부 관계자 4명이 와서 따진다. 이것은 불법해고이니 다시 근무시키라고 한다. 이유는 이지역이 오로미아지역이므로 암하릭어 못한다고 해고 시키는 것은 지역차별, 종족차별이라는 이유이다. 기발한 발상이다. 이 나라에서 종족, 지역차별이라는 것을 들고 나오면 아주 심각한 사안이 된다. 심지어 국가 내부에서도 종족 간에 유혈 충돌로 많은 인원이 살상되기도 한다. 그러니 종족과 지역 차별로 나오면 꼼짝없이 당한다. 그래서 할 수 없이 그 직원을 다시 근무를 시켰다. 참 무식한 놈들이다. 그렇다고 회사에서 노동부에 신고까지 하는 직원을 정식직원으로 쓰겠는가? 당연히 자른다. 그런데 1달 더 근무 한다고 뭐가 달라지는가? 차라리 지금 해고당하고 다른 직장을 신속히 찾는 것이 더 유리하지 않겠나? 이런 설명을 노동부 직원에게 세부적으로 하였다. 그런데도 이들은 막무가내로 다시 복직시키라고 한다. 알았다고 하고, 그렇게 하였다. 이해가 안 간다. 하루라도 빨리 다른 곳 직장을 찾는 것이 본인에게도 유리하고, 지역사회로 보아도 다른 한사람을 새로 고용하는 것이 유리한 것이다. 그런데도 이런 것은 생각지 않고 당장의 그들 노동문제 조정실적에만 신경을 쓰는 것이다. 꼭 관심 가져야 할 것은 종족, 지역과 연관되는 것은 절대로 피해야 한다. 여기에 휘말리면 꼼짝없이 당한다. 이직원은 43일만에 결국은 업무 미숙으로 해고 하였다. 그런 다음에는 아무런 행동도 하지 않았다. 참 무식한 사람이다. 또 한 가지는 수습기간 동안 우수한 직원을 선별하여 정규직으로 돌려야 한다. 그런데 문제는 신입직원이 이 기간 동안을 납작 엎드려 일을 열심히 한다는 것이다. 그리고 정규직으로 전환되면 본성이 나온다. 게으르고 꼴통 짓을 한다. 이 기간을 집중 관찰하여 제대로 된 직원을 선별해야 함에도 이것이 어렵다는 것이다. 그래서 집중적으로 업무를 부여하고 그 실태와 태도 등을 정확히 관찰 하고, 즉결 처분해야 한다. 감정은 무조건 배제 하고, 안 되는 직원은 인정사정없이 즉시 해고 해야 한다. 한 달 반 정도 같이 근무하면 정도 생기고 한국 사람은 맘이 약해져 자르지를 못하고 슬그머니 정규직으로 전환 해 줄 수 있다. 그러다 보면 사후에 큰 고통이 따르게 된다. 나도 한번 이런 경험을 하였다. 해고하면 새로 모집도 어려우니 좀 지나면 잘 하겠지 하고 정규직으로 돌려주었다. 그랬더니 이 직원이 두고두고 아주 큰 골치를 썩인다. 절대 한국식으로 생각하지 마라. 나중에 "잘 하겠지"는 이 나라 엔 없다.

종족분쟁(種族分爭)

가끔 종족간의 분쟁이 일어난다. 폭동 수준이다. 보통 몇 십 명 사망에 몇 십 명 부상은 다반사다. 여기는 크게 9개 주로 구성되어 있다. 대부분은 같은 종족위주로 동일 지역에 거주 한다. 그런데 이 종족별로 갈등이 심해져서 소요사태로 발전 한다. 치열하게 진행 될 때도 있다. 4~5개월간 계속 되어 건물, 차 등이 파괴되기도 한다. 지방을 가다보면 불에 탄 자동차가 보이기도 한다. 그런데 이들은 이런 사태에 익숙해져 있다. 그러려니 하고 아예 집에서 나오려 하지 않는다. 회사도 당연히 쉬는 것으로 생각한다. 가끔 중국인에게 테러를 가하기도 한다. 가끔 한국인이 피해를 당했다는 얘기도 들린다. 평소 적대적인 기업 들은 돌팔매를 당하던지, 영내 침입하여 건물을 부수기도 한다. 최근 일어난 소요는 3개 종족이 서로에게 테러를 한 사건이다. 나라가 크고 종족이 많기 때문에 늘 이런 사태를 예견해야 한다. 정치적으로 풀어야 할 것이 많은데, 실제 해결은 잘 안 된다. 곳곳에 돌로 바리케이드를 쳐 놓고 차 통행을 방해하고, 골목으로 돌아가기도 같다. 이런 것을 통제해야 할 경찰과 군은 별로 개의치 않고 자연적으로 가라앉을 때 까지 기다리는 눈치다. 적극 개입하지 않는 이유가 한 종족을 편들었다가는 더 큰 종족 소요를 야기하기 때문이다. 이 기간은 회사 문을 닫고 잠자코 기다리는 것이 최고다. 무슨 조업을 한다고 나서봤자 되는 것은 없고 위험성만 커지기 때문이다. 그리고 평소 지역

주민들에게는 나쁜 인상을 주거나 갈등을 일으킬 만한 것은 안 하는 게 좋다. 그리고 이 시기에는 가급적이면 현지주민과 접촉을 피해야 한다. 아무리 잘해 주어도 어떤 집단들은 앙심을 품을 수 있기 때문이다. 집단으로 와서 파괴하고 건물을 망쳐 놓아도 이를 보상 받는 것은 거의 어렵다. 아예 당하지 않는 것이 최선이다. 또 하나는 이곳 직원들은 이런 사태가 발생하면 아예 보고도 없이 출근을 안 한다. 그리고 공장 문은 당연히 닫는 것으로 생각한다. 과거부터 너무나 빈번한 소요 사태에 적응이 된 것 같다. 공장을 돌리고 물건들을 보호하고, 폭도들로부터 시설 장비를 지켜야 한다는 생각은 일체 없고 일단 신상의 안전만 생각 하고 회사는 내팽개친다. 참 편한 생각이다. 한편으로는 이러는 것이 장수의 비결이기도 하다. 특히 소요사태가 있으면 여성들은 거리에 나오려 하지 않고, 부모들이 아예 직장을 못나가게 통제 한다. 이런 때는 한국인 직원만 몸이 단다. 밤에 불을 끄고 정문을 굳게 닫고 방호하는 수밖에 없다. 현지 경찰에게 보호를 요청해도 뒷짐 지고 강 건너 불구경 하듯이 한다.

에티오피아의 DNA

DNA는 참으로 무섭다. 조상으로부터 물려받은DNA는 쉽게 바뀌지 않는 것 같다. 암호화 되어 있어 그 유전 인자를 지우는 것 자체가 쉽지 않아 보인다. 이곳 20대는 컴퓨터와 유럽, 미국의 문화를 많이 접하였다. 그리고 나름대로 자유스러운 분위기에서 자라고 공부 하였다. 그런데도 그들의 언행은 그들의 한 세대 전 사람들과 별 차이가 없다. 자신의 잘못을 인정할 줄 모른다. 적극성이 없다. 조금만 힘들면 결근 하려 하고, 병가 내려고 핑계를 댄다. 경제적으로 풍족하지도 않으면서, 일을 하려고 하지 않는다. 자신의 능력이 부족하면서도 허풍을 떨며, 자신을 계발 시키려고 하지 않고, 급여만 많이 달라고 한다. 물품을 구매 할 때도 하나하나 따지면 그때야 수정을 하여 적정한 금액을 제시한다. 금방 눈에 보이는데도 거짓말을 한다. 아예 외국인의 돈은 당연히 떼어 먹어도 되는 것으로 기정사실화 한다. 정리 정돈을 모른다. 자기 것 아니면 아예 신경 안 쓴다. 돈도 없으면서도 물자를 아낄 줄을 모른다. 그리고 악착 같이 일 하려는 자세가 전혀 없다. 참 천천히 변한다. 한두 번 얘기해서는 변하지를 않는다. 얘기 할 때마다 자극을 주기 위해서 볼펜도 주고, 약도 주며 강조 설득해도 효과는 미미하다. 소리 지르고 욕해도 그때뿐이다. 참 혈압이 올라간다. 공기(工期)가 지연 되어도 당연하게 받아들인다. 이런 문화에 적응하지 못하는 일부 한국 사람은 보따리 싸서 돌아간다. 월급을 아무리 많이 주어도 못 견디겠다고 한다. 그들의 주장은 이들과 더 일하면 할수록 자신의 수명이 단축된다고 느낀다는 것이다. 그만 큼 스트레스가 심하다. 이곳에서 현지인들을 부리려면 미리 각오를 하고 이들을 다루어야 한다. 회사 정규직원들은 변화가 그래도 있는 편이다. 지속적으로 교육하고, 따라오지 못하는 직원은 도태 시키고, 급여 동결시키고, 보직 변경시키고 하면 겨우 조금씩 따라 온다. 공부를 많이 하고 머리가 좋은 그룹이 더 빨리 변한다. 한 가닥 희망은 있다. 단지 한국만큼 빠른 속도는 아닐 지라도. 그리고 이들의 시각으로 보아야 한다. 한국의 기준으로 보면 열 받아 여기서 견디지를 못한다. 여기는 아프리카라는 것과 그리고 그중에서 좀 발전된 에티오피아라는 것을 계속 자신의 뇌(腦)에 주입시켜야 한다. 그러면 조금씩 적응 된다. 이렇게 머리에 이론적으로는 적응 되었더라도 막상 현장에서 보면 또 속이 확 뒤집힌다. 엄청난 연습과 수행이 필요하다. 공장에 위험성도 예방하고, 아침에 몸도 굳어있어 몸을 풀기 위해 아침체조를 약 10분 간 하였다. 그런데 이것도 귀찮다고 거부한다. 단체로 몸 풀어 주는 공식시간에 편성하였는데도 거부하는 종족들이다. 한국직원들은 당연히 체력관리도 되고 팀워크도 다지고, 정신도 맑아지니 적극적으로 동참 할 것이다. 이런 족속이라는 것을 이해해야 한다. 또 하나는 약30 여 년 전에 공산주의통치가 끝나고, 자본주의 사회로 돌아 섰건만 여전히 공산주의 식 DNA가 유전자로서 전달되어 오는 것 같다. 참으로 무서운 DNA 전달 체계이다. 자기의 아버지, 할아버지 세대에서 단절되고 사라 졌어야 할 습성들이 이어져 내려오고 있는 것이다. 법률, 사유재산, 행정관행, 비즈니스 등 모든 곳에 그 잔재가 뿌리 깊게 박혀 있음을 쉽게 느낄 수 있다. 이런 것을 보면 한국이 북한과의 흡수통합 한다는 것도 엄청난 비용과 차이를 극복 해야만 가능 할 것이다. 왜냐 하면 북한은 약 70년이나 단절된 공산주의였으니 이를 극복 하자면 얼마나 큰 노력이 들겠는가? 단지 20여년 공산주의 이데올로기도 이렇게 극복하기 어려운데…….

에티오피아에서의 구정(舊正)

한국의 구정인데도 기분이 안 난다. 눈도 쌓이고 찬바람도 불고, 추운 날씨에 하얀 입김을 내며 떡국을 먹어야 하는데. 한여름 날씨에 구정이라니 별로 감이 안 온다. 그래도 구정이라고 떡국은 준비하여 먹었다. 현지 요리사를 떡국 만드는 것을 가리켜서 비슷하게 흉내는 냈다. 회사에 전 한국인이 모여 축하 인사 겸 새해 다짐을 하며 아침 일찍 떡국으로 시작 했다. 그래도 아프리카에서 떡국이라도 먹으면서 구정을 시작하니 그게 어딘가? 한국에는 눈이 겹겹이 쌓여 지금 스키를 타고 야단 일 텐데. 여기는 한낮에 40도까지 올라간다. 공장은 한국 휴일에 관계없이 그대로 일을 계속한다. 여기는 휴일이 아니니까. 나이가 들었어도 외국에서 신년을 맞으니 맘이 심숭생숭 한다. 다행히 카카오 톡이 되어서 한국에 안부 연락은 하였다. 조카들이 많아 벌써 손자아이들에게 세배 돈도 준비하고 나누어 주었는데, 왠지 썰렁하다. 오후가 되니 맘이 조금 찹찹해 진다. 이럴 때는 Mental이 약하면 자칫 우울해 지기 쉽다. 중국 엔지니어 전원은 이미 1주일 전에 준제를 즐기러 돌아갔다. 그것도 3주간이나 간다. 그런데 한국인은 워낙 악착같아서 구정이고 나발이고 계속 근무를 한다. 그런 지독한 면에서는 한국인 따라올 사람이 없을 것이다. 수당을 더 주는 것도 아닌데 참으로 열심히 일한다. 그래서 오늘날의 한국이 되었지만, 뱃속에 기름기가 낀 요즈음까지 이곳 아프리카에 나와서 일에 전력투구 한다는 것이 아이러니 하다. 어쨌든 내가 퇴직 후 더 의미 있는 일을 하고자 왔으니, 그래도 기쁜 맘으로 일 할 수는 있다. 현지 직원에게는 사탕을 나누어 주었다. 그들은 멋모르고 좋아 한다. 이왕 해외 나왔으니 멋지게 근무하고 가야지. 그래야 온 보람이 있지 않겠나?

결혼식

현지직원의 결혼식이 있어 회사 차원에서 다녀왔다. 이들은 통상 집이나 골목길을 막고 행사용 천막을 치고 친지들과 관련자들을 초청하여 2~3일간 계속 진행 한다. 어떤 곳은 행정기관을 빌리기도 하고, 멀쩡한 도로를 막고 큰 텐트를 치고 행사를 한다. 나름대로 운치가 있다. 풍선 달고 꽃도 뿌리고. 돈 많은 집 자식들은 큰 차, 작은 차를 10여대 빌려서 단체로 행렬을 지어 경적을 울리며 축하 행사를 한다. 과시용과 허례허식이 의외로 크다. 한 달 급여가 약 20만 원 정도인 대졸 초임자로서의 결혼 비용이 그들의 몇 년 치 급여는 족히 될 것 같다. 연미복에 화동들의 옷도 통일하고, 일가친척들도 전통 옷을 갖추어 치장을 한다. 친구들도 옷을 통일하여 입고 와서 축하 해 준다. 평생 한번 있는 결혼이라 이해는 되지만 이들의 경제 수준에서는 많은 비용이 들것 같다. 음식은 주로 전통 음식을 뷔페식으로 대접하는데 한국인에게는 입맛이 맞지 않는다. 결혼 선물은 한국 같이 돈을 주기 보다는 선물로 하는 것이 보통이다. 이들은 친한 친지들만 초청을 한다. 종교, 직장 등 여러 가지가 고려된다. 그리고 초청하지 않으면 같은 직장에 다녀도 축의금을 전달하지 않는다. 각자 플레이다. 그런 면은 합리적으로 보인다. 한국인 직장상사들이 가서 축의금을 전달 하니 놀라는 눈치다. 거의 한 달치 급여를 축의금으로 주었으니 만족 하였을 것이다. 그리고 먹고 시간이 되면 전통춤과 음악을 보여준다. 주위에서 시끄럽다고 불평도 없다. 당연히 그러려니 받아들인다. 흥과 율동은 매우 특이하고 밝은 편이다. 하루 종일 음악을 틀어 준다. 우리나라 사물놀이 패처럼 전문 전통 악단을 초청하여 흥을 돋운다. 그리고 온 사람들은 잘 먹는다. 피곤한 줄도 모르고 즐기고 논다. 어쨌거나 이 민족들은 잘 노는 편이다.

약속

유의해야 한다. 철석같이 약속을 해놓고 안하는 것이 다반사이다. 개인적인 일, 회사의 공적인 일, 상행위등도 약속이 잘 안 지켜진다. 왜 분명히 약속을 해 놓고 지키지 않느냐고 항의하면, 갖은 이유를 댄다. 그리고 정 안되면 "여기가 아프리카라서 그렇다"고 둘러댄다. 기가 막힌 방법이다. 공식 계약을 하고 공사를 진행해도 약속이 지켜지는 것은 거의 없다고 보면 된다. 지체상금을 때려도 별 소용이 없다. 아프리카 시스템이 그렇다고 버틴다. 개인적으로도 그런 일이 빈번하다. 현지인과 미팅약속을 하고 나가면 1~2시간 늦는 게 보통이다. 전화 확인하면 5분 안에 온다고 한다. 그러기를 대 여섯 번 하고 나면 맥이 다 빠질 때 쯤 나타나서는 "쏘리 쏘리 한다." 이걸 죽여 살려! 이런 꼴을 보면 입맛이 삭 가셔서 "그래, 알았다. 너 커피나 마시고 가라!"고 하기도 하였다. 한국인의 정서상 이미 김이 새서 더 이상 진행하기가 어렵다. 그래서 공적일이나 사적일이나 2중 3중으로 그물을 쳐 놓아야 안심이 된다. 또한 이곳의 교통과 통신 치안사정이 안 좋을 때가 있다. 불가항력적으로 약속이 깨질 때는 이해를 해야 한다. 그래서 중요한 미팅은 여러 변수를 고려하여 신중히 정해야 한다. 그리고 좀 느긋해 져야 한다. 또 이런 상황도 적응하려고 부단히 노력해야 위장병에서 해방 될 수 있다. 젊은 세대는 그래도 조금 지키는 편이다. 그런데 전반적으로 시간 개념이 없다. 늦으면 늦는다고, 아니면 사정을 미리 설명하고 양해를 구하는 게 없다. 늦으면 당연히 기다려라 하는 식이다. 그런데 철석같이 지키는 것이 있다. 자신들이 받아갈 돈에 대한 약속이다. 받을 돈에 대한 약속은 어마어마하게 잘 지키라고 요구한다. 그것이 이들의 특성이다. 자기돈 받는데 시간이 틀리고 금액이 틀리면 소란을 피운다. 단 일 비르라도 틀리면.

한식(韓食)

에티오피아도 주식이 인제라인데, 숙성(Fermented food)된 음식을 먹는다. 일면 한식과 비슷한 측면이 있고, 고춧가루와 마늘은 거의 한국과 유사 하다. 얼핏 금방 적응하여 먹을 수 있을 것 같다. 실제로 일부 젊은 친구들은 잘 먹고 체중도 느는 경우가 있다. 그러나 대부분의 나이가 지긋한 한국인은 잘 못 먹는다. 4~5개월 한식을 제대로 못 먹으면 몸무게가 10Kg은 가볍게 빠진다. 나도 3개월 만에 5Kg이 빠졌다. 또 여기 인제라가 건강식이라고 알려지면서 일부 그룹에서는 찾기도 한다. 인제라를 숙성시키지 않고 바로 구워서 먹으면 그런대로 고소하고 먹을 만 하다. 그러나 이곳은 3일정도 숙성시켜 만든다. 그러니 당연히 시큼하다. 너무 시큼해서 먹기가 어렵다. 그래서 중국야채거리에 가서 식재료와 쌀을 사다가 힘들어도 한식을 만들어 먹는다. 한식 흉내만 내더라도 살 것 같다. 어떤 때는 안남미만으로 밥을 하면 너무 날아가는 것 같아 찹쌀을 반반 썩어 하면 조금 좋은 밥이 된다. 밥맛없을 때는 안남미에다가 고추장과 참기름으로만 비벼 먹어도 살 것 같다. 그래도 살아가는 방법은 다 있다.

한글 교육

젊은 층은 한글에 관심이 많다. 우선 그들은 한국과 자주 접한다. 많은 젊은이가 한국산 핸드폰(cell phone)을 가지고 있다. 현대, 기아차가 꽤 있다. LG전자제품이 많이 보급 중이다. 좀 격이 있는 집은 대개 LG전자 제품을 쓴다. 그리고 이들 중에 상당수가 K-POP을 알고 있고 일부는 이를 즐긴다. 동계 올림픽과 월드컵을 개최한 스포츠강국 이라는 것도 알고 손흥민도 잘 안다. 대단한 대한민국이다. 동방의 조그마한 나라가 이토록 아프리카까지 잘 알려져 있다. 한편 국력의 위대함을 느낀다. 하루는 CEO와 현지 직원들이 면담을 하다가 많은 수의 현장 직원들이 한글을 배우고 싶다고 건의 하였다. 그래서 내가 대표로 선정되어 일일 교사를 하기로 하였다. 어쨌거나 한글에 관심이 있는 현지 직원을 위해 점심시간에 내가 봉사하기로 했다. 전혀 생각지 않은 한글 교사 까지 하게 되었다. 이 직원들은 대부분 20대 중반으로 대졸자다. 거기다 공부를 잘하고 취미가 있는 직원이 많아 가르쳐 볼만 할 것 같다. 임시로 한글 교재를 복사하여 쓰기로 했다. 허참! 아프리카까지 와서 별의 별것 다 하네! 세종대왕님이 어여뻐 하실까?! "아님 나보기가 역겨워 가실 때에는"라고 할까! 직원들이 매우 흥미 있어 한다. 그런데 정작 내가 매우 피곤하다. 한 시간 교육 하는데 한국대학생 2시간 이상의 부하가 걸린다. 영어로 설명하고, 다시 한국 초등학교 같이 동작과 사례를 들어가면서 교육하니 만만찮게 피곤하다. 그래도 이들이 성의껏 한글을 배운다는 것이 기특하여 최대한 내 지식을 동원 하여 교육 하였다. 6개월 하고 종료 하였는데, 마지막에 평가를 하니 5명 정도는 기초 한글을 이해하는 수준 까지 되었다. 나름 보람이 있었다. 회사로부터 강의 수고료를 눈곱만큼 받았다. 그거라도 주니 다행 아닌가?

제 6 장

·

에티오피아 실상 3

갈수록 태산

이제 만 2년이 지났다. 문제는 갈수록 이 나라에 근무하기가 힘들다는 것이다. 저자는 여기 오기 전에 처음부터 3년을 근무하기로 작정하였다. 그런데 약 2년이 지나니 몸에 이상 신호가 온다. 무릎 관절이 아프고 식욕이 떨어지며, 자연히 몸무게도 5-6kg 빠진다. 체력도 떨어지고 잇몸도 붓는다. 환경과 연관이 많은 것 같다. 일단 고도가 2,000m이상 되고 일교차가 심하다. 낮에는 매우 뜨겁고 밤에는 서늘하다. 그리고 먹는 게 시원찮다. 한국식 식재료가 적어 대충 여기서 나는 재료로 만들다 보니 그리 입맛에 맞지 않는다. 무엇보다 이곳 현지 직원들과 부대끼는 것이 큰 요인인 것 같다. 도대체가 바뀌지가 않는 종족이다. 그 스트레스가 가장 크다. 해고된 직원은 게나 가재나 모두 소송 장을 법원에 넣고 본다. 몇 건씩 소송이 밀려 있다. 이러한 것들이 스트레스의 주 원인이다. 계단을 오를 때 관절이 시큰거리기도 한다. 고민이 많이 된다. 과연 여기서 더 근무를 해야 하나, 마나? 최초 약정한 3년을 다 채우고 가나? 아니면 중간에 귀국하나? 스트레스가 심할 때는 가끔 이런 생각도 든다. "이 나이에 무슨 팔자를 고치겠다고 이역만리 아프리카 까지 와서 이 짓을 하나"싶기도 하다. 아프리카 한국 회사에 3년 이상 버틴 사람은 아주 적응을 잘 하는 사람이다. 대부분 3년 이내에 직장을 바꾸거나 귀국한다. 몸무게가 빠지니 힘이 없어진다. 허리벨트 맞는 구멍이 없어 새로 뚫기 까지 했다. 한 젊은 친구는 3개월 만에 15kg이 줄었다. 세월이 지나갈수록 더 편안해지고, 좋은 감정이 생겨야 하는데 이 나라는 어찌된 영문인지 갈수록 태산이다. 그러니 이곳 생활이 오죽 하겠는가?

육회

　이곳 사람들은 좀 특별한 날에 생고기(주로 소고기)를 즐긴다. 에티오피아 고춧가루(고춧가루에 소스를 썩어 향이 좀 난다.)와 찍어먹는데 이것을 매우 특별한 접대로 여긴다. 그리고 육회가 비싸서 현지들은 그리 자주 못 먹는다. 머리가 잘 돌아가는 직원들은 한국인과 출장 갈 때 일부러 육회 하는 집으로 가서 실컷 시켜 먹는다. 얌체 같은 놈들이다. 어떤 때는 아침부터 육회를 시켜 먹기도 한다. 나중에는 괘씸하여 육회 시킨 것은 너희들이 내라 하고 경고를 한다. 그러면 이놈들은 비싸서 못시켜 먹는다. 한국인은 50비르짜리 일반식사 하는데 이놈들은 300비르 짜리를 시켜먹는 놈들이다. 예의고 나발이고 없다. 식사비는 당연히 한국 사람이 낼 것 이라고 가정하고 멋대로 시켜 먹는다. 한두 번 당하면 두 번 다시 사주고 싶은 생각이 없다. 어떻게 인종들이 인정머리도 없고 철면피 인지 기도 안 찬다. 회사 오픈식 때 소4마리 분량의 생고기를 걸어 놓고 한 접시 씩 잘라 준다. 주변 사람 중에 생고기 먹으려고 오는 사람도 있었다. 아주 즐긴다. 먹음직스럽게 인제라와 싸 먹는다. 여자도 잘 먹는다. 그리고 나보고도 이 맛있는 걸 왜 안 먹느냐고 의아하게 본다. "야 너나 실컷 무라" 하고 만다. 하기야 한국도 과거 시골에서 육회를 많이 먹었다. 없어서 못 먹었지. 그렇게 생각하면 별로 이상 할 것도 없다. 마찬 가지로 이곳 경제가 아직 좋지 않으니, 생소고기가 더 맛있을 것이다.

스트레스 해소 방법

　개인별로 스트레스 해소 방법이 있겠지만, 나는 이렇게 해소

하였다.

첫째. 시간이 될 때는 주말마다 점심을 준비하여 교외로 나갔다. 인근의 관광지나 시골로 가서 휴식도 하고 등산도 하였다. 그런데 이렇게 교외로 혼자 가는 것은 자칫 위험할 수 있다. 그래서 항상 동료 몇 명이 같이 가는 것이 좋다. 교외는 길도 험하고 지역에 따라 외국인을 배척하는 곳도 있다. 그래서 안전한 곳으로 잘 선별해야 한다. 어떤 곳은 외국인이 지나가면 차에다 돌도 던진다. 보통의 시골로 가면 전경이 평화롭다. 그래도 순수한 편이다. 농가를 방문하여도 환영을 하고, 자신들과 식사도 같이 하자고 한다. 식사가 단촐하다. 한, 두 번은 경험 해 볼만 하다. 길이 비포장도로이므로 튼튼한 차를 가지고 가야 한다. 시골에서 고장 나면 골치 아프다. 조금 도시이거나 공단 근처 사람들은 매우 영악하다. 외국인을 봉으로 본다. 차량접촉사고도 조심해야 한다. 조금만 상처 나도 이들은 모두 갈아달라고 한다. 돈을 뜯어내려 한다. 그리고 동내를 지나가다 이런 일을 당하면 주변 현지인들이 개떼같이 몰려들어 농성을 한다. 빨리 합의하고 마무리 하는 것이 좋다. 특히 외국인이 걸렸다 하면 몇 달치 용돈을 뜯으려하는 것을 당연한 일로 생각한다.

다음 스트레스 푸는 좋은 방법으로, 개인적으로 항상 과일을 충분히 사다놓고 여유 있게 먹었다. 특히 이곳에 나오는 망고가 최고다. 다른 과일은 그리 맛있지 않은데 망고는 질이 최고다. 그리 비싸지도 않다. 수시로 과일 향을 맡으면 피로와 스트레스도 사라진다. 이곳에서 가장 큰 스트레스는 매일관리 하는 현지 직원관련 스트레스이다. 항상 책상위에 3kg정도 준비 해놓고 수시로 먹는다. 과즙과 향기로 일부이지만 스트레스 해소가 가능하다. 그리고 가까운 거리 여행 갈 때에도 과일을 꼭 챙긴다.

다음 스트레스 푸는 방법이 맥주집이다. 값이 싸다. 그리고 웬만한 맥주 집에는 현지 여성들이 많이 온다. 몇 병 사주면 얘기하고 스트레스 풀 수 있다. 몇 명이 같이 가면 아예 한 박스 갖다 놓고 먹는다. 그래도 얼마 안 나온다. 통풍을 경험 하고나서는 맥주를 자제 하였다.

다음은 한국에서 올 때 USB에 영화를 수십 편 담아 온다. 이곳 TV 채널이 수 백 개인데 주로 종교, 또는 아랍의 위성 방송이 대부분이어서 볼게 없다. 저녁에 한편씩 명화를 보면 시름이 덜어진다. 과거 명배우들의 블록버스터도 이번기회에 많이 보았다.

다음은 아디스아바바 시내 나가서 식사와 커피를 맛보는 것이다. 이곳 대분의 호텔에서 양식을 한다. 맛은 별로다. 외국 계 호텔이 있는데, 그곳은 그런대로 좋다. 도로가의 텐트에서 파는 커피(제베나 분나)도 싸고 맛있다. 매우 진한향이 나는데, 조그만 잔에 약 200원이다. 설탕을 넣어 마시면 그런대로 맛있다. 가장 오래된 커피나라답게 이들은 커피를 아주 즐긴다. 하루 서너 잔 기본으로 마시는 것 같다. 일과 중에 현지 회사는 커피 시간도 있다. 일하다가 커피 마시러 나가는 사람들이다. 아디스아바바에는 커피 명소가 몇 군데 있다. 토모카는 오래된 역사를 간직하고 있는데, 관광객들도 애용하는 곳으로 맛이 좋다.

체중감소

여기 근무하는 한국직원 대부분은 체중이 감소한다. 많게는 20Kg 가까이 줄은 사람도 있다. 나도 기간이 갈수록 더 줄어 8Kg

줄었다. 고등학교 졸업이후 가장 많이 감소하였다. 6개월마다 한국에 휴가가면 지인들이 안쓰럽게 생각한다. 체중이 줄면 몸에 힘이 없고 얼굴에는 주름살이 생기며 일에 의욕이 떨어지고, 화도 자주 내게 되는 것 같다. 오랜만에 사진을 찍어 보내면 어디 아픈 것 아니냐? 걱정하는 지인들도 있다. 한국에서는 돈 주고도 빼기 어려운 체중을 여기서는 아주 보통으로 빠진다. 그리고 여러 군데 이상 증상이 나타난다. 두통도 생기고, 입맛도 떨어지고, 다리의 힘도 없어지고, 심지어 경험하지 못한 현기증이 나고, 개인적으로는 통풍도 겪었다. 우선 몸무게가 감소하는 주 이유가 스트레스이다. 또 스트레스의 주원인이 현지인상대에서 오는 것이다. 역사, 전통, 문화가 다르고 식사가 다른 것 등 환경적인 이유는 아주 적은 이유이다. 여기 종족들은 어째서인지 모르지만 참으로 다루기 어렵다. 그리고 법도 이상하게 되어 있다. 모든 게 노동자에게 유리하게 되었고, 외국회사에게는 절대 불리하다. 이들은 완전히 외국인 회사를 봉으로 본다. 이런저런 것 등 사람에게 시달리다 보면 오만 것이 다 싫어지고 넌덜머리가 난다. 그러니 자연히 체중이 줄을 수밖에 없다. 정상적인 인간성을 가진 사람은 10명에 1명도 잘 안 된다. 현지인을 대하면 골치가 아프다. 이들은 머리도 나쁘고 행동도 느리다. 그리고 꼴에 자존심만 강하다. 이곳 최고 대학 나온 직원들도 영어, 수학이 개판이다. 중학교 수학도 못 풀고, 문장 하나를 제대로 못쓴다. 그러고는 건의 하는 것이 급여 올려 달라는 것이다. 거짓말과 도둑질이 다반사다. 이런 나라에서 1년 이상 있어본 사람들이면 누구나 혀를 내 두를 것이다.

운동

이곳 뜨거운 기후, 고산과 식사를 적응하지 못하면 당연히 몸무게가 줄고 체력이 떨어진다. 같은 직장에 한국인 10여명이 있는데 몸무게를 유지하는 사람은 거의 없다. 나의 경우 바지가 빌빌 돌아간다. 웃긴다. 확실히 대륙이 다르고 후진국이면, 모든 것이 어렵다. 힘들게 마련이다. 특히 아프리카 대륙에 까지 와서 직장 일을 하던지 봉사 활동을 하던지 오는 사람은 독함 마음과 체력을 대비 할 수 있는 방법을 강구해서 와야 한다. 개인별로 체질에 맞는 운동을 개발해야 한다. 보통 아디스아바바 시내에 테니스장이 있어 동호회에 가입하여 운동하거나, 골프장이 있어 일요일 골프를 하는 사람도 있다. 나는 우선 일과 중에 많이 걸었다. 어차피 업무 특성상 현장을 감독확인 해야 하므로 하루에 3km 이상 걸었다. 그런 다음 일요일은 호흡이 맞는 한국 분들과 낚시 등 교외로 가서 바람을 쐬고 왔다. 낚시를 가면 기본적인 운동이 된다. 일요일 새벽에 출발하며, 라면을 가져가서 숯불을 직접 피우고 점심을 그곳에서 먹는다. 어떨 때는 고기가 잘 잡혀 아주 바쁠 때도 있다. 또 강가에 가므로 시원하고 조용히 즐길 수 있어서 좋다. 현지 직원들이 축구를 좋아 한다. 공장 안에서도 가끔 족구로 내기를 한다. 여건이 되면 이런 단체경기를 하는 것도 팀워크에 좋은 방법이다.

강도

한국달력 연말이 되어 평소 존경하는 박동규 사장님(현지 사업가로서 에티오피아 전문가임)과 둘이서 자주 가던 강으로 낚시를 갔다. 넓은 공터에는 아이들이 들끓고, 세차와 물을 길어 가는 사람들이 많이 온다. 그래서 그곳에서 약 500미터 떨어진 숲이 있는 아늑한 곳으로 갔다. 거기는 마을과 큰 길에서 안 보이는 나무로 둘러쌓인 조용하고 한적한 곳이다. 아주 좋은 발견했다고 크게 만족하며 즐기고 있었다. 가끔 염소 키우는 사람이 가축 몇 마리 데리고 지나가는 곳이다. 지금까지 가본 낚시터 중에 가장 한적한 곳이었다. 한 2시간쯤 조용히 즐기고 있는데, 20대쯤 되 보이는 젊은 놈이 하나 와서 가지 않고 계속 희죽 거리면서 죽치고 있었다. 그리고는 자주 어디로 전화를 하는 것이다. 한참 후 그놈이 자기 친구인 것 같은 사람 둘을 그곳으로 안내 한다. 이 두 놈 중 한 놈은 정글 칼, 한 놈은 자전기 기아를 용접한 무기를 들고 와서 갑자기 우리 눈앞에 겨누면서 가지고 있는 핸드폰 내놓으라고 한다. 처음에는 장난인줄 알았다. 좋은 말로 타이르며 돌아가라고 간단한 영어로 했다. 그런데 이놈들은 영어를 모르고 성질을 내면서 당장 핸드폰 내놓으라고 무기로 위협을 하였다. 이거 상황이 심각해 보였다. 같이 간 박 사장님은 이미 이런 상황에 대해 알아서 이놈들 강도다. 라고 소리치며, "우리는 군인이다 너들에게 핸드폰 줄 수 없다" 하고 전투태세로 들어갔다. 이놈들이 칼과 무기를 휘두른다. 나도 대응하려 낚시 대를 뽑아 들러 가는 사이 한 놈이 내 팔 쪽을 칼로 치고, 다른 한 놈이 내 허벅지를 무기로 휘둘렀다. 순간 이건 심각하다 생각하고 낚시 대를 빼 들고 전투태세로 돌입했다. 이제 한국인 둘과 강도 둘, 그들 친구1명이 대치하는 상황이 되었다. 강 반대쪽에서도 다른 놈들이 소리 지르고 이놈들을 응원 하였다. 한국인 깡다구로 그래 해보자 새끼들아! 소리치면서 눈에 불꽃이 튀기며 전투자세를 취하니 이놈들이 슬슬 뒤로 빠져 사라진다. 그래도 유격훈련에 공수훈련 까지 받은 한국의 정예군인 출신들인데 어디서 강도짓을 하려고 해 하면서 여차하면 한바탕 휘두를 작정이었다. 그렇게 나오니까 한국인들의 깡에 기가 죽어 슬슬 빠지는 것이었다. 20여분 강도와 대치한 상황이 지나고 보니 아찔하다. 이들은 우리를 중국인으로 생각했던 것 같다. 가끔 한국인들 정보교환으로 외진 곳에 위험한 일이 있으니 주의하라는 말은 들었고, 여러 사람이 강도를 당했다는 말은 들었지만, 실제로 내가 당할 줄은 몰랐다. 그것도 자주 가는 강 바로 옆에서 당한 것이다. 숲으로 쌓여 다른 사람들이 안보이니 먼저 와 있던 놈이 친구를 끌어 들여 핸드폰과 돈을 뺏으려 시도 한 것이다. 한국인이 눈에 불을 튀기고, 기세등등하게 같이 싸우려하니 그때야 꼬리를 빼고 사라졌다. 처음에 그저 낚시 구경 와서 장난치는 줄 만 알았다. 그런데 조금 지켜보니 이놈들 태도가 강도다. 그래서 낚시 대를 빼들고 그래 한번 해보자 하고 큰소리로 윽박질렀던 것이다. 중국인같이 허술한 사람에게 강도짓 하다가 대찬 한국사람 만나니 이놈들 스스로 잘못 걸렸다고 생각하고 슬슬 꽁무니 친다. 휴! 한숨을 쉰 다음 살펴보니 종아리가 아려 옴을 느꼈다. 바지를 내려 보니 무기로 휘둘러 맞은 자리가 긁혀 피부가 벗겨졌다. 다행히 피는 나지 않고 간단히만 다쳤다. 강도로 온 놈 들이 어린놈 들이다. 20세 남짓 하다. 그래도 대한민국은 군대를 다 갔다 오고, 아프리카 까지 와서 일 하는데 감히 이놈들이 어디라고 덤벼? 아마 조금 더 진행 되었으면 피 터지는 싸움이 시작 되었을지도 모른다. 워낙 한국인이 대차게 나오니까 감히 더 덤비지 못하고 도망 간 것이다. 나중에 생각하니, 어린놈들이 철없이 정글 칼을 휘둘렀으면 무슨 일을 당했을지 모른다. 그리고 몇 명이 더 몰려 왔다면 우리가 당 했을 지도 모른다. 그런 일이 있을 것이라고 예상을 했으면 미리 준비를 했을 것이다. 쇠 파이프 등 옆에 두고 대비를 할 텐데 에티오피아에 2년 이상 지방을 자주 다녔어도 이런 적이 없었다. 다친 곳은 연고 바르고 며칠 지나니 다 회복 되었다. 별일이 다 있다. 외진 곳에는 사고가 생기고 강도도 당한다고 교민사회에 널리 전파 되었다. 그러나 이런 사고는 그저 남의 일로 흘려들었다. 그것도 백주대낮에 그런 일이 있을 것이라고는 꿈에도 생각지 못했다. 여기는 아프리카이다. 아프리카는 상상할 수 없는 일이 자주 일어나는 곳이다. 그러기 때문에 아프리카인 것이다. 그런 것을 이론적으로 알면서도 장기간 상주하다보니 감각이 무디어 진 것이다. 그래서 평소와 같이 무심코 한적한 강에 간 것이 그만 끔찍한 사고를 당할 수 있었던 상황이 된 것이다. 숲으로 싸여 현지아이들이 성가시게 하지도 않고, 나무그늘과 경관이 좋아 우리는 너무 만족하면서 명당 낚시터를 찾았다고 했다. 웬걸! 명당 낚시터가 아니고 잘못했다가는 묘당 자리가 될 뻔했다. 이런 일이 수습 되고나서 바로 철수하여 주차한 곳으로 왔다. 그 곳 사람들에게 물어보니, 나쁜 강도 놈들이 이곳에 있다고 한다. 그렇게 위험한 곳을 멋모르고 무방비로 간 것이다. 이런 곳 가려면 현지 가이드와 한국인이 여러 명 같이 가야 안전하다. 정년퇴직하고 제2의 직장으로 아프리카 까지 와서 일하는데, 생각 없이 낚시 와서 큰 봉변을 당할 뻔 했다. 에이라 개 색끼 들아! 그러니 평생 후진국으로 살고 발전을 못하지. 그런 놈들이 꼴에 자존심만 세 가지고 자신들은 아프리카 사람이 아니라고 자랑하고 지랄을 떤다. 주장인 즉, 그들은 덜 시커멓고, 문명화되었다는 것이다. 오히려 다른 아프리카보다 에티오피아가 더 저질이고 도둑이 들끓는다. 그런 것들을 고치지 않는 한 이 나라는 100

년이 가도 변화가 없이 후진국으로 살 것이다. 오죽하면 아프리카를 포기한다는 말이 나왔을까? 명심하시라! 외진 곳 한적한곳은 절대 피하고, 꼭 가시려거든 여럿이 어울려서 가시라. 목숨과 직결된 것이니. .

Mind control

이것이 큰 이슈이다. 스트레스를 스스로 통제하지 못하면 해외생활, 즉 아프리카 생활은 할 수가 없다. 현지인들한테 시달리다 보면 그 스트레스가 자신도 모르는 사이에 몇 배가 증가 된다. 2년이 지나고 부터, 아침마다 골통들을 만난다고 생각하면 출근 전에도 벌써 마음이 갑갑해 온다. 참 사무실 가기가 싫다. 거기다가 지방 공무원들은 자기들에게 특권을 달라고 자주요구 한다. 직원선발권을 자기들에게 달라고 한다. 웃기는 공무원 새끼들이다. 공장에 필요한 인원을 저들이 선발 해 주겠다고 한다. 원 살다 살다 별미친 나라 공무원들이 다 있다. 지역 공무원들이 끗발을 부리겠다는 것이다. 저들이 추천 해 주는 사람 중에서 선발해서 쓰라는 것이다. 이런 것들이 공무원을 하니 나라가 이 꼴이다. 말로는 그러겠다고 하였다. 빨리 마무리하고 돌려보내야 하니. 이런 걸로 스트레스 받기 시작하면 한도 끝도 없다. 밥맛도 없어지고, 현지인들 공무원 놈들은 꼴도 보기 싫어진다. 개발도상국 시절 한국도 일정부분 그랬을지는 모른다. 내 생각으로는 선진국의 기업이나 학교 기관이 오면 당시 한국 공무원들이 최대한 잘 협조 했으리라 생각된다. 그래서 이런 공무원이 오면 말로 대충 둘러서 얼른 마무리 지어야 한다. 그리고 그날의 스트레스는 그날로 풀어야 한다. 스스로 Mind Control을 잘 해야 한다. 참고로 나는 일찍 뜨거운 물로 샤워하고 영화를 본다. 그리고 일요일 마다 1시간거리 강으로 지인들과 낚시를 하러 갔다. 휴일과 여가 시간을 잘 보내야 한다. 안 그러면 스트레스가 풀리질 않는다. 심지어는 모든 것이 Dawn 되어 만사가 귀찮아지고, 몸이 무거워지며 전형적인 무기력증이 오기도 한다. 다리에 힘이 풀리고 눈과 머리가 아프기도 한다. 그럴 때는 당장 모든 것 때려치우고 한국으로 돌아가고 싶어진다. 아프리카 생활을 하다보면 이런 고비가 중간 중간 온다. 예를 들어 6개월, 1년, 2년, 3년차 등 시기별로 찾아온다. 이런 리듬을 잘 맞추어 3년 이상 견딘 사람은 이곳 에티오피아에 더 이상도 근무할 수 있고, 이 리듬을 못 맞추는 사람은 할 수 없이 돌아가야 한다. 아무리 외국생활에 적응 된 사람이라도 이곳 아프리카, 에티오피아는 또 다르다. 그래서 본인 스스로 스트레스 통제하는 Skill을 잘 터득해야 한다. 그리고 평소 먹는 것도 중요하다. 젓갈, 짱아지, 김, 고추장, 된장, 매운 라면 등을 활용하여 입맛을 유지토록 해야 한다. 여긴 생선이 귀하여 한국산 멸치, 생선통조림 등도 중간 중간 활용하면 좋다.

건강관리에 대하여 여러 번 설명 하였다. 그만큼 심각하다는 것이다. 조금만 무리하면 몸살이 온다. 나도 몇 달에 한 번씩 겪었다. 속도 불편하고 입술도 부르튼다. 2~3일 앓고 나면 얼굴이 헬쑥해 진다. 더불어 밥맛까지 떨어진다. 그러니 몸무게도 자동적으로 준다. 조금 줄면 별 이상을 발견하지 못 하는데, 10kg가까이 줄면 몸에 이상 징후를 느낀다. 스스로 컨디션을 잘 조정하는 수밖에 없다. 매일 한라산 꼭대기보다 높은 곳에서 근무하니 당연히 피로가 심해지는 것이다. 이렇게 스스로 일과를 통제하고 지키려 해도 가끔씩 이것이 어긋난다. 주로 현지 직원에 대한 스트레스 때문이다. 그러면 그날 밤 술 한 잔하고 그러다 보면 과음하고, 잠도 설친다. 아프리카서 스스로 통제하고 절제하고 건강을 지키는 것은 그리 녹녹치 않다. 여기서 빠진 체중은 회복하기 쉽지 않다. Self Control이 말처럼 그리 잘 안 된다. 그래서 6개월 만에 한국으로 휴가 가면 모두 놀라면서, 연민의 눈으로 본다. "꼭 그렇게 하면서까지 아프리카 가서 돈 벌고 살아야 하나? 건강이 우선인데." 이런 말 들으면 다시는 아프리카 가고 싶지 않다. 그러나 어쩌랴! 수입은 있어야 하고, 자신의 계획이 있는데.☺

크리스마스

이 나라 크리스마스는 1월 초이다. 유구한 기독교 역사에 자부심이 있는 이들은 크리스마스도 자신들이 해석한 전통적인 날로 정하여 축제를 한다. 참고로 이들은 자체 달력과 고유글자를 가지고 있다. 시간도 자신들 고유의 체계(6시간 차이)를 쓴다. 국제화 시대에 전혀 맞지 않는 전통을 고집하고 쓴다. 그걸 전통과 자부심으로 본다. 이들의 크리스마스는 한국의 개발도상국 시절 추석과 구정 비슷하다. 5~6일씩 휴가 내어 자기 고향으로 간다. 선물꾸러미 싸 들고 가는데, 시골은 교통이 나쁘기 때문에 귀향 하는데 2일 이상이 걸리는 곳도 있다. 그래서 대도시근무 직원들은 통상 1주일을 휴가 낸다. 교회마다 만국기 같은 것을 걸고 인산인해를 이룬다. 의아한 것은 이들이 외적으로는 그렇게 기독교를 철저히 믿는 것처럼 보이고, 그렇게 교회에 자주가고, 그렇게 Jesus Christ를 외친다는 것이다. 그런데 교회를 떠난 이들의 행동은 전혀 신자가 아니다. 차라리 비 종교인이 훨씬 더 양호하다. 입만 열면 기독교를 얘기하면서 행동은 전혀 반대이다. 아마 아프리카 국가 중 가장 도둑이 많고, 거짓말을 많이 하고, 사기치고, 강도짓하고, 법정고소고발을 많이 하는 나라중의 하나일 것이다. 왜 이렇게 되었을까? 이 나라가 과거에는 그렇지 않았을 것이다. 최근에 해외 자본이 들어온 이후 일부 빈익빈 부익부가 되면서 극단적인 자본주의가 된 것이다. 사고 싶은 것은 많은데 직업도 돈도 없다. 그러니 거짓과 도둑이 기승을 부린다. 일반 국민은 물론 공무원들까지 동참하여 외국기업에 빨대를 대고 피를 빨아먹으려 한다. 그러면서도 이들은 당연 한 듯이 한다. 외국기업은 강물 퍼서 주듯이 돈을 쏟아 부어주어야 한다고 생각하는 사람들이다. 60년 이상을 받아먹고만 살아 온데다가, 중간에 공산주의를 하면서 모든 것이 왜곡 되어서 생긴 것이다.

현지인들의 체력

현지직원들이 자주 아프다고 조퇴, 결근 한다고 보고한다. 어떨 때는 내가 물어보고 가지고 있는 약을 주면 금방 좋아졌다고 하며, 조퇴를 취소한다. 이들은 어릴 때부터 영양이 부실하여, 선천적으로 약하다. 그래서 병치레를 자주하고 조금만 심한 일을 해도 다음날 결근한다. 하여튼 한국약이 우수하여 효과는 아주 좋다. 이들은 약이 부족하다. 상처가 나도 연고조차 제대로 없다. 감기몸살이 와도 그냥 버틴다. 한국에서 올 때 연고종류와 일반 감기, 진통해열제등을 많이 가지고 왔다. 그래서 이들에게 나누어 주면 아주 좋아 한다. 또 이들의 체력이 약하기도 하지만, 의지 또한 약하다.

60대인 한국직원은 1년 가도 결근 한번 안 하는데 20대인 현지직원들은 자주 결근, 조퇴를 한다. 대부분 병가이다. 한국 사람은 여간 아파도 약 하나먹고 근무 한다. 그런데 이들은 그런 의지와 직장에 대한 문화가 없다. 또 병가를 신청하면 반드시 주게 되어 있다. 어떤 직원은 한 달 씩 병가를 내기도 한다. 그 후 진단서를 제출하면 급여를 줘야 한다. 애초에 이들의 체력과 직업근성을 이해하는 것이 좋다.

도둑5

도둑을 하도 많이 당하고 가지가지 방법이 다르기 때문에 저자는 사례별, 시기별로 자세히 설명하려 한다. 기기묘묘(奇奇妙妙)한 도둑을 현장에서 2건 보았다. 인근 1시간 거리의 소더레강으로 오랜만에 한국인 4명이 낚시를 하러 갔다. 그곳은 마을인근이고 무엇보다 큰 나무 그늘이 있어서 너무 좋다. 고기가 낮에는 그리 잘 잡히지 않는다. 그런 때는 그늘에서 쉬며 이곳 맥주(Walia) 한잔 마시며 조용히 쉬면 아주 그만이다. 그런데 문제는 동네 아이들이다. 이들은 이미 동양인(한국인, 중국인)들이 자주 다녀가서 아주 까칠한 뺀질이로 변해 있다. 2~30명씩 몰려와 조용히 스트레스 푸는 것을 방해 한다. 그것뿐이 아니다. 잠시도 한눈을 팔수가 없다. 스트레스 풀러 와서 오히려 애들 때문에 스트레스 받는다. 이미 과거에도 수차례 물품을 도둑맞아 모두들 신경이 곤두 서있다. 메기 몇 마리와 붕어 몇 마리를 잡고, 적당히 쉬고 돌아오려고 짐을 싸는 중이었다. 그런데 참 기가 막힌 광경이 바로 눈앞에서 벌어진다. 낚시를 감으려고 풀어 놓은 실이 불과 1~2초 사이에 사라졌다. 거기에는 낚시 바늘이 있어 찔릴 수 있는 상황이다. 그런데 찔리는 걸 감수하고 고개를 돌리는 순간 실 뭉치를 쓱 가져갔다. 이곳은 낚시 바늘이 귀해 그러려니 하고 헛웃음을 치고 마지막 낚시 대를 감는데, 낚시 추(납봉)과 바늘을 움켜쥐고 또 다른 한 아이가 줄을 당기며 그대로 튄다. 일행 4명이 옆에서 감시 하고 있는데도. 바늘 채 움켜쥐고 튀어 줄을 당기니 "퉁" 하고 끊어지면서 이놈은 도망을 간다. 감던 동료는 줄이 끊어지면서 손등을 줄이 때려 살갗이 찢어졌다. 네 명에서 어어 하는 사이 모퉁이를 돌아 뛰어 간다. 야! 이 개 쎅끼야! 고래고래 소리만 쳤지, 우린 따라가 잡는 것을 포기 했다. 잡아 봤자 주위에 있던 놈들은 다 부인하고, 그런 것 가지고 뭘 그리냐? 애들인데 보내주라고 경찰도 같이 그런다. 씩씩거리며 차를 타고 돌아오는 길에 동료들이 다른 경험담을 얘기 한다. 그때도 낚시 끝나고 철수 하려고 뒤 트렁크에 짐을 싣는데, 짐을 싣는 중이어서 트렁크를 잠깐 열어 두고 차 앞으로 돌아 다른 짐을 싣는 순간(2∼3초)에 가방을 낚아채서 도망갔다고 한다. 집에 와서 당연히 있을 줄 알고 열어보니 가방이 그 순식간에 없어 진 것이다. 또 한 가지는 낚시가방을 열어 놓고 바늘이 떨어지면 다시 끼우려고, 바늘통을 두었는데 눈독을 들이던 꼬마 하나가 순식간에 집어 갔다. 일제 바늘 수 백 개를 넣어 둔 통을 도난 당한 것이다. 그런 일이 있으면 아예 김이 새서 바로 철수 한다. 경찰에 신고 해도 경찰은 찾아주려고 신경도 안 쓴다. 오히려 차비 내라, 식비 내라, 일당 내라 등등 신고자에게 돈만 뜯으려 한다. 이런 나라가 또 있을까? 아프리카 다른 나라는 어떤지 모르겠다. 적어도 동양권 국가는 이렇게 심하지는 않다. 여기 아이들이 대개 초등학교 5∼6학년 정도인데, 이들은 낚시꾼이 철수 할 때는 개떼같이 몰려온다. 웅성웅성 떠들고 노래하고 우리 시야를 가리며 무리로 이동하며 잠시 못 보는 순간 쓱싹 한다. 훔쳐 가지 못하면 매달려서 안 쓰는 낚시 바늘 달라고 사람에게 붙어서 진드기 같이 귀찮게 한다. 그러다가 주머니고 어디고 손이 닿는 것은 그대로 가지고 달아난다. 우휴. 휴 ~. 그래서 이곳이 낚시하기 좋은 자리인데도 오기가 겁난다. 동네 아이들이 오기시작하면 그때부터 오히려 스트레스가 쌓인다. 어떤 때는 애 새끼들이 오기 시작하면 바로 짐 싸서 돌아오기도 한다. 문제는 어릴 때부터 도둑에 숙달된 아이들이 커서가 더 큰 문제이다. 이렇게 자란아이들이 회사에 취직을 하면 그 버릇을 버리지 못하고 갖은 방법으로 도둑질을 하는 게 문제이다. 근무하는 공장에도 수천 만 원어치 털렸다. 그래서 이곳에서 기업하기 전에 가장 먼저 갖추어야 할 것이 도난 방지이다. 경비 팀에 한국인 조장을 두면 최고 좋다. 그래야 도난을 최소화 시킨다. 회사의 경비를 운용인원의 2배를 부적격으로 5개월 만에 교체하였다. 그런데도 제대로 정착이 되지 않았다. 야간 불을 켜두고, CCTV 작동 하고 해도 분실 사고가 일어난다. 그리고 증거가 있는데도 오리발이다. 그러면 경찰도 방관한다. 그러다 2~3달 가면 흐지부지 없어진다. 웃기는 것은 범인의심 자와 밤에 담당 경찰은 술 마시고 잘 논다는 것이다. 이 광경을 먼저 온 한인교포가 보았다고 한다. 마치 경찰이 먹이사슬의 한 축으로 생각되는 것이다.

불원불근(不遠不近)

외국생활을 오래 한 한국 분들이 강조하는 게 한 가지가 있다. 외국에서 한국 사람을 만나면 좋다고 너무 가까이 하지도 말고, 싫다고 너무 멀리도 하지도 말라고 한다. 이것은 철칙이다. 그리고 가급적이면 공적인 관계는 외국인과 계약 하는 것이 차라리 편하다고 한다. 귀에 못이 박히도록 들었다. 그런데 어느 순간 그것을 잊고 말았다. 이역만리 타국에서 한국 사람을 만나 한국말을 하니 자연히 가까워지고 스스럼없이 대한 것이다. 이것이 사단이 나고 만다. 편하게 대한 것이 어느 날 갑자기 문제가 된다. 서로 오해를 하게 되고 급기야는 인격 문제까지 나오고, 어색한 관계가 되는 것이다. 한 기숙사에 거주한다면 더욱더 각자의 위치를 잘 구별하고, 예의를 지켜야 한다. 그리고 술자리는 적절히 하는 것이 좋다. 술이 문제를 일으키는 경우가 많다. 이런 한인과의 관계를 일찍 터득한 사람 중 일부는 가급적 한국인과의 접촉은 공식적인 입무만 하고, 나머지는 혼자 즐기고, 차라리 현지인들과 어울리는 사람도 일부 있다. 일과 후 자신의 부하 직원이라도 절대 가볍게 대하면 안된다. 특히 한국서 온 여직원이면 더욱 유의해야 한다. 외국, 그것도 아프리카에 나온 여직원들은 대부분 능력도 있지만, 대가 센 사람이 많다. 나이도 많고 결혼도 안하고 이곳 까지 나올 정도이면 보통 여자는 아니라고 보면 된다. 어설프게 농담하고 가볍게 처리하다가는 코피 터지고, 개망신 당하고, 조직도 망가진다. 모든 것을 공적으로 처리하고 규정대로 해야 한다. 아무리 사적으로 친밀한 관계라도 여기서 업무관계는 공적으로 들어가야 한다. 한국인의 특성상 스트레스가 쌓이고 한번 관계가 벌어지면 회복하기는 어렵다. 대상자중 한쪽이 떠나야 해결된다. 교민과의 관계도 같다. 항상 예의를 지키고 일정한 선을 유지하여야 한다. 그리고 개인적인 금전관계는 일체 하지 말아야 한다. 참으로 좋은 말이다. "외국에서 한국인을 대 할 때는 가까이도 말고 멀리도 말라." 그런데 그걸 지키기가 어렵다는 것이다. 또 과유불급(過猶不及)도 금언이다. 지나침은 부족한만 못하다. 진리(眞理)이다. 이것도 위의 내용과 같은 한국인을 대하는 요령이다. 친하다고 간, 쓸개 다 빼주면 절대 안 된다. 차라리 부족한 게 백번 낫다. 경험사례가 있다. 한국인이 사업이 어렵다고 한다. 한국에 업체가 있는데 자신이 여기 나와 있어 사업장이 망가지고 있다고 한다. 그래서 마침 좋은 아이디어가 있어 소개 해 준다고 했다. 그런데 이 과정에서 주위 사람과 오해가 생긴 것이다. 괜히 그런 것을 듣고 지나쳐 버리면 그만인데 선의로 도와준다고 하다가 엉뚱한 오해를 받게 되고, 심지어 실없는 인간, 덜된 놈 취급을 받은 적이 있다. 이때 느낀 것이 비록 선의라도 지나치면 부족한만 못하다는 것을 절실히 느꼈다. 한번 엉뚱하게 오해가 생기면 외국에서 그것을 해소하는 것은 어렵다. 차라리 무시하고 그러려니 하고 지내야 한다. 일일이 설명하고 해명하려고 할 필요도 없다. 그러니 단디 명심하시라! 차라리 조금 부족함이 좋다. 나서서 설치다 보면 꼭 잡음이 생기고 본인에게 피해가 온다.

욕(辱)

욕은 어디를 가도 쉽게 Feeling이 전달된다. 대부분 강한 발음이 욕으로 들린다. 세네페(돌대가리), 우샤(개)등이 에티오피아에서는 일종의 욕으로 받아들인다. 한국인은 성질나면 개xx, 소xx, 씨ㅂ..XX등 막 소리 지른다. 내 일생을 통하여 에티오피아에 오기 전까지는 욕을 거의 하지 않았다. 그런데 여기서 나도 모르게 욕이 흘러 나왔다. 군대 훈련소에서도 이렇게 욕을 자주 하지는 않았다. 현지인들 중 고약한 친구들은 이것을 근거로 고소를 하기도 한다. 특히 돌대가리 등은 큰 욕에 해당한다. 잘못 쓰다가는 고소 당하고, 운 없으면 감옥도 갈수 있다. 그런데 이들의 업무 스타일을 보면 욕이 절로 나올 때가 있다. 아휴 이 돌대가리들아……. 등 등이 목구멍까지 올라오기도 한다. 한국인 성질은 급한데, 이들은 느려터지고, 또 하기는 했는데 개판인 경우가 많다. 그걸 참고 일하니 고역이다. 게다가 영어가 안 되는 한국엔지니어들은 욕이 더 심하다. 못 알아듣는 한국어로 소리를 지르니 현지인들은 이 말을 전부 욕으로 간주한다. 가끔 트러블이 생기기도 한다. 절대 유의할 것은 현지인의 어머니(가족)모욕, 이흐야(당나귀), 아사마(돼지), 우사(개), 지프(하이예나), 세네페(Stupid/돌대가리)등이다. 이들은 동물에 비교하여 욕을 하는 것이 특이한데 절대 하면 안 된다. 특히 상대방 부모를 모욕 하는 것은 금기중의 금기이다. 나도 이씨*** 라는 말이 하루 몇 번 정도는 자동으로 나온다. 억지로 참고 다른 아름다운 생각을 하려고 노력한다. 훈련을 많이 해야 통제할 수 있다. 이곳에 2년 가까이 근무한 70세의 한국인 고문이 있었는데, 귀국하면서 "내가 얘들하고 근무하고 나서 한 10년은 수명이 단축된 것 같다" 하면서 귀국 했다. 그 정도로 여기서 일하는 것은 인내심을 가져야 하고 굳은 각오를 해야 한다.

질병(疾病)

에티오피아의 날씨는 좋은 편이다. 일 년 중 2/3는 건조하다. 4개월 정도는 비가 충분히 온다. 건기에는 모기도 많이 없고 전염병도 없는 편이다. 단 시골로 가면 식수 사정이 안 좋아 장염 등 수

인성 전염병이 많이 걸린다. 영아의 사망률이 높다. 오염된물을 마셔서 장염 등이 발생하는 것이다. 심지어는 연못의 물을 사람도 먹고, 짐승도 와서 주기적으로 먹는다. 그 물이 오죽 하겠는가? 단체 급식에도 요리사가 질병이 걸리는 경우가 있다. 매우 위험한 상황이다. 이들은 식사를 할 때 손으로 먹는데, 그리 위생적이지 않다. 공장에서 일하다가 점심시간에 청결히 하고 먹어야 하나 대충 씻고 먹는 것이 이들의 관습이다. 한번 잘못 퍼지면 걷잡을 수 없다. 조리사 한명이 장티푸스에 걸렸다. 크게 긴장하여 즉시 격리시키고, 치료 종료 될 때 까지 일체 식당 출입을 금지 시켰다. 다행히 잘 회복되어 다시 조리를 하게 되었다. 대개 아프리카 국가가 그렇듯이 환경이 열악하여 질병이 많은 편인데, 그래도 에티오피아는 기후가 좋은 편이어서 좀 양호하다. 피부질환이 많고, 위장계통의 질병도 많아 보인다. 이들의 식사가 철분이 많이 들어 있는 인제라를 주식으로 하기 때문이다. 그리고 나이가 들면 눈 질환도 많은데, 아마도 자외선이 강하여 그런 것 같다. 한국인은 일단 거리의 음식은 피하여야 한다. 이들은 대부분 정수된물을 사용하지 않고, 검증 안 된 지하수를 그대로 쓰고, 식용유도 청결을 보장 할 수 없기 때문이다. 포장마차 같은 곳의 커피도 불결하니 참고 해야 한다.

선물

이곳 기념품은 단연 커피이다. 도로 곳곳 포장을 쳐놓고 커피를 직접 끓여 판다. 점심때 쯤 커피 냄새가 풍기면 아주 기분이 좋고, 편해진다. 아디스아바바에 있을 때는 거의 매일 점심 후 커피를 마셨다. 점심때 커피 한잔 마시는 것이 큰 즐거움이었다. 이곳 커피생산의 약 60%정도를 전 세계로 수출하고 나머지는 국내에서 소비 한다. 토기에 숯불로 끓여 주는 그 맛은 오직 여기만 있다. 커피가 아무래도 최고의 선물이다. 오래 근무하다 귀국하는 사람들은 이 토기를 기념품으로 가져가기도 한다. 그다음 유명 한 것이 흰색 꿀이다. 꼭 흰 버터 같이 생겼는데, 북부지방 띠그라이 지역에서 선인장 꽃에서 생산한다고 한다. 부드럽고 그리 달지 않아 먹기가 편하다. 특히 이 꿀은 약성이 좋아 당뇨와 혈압이 있는 사람이 먹어도 좋다고 한다. 그리고 값이 싸다. 1Kg에 9천 원 정도 한다. 그 외에 수제로 만든 전통의상이 있는데 질이 열악하여 그리 인기가 있지 않다. 이곳 의상은 한국의 색동옷 비슷하다. 추가적으로 이곳은 양과 소, 말이 많아 가죽 제품이 발달 해 있다. 그런데 가죽 자체의 질은 보통 정도 되어 보이는데 아직 디자인이 매우 부족 해 보인다. 남자 가죽 잠바가 7~8만원 하니 싼 값에 하나씩 사간다. 가죽 잠바는 집안 형제들것을 하나씩 사 가서 선물 하였다. 받는 사람이 썩 좋아 할지는 의문이다. 농산물로 참깨가 있다. 크기가 작은데 단단하고 참기름의질이 좋다고 한다. 매번 휴가 갈 때마다 20kg을 각 가방에 분리하여 가지고 갔다. 아직 관광이 그리 활성화 되지 않아 좋은 상품을 개발하지 못했다. 괜히 잘못 사가면 저질이라고 사주고 욕먹는데. . .

자존심

에티오피아 인들은 자존심 하나는 세계 최고 인 것 같다. 머릿속에 온통 조상들에 대한 자존심으로 차 있는 것 같다. 문제는 자존심에 비해 현재 하는 일이 시원찮다. 일은 개판으로 하면서 자존심만 내 세운다. 한 예로 2년 8개월 근무한 직원이 자기의 수당이 늦게 들어온 후배 직원보다 500비르(약2만원)적다고 바로 사직서를 던진다. 이들에게 2년 넘게 한국의 문화와 정서를 교육 시켰는데도 소용이 없다. "한국회사 직원은 성과제이다" 라고 수백 번 강조교육 해도 이들은 자신의 기본 생각을 바꾸지 않는다. 이상한 종족이다. 이들을 과연 교육 시켜서 한국식으로 회사를 경영 할 수 있을까? 참 어려운 얘기이다. 그것도 여자들이 돈과 자존심을 더 내 세운다. 급여를 약 40만원(에티오피아 실정으로는 많이 받는 수준임)받는 직원의 수당이 자신보다 늦게 들어온 신입직원보다 적다고 수당 받는 날 바로 사직통보하고 뒤도 돌아보지 않고 회사를 떠난다. 참 재미있는 문화이다. 이들을 개조 시키는 것은 최소 5년은 걸릴 것 같다. 그동안은 인내심을 가지고 교육시키고 훈련시키고, 지켜보고 또 확인하고 다시 되풀이 하고, 끊임없이 해야 될 것 같다. 마치 무 밭의 김을 매 주듯이…….

부활절(復活節)

에티오피아는 자신들의 고유 달력을 사용한다. 이들의 3대 명절은 철저히 지킨다. 그중 하나가 부활절이다. 통상 3~4일정도 휴가를 내어 부활절 주간은 1주일 가까이 쉬는 직원들이 다수 이다. 왜냐 하면 이들은 이때를 이용해서 하루정도 버스로 걸리는 자신들의 고향으로 가는 것이다. 마치 과거 한국의 구로공단 여공들이 추석 때 고향 가듯이. 명절 시작하기 며칠 전부터 이들은 들떠 있다. 그리고 보너스를 받는 직원들은 신이난다. 같은 부서 여직원에게 시골집에서 쓰라고 한국산 연고를 몇 개 주었더니 매우 좋아 한다. 개발도상국 어디나 마찬가지로 그 부모들은 객지서 근무 하는 자식들을 손꼽아 기다린다. 이들은 종교적인 신념이 아주 강하다. 그래서 종교 관련 명절도 꼭 챙긴다.

경유지

한번은 귀국시 터키를 들르게 되었다. 환승 하는데 6시간을 대기해야 한다. 지루한 시간인데, 마침 임시 비자를 발급받아 터키 시내 투어를 하였다. 터키 에어에서 무료로 제공 하는데 시내 주요 유적지를 잠깐 씩 방문한다. 그런대로 긴 시간을 유익하게 보낼 수 있다. 터키가 아주 저력이 있어 보인다. 풍요롭고 여유가 있어 보인다. 다리위에서 낚시를 즐기는 시민들이 부러워 보인다. 기회가 되면 1주일 정도 터키 여행을 하고 싶다.

응급시 대처

자다가 갑자기 통풍이 온 경우를 설명 하였다. 타국에서 긴급한 일이 생기면 오만 생각이 다 든다. 이런 응급 상황이 발생해도 한국의 119같은 것을 부를 수가 없다. 결국은 동료 직원이 도와주는 수밖에 없다. 심각한 상황을 한 번씩 겪고 나면 아찔해 진다. 무엇보다 외국에서 건강관리를 잘 해야 되겠다는 생각이 든다. 본인이 먹는 약은 정확히 챙겨 와야 한다. 60세가 가까워지는 사람들은 혈압 약을 대부분 준비해야 한다. 그리고 영양제도 몇 개 준비하는 것이 좋다. 여기서는 스스로 잘 챙겨 긴급 상황이 발생하지 않도록 해야 한다. 개인적으로는 풍치가 온 적이 있고, 새벽에 자다가 쥐가 나서 다리가 뻣뻣해지는 경험을 한 적도 있다. 세월에는 장사가 없다.

건전한 습관

이곳 기온이 차이가 많이 난다. 30℃정도 나다보니 몸 관리가 그리 쉽지 않다. 낮에 반팔입고 다니다가 밤에는 가죽잠바를 입어야 하는 상황이다. 자칫 잘못하면 몸살감기가 쉽게 온다. 초저녁에 더워서 찬물로 샤워하고 대충 입고 자면 목감기가 걸리기 딱 알맞다. 몸살이 오면 온 근육이 쑤신다. 그렇다고 현지인들 앞에서 아픈 척도 할 수 없다. 한국직원은 아파서 빠지는 사람이 일 년 가도 거의 없다. 실제로는 아픈데 참고 일 하는 것이다. 현지직원들은 이상하게 본다. 어떻게 한국 사람은 아프지도 않느냐는 것이다. 대체로 한국인이 지독 하다. 고춧가루, 마늘을 많이 먹고 자라서 그런 모양이다. 공장 직원들이 통상 한 달에 한번 이상 아파서 결근 한다. 젊은 직원들인데도……. 개인적으로 해외 체류 하면서 건강 관리 노하우가 몇 가지 있다. 하나는 술을 적절히 한다는 것. 다음은 규칙적인 생활을 한다는 것. 일 욕심을 많이 갖지 않는 것. 아침 저녁 양치를 꼭 죽염소금으로 한다는 것. 식사를 잘 챙기고, 현지 과일을 많이 먹는다는 것. 영양제준비 등… 쓰다 보니 좋은 것은 다 썼네! 그렇게 하는데 누군들 건강관리가 잘 안 되겠나? 하고 의문시 하는 분이 있을지 모르는데, 해외에서 장기근무 하면서 건강을 지킬 수 있는 것이 그리 쉬운 게 아니다. 객고 푼다고 과음하고, 한국사람 성질 급하여 일을 너무 한국식으로 하려하고, 식사를 제대로 하는 것도 쉽지 않다. 그래도 이것들만을 지키려고 노력 한다

면 충분히 견딜 수 있을 것이다. 그리고 나름의 건강식과 습관, 약을 챙긴다면 금상첨화(錦上添花)

취미 개발

일요일 스트레스 풀기는 낚시가 좋은 방법인 듯하다. 난 초보자이고 처음에는 별 관심이 없었다. 일요일을 잘 못 보내면 이역만리 타국에서 장기간 일하기가 어렵다. 휴일을 잘 보내야 주중 일과가 부드럽다. 그리고 건강관리와 스트레스 해소가 되며, 인체 리듬 조절도 할 수 있다. 그러던 중에 유튜브에 올라온 통발을 가지고 고기 잡는 모습을 보았다. 그래서 이곳 에티오피아 아와사 강에도 가능 할지 확인 해보았다. 그런데 손가락만한 메기만 몇 마리 들어갔다. 뭔가 던져 놓은 포인트가 잘못되거나 미끼가 잘 못된 것 같다. 우기가 시작되어 강물이 조금 불었다. 그래서 그런지 이번에는 메기가 엄청 잘 잡혔다. 같이 간 동료는 정신없이 잡아 올렸다. 아무래도 난 초보자라서 그리 많이 못 잡았다. 원래 나는 스트레스 해소와 즐기는 것이 목적이라서 고기를 낚는 그 자체는 그리 즐기지 않는다. 휴일을 잘 보내기 위한 아이디어를 내고, 그래서 거기에 몰입하면 의외로 현지에 적응하는 한 가지 좋은 방법이 된다. 여행, 운동모임, 토론모임, 종교모임 등도 도움이 될 것이다. 자기에 맞는 휴일 보내기 방법을 찾아야만 현지에 정을 붙이고 원만하게 장기간 성과를 내면서 해외에 근무 할 수 있을 것이다. 특이한 사람은 현지 여성과의 부드러운 접촉으로 스트레스를 해소 하는 경우가 있다. 그것도 한 방법이다. 어떤 사람은 주로 어린 여성과 접촉하며 프로그램 업데이트 하듯이 한 달에도 몇 번씩 업데이트 한다. 옆에서 보면 부럽기 까지 하다. 영어를 잘하지도 못하는데 현지여성에게 인기가 좋으며, 의사통도 잘해서 기가 막히게 잘 접촉한다. 그리고 뒤탈도 없게 한다. 실로 그 분야에 경지에 오른 사람이다. 그 사람의 노하우를 전수 받고자 동행을 하여 노력해 보았으나, 그런 능력도 타고나야 되는 것 같다. 어떤 강대국 대통령 처럼. 그래서 내 체질에는 조용한 강가에 가서 낚시 즐기고 라면과 커피, 맥주 한잔하는 것이 맞는 듯하다.

도둑6

한번은 낚시하는데 한 놈이 와서 끈질기게 낚시 미끼를 나누어 달라고 한다. 그래서 동료가 이리와라 해서 미끼로 쓰는 소간을 주러 같이 갔다. 햐!!! 그런데 앉는 순간 동료의 뒷주머니에 있는 핸드폰을 훔쳐가려고 시도 한 것이다. 미끼가 목적이 아니고 핸드폰이 목적이었다. 눈치 빠른 동료가 소리를 지르면 "이런 GE쉑끼가 있나?" 하면서 싸대기를 후려친다. 그래도 분이 안 풀려 도망가는 놈을 따라가면서 돌멩이를 집어 던진다. 돌을 피해 그놈이 맞지는 않았다. 그리고 식식 거린다. "미끼를 주면 그걸 인사하고 고맙게 받아가야지, 핸드폰까지 훔쳐 가려 한다."고 열 받아 얼굴까지 벌개 져 있다. 그렇게 소동이 10여분이 끝나고 다시 제자리로 와서, 낚시 가방을 확인하니 아차! 가방 작크가 열려 있는 게 아닌가? 어 이거 뭐야? 그러고 보니 가방 안에 있던 릴과 바늘통이 사라진 것이다. 동료가 열이 나서 그놈 패고 모든 관심이 그곳에 가 있는 사이에 다른 놈은 가방을 열고 두 가지를 순식간에 가지고 간 것이다. 넋이 나간다. 니들한테 졌다 졌어. 아이고! 이 에티오피아

놈들아! 그러니 느그들이 아직 이 모양이다. 애들이고 어른이도 도둑질에 익숙해 있다. 친구 도둑이 도망가는 사이 다른 놈은 또 도둑질을 하는 것이다. 처음에 와서 왜 이 나라는 곳곳이 그렇게 열쇠를 많이 달아 놓았는지 의아 하게 생각 했다. 냉장고도 열쇠가 있다. 그러니 명심하라. 여기서는 2중 3중으로 단속을 해놔야 하고 불필요 한 것은 차에 넣고 바로 잠가야 한다. 중요한 것을 차에 넣고 안 보이는 길가에 세워두면 잠궈 놓아도 유리를 부수고 가져간다. 현지인들이 차안에 뭔가 있는 게 보이면 유리창을 깨고서라도 훔쳐간다. 심지어 골목에 세워둔 차의 백미러도 뜯어간다.

화폐(貨幣)

환율은 환화와의 비율이 대략 1:40이다. 그런데 점점 에티오피아 화폐(비르Birr)가치가 떨어진다. 2018년 기준 여기 1비르가 한국 돈 40원이다. 여기서는 생활비가 싼 편이어서 한국 돈을 짭짤하게 쓸 수 있다. 그런데 여기 사람들은 돈 관리를 더럽게 한다. 온통 찌든 냄새(특유의 아프리카사람 노린내)와 낙서가 있기도 하다. 지갑에 넣어 두면 지갑까지 찌든 냄새가 밴다. 이들은 돈을 지갑에 보관하는 습관이 없다. 그리고 신용카드사용이 아직 정착되어 있지 않아 대부분 현금을 선호한다. 물건을 사려면 현금을 가방 가득 들고 다니면서 사야 한다. 많이 불편하다. 한국의 70년대 정도의 상황이다. 다음, 잔돈을 지참하는 것이 좋다. 1비르 동전, 5비르, 10비르 지폐가 유용 하다. 아이들 수고비나, 주차비, 팁은 잔돈으로 주면 된다. 그런데 잔돈이 없으면 할 수 없이 50, 100비르를 주어야 하고, 이들은 이런 돈을 받으면 거스름돈은 아예 돌려 줄 생각을 안 한다. 외국인은 봉으로 보니까! 아이들 심부름이나 간단한 안내 등은 5비르(200원)정도 주면 적당하다.

이상한 경찰

경찰도 미친놈이 많다. 하루는 사거리 옆에 세우고 과일을 사려고 약 1분간 세웠다. 경고등을 켜고 길옆에 비켜섰기 때문에 교통흐름이나 법규에 전혀 위반이 없었다. 옆에 타고 있던 현지 직원을 시켜 과일 금방 사오는 중 이었다. 그 중간에 한 경찰이 쏜 살같이 달려오더니 교통법 위반했으니 딱지 끊겠다는 것이다. 무슨 소리냐? 아무리 설명해도 외국인에게는 소용이 없었다. 바로 면허증을 뺏어가더니 벌금을 매긴다. 현지 직원이 놀라서 이런 교통법은 없다고 아무리 설득을 해도 소용이 없다. 사인하라는 것이다. 나는 못한다. 내가 이해 할 수 있도록 설명을 해 달라 하니 무조건 교통 흐름 방해 했다고 한다. 내 뒤에는 차도 없었고 옆으로 비켜세워 두었다. 그리고 다른 차들도 있는데 왜 내차만 그것도 현지인의 10배정도 벌금을 내라하느냐? 라고 해도 막무가내다. 그게 에티오피아 경찰이다. 한마디로 지 멋대로 경찰이다. 꼭 벌금 수거 금액을 정해 두고, 외국인 운전사를 보면 벌떼 같이 달려들어 갖은 핑계를 대며 딱지를 끊는다. 경찰출신 직원까지 데려다가 설득을 시켜 보려 해도 기어코 자신의 목표 금액을 긁는다. 자유당 때 한국 경찰도 그러지는 않았을 것이다. 에티오피아 공무원이란 놈들은 오만 정이 뚝 떨어진다. 좋은 방법은 현지인 운전수가 있으면 무조건 그에게 운전 시키는 것이 좋다. 시골이나 야간은 경찰이 거의 없다. 이런 곳 외에는 현지 운전수가 운전하는 것이 좋다. 현지인에게는 딱지를 끊어도 외국인에 비해 10%정도만 적용한다. 그러니 더 열불 나는 것 아닌가? 이런 마음의 충격도 초창기 1년 정도는 엄청나다. 그러다 1년 이상이 되면 점차 그 정도가 조금씩 가라앉는다. "으레 그러는 놈들이다" 라고 취급하고 넘어간다. 그런 것에 일일이 다 속 끓이며 대응 하다가는 위장병 생긴다. "그래 내가 여기 적선하지" 라고 맘 편하게 생각해야 한다. 그런 GE(=개, dog, 狗또는犬)와 계속 응대하다가는 나도 그놈 따라가는 듯 착각마저 든다. 혹여 독자들은 오해 하실지 모른다. "왜 그렇게 현지인들을 못된 놈으로만 비하하느냐고?" 그런데 나도 처음부터 이렇게 느낀 것은 절대 아니다. 지내보시면 안다. 시기별로 이들에 대한 느낌 달라져오는 것을……. 6개월까지는 갖은 노력을 다 한다. 한국의 국위선양, 이미지 고양 등등. 그러나 1년 정도 되면 이제 서서히 이들에 대한 환상이 없어진다. 2년이 되면 도저히 좋은 감정을 가지려고 해도 불가능 하다. 그것이 이곳 현실이다. 그러니 커피(분나)의 나라, 태양의 나라, 6.25때 도와준 은인의 나라, 슈퍼모델 나오미캠벨, 인형 같은 예쁜 어린이들. 그런 것은 잊고, 있는 그대로 이해하고 대해야 무병장수 한다. 내말이 과장된 것 같은가? 절대 아니다. 최소 1년 이상 에티오피아에 머물던 사람 누구에게나 물어 보시라. 이 내용은 절대로 한쪽으로 기운 것이 아님을 독자여러분께 알려 드립니다.

노린내

버스를 이용하면 꼼짝 달작을 못하는데 참 고역이다. 그 아프리카 여자 특유의 노린내는 두통까지 온다. 뚱뚱한 여자가 냄새가 심하고, 피부가 검을수록 냄새가 심한 것 같다. 물이 귀해 목욕을 자주 못하니 여자들은 그 냄새가 어떻겠는가? 사무실 청소부중 유독 한사람만 지독 하다. 5m 전방에만 와도 그 냄새가 나기 시작한다. 다른 여직원을 시켜 꼭 하루 한 번씩 샤워 하라고 부탁을 하였다. 샤워를 안 하는 것도 원인이지만 유전적으로 고유 냄새가 지독해 보인다. 다른 것보다 이 냄새에 적응하기가 실로 어렵다. 어떨 때는 이들의 음식과 돈에서도 유사한 냄새가 배어 있음을 느낀다. 그런데 거꾸로 생각 하면 이들도 한국 사람에 대해 지독한 냄새를 느낄 것이다. 다만 말을 안 할 뿐이지. 그래서 나름대로 양치 철저히 하고, 향수도 뿌리고 출근한다. 어찌 보면 한국 사람의 마늘 냄새가 더 지독할 지도 모를 일……

개선

사람의 마음(생각)을 바꾸는 것은 매우 어렵다. 특히 이곳 아프리카 땅 에티오피아사람의 생각을 바꾸기는 참 어렵다. 다른 아프리카도 유사 할 것이다. 회사 직원들의 생각을 바꾸려고 매일아침 교육을 한다. 그러나 힘들다. 이제 겨우 20대 초반의 대학졸업생이 대부분인데도 고치기가 힘들다. 나이든 사람들은 몇 배 어렵다. 그래서 직원을 교육 시켜서 쓰려고 어린직원을 대부분 모집 했다. 나름대로 에티오피아 최고 실력이 좋다는 대학 졸업생 위주로 뽑았다. 그러나 막상 회사 일을 하려면 그들 민족 본래의 행태가 나온다. 자기에게 불리 한 것은 무조건 그들의 민족성대로 나온다. 웃긴다. "늦게 온 것에 대한 경위서 써라" 고 하면 조금 늦었는데 그런 것 까지 쓰느냐 며 항변한다. 경제적으로 여유가 있지도 않은데 야간근무나 공휴일 근무를 꺼린다. 시간 당 수당이 기본급의 2배가 나가는데도 쉬려고 한다. 쉴 것 다 쉬고 놀 것 다 놀려고 한다. 그런데 돈에 대해서만 악착같다. 일하고 공부 하는 것은 그렇게 악착같이 안 하지만 돈 챙기는 것은 단돈100원 까지도 철저히 따진다. 시간 개념이 희박하다. 오늘까지 보고하라고 하고 기다리면 3일 가도 소식이 없다. 몇 번 강조해야 겨우 가져온다. 한국인의 정서와는 너무도 차이가 난다. 그리고 자기 것 아니면 대충한다. 청결개념이 부족하다. 휴지는 당연히 아무 곳이나 버리는 것으로 되어있고, 주위가 지저분해도 청소부가 올 때 까지 손도 까딱하지 않는다. 이렇게 습관화 되어버린 어린 친구들을 교육시켜서 공장을 운용 하고, 수입을 낸다는 것은 실로 어려운 일이다. 열(熱)을 안 받을 수가 없는 지경이 된다. 문화적인 간격을 어떻게 잘 조율하여 메우는가가 이곳 회사의 성패가 달려 있다. 어떨 때는 아무리 마음을 안정시키려 해도 안 될 때가 있다. 이거 참선으로 해결해야 할지. 해병대의 극기 훈련을 해야 할지. 참으로 답답하기 그지없다. 이런 상황은 아프리카에서 경험하지 않으면 이해하기 매우 힘들다. 이것도 인생행로의 일부이니.

도둑7

중국 엔지니어가 2명 도착 하였다. 이들이 중국식당에서 한 턱 낸다고 하여 저녁 식사를 같이 하였다. 식사 후에 한국 동료가 환영 맥주를 산다고 하여 맥주 겸 아가씨들이 나오는 바(Bar)로 갔다. 다음날 아침 허겁지겁 중국 엔지니어가 오더니 어제 갔던 맥주 집을 다시 가자고 한다. 왜냐고 물으니 핸드폰에다가 4,500을 찍어서 보여 준다. 어제 맥주 마시고 아가씨와 어울려 잠깐 즐기고 나왔는데, 아침에 보니 그 돈이 없어 진 것이다. 약 20만원을 쓰리 당한 것이다. 아가씨와 즐기면서 술이 취한 상태로 있다가 쓰리를 당한 것이다. 아침까지 모르다가 잠이 깨서야 발견 하였다. 그래서 가보자 해서 차를 대기시켰는데, 먼저 온 중국인 동료가 말렸다. 이미 그 아가씨는 가지고 튀었기 때문에 찾을 길이 없다. 단념해라! 라고 한 모양이다. 신고식 한번 거창하게 했다. 보통 2만원이면 충분한데 거기다가 20만원을 더 주고 비싸게 잠깐 놀았다. 이 중국 사람은 정신이 번쩍 들것이다. 오는 첫날 호되게 당했으니. 그리고 외부에 나갈 때 현찰을 많이 가지고 다니면 안 된다. 1,000비르(약 4만원)정도가 적당 하다. 중국인들은 현찰 가지고 다니는 것을 선호하니 이들의 먹잇감이 되기 쉽다. 복잡한 시장골목에서는 쓰리 당하기 아주 십상이다. 꽃 제비 같은 아이들이 떼로 몰려다니면서 도둑질을 한다. 이런 유사 사례는 수없이 많다. 새로 온 외국인 치고 이런 유사한 사고를 당하지 않은 사람은 거의 없다.

조직생활

과연 한국인의 의무인 군(軍)복무는 필요악(必要惡)일까? 젊은 청춘을 2년 가까이 의무복무로 국방의 의무를 수행 하게 한다. 보수와 진보세력들은 정권 창출을 위해 이 군 복무를 가지고 선거 이슈로 삼아 당선이 좌우되기도 한다. 여러 가지 다른 의견이 있지만, 한국의 군대 체제가 국가를 현대화 한 공적은 반드시 있다. 이 사실은 온 국민이 꼭 기억하고 인정 해 주어야 한다. 6.25 전쟁을 통해 선진국의 문물을 가장 먼저 젊은 군인들이 접하였다. 6.25

전쟁 후 경제개발 시기에 군이라는 거대한 조직을 통해 젊은이들을 교육시키고 훈련 시켰다. 월남전을 통하여 이들의 목숨수당으로 경제개발을 하였고, 공병장병들은 선진 토목기술을 배웠다. 또 다른 중요한 사실은 젊은이들이 군대를 갔다 옴으로서 비로써 사회에 적응하는 성인이 된다는 것이다. 군에서 위계질서와 조직생활, 효율적인 업무, 인내심, 체력, 규칙적인 생활, 보고방법, 의사소통, 대인관계, 자기분야에 필요한 기술 등을 다양하게 익히고 전역을 한다. 특히 경제개발 시절 군에서 특수 장비 등의 기술을 배워 전역한 사람들이 많다. 그래서 그들은 바로 중동 등 경제개발 현장에 투입하게 되었다. 이들은 조직적으로 절도 있게 뜨거운 중동에서 빈틈없이 공사를 진행 하였다. 이 사실은 그 누구도 부인을 못할 것이다. 여기 에티오피아에서 보니 특히 이 군대 체계의 소중함을 절실히 느낀다. 쉬운 예로 아침일과 시작 전에 몸을 풀고 마음의 준비를 하기위해서 체조를 7분 한다. 그래서 몸 풀기 체조를 하는데 3개월을 교육 시켜도 안 되는 것이 있다. 정렬이다. 90여명 정도의 직원이 10열로 정렬하면 2~3분이면 된다. 그런데 매번 인원을 세어주고 뒤에서 메우라고 해야 겨우 대형이 유지 된다. 한국은 초등학생들도 1주일만 교육하면 바로 정리가 될 것을 이들은 안 된다. 매일 아침 소리 지르고 열을 일일이 세어주어야 꼴이 된다. 그리고 그 간단하고 유익한 체조도 하기를 거부한다. 힘들다는 이유이다. 이 나라는 군대가 의무 복무가 아니고, 학교 다닐 때도 이런 체계를 교육 시키지 않는다. 그러니 시간이 늘어지고 비효율적으로 된다. 아무리 머리가 나빠도 3개월 동안 같은 것을 가르치는데도 안 되는데 무엇으로 설명해야 하나? 어떻게 이해가 되는가? 이런 친구들을 데리고 공장을 운영한다고 생각 하면 머리에 쥐가 난다. 공장안에 항상 위험이 도사리고 있는데, 그 위험한 현장에 이들을 투입하여 작업을 시키는 것 자체가 큰 부담이다. 그래도 이들은 대부분 에티오피아에서 상위 급 정규대학을 졸업한 사람들이다. 한 민족을 개조 시킨다는 것은 참으로 어려운 것이다. 엄청난 인내로 30년은 교육해야 될 것 같다. 과거 일제 강점기에 어떤 선각자가 일본의 민족 개조론에 빌붙어 친일로 전향한 것이 이런 이유에서 이였을까? 어찌되었건 군 생활은 이런 면에서는 긍정적인 효과를 확실히 준다. 진보주의자들은 무슨 그런 개가 풀 뜯어먹는 소리 하느냐고 할지 모르지만.......

군중심리(群衆心理)

에티오피아는 공산주의를 하면서 나라가 망했고 단언 한다. 20여년의 공산주의 통치는 나라의 모든 시스템을 후퇴시켰다. 이들은 노동자의 권위신장에만 신경을 써서 법을 강화 했다. 그러니 기업을 하기를 원하지 않고 제조업을 발전시킬 수도 없었다. 노동자의 단체행동 등이 발달 해 있다. 외국기업은 여간해서 여기서 사업을 하기가 힘들다. 투자해서 돈을 벌기가 어렵기 때문이다. 에티오피아는 최근까지 간단한 문구류 및 공산품 대부분을 수입한다. 그러니 공산품이 비 쌀 수밖에 없다. 농산물 커피, 땅콩, 참깨, 가축을 수출하고 공산품을 수입하니 경제가 어렵고, 항상 달러가 부족하다. 그리고 근로자들은 뻑 하면 급여 올려달라고 항의한다. 계약서 글자하나하나 시비 걸며, 안 올려 주면 소송 건다고 협박한다. 외국기업에게는 그 정도가 더 심하다. 이들에게 일일이 대응하다가는 쌍욕이 나오고 험한 상황이 되어 오히려 사태를 악화 시킨다.

그래서 반대하는 사람은 그대로 두고, 그 내용을 담당 변호사의 자문 받아 법적으로 신속히 처리해야 한다. 안 그러면 현지 근로자들에게 끌려 다니면서 사업도 성공 할 수 없다. 이들에게는 법적으로 신속하고 엄격하게 그대로 적용해야 한다. 한번 물러나면 계속 꼬리에 꼬리를 잡고 끝없이 요구한다. 회사를 도저히 경영 할 수 없는 상황이 온다. 이들의 복지와 인간적인 것을 잘해주고 급여를 올려주고 인격적으로 대해주고 ……. 이런 것은 외국인 기업에게는 아무 상관도 없다. 올해 10%올려주면 내년에는 20%올려 달라고 한다. 안 그러면 단체 행동한다. 이러한 현지 문화와 분위기를 모르고 사업이나 자선단체, 종교 활동 등을 하면 100% 실패한다. 한국직원 몸 버리고, 대한민국 욕먹고, 서로 개 같은 관계로 마무리 짓고 도망치듯 한국으로 돌아가게 된다. 제일 좋은 것은 완전히 현지 상황을 판단하기 전까지는 일체 사업을 해서는 안 된다. 그리고 200% 확신이 있을 때 사업을 시작해도 늦지 않다. 절대 이 나라 정부의 달콤한 이야기는 믿지 마라!

한번은 작업거부(作業拒否) 사태가 벌어 졌다. 일과를 시작하는데 현지직원들이 웅성웅성 모여 있고, 근무를 할 생각을 않는다. 왜 여기들 모여 있어? 작업시작 안 해? 그래도 멀뚱멀뚱 째려보기만 한다. 허엇! 이 친구들 보게! 그 상황이 보니 몇몇 말 잘하는 직원들이 주도하여 작업 거부를 하는 것이다. 드디어 현지 직원들도 노동쟁의를 하는 건가? 바짝 긴장 되었다. 표면적인 이유를 보니, 초과 근무 수당을 더 많이 계산 해 달라는 것이다. 결국 급여를 올려 달라는 것이다. 괘씸한 놈들……. 수습 기간 중에는 열심히 하는 척 하다가 수습기간이 지나고 정규직원이 되니 본색을 드러낸다. 수습기간이 끝나면 직원의 결격사유가 있어도 해고하기가 매우 어렵다. 절차를 따라 3회의 경고장을 주고 나서 결정적인 하자가 있어야 해고 할 수 있다. 회사야 어찌 되었건 모든 것을 직원이 유리한 쪽으로 밀어 붙인다. 전형적인 노동쟁의이다. 합법적으로 된 계약서도 무시하고 단체 행동을 한다. 할 수 없이 오전을 공 쳤다. 오전 내내 한국직원이 그 합법성을 설명하였다. 그러나 한국직원의 말은 아예 들으려 하지 않는다. 그럼 한국직원 설명을 받아들이지 않으니 너희나라 회계사를 초청해서 설명을 하도록 해주겠다. 그러면 믿겠냐? 해서 겨우 달래 오후부터 정상조업에 들어갔다. 자신들도 이 법의 적용이 맞는다는 것을 알면서도 급여를 올리려는 목적으로 단체 행동을 한다. 그래서 약속된 날에 회계사를 불러 설명회를 하였다. 그때야 조용히 수긍하고 인정을 한다. 그러고는 엉뚱한 불평을 하며 급여와 복지를 늘려 달라고 한다. 정상적으로 건의하면 당연히 답변을 정확하고 신속하게 줄 텐데, 작업거부를 하면서 단체 행동을 하니, 회사로서는 손해가 막심하다. 한국도 유사 하겠지만, 생떼 쓰는 데는 이골이 난 친구들이다. 그래서 하는 수 없이 계약서의 조항을 세부적으로 나누고 일일이 모든 조항을 다 설명 한다. 또 다른 트집을 잡는데, 회사가 계약 시에 고의적으로 세부조항을 설명해 주지 않았다고 시비를 거는 것이다. 통상 고용 협의를 할 때는 "급여 총액이 얼마이니 동의하면 입사가능하다." 라고 알려 준다. 정기적으로 평가를 하여 우수자들은 급여를 대폭 올려줄 계획이 되어 있었다. 그러나 이들의 행위를 보면 아예 그러고 싶은 생각이 싹 사라진다. 한국회사는 무조건 성과급이다. 이 내용을 입사 때부터 목이 터져라 설명해도 전혀 개의치 않는다. 어떤 직원은 울고불고 난리다. 왜 내가 후배 보다 적게 급여를 받느냐고! 그날로 바로 짐 싸서 나가는 직원도 있다. 그러면 아이고 잘됐다. 빨리 가라! 퇴사도 하지 않으면서, 해고의 사유를 살살 피하면서 끝까지 인사과를 괴롭히는 뺀질이가 나오면 머리 아프다. 그래서 무조건 계약서 내용을 철저히 기록하고, 서명을 받아야 한다. 그리고 딴 얘기가 없도록 규정 등이 바뀌면 즉시 홍보하고, 관련서류를 게시 하여 공고 하여야 한다. 조금이라도 착오가 있으면 뺀질이들을 앞세워 시비 걸고 단체 행동을 한다. 또 하나 명심할 것은 이들은 감사의 마음이 없다. 예로 직원들이 열심히 하여 보너스를 두둑이 주거나, 복지를 크게 향상시킨다 해도 절대 감사의 마음이 없다. 당연히 외국회사는 현지 직원에게 해 주어야 하며, 안 주면 도둑놈 취급한다는 것이다. 그래서 철저히 평가 하여 실적이 확연히 눈으로 보이는 직원만 보너스를 주어야 한다. 그리고 절대로 이들에게 희망적인 약속을 해서는 안 된다. "여러분이 열심히 하여 올해 매출을 얼마까지 올리면 얼마의 보너스를 줄 것이다"라고 하면 이들은 오로지 자기에게 유리한 "얼마의 보너스를 줄 것이다"만 기억하고 그 금액을 요구 한다. "매출을 얼마까지 올리면"은 절대 기억하지 않는다. 심지어는 "전직 매니저가 몇 월 며칠 몇 시에 이렇게 얘기 했으니, 회사는 약속을 지켜라" 하고 나온다. 그래서 절대로 희망적인 가설을 가지고 얘기하면 100% 불만을 제기하고, 약속 지키라고 항의한다. 무서운 나라다. 그러고는 단체행동이나 고소를 하는 나라이다. 여기서 회사 경영 시는 참으로 면밀히 준비해야 한다. 눈을 벌겋게 뜨고도 당 할 수밖에 없는 나라이다. 평소 아무리 순진하고 상냥하고 협조적인 직원이라도, 돈에 대해서는 절대 양보 없다. 이 나라에서는 인간관계, 정을 경계하시라!

도둑8

또 이해 못하는 도둑 장면이 있었다. 낚시 가서 10대 후반 소년에게 50비르(약2천원)을 주고 동네 가게 가서 커피를 좀 사오라고 시켰다. 그런데 이 친구 당연한 듯이 그 돈 갖고 튀었다. 그리고 잊고 지나갔는데, 옛날의 그놈이 태연하게 나타나서 낚시 하는 뒤에서 조용히 구경을 한다. 그래서 너 지난번 50비르 사기치고 뻔뻔하게 또 왔니? 보기 싫다 가라! 고 영어로 얘기해도 눈도 꿈쩍 않고 뒤에서 지켜보고 있다. 아무 짓도 않고 있어서 그냥 두었다. 한국사람 같으면, 자신이 사기 쳤으면 미안해서도 못 나타 날 텐데. 전혀 부끄럼도 없다. 얼굴이 두꺼워도 이렇게 두꺼울 수가 없다. 그런가보다 하고 두었더니, 한국사람 두 사람은 낚시에 열중하고 있는데, 조용히 사라졌다. 아휴 그 자식 가서 시원 하다고 했다. 그리고 미끼를 달려고 칼을 찾았다. 아하! 그놈이 조용히 슬쩍 가지고 차분히, 태연히 사라진 것이다. 햐! 완전히 졌다. 앞발 뒷발 다 들었다. 약 1시간을 먹이 감을 노리고 조용히 계산하고 있은 것이다. 무엇을 가장 쉽게 가져 갈 것인가를 연구하다가 가벼운 칼을 슬쩍 가지고 간 것이다. 참. 그리고 다음에 또 올 것이다. 그리고 끈질기게 노리고 있을 것이다. 마치 사자가 사냥감 사냥을 위해 풀 숲에서 인내심을 가지고 기다리듯이.

악질직원

다른 아프리카 국가도 유사 할 것이다. 다른 동남아와는 차이가 난다. 느긋하게 노는 데는 후하고, 일 하는 것은 싫어한다. 아프면 보고도 없이 안 나온다. 그래서 경고장 준다고 하면, 아파서 안 나왔는데 왜 주냐? 하면서 고소한다. 이들의 고소가 겁나서 그런 것이 아니고 서류내고 변호사 통보하고, 일정에 맞추어 준비 하는 것이 보통 귀찮은 것이 아니다. 어떤 경우는 법인 장까지 법원에 출두하라고 한다. 한 직원은 1달간을 허가 없이 결근을 하였다. 그래서 28일 째 되는 날 해고 하였다. 그런데 딱 한 달 후에 나타나서는 병원 진단서를 가져왔기 때문에 해고 할 수 없다고 버틴다. 변호사도 해고를 취소하라고 권유한다. 병가가 더 우선시 된다는 것이다. 변호사도 에티오피아 노동법이 불합리 하다는 것을 잘 알고 있다. 하지만 해고 시에 후유증이 더 크니 할 수없이 해고를 취소한다. 직원 하나가 온 회사의 분위기를 망쳐 놓는다. 그래도 해고가 어렵다. 그리고 이런 직원은 해고 후에는 반드시 소송을 건다. 그래서 이런 골치 거리를 채용하면 두고두고 애를 먹는다. 미꾸라지 한 마리가 온 호수 물을 망쳐도 손쓰기가 어렵다. 이런 나라에서 정상적으로 공장을 돌리고 사업을 하는 것은 정말 신기 한 것이다. 아마도 한국의 경영자들은 두통이 올 것이다.

Rent Car 고장처리

이곳에서 차는 정말 애물단지이다. 차로 인해 여러 번 고통을 겪었다. 개인적으로 일요일을 잘 보내는 방법의 하나가 인근 강에 가서 낚시 하는 것이다. 약 1시간 거리의 조그마한 강인데 메기가 많다. 이들은 가난하여 고기가 귀한 데도 메기는 먹지 않는다. 비늘 있는 물고기만 먹는다. 어떤 것은 너무 커서 낚시 대를 끌고 들어가기 까지 한다. 그렇게 스트레스 풀고 오면 훨씬 개운하고 잠도 잘 온다. 숙소에 있어봤자, TV보거나 낮잠 자는 게 보통이다. 그날도 한국직원 4명과 강으로 낚시를 갔다. 그런데 물고기는 잘 안 잡혀서 점심때 소고기 구워 먹고 바로 왔다. 오는데 문제가 생겼다. 다 와서 톨게이트에 도달 했는데 엔진에서 연기가 난다. 너무 과열된 모양이다. 그런데 이차가 오래된(14년)회사 대여차이다. 같이 간 한국직원들이 생각하기를 이거 간단히 고장 난 것 같으니 우리가 고치자라고 한 것이다. 놀러갔다가 고장 난 것이니 얼른 고쳐 그대로 반납하자는 생각 이었다. 이것이 큰 착각이다. 그래서 나름대로 밀어보고 고치려고 노력 하다가 견인차를 불렀다. 빌린 차가 고장 나면 절대 건드리면 안 되고, 그 자리에서 바로 주인에게 통보하여 고치도록 해야 한다. 스스로 고친다고 노력하다가 차만 더 망가트리고 결국 모든 고장을 그날 이용한 당사자들이 부담하게 되었다. 한국 같으면 차 값이 50만원도 안되는데 엔진고치는 비용만 250만 원 든다. 미칠 노릇이다. 절차를 잘못하여 고스란히 다 물어줘야 한다. 차 주인은 고장 내키고 마음대로 정비를 시도했으니 사용자가 완전히 정비하여 다시 인계 하라고 한다. 다 고치고도 차주가 동의하지 않으면 그때까지 계속 고쳐 주어야 한다. 찻값의 몇 배를 정비비로 물어줘야 한다. 여기는 일제차를 비싼 관세 물고 수입하다보니 중고차도 한국의 새 차 값보다 비싸다. 완전 고물차를 보링 하여 새 차로 만들어 줘야 한다. 그래도 주인이란 놈은 계속 더 요구를 한다. 여기서보면 기막힌 일이 정말 많다. 규정한번 잘못 알아 꼼짝없이 250만원을 물어 주었다. 여기서는 무조건 규정과 법을 잘 이해해야 한다. 한국식 상식은 일체 안 통한다. 그리고 계약서를 반드시 문서로 세밀하게 하여야 한다. 현지 변호사도 국제 표준 계약서라고 작성해서 가져오는데, 자세히 세부 내용을 보면 현지인에게 절대 유리하게 만들어 온다. 생각할수록 억울하다. 그 빌린 차는 처다 보기도 싫고, 차주 놈 상판 때기 보기도 싫다. 어쩌랴? 규정을 몰라서 다물어주게 된 것을! 그이후로 한국직원들은 현지 렌터카 쓰기를 꺼려한다. 일과 후 개인 업무는 바자지를 타고 간다. 그게 속편하니까. 그놈의 차 문제로 그 다음부터는 낚시도 가기가 힘들어 졌고, 겨우 다른 한국인사장이 가는 날 차를 얻어 타고 같이 간다. 미안하지만 어쩔 수가 없다. 참 수업료 한번 비싸게 냈다. 일단 6개월 이상 이곳 있어보면 실상이 이해 갈 것이다. 회사에 건의 하였다. 그러나 CEO는 강력히 지시하였다. 직원들의 실수임으로 일정부분 본인들이 부담하라고 한다. 할 말은 없다. 우리가 잘못했으니. 그러나 한국회사의 처사가 너무 야박하다. 오버타임하고, 어떨 때는 일요일, 공휴일도 근무하는데, 사기 측면에서 그 정도는 회사에서 부담해줘도 되지 않겠나? 그런데 회사는 이런 것을 받아들이지 않는다. 여러 번 건의 했으나 불가하나는 답변이다. 아프리카까지 와서 고생하는데 그 정도도 한국직원에게 베풀지 못하나? 그러고도 회사가 잘 정착하고 발전되기를 바라나? 아프리카 까지 와서 사업한다는 회사가 한국직원들에게 그렇게 까지 해야 되는가? 회사가 조금만 베풀면 한국 사람은 은혜를 보답하려고 죽기 살기로 일 할 텐데. 만약 내가 그 위치에 있다면 직원들 사기 진작을 위해 배려했을 것이다. 조그마한 배려가 큰 보상을 가져올 텐데. 어떤 CEO는 거기까지 생각을 못한다. 이런 처사를 보면 회사에 대한 애사심, 충성심, 의리 이런 것이 일순간에 사라진다.

적응

일단 에티오피아는 고도가 높다. 옛날 아베베가 산소가 희박한 고지에서 훈련하여 올림픽 마라톤을 제패 했다. 지금도 아디스 아바바 동부 도로에는 매주 토요일 100여명의 마라토너들이 훈련을 하고 있다. 그런데 처음 오는 한국 사람은 조금 고도 적응에 힘들 경우가 있다. 거기다가 한낮은 태양이 뜨겁고 비가 오는 밤은 매우 서늘하다. 개인적으로도 계단을 오를 때 숨찬 것을 느꼈고, 뙤약볕 아래 앉아 있다가 일어나면 현기증을 느끼곤 하였다. 그런 증상이 한 1년 정도 지나니 없어지는 것 같다. 그런데, 최근에 왼쪽 가슴 있는 곳이 아프다. 특히 스트레스가 심한 날은 더 아프다. 이것도 고산지대서 오래 있어서 인지도 모른다. 어쨌거나 2년이 지난 시점부터는 조심한다. 맥주도 거의 안마시고, 고기도 아주 적게 먹는다. 적응력이 중요해 보인다. 그리고 아무래도 나이가 좀 드니 체력이 떨어지는 듯하다. 일하면서 스트레스를 최소화해야 한다. 그게 최고의 비결이고 스트레스가 있더라도 그때그때 해소하는 것이다. 이곳 마라톤 선수같이 서서히 그리고 폐활량이 좋게 적응을 시켜야 할 것이다.

하자보상

우기 4개월은 비가 세차게 쏟아진다. 소나기가 오고나면 도로와 인접 땅에 물이 고인다. 물이 안 빠지는 흙 지역이 있는데 검은 색으로 꼭 뻘 같다. 온통 도로가 개울같이 물이 흐른다. 다행히도 물이 빨리 흘러가 없어진다. 통상 비가 온 후 햇빛이 바로 강렬하게 비춘다. 인접 한 공터에서 물이 넘쳐 공장부지로 들어 올 때도 있다. 배수 시설을 잘 못 해 놓은 것이다. 한심한 것은 이 나라에서 제일 우수하다는 업체가 공사를 했는데도 하수로 경사가 맞지 않아 배수로에 물이 안 빠진다. 왜 이렇게 공사 했냐고 따지면 딴 핑계만 댄다. 자기 잘못이 아니고 이 나라 토양이 가라앉는 지질이라서 그렇다고 핑계 댄다. 핑계 대는 데는 세계 1위 같다. 절대 자기의 잘못을 시인하고 수정하겠다고 하는 사람은 100명에 1, 2명도 안 된다. 비가 온 후에 공사 상태를 확인하면 시공이 잘 되었나 못 되었나 쉽게 판단이 된다. 천정 지붕이 새는 경우도 있다. 그래서 공사의 완성 정도는 우기가 지나야 알 수 있으므로 계약에 반드시 2년 이후의 하자보상 사항까지 명기해야 한다. 여기 건물은 보통 공사 후 2년이 지나면 하자 투성이가 된다. 그전에는 이상 없다가 2년 후에 나타난다. 숙소로 쓰는 방도 2년째부터 방수가 안 되어 온 벽이 곰팡이가 피었다. 공사할 때 그 시한을 2년 정도 잡는 것 같다. 그때가 되면 모든 공사비를 다 받으니까. 공사업자가 그런 머리는 잘 돌아간다. 건기에 공사 마무리 하고 우기에 보면 하자 투성이가 된다. 이때를 대비하여 계약서를 잘 작성해야 한다.

신뢰

에티오피아 인들에게 정을 주어도 될까? 개인마다 다르다. 그러나 내 경험상 90%이상의 한국 사람은 실망한다. 그것도 철저하게 실망한다. 종교인의 종교적인 목적으로 그렇게 하였더라도 배신당한다. 그러니 정을 주지 않는 것이 좋다. 처음에는 인상도 좋고 순수하게 보여 점점 믿고 많은 부분을 맡기게 된다. 그러다 보면 어느 순간 야수로 순식간에 돌변한다. 사례로, 한국인이 현지 여자와 결혼 한 사람이 있다. 외국인은 일정규모 이하는 사업허가가 나지 않는다. 그래서 평소 잘 알던 한국인이 그의 현지처 앞으로 식당을 허가를 내고 자본을 투자하여 동업 식으로 식당을 오픈하였다. 사전에 모든 것을 합의하고 단지 현지처 이름으로 허가만 내는 것이며, 그 대가로 매월 얼마씩 급여를 주기로 하였다. 그런데 식당 오픈 3일 만에 그 현지처의 가족이라며, 한국의 깍두기 같은 깡패들이 우 몰려와 이 식당은 우리가족 식당이니 당장 나가라고 했다고 한다. 기막힐 노릇이다. 그래서 돈대고 동업한 한국인은 겨우 투자한 일부분만 회수하여 쫓겨나고 말았다. 평소 이 현지처와 결혼한 한국인은 철석같이 약속하고 식당 오픈하기 전에는 동업하는 다른 한국 사장에게 입안의 혀 같이 잘 했다고 한다. 그러더니 오픈하고 장사가 잘 되는 것 같으니까 불량배를 동원하여 식당을 강제로 뺏은 것이다. 하루아침에 야차로 돌변하는 것이다. 아무리 선의로 잘해 주어도 이들의 마음을 짐작 할 수가 없다. 신뢰란 있을 수 없다. 적어도 내 주위 상황은 그렇다. 이 나라의 이런 DNA가 완전히 바뀌기 까지는 하 세월이 될 것이다. 정 주지마라! 단지 남, 여 간의 정만이 문제가 아니다. 모든 현지 에티오피아인과의 관계는 오직 서류로 된 계약서에 따른 관계일 뿐이다. 그렇지 않으면 마음의 큰 상처로 병까지 얻는다. 여기에 오래 거주한 한국인들 중에도 사기꾼이 많다. 현지여성과 결혼한 이 사람이 바로 대표적 사기꾼인데, 자기 현지처를 앞세워 날 강도 짓을 한 것이다.

TV

전기가 자주 나간다. 바람이 심하게 불어도 나가고 비가와도 거의 나간다. 폭우가 온다하면 거의 전기가 나간다고 보면 된다. TV도 동시에 못 보게 된다. TV 채널은 수 백 개가 잡힌다. 대부분 아랍 방송이고 에티오피아 방송도 많은데, 그중에는 사이비 종교 광고하는 채널도 다수 있다. 주로 치료하는 장면을 보여주고 자기 종교를 홍보하는 방송이다. 어이없는 치료 장면을 보여주고 광고한다. 목사가 안수 치료한다고 신자를 한 대 때리면 그 신자가 기절 하면서 치료가 된다는 모습을 보여준다. 꼭 몇 100년 전 무당이 하던 행태 비슷하다. 여기 전봇대는 나무로 되어있다. 길 가다보면 전봇대가 낡아서 옆으로 기울어진 것이 많이 보인다. 이런 것들이 비가오거나 바람이 불면 단선 되는 것 같다. 전기가 나가도 이들은 거의 불평 없이 지낸다. 정부나 전력회사에 불평하거나 건의하는 행동을 잊어버린 듯하다. 과거 공산주의 시절 정부에 대해 불평하면 쥐도 새도 모르게 잡아갔다고 한다. 이런 악몽이 이들에게 있어서 불평 없이 잘 지낸다. 그리고 대형 호텔이나 마트는 자체 발전기가 있어서 정전 때 마다 발전기를 이용 한다. 월드컵이 열리는데도 못 보는 경우가 많다. 제대로 보려면 호텔로 가야한다. 인프라 중에서 전력이 가장 불안하다. 그리고 수도가 가끔 끊길 때가 있다. 그래도 물은 그리 자주 끊이지 않는다. 다음 하수시설이 불량하다. 그리고 도로는 대도시는 포장이 되어 있으나 변두리로 갈수록 비포장 이다. 차바퀴를 자주 갈아주어야한다.

돈에 대한 관념

이들의 돈에 대한 태도는 무섭다. 급여일에 단 1비르라도 틀리면 득달같이 달려와 항의 한다. 점심 값을 회사에서 50%보조

해 준다. 그래서 본인의 돈 15비르(약 600원)를 받고 있다. 그런데 그 돈이 아까워 도시락을 가져오는 직원이 있다. 국가 법률에 따라 세금을 80(약 3천원)비르 더 떼었다고 난리친다. 회계규정이 바뀌어 그랬다고 해도 조금도 받아드릴 생각을 않고, 회사에서 더 보충해 달라는 식이다. 그런 마음가짐으로 일을 그렇게 열심히 한다면 보너스를 몇 배 받을 것이다. 일하는 것은 개차반으로 하면서 오로지 급여에만 관심이 있다.

안전의식

누차 강조하지만, 타고난 유전형질은 바꾸기가 참 어려워 보인다. 공장에서 근무 시간에는 반드시 헬멧을 써야 한다. 그런데 6개월을 교육하고, 위반자는 사유서 받고 해도 벗는 놈은 항상 벗고 일한다. 또 아무리 말로 해야 고쳐지지 않는다. 어떻게 대학을 졸업한 20대 초반의 아이들이 그렇게 바뀌지가 않는지 이해가 안 간다. 아마도 병역 제도가 없어서 그런 이유도 있을 것이다. 이들을 어디까지 언제까지 계도해야 할지 도저히 감이 안 잡힌다. 그리고 이들은 경고장을 준다고 하면 벌벌 떤다. 그때는 규정을 위반 한 것을 극구 부인하며, 경고장 받기를 거부한다. 할 수 없이 경고장을 게시판에 공고한다. 그런 정신자세로는 한국회사에 근무 할 수가 없다고 수십 번 얘기해도 헛일이다. 따라오지 못하는 직원은 무조건 해고하는 것 외에는 방법이 별로 없다. 옛날 어떤 학자가 얘기 했듯이 "한국에서 민주주의가 성공한다는 것은 쓰레기통에서 장미꽃이 피는 것과 같다" 고 한 이유가 짐작이 간다. 그 당시 선진국 학자의 눈으로 보았을 때는 한국도 이와 상황이 비슷했을 것이다. 지금의 이 느낌이 에티오피아에서 한국과 같이 한 30년 후에는 고쳐 질 수 있을지 의문이 든다. 한국은 전 세계에서 가장 빨리 바뀌었다. 그리고 경제 선진국이 되었다. 이들도 그렇게 될 것인가? 글쎄요?

구타(毆打)

한국인은 성질이 급해 현지인들이 말을 제대로 알아듣지 못하고, 일을 하지 않으면 말보다 손이 먼저 나간다. 다행히 맞은 현지인이 자신의 행동을 이해하고 받아들이면 문제가 없다. 그러나 빼딱한 놈한테 걸리면 골치 아프다. 이들은 바로 소송으로 간다. 한국매니저가 구타했으니 소송으로 간다는 것이다. 인민의 권리를 중요시 하는 이 나라는 조그만 육체적인 타격도 엄격하게 따진다. 잘못하면 외국인이라도 구속될 수 있다. 특히 법원은 자국민에 대한 인격모독으로 몰고 가기 때문에 매우 심각해진다. 아무리 화가 나도 일체 손을 대면 안 된다. 너 사무실에 가 있어 하고 서류로 경고장을 주고 처리해야 한다. 특히 현장에서는 조심해야 한다. 위험한 상황을 항상 안고 있는 현장에서는 말보다 주먹이 먼저 나갈 수 있다. 한국 같으면 "근로자의 안전을 위해서 그랬다"고 하면 서로 이해하고 바로 무마되지만, 이곳 악질 현지근로자에게 걸리면 식겁한다. 이와 같은 상황이 종종 발생 한다. 실제로 한국공장 매니저 한분이 손으로 현지직원 헬멧을 한 대 때렸다가 이를 무마 하는데 힘들었던 적이 있다. 매니저가 직접 사과하고, 주위에서 이해시키고 하여 겨우 수습한 적이 있다. 한국인들은 주기적으로 설명해도 현장 한국매니저들은 상황 상 손이 먼저 나가는 경우가 있는 모양이다. 절대 말로 하는 습관과, 바로 서류로 처리하는 습관을 가져야 한다. 이런 것에서 보듯이 해외에서 생활하려면 엄청난 인내심이 필요 하다.

동양인

여긴 동양사람 비슷해 보이면 무조건 중국 사람이다. 한국 사람에게도 "짜이나 짜이나" 하며 경멸스럽게 놀린다. 어떨 때는 이 말이 너무 듣기 싫어서 "얌마! I'm Korean!!!"하고 소리 지를 때도 있다. 그래 보았자 전체동양인의 약1%밖에 안 되는 한국사람 숫자이다 보니 전혀 표시가 나지 않는다. 그리고 에티오피아에 중국 사람이 여러 가지 영향을 미쳤다. 중국 사람들이 한번 지나가면 가격이 폭등한다. 특히 호텔 식당이나 나이트클럽이 그렇다. 팁을 적절히 주어야 하는데 이들은 기분나면 듬뿍듬뿍 준다. 그러다보니 모든 서비스료가 폭등 하였다. 그래서 이들은 중국 사람을 물주로 보며, 또 동양 사람은 모두를 같이 취급한다. 계산서에 이미 봉사료가 들어가 있음에도 그들은 기분에 따라 퍽퍽 팁을 준다. 심지어 30비르 하는 바자지 비용도 중국사람 같아 보이면 300비르를 달라고 한다. 현지인들은 같은 거리 5~10비르 받는다. 그렇게 보면 전부 도둑놈 같이 보인다. 그래서 합리적인 가격을 정해 놓고 사전에 흥정을 하고 그렇지 않을 경우 거부해야 한다. 거리에서 파는 망고도 중국인 같이 보이면 Kg당 가격을 높이 부른다. 안사고 간다고 하면 그때 정상가격을 부른다. 완전 봉이다. 일부 동양인이 현지처와 결혼하여 사는 사람도 있다. 그러면 이들은 동양인은 전부 부자로 알고 결혼한다. 그러니 애초에 잘 접근해야 한다. 동양인 하나 잡으면 이는 6.25끝나고 한국에서 미국인과 결혼하는 것과 유사하다. 현지 부인의 온 집안사람들이 거기 와서 신세를 지려고 한다.

회식, 외부 식사

가끔씩 한국직원들이나 외부손님이 오면 회식을 한다. 현지식은 먹기가 곤란하니 중국식당에 간다. 그나마 한국인 입맛에 맞는 편이다. 중국식도 그리 적절하지는 않다. 대부분 엄청 맵고 짜다. 너무 매워서 어떨 때는 속이 쓰리다. 한번은 중국식으로 저녁 회식을 하고 밤에 속이 쓰려 물을 몇 컵 마시고 망고까지 먹고 잔 적이 있다. 외부서 식사하는 것이 마땅찮다. 여기 중국 사람이 많아 중국식당은 아디스아바바 곳곳에 간판이 보인다. 그리고 대부분 비싼 편이다. 자주 가서 먹기는 부담이 간다. 한국식당이 몇 군데 있는데, 거의 한국과 가격이 비슷하다. 삼겹살 같은 경우 오히려 한국보다 더 비싸고, 돼지고기가 오히려 소고기 보다 비싸다. 어쩌다 먹고 싶을 때 한국 생각하며 소주와 더불어 한 번씩 먹는다. 소주는 한 병에 한화 15,000원정도 한다. 그래서 가끔 이곳 슈퍼에 가서 돼지고기를 사다가 숙소에서 먹기도 한다. 숯불에 돼지고기나 염소고기를 구워 먹으면 그 또한 별미이다. 가끔 한국직원들 끼리 강가에 가서 구워 먹기도 하는데 스트레스 풀기 아주 좋다. 숯불과 좌판을 펴고 불고기를 해 먹으면 그런대로 분위기 산다. 문제는 한참 신나게 먹고 있을 때 문제가 발생한다. 어떻게 냄새를 맡고 왔는지 동네아이들이 하나 둘씩 모이기 시작하면 금세 좌판을 둘러싸고 진을 친다. 그때부터는 소화가 안 되고 스트레스가 쌓인다. 가라 그래도 안가고 주저 않아서 침을 흘리고 구경하고 있는 새까만 아이들 보면 환장 한다. 먹을 수도, 안 먹을 수도 없다. 고기 굽다가 기름기 있는 부분을 옆으로 버리면 그걸 또 서로 집어 먹으려고 난리다. 혹시 흙이 묻어 있으면 흙탕물 강물에 슬쩍 씻은 다음 그냥 먹는다. 그런 모습을 보고 고기가 넘어가겠나? 할 수 없이 남은 것을 나누어 주고 그곳을 떠난다. 안 그러면 파리 떼 같이 점점 더 몰려오니 있을 수가 없는 것이다. 개판 5분 전이 생각난다. 이 이야기는 한국전쟁 피난시절 부산에서 피난민들에게 죽을 끓여 주는 행사가 있었는데, 그 죽을 끓인 후 나누어 주기위해 "뚜껑(판)을 열기 5분 전"이라는 것이다. 그 굶주린 피난민에게 죽을 주려고 하는, 판 열기 5분전, 개판(開板)5분전 이니 얼마나 혼란스럽고 무질서 하였겠는가? 바로 그 장면 "개판5분전", 문득 그 영상과 오버랩 된다. 그러니 숙소에서 동료들과 숯불에 고기 구워서 양주 한잔 하는 것이 뱃속 편하다. 이곳 대부분의 육고기는 한국인의 입맛에 잘 안 맞는다. 가끔 한국 사업가분이 염소고기를 준비하여 오라고 한다. 한국에서는 보양식으로나 가끔 먹어 본 기억이 있다. 숯불에 구워 먹으면 기름기가 덜하고 부드러우며, 양주와 같이 하면 먹을 만 하다. 염소로 만든 갈비탕도 먹을 만 하다. 그런데 한국인은 소고기나 돼지고기 외에 다른 고기는 그리 잘 맞지 않는다.

상류층(上流層)

풍요롭게 산다. 힘 있는 변호사와 이 나라 10大안에 드는 사업가들 집에 갈 기회가 있었다. 이들은 크리스마스나 새해에 고마운 사람들을 초청한다. 우연한 기회에 동참 하였는데, 사뭇 일반인들과의 삶의 정도가 다르다. 우선 집이 넓고 정원과 분수, 어떤 집은 수영장도 갖추고 있다. 식모와 관리인도 여러 명 있다. 자식들도 대부분 유럽이나 미국에서 공부를 시킨다. 집도 궁전같이 거창하다. 식사도 꽤 잘 차린다. 술은 몇 십만 원짜리 양주를 준비 한다. 이곳은 에티오피아가 아닌 것 같다. 아이들도 외양이 다르다. 영어도 대부분 잘한다. 여기 후진국일수록 상류층의 생활은 일반인들과 생활이 큰 차이가 난다. 가끔씩 스트레스해소와 재충전을 위해 가긴 간다. 그런데 좀 기분이 그리 좋지는 않다. 이들은 일반직원 몇 달 치 월급을 하루 저녁식사비로 가볍게 지불한다. 아직 카드문화가 정착되지 않아 현금을 고무줄로 두툼하게 묶어 다니면서 지불한다. 그야말로 유럽이나 미국의 상류층과 그리 다르지 않다. 그리고 이런 후진국일수록 가진 자와 정권의 권력자는 더 많은 돈 벌 기회가 있고 극도로 부가 몰린다. 결혼식도 거창하게 한다. 수 백 명을 초청하고 하루 종일 춤추고 난리다. 가끔은 가볼만하다. 그러나 자주가면 자괴감을 느낀다. 고급 양주 맛을 가끔 보면서 스트레스를 풀면 그런대로 좋다. 어떤 젊은 친구들은 미인여자 친구들을 초청하여 즐기기도 한다. 물 담배, 짜뜨(찻잎과 유사: 환각이 있음)도 즐긴다. 물 담배는 향이 각각 다르다고 한다. 그리고 오랫동안 피우면 환각 작용도 있다고 한다. 비스듬히 소파에 누워 그들의 부를 즐기는 것처럼 보인다. 어쨌거나 경험은 해볼 만하다. 상류층의 살아가는 방식을. 그리고 초청행사 중에 통상 Coffee Ceremony를 한다. 커피를 새카맣게 뽁아 절구에 찧어서 토기 항아리에 숯불로 끓인다. 커피를 끓이면서 동시에 우리나라 향나무 같은 향을 피운다. 그런데 이 향이 좀 독하다. 마지막으로 이 커피를 돌리면 대충 초청 행사가 끝난다.

학벌(學閥)

마치 한국의 일제 강점기와 유사하게 보인다. 대학생 하나 나오면 온 집안의 경사로 여긴다. 졸업식 때 일가친척, 사돈의 팔촌까지 동원되어 축하를 해 준다. 꽃다발 전달하고 사진을 찍고 즐긴다. 이들은 학벌을 매우 중시한다. 그리고 신분 상승의 한 축으로 본다. 대학 졸업한 정규 직원에게 청소를 하라고 하면 기겁을 한다. 그건 "나 같은 하이클래스가 할 일이 아니고 청소부나 하는 것이다"라는 생각이 고착되어 있다. 웃기지도 않는다. 꼴에 지저분한 일과 그렇지 않은 일을 철저히 구분한다. 학력에 따라서 하는 일도 엄격히 구분지어 진다. 대학을 졸업한 엘리트들은 영어를 대부분 잘 한다. 외모도 깔끔하다. 공항에서도 외국에 가는 가족, 친척이 있으면 우르르 몰려와 꽃다발을 주고 난리 친다. 대부분 해외를 방문하는 사람은 이 나라 엘리트들로서 대학을 나온 사람들이다. 그러니 외국을 방문한다고 하면 온 집안이 몰려와 축하를 해주고 난리친다. 그야말로 6.25때 난리는 난리도 아니다. 이들은 이 나라 상류층들이라서 정도가 더 심해 보인다. 거기다가 석사와 박사학위를 받은 사람은 그 위세가 하늘을 찌른다. 자신의 학력을 강조하여 호칭을 앞에 Dr.라고 소개하기도 한다. 직장에 다니는 젊은 친구들도 석사학위를 받으려고 안간힘을 쓴다. 그리고 학위를 받으면 경력을 다시 쓰고 대우를 더 잘해 달라고 요구하거나, 다른 직장으로 옮긴다. 별거 아닌 석사를 엄청난 벼슬로 생각 한다. 하기야 후진국의 수준에서 그 학위는 대단하게 여길 수밖에 없을 것이

다. 아직도 이 나라의 문맹률이 높은 것에 비하면 그럴만한 대우를
충분히 요구 할 수 있을 것이다.

이슬람 공휴일

이 나라 공휴일이 년 간 약 12일 정도 된다. 그중 1월에 크리
스마스, 9월에 신년이 가장 큰 공휴일이다. 그리고 부활절과 기타
Christian들의 공휴일과 무슬림 공휴일이 있다. 그런데 무슬림 공
휴일은 그 전날까지도 확실히 공휴일인지 아닌지를 모른다. 메카
의 시간으로 정확히 공표 해야만 다음날이 공휴일이 된다. 참 특이
한 나라이다. 어떤 때는 달력에 공휴일로 나와 있는데도 시간이 달
라져 다음날이 공휴일이 되기도 한다. 이 나라 약 45%가 정교회
(Orthodox)이고 무슬림이 약 35%정도 된다고 하는데, 이들은 자
신의 종교와 관련 없이 놀고 즐긴다. 이들의 축제 때는 온통 거리
를 막고 행진을 한다. 이 나라 경제사정이 좋지 않은데, 어디서 그
렇게 많은 차를 구입하는지 이해가 안 간다. 중고차를 들여오는데
원래 차 가격보다 많은 금액을 세금으로 낸다. 그런데도 왜 그리
차가 많은지! 종교축제, 크리스마스, 신년, 부활절 등은 아예 일찍
휴가를 보내는 게 속 편하다. 그리고 여건이 되면 조그만 선물을
그때 나누어 주면 좋아 한다. 나는 한국에서 옷을 많이 가져와 일
잘하는 직원들에게 사탕과 함께 나누어 주었다. 매우 좋아한다. 집
에 가서 아이들에게 사탕을 줄 수 있기 때문이다. 그런데 나는 꼭
성실한 직원들에게만 주었다. 아무나 다 주면 당연히 한국인을 돈
이 많아서 뿌리는 걸로 착각하기 때문이다. 아주 드물지만 직원 중
에 한국문화와 한국의 특성을 빨리 이해하고 적응하는 사람이 있

다. 이들은 주로 일류대학 나오고 해외의 문화 영향을 받은 사람들이다. 이들 덕택에 그나마 회사 현지직원들을 이끌고 간다. 주로 통역하는 직원들은 한국인의 특성을 잘 이해한다. 한국어 공부하면서 이미 한국화가 되었기 때문이다. 이들도 얘기 한다. 자기나라 사람들이 한국식으로 바뀌는 것은 매우 어렵다고. 그리고 2년정도 근무하면 조금씩 적응을 하는 것 같다. 강력히 교육하고 한국인이 먼저 앞서서 모범을 보이고, 따라하라고 하면 조금씩 바뀐다. 그런데 참 더디다. 이런 것을 감안하지 않으면 에티오피아에서 사업하기 어렵다.

대우

이들에게 처음부터 잘 대우 해 주면 안 된다. 성과에 따라서 점진적으로 잘 해 주어야 한다. 예로 공장이 더워 하루 두 번 플라스틱 병으로 물을 보급했다. 그런데 이걸로 계속 보급을 하니 물값이 너무 많이 나오고, 번거롭다. 그리고 이들은 플라스틱 물병을 마시고 공장 아무데나 버린다. 그것 청소하느라고 추가 인력을 투입한다. 여러 가지 부작용으로 인하여 다음 주 부터 큰 물통으로 보급 할 것이니 각자 컵을 가지고와서 따라 먹으라고 공지 했다. 그랬더니 이들은 대표를 시켜서 데모를 한다. 큰 물통에서 따라 먹지 못하겠다. 작은 병으로 안주면 일 안하겠다는 것이다. 이런 놈들이다. 그러니 절대 처음부터 좋은 대접 할 필요가 없다. 급여와 직급도 마찬가지다. 처음 5천비르를 주었다가 능력이 안 된다고 4비르로 깎을 수 없다. 일을 잘못해도 절대로 급여 삭감이 안 된다. 법적으로 직급을 강등해도 하자는 없으나 이들은 데모하고, 노동부에 고발한다. 그러면 노동부에서는 원 직급으로 회복 시켜 주라고 권장한다. 그놈이 그놈이다. 그러니 이 나라는 최저기준부터 시작하여, 잘하는 사람만 그에 맞는 대접을 확실히 해 주어야 한다. 그런데 잘하는 사람만 올려 주는 것도 기술적으로 잘 해야 한다. 같이 들어 온 직원이 자기는 승진을 못하면 불평한다. 보너스도 같다. 한국이나 다른 동남아 국가들은 보너스를 주면 사기가 올라가고 또 감사한 마음으로 더 열심히 한다. 그러나 여기는 평가에 따라 다른 동기보다 보너스를 적게 받으면 항의한다. 입사 때부터 공지 한다. 한국회사는 평가에 따라 보너스를 차등 지급한다고 수차례 공지를 하였다. 그러나 막상 평가가 낮아 적게 보너스를 받는 직원은 항의하고 따지고 난리다. 여기는 보너스라는 개념으로 추가로 급여를 더 줄 필요가 없다. 보너스는 급여로 생각을 안 하고 그저 과외의 꽁 돈으로 생각한다. 그리고 최고 많이 받은 사람만 만족한다. 남보다 적게 받거나 못 받으면 자신의 근무 성적은 생각하지 않고 항의하고 불만을 터트린다. 그러니 여기는 사기증진이고 뭐고 줄 필요가 없는 나라이다. 나도 세계 여러 나라 다녀 봤지만 이곳같이 더러운 나라는 아직 못 봤다. 보너스는 월급 외에 성과에 따라 추가로 주는 돈인데, 그것도 선임 순으로 무조건 달라는 식이다. 한국인 같으면 자신이 보너스를 덜 받았다고 하면, "다음에는 결근 없이 성실히 잘하고 평가를 잘 받아서 보너스를 잘 받아야지, 또는 내가 최고로 많이 받았으니 회사에 더 열심히 해야지." 라는 각오를 다지는데 여기는 자신의 근무결과는 생각하지 않고 무조건 최고금액 못 받은데 대한 억울함만 있는 것이다.

자원(資源)

농업, 축산업 위주이다. 아프리카 다른 나라들처럼 부존자원, 석유, 우라늄, 철광석, 희토류, 석탄 등 중요한 부존자원이 적다. 그러나 가축은 아프리카 국가 중에 손꼽힐 정도로 많다. 그도 그럴 것이 광대한 영토에 염소, 양 등은 메마른 땅에도 잘 견디고, 온순하며 그 생산력도 풍부하여 이 만한 것도 없다. 대부분의 땅이 화산이 융기되고, 그 화산재로 이루어진 나라이다 보니 그런 것 같다. 농업, 그중에 황무지에서 잘 자라는 염소, 양, 소, 낙타, 당나귀, 말 등 가축이 주를 이룬다. 그리고 대부분의 공산품(석유포함)을 수입에 의존한다. 이 나라 1억이 넘는 인구에 우수한 인재들도 많을 것으로 생각된다. 그런데 어찌된 이유인지 자력으로 발전시키고자 하는 모습이 보이지 않는다. 무조건 수입해서 2~3배 남겨 팔아먹는 것만 신경 쓴다. 간단한 볼펜, 신발 공장도 없어 수입을 한다. 주로 중국과 두바이 등 중동 국가이다. 근년에 공단 안에 생필품 공장이 많이 들어섰는데, 대부분 중국 공장이다. 값싼 농산물만 주로 생산되고 비싼 공산품을 수입하니 늘 달라가 부족하다. 그런데도 이들은 공장을 세우고 기술을 배우고 스스로 뭘 하려고 하는 자세가 없다. 외국기업을 유치해서 그들로부터 세금이나 뜯어 먹고 살 생각뿐이다. 이런 것을 보면 한국같이 작은 나라에서 중공업과 조선, 화학공업을 발전시킨 안목은 참으로 대단하다. 그리고 그 기술을 이제 수출까지 하고 있으니 참으로 위대한 나라이다. 이 나라 상류층은 거의대부분 유럽이나 미국에서 공부를 하고 온다. 그런데도 발전적이고 창조적인 프로젝트는 만들어 내지 못하는 것 같다. 그저 무료로 얻어먹는 것에만 숙달되어 있다. 한국에서 가져온 각종 홍보용 볼펜을 나누어 주면 아주 좋아 한다. 질도 좋고 외부 디자인도 좋으니 오죽하랴? 이곳 신발이나 옷 등 생필품은 전부 중국의 가짜브랜드로 찍어서 싸게 들어온다. 그래도 중국 싸구려 물건 덕택에 이들도 청바지 입고 명색이 나이키 짜가 운동화도 신고 다닌다. 중국은 참으로 위대한 제조국 이다. 중국의 싼 제품이 없었다면 이들은 아직도 전통 직조로 된 옷을 입고 다닐 것이다. 이곳에 공장이 가장 많이 진출한 나라가 중국이다. 현지의 중국의 공장들은 이 나라에서 잘 먹혀 들어간다. 투자 역사도 길고 같은 공산주의 국가였고, 현재 중국의 경제 수준이 여기보다 조금 앞서 있으며, 후진국에 들어와 이들을 다루는 방법을 잘 알고 있기 때문이다. 한국에서 입지 않는 겨울파카나 등산복은 최고의 선호품이다. 여기가 의외로 밤에는 서늘하기 때문에 겨울옷이 상당히 인기이다. 입던 오리털 파카를 가져다주면 한 5분 동안은 감격한다. 그러다가 그 감사함을 금방 잊어버린다. 이들은 밤이나 새벽에 추우니까 전통 옷에 흰색 머플러를 두르고 다닌다. 우리에겐 가을 날씨 정도 되는데 이들에게는 한겨울이다. 문제는 여기 오래 있을수록 이런 것들을 주기가 싫어진다. 한번 주면 다음에 또 가져다주기를 바라고 더 좋은 것, 더 많은 것을 요구한다. 어떤 친구는 대놓고 한국 중고 삼성 폰을 사달라고 한다. 그래서 "돈 주면 사다 줄게." 라고 하면 "한국 사람은 돈이 많은데 그냥 하나 선물하면 무슨 문제냐?"라고 반문 한다. 이들은 공짜로 받는 것을 당연한 것으로 안다. 그리고는 안 갖다 주면 서운해 한다. 저들이 뭔데 핸드폰을 사주나? 스스로의 능력에 따라 경공업부터 하나하나 자신의 힘으로 발전시키도록 노력이라도 해야지, 그저 공짜만 요구한다. 그러니 이들에게 공짜를 거저 주는 것은 가난하게 사는 기간을 연장시켜 줄 뿐이다. 그 중심역할을 하는 것이 국제 NGO이다. 2018

년 이 나라에 젊은 총리(아비 아머드 알리)가 나왔다. 평이 현명하고 애국주의자라고 한다. 이 젊은 총리에게 미래의 에티오피아를 기대 해 본다. 제발 외국기업에게 뜯어 먹으려고만 생각 하지 말고 스스로 주관이 되어 경제를 발전시키기를 바란다.

거머리 경찰

외국인은 자신들의 식사 값이다. 특히 점심, 저녁때는 아주 유의해야 한다. 오후 6시 경이 이들의 교대 시간인 모양이다. 이때 외국인을 보면 자주 붙잡는다. 그리고 이 구실 저 구실 붙여 돈을 달라고 한다. 어떤 놈은 노골적으로 손으로 먹는 자세를 취하며, 지금 식사 때이니 밥값을 달라고 요구 한다. 한번은 급히 회의가 있어 가는데, 한 놈이 잡고 계속시비를 걸며 보내 주지 않는다. 그래서 왜 그러냐 하니 그때야 저녁식사비 200비르(약 8천원)만 달라고 한다. 시간 끄는 게 싫어 얼른 200비르 주고 가려고 주었다. 그런데 이 새끼, 앞으로 가는 길이냐? 그렇다고 하니 자기 집도 그쪽이니 근처 까지 태워달라고까지 한다. 진짜 도꾸(Dog)새끼들이다. 저녁 값 뜯고, 그 차에다 대고 자기 집까지 태워달라는 놈이다. 할 수 없이 대로변에 가까이 데려 주었다. 그런데 이놈 하는 말이 조금만 더 가면 우리 집인데 거기까지 태워 달란다. 그래서 식사비 주었으니 여기서 내려서 가라고 떠밀었다. 그때서야 내리는 것이다. 찌든 노린 냄새 풍기면서 태워 주었고, 식사비 주었는데 저희 집까지 태워달라고 하니, 원 종자새끼가 이런 게 다 있냐? 돈 뜯었으면 미안해서라도 그냥 가야지. 이런 유사한 상황이 한국인 등 외국인에게는 비일비재 하다. 그래서 나는 특별하지 않는 한 한낮에 가거나 밤8시 이후에 간다. 그때는 경찰 간섭이 덜하다. 특히 밤늦게는 거의 경찰이 지키지 않는다. 가끔가다가 집중 단속기간에만 야간에 경찰이 지키는데, 대부분 짐차나 큰 트럭을 잡는다. 그래서 1차선으로 가고 가급적 규정을 지킨다. 그러면 걸리는 횟수가 적어진다. 2년 반 있으면서 그래도 많이 뜯기지는 않았다. 어떤 한국 직원은 면허증 없이 차 운전하다가 수 만원 뜯기기도 하였다. 웬만한 위반은 돈 좀 주면 묵인된다. 면허증 미 지참 등 심각한 경우 빨리 돈 주고 해결하는 것이 더 나을 때도 있다. 잘못하면 시간과 경비가 더 든다. 하여튼 세계어디나 비슷한 경향이 있지만, 이곳 경찰은 그야말로 전형적인 똥파리 놈들이니 아예 조심하여야 한다.

에니오피아인들의 외양(外樣)

이들은 나름대로 건전한 옷을 입는다. 나이든 남자들은 한 30년은 된 것 같은 낡은 양복에 중절모를 쓰고 지팡이 같은 것을 하나 들고 다닌다. 지팡이는 짐을 걸기도 하는데 그저 의식으로 들고 다니는 것이다. 그리고 목에는 바람과 추위를 막는 흰색 스카프를 두른다. 여자들은 전통 옷을 입는다. 색동옷 같은 무지개무늬를 넣은 옷인데 결혼식이나 특별한 날 입는다. 그리고 여자의 머리는 굵은 곱슬머리를 곱게 땋아 늘어트린다. 여자들은 어른이고 아이고 교회 갈 때는 하얀 천으로 머리를 두르고 다닌다. 이들의 외모로 봐서는 매우 교양 있고 문명화 되어 보인다. 전혀 다른 아프리카와 달라 보인다. 그리고 얼굴도 잘생긴 편이다. 이들의 대부분은 중동계로서 다른 시커멓고 등치가 큰 아프리카인과는 전혀 다르다. 덜 시커멓고 이목구비가 또렷한 편이다. 그래서 처음 보면 이들에게 매우 호감이 간다. 엉어도 대학을 나온 사람늘은 잘 하는 편이다. 그런데 이들의 외양과 생각, 행동은 전혀 딴 판이다. 이들의 외양에 속으면 안 된다. 아디스아바바에 보면 여성들이 아주 깨끗하고 외모도 아름답다. 문제는 그들의 생각과 행동이 아프리카라는 것이다. 젊은 여자가 외국인과 만난다면 99%는 돈을 목적으로 만난다. 오래된 한국인들 얘기를 들어보면 기가 찬다. 매달 핸드폰을 잃어버렸다고 사달라고 하고, 무슨 행사, 누가병원입원 등등 그 이유도 가지가지로 돈을 뜯는다고 한다. 아예 여자를 만난다면 당연히 돈줄 생각을 하고 만나야 한다고 충고 한다. 그러니 여기서는 남자고 여자고 그들의 외형에 신경 쓰지 말고 실질적인 행동에 집중해야 한다. 절대로 경계해야 한다. 마음의 준비를 단단히 해야 한다. 대부분 비즈니스에 급하다고 돈을 빌려달라고 한다든지, 급하여 조금만 빌려 달라고 하여 쓰고는 외국인 돈을 갚지 않아도 되는 것으로 인식한다. 아예 기부한다고 생각하면 편하다. 심지어 종교인들도 절대 돈거래는 현지인들과 안 한다. 하도 데어서. 엇 뜨거라!

열통 터진다!

현지 에티오피아 인들과 일하다 보면 열통 터진다. 이들의 머리는 참 이상하다. 도데체가 돌아가지를 않는다. 일을 시키고 반드시 붙어서 확인해야 한다. 안 그러면 엉뚱하게 하거나, 아예 하지 않는다. 지 편한 데로 생각하여 해 놓고는 다했는데 뭐가 문제냐고 반문한다. 나도 처음에는 6개월 정도 이해하고 참으려고 무진 애를 썼다. 그러나 이들은 거의 고쳐지지 않는다. 그래서 아프리카라고 그들 스스로도 이야기 한다. 아이를 낳자 말자 다른 국가에서 교육시키면 모를까, 이 나라에서 성장한 사람은 절대로 고쳐지질 않는다. 그래서 대부분의 한국사람 들이 6개월 지나면 스트레스성 위염이 생기고 성격도 버리게 된다. 저자 자신도 대학교에서 강의 하고, 직장 생활할 때 거의 욕을 하지 않았다. 그런데 여기 온지 6개월이 지나자 완전히 저질로 변해 버렸다. 욕이 저절로 나오게 된다. 이들 중 일부는 한국 욕을 안다. 그래서 "새끼"라고 말하면 저들에게 욕하는 줄하고 덤빈다. 그래서 아예 다른 말로 "이 공구리 대가리야" 등으로 바꾸어 소리 지른다. 그래도 이들은 잘 안 변한다. 이들의 특성을 잘 모르면 속병 나고 밥맛 떨어지고 체중 줄고, 체력 떨어져 결국 임기 못 마치고 귀국하는 게 다반사다. 나 자신도 3년을 자신하고 파견 나왔는데 도저히 체력적인 받침이 안 되어 고민이 된다. 차라리 급여 조금 받고 한국서 근무하는 것이 신상에 좋다. 아니면 고질병을 얻어 갈수 있기 때문이다. 이런 현상은 1~2년 지나면 대부분 한국인 지사 직원들에게 나타난다. 그러다가 한 3년 지나면 그이후로는 체념적으로 받아들이고 살아가는 것 같다. 일부 교민들 중에 15년 이상 된 사람들도 좀 있다. 이들은 이미 이골이 나서 미리 마음의 대비를 하고 이들을 컨트롤 한다. 이곳에 오래 있을 생각이면 철저히 준비해야 한다. 육체, 심리, 모든 것이 컨트롤가능 해야 한다. 그렇지 않으면 절대 이곳에 오시지 마라! 에티오피아에 무엇 하러 가요 ????????!!!!!!!!!!

노골적인 관공서

이 나라 관공서에서도 노골적으로 기부하라고 한다. 이번에 크리스전 공휴일 축제를 하는데 귀 회사가 도네이션(Donation)하라. 그러면 지역사회에 회사 홍보를 해주고, 지역민들에게 호감이 가도록 하겠다. 등등 공문을 만들어서 둥그런 스탬프를 찍고 그것도 공무원들이 직접 돈을 걷으러 다닌다. 기부 안 해주면 지역사회와 등을 지는 것으로 하겠다는 등 엄포 비슷하게 설명을 한다. 공무원이 벌건 대낮에 공문을 만들어 와서 청구서를 세금 같이 내미는 것이다. 거기다가 그것도 기부 금액 하한선을 명시하여 요구 한다. 말이 안 나온다. 1, 2백 만 원이 아니고 1, 2천 만 원을 요구한다. 무조건 이 나라에서 기업하려면 관청에 이정도 기부를 해야 한다는 식이다. 정규사원 급여가 약 20만원인데, 100명분 급여를 희사하라고 하는 놈들이다. 말이 안 나온다. 평균 한 달에 한 번꼴로 요구가 온다. 이런 주제 저런 주제, 심지어는 환경 보전 세미나 한다고 기부금을 요구한다. 댐을 만드는데 사전에 환경보전 회의를 하니 찬조하라고 하기도 한다. 5~60년 전 한국도 그랬나? 내 기억으로는 없다. 한국의 그때는 춥고 배고파도 허리띠 졸라매고 스스로 열심히 일하여 잘살려고 한 기억뿐이다. 그러니 이 나라는 못살 수밖에 없다. 항상 외국기관, 기업에 손 벌려 얻어먹던 습성이 수 십 년 쌓여 자동적으로 그렇게 행동화가 되는 것이다. 번번이 정중히 거절한다. 그러나 그것도 한계가 있다. 계속하여 때마다 요구하는데 거절할 수가 없는 것이다. 일부러 각 파트 공무원들이 팀으로 찾아와 읍소를 하기도 한다. 싫다. 넌더리난다. 보기도 싫다. 이 나라 사람들……

인프라

아프리카 대부분의 후진국이 비슷하겠지만, 인프라가 엉망이며, 관리 또한 형편없다. 공장에서 한창 철근이 나오던 중에 갑자기 정전이 된다. 골치다. 뻘건 쇠토막이 그대로 기계에 끼어 버린다. 그러면 신속히 산소용접을 하여 절단해야 한다. 기계가 망가지기 때문이다. 그리고 재정비 하고 다시 해야 한다. 미리 정전 통고를 해 주면, 기계를 멈추고 손실이 덜 하다. 통보 없이 시도 때도 없이 정전이 되니 미칠 노릇이다. 정비하는 동안 대부분의 직원은 멀거니 쳐다 보면서 쉰다. 인건비가 싸다지만 능률이 오르지 않는 시스템이다. 기본적인 설비가 부실하다. 전기가 바람 좀 불어도 떨어지고, 소나기와도 천둥쳐도 끊어진다. 심지어는 차가 전봇대 들이 박아도 꺼진다. 어떨 때는 하루에 4~5회가 나간다. 그런 날은 생산해 봤자 손실이 더 크다. 하루를 공치는 것이다. 특히 전기가 문제이다. 다음 인터넷 연결이 어렵다. 뻑 하면 고장이다. 확인 하면 원인도 모른다고 버틴다. 인터넷, WiFi가 안되니 급한 것은 호텔에 가서 메일을 보낸다. "그래서 아프리카 인가?" 다음은 산소, LPG가스가 떨어 질 때가 있다. 휘발유가 떨어지는 경우도 있다. 지부티에서 들어와야 하는데, 여러 가지 여건으로 제때 도착이 안 되는 것이다. 전기가 들어오면 이게 안 되고, 저게 되면 딴 게 안 된다. 이런 기본적인 인프라를 극복하고 이곳 아프리카서 사업하기는 쉽지 않다. 그리고 생산을 많이 해서 이익을 내야 하는데, 환경이 따라 주지 않으니 경영자는 속이 터진다. 산술적으로 보면 충분히 이익이 날 것 같은데 이런 돌발 변수들 때문에 회사 경영하기 참 힘들다. 또 다른 문제는 이 나라 정부가 외국기업을 유치 할 때 기본적인 인프라에 대하여 자세한 현실을 설명 해 주지 않는다. 그저 전기와 토지 등 저렴하게 공단에 공급 한다 정도로만 안내하고 유치에만 열을 올린다. 들어와서 확인 해 보면 현실에 경악한다.

중국 설비(中國設備)

어떤 회사는 장비가 중국설비 이다. 설치도 그들이 와서 했다. 문제는 장비의 수준이다. 독일, 일본, 한국, 대만을 거쳐 중국으로 전파된 기계 장치들이다. 그런데 이 장비의 수준이 낮다. 여기서 현재 가동되는 장치가 수준이 저조하여 고장이 자주 난다. 그리고 설치 업자들도 완벽하게 하지 않았다. 한번고장나면 정비 하는데 최대 1달씩 걸리기도 한다. 애초 장비의 설치비가 다른 선진국에 비해 약 50%정도수준으로 보인다. 저가라는 것 대문에 중국제를 선택했는데, 그 후 유지 보수가 힘들다. 오히려 그 비용과 노력이 더 많이 든다. 엔지니어들 스트레스는 스트레스대로 더 받는다. 그래서 지금 판단 해보니 장치 산업은 비용이 비싸더라도 최초 선진국 장비를 선택하는 것이 좋을 것 같다. 수명도 문제이다. 선진국이 10년 쓰면 중국제품은 5년 정도 쓴다. 이런 상태를 현지직원들을 가르쳐서 운영, 유지 하려니 얼마나 힘들겠는가? 그리고 여기 아프리카 인들의 일하는 문화는 한국과 아주 다르다. 조금이라도 핑계 거리가 생긴다면 그 즉시 손 놓고 논다. 오버 타임도 원하지 않는다. 돈을 많이 준다고 해도 그들은 원치 않는다. 이런 사람들을 데리고 빈번히 고장 나는 장치를 정비하면서 운영하기란 참 힘겹다. 공장 한국엔지니어들의 몸무게가 눈에 띄게 빠지는 것을 옆에서 볼 수 있다.

선호하는 기증(寄贈)품

한국에 휴가 다녀오면 통상 선물을 가져 온다. 에티오피아 인들도 자녀들 교육에 대해서는 엄청나게 관심이 높다. 그래서 학용품을 많이 가져온다. 그리고 여기는 볼펜도 비싸다. 한국에는 경품으로 주는 볼펜이 많다. 그래서 그런 것을 모아 나누어 주면 아주 좋아 한다. 그것은 돈도 안 들고. 다음은 한국에서 입지 않는 옷가지가 좋다. 여긴 건기와 우기가 있는데, 우기 때 서늘하고 밤에는 춥다. 특히 이들에게는 매우 춥다. 그래서 청바지나 등산옷, 겨울옷 등을 가져다주면 아주 좋아 한다. 이들은 평생가도 이렇게 질 좋은 옷은 접해 볼 수가 없다. 나도 휴가 때마다 Wife가 정성껏 준비한 옷을 가져다준다. 특히 여자 옷은 질과 디자인이 최고이다. 그래서 평소 일 잘하는 여직원을 보았다가 하나씩 나누어 준다. 입이 벌어진다. 다음은 중고 철지난 핸드폰, 중고 노트북이다. 이들의 한 달 월급으로도 사기 힘든 것이니 만큼 매우 좋아 한다. 문제는 버릇이다. 한 번 줘 버릇하면 계속 바란다. 그래서 주는 것도 고민이다. 오히려 이들의 버릇만 나쁘게 들이지 않을까 하는 불안도 있다. 그리고 효과도 의문이다. 줄때만 반짝하고, 한국은 으레 잘 사니까 당연히 주는 것으로 안다. 그것을 수집해서 가져오는 것도 보통일이 아니다. 무게 맞추어 포장해 오는 것도 정성이 있어야 한다. 나도 귀찮고 힘들어서 하고 싶지 않다. 그런데 집사람이 이곳 실정을 보고서는 적극 가져가라고 당부 하지만. 그렇게 해 줄 가치가 없는 사람들로 보이기 때문이다. 또 그런 공짜 물품이 미래 이들을 더 어렵게 만들 수도 있기 때문이다.

생수

한국인에게는 익숙하지 않은 기후이다. 여기는 고도 2,000m 인데다가 덥고 건조하여 자칫 건강에 이상이 올 수 있다. 햇빛 아래 오래 있으면 머리가 띵 하고 현기증이 올 때 가 있다. 그래서 수시로 생수를 준비하여 자주 마셔 주어야 한다. 나도 한동안 입맛이 없어 밥을 잘 못 먹고 물 마시는 것을 게을리 하여 현기증을 많이 느낀 적이 있다. 식사를 잘하고 물을 자주 마셔주니까 이런 증상이 없어 졌다. 건기11~6월경은 매우건조하고 한낮에는 아주 뜨겁다. 약 40℃이상 올라가니 잘 대비해야 한다. 선크림을 꼭 바르고, 외부로 나갈 때는 꼭 물병을 챙기는 것이 좋다. 특이한 것은 중국 엔지니어 들은 항상 물병에다가 뜨거운 물을 담아서 차를 넣어 마신다. 이 뜨거운 날씨에도 따뜻한 차를 마신다. 그러면서 건강관리를 하는 것이 매우 인상적이다. 또 한국의 겨울철에 이곳에 와도 매우 뜨거운 느낌을 받는다. 겨울에도 여긴 30도 이상 올라간다. 다행히도 건물 안에는 그렇게 덥진 않다. 잊지 말고 수시로 생수를 마시기 바란다.

현지직원 체력(體力)

이들은 외모로 보면 피부가 검고, 남자들은 수염도 기르고 딴딴해 보인다. 그런데 이들은 남, 여를 불문하고 속빈 강정이 많다. 겉보기는 건강해 보이는데 체력이 매우 약하다. 뻑 하면 휴가, 결근, 조퇴 이다. 아마도 어릴 적부터 영양이 부실한 것이 그 원인일 것이다. 다른 하나는 식생활이다. 이들은 인제라(Enjera)라고 하는 고유 음식을 먹는다. 인제라에다가 야채소스 같은 것을 얹어 찍어 먹는 게 주식이다. 그러니 당연히 영양이 부실 할 수밖에 없다. 그리고 물 사정이 좋지 않아, 과거에는 수돗물이 없어 거의 지하수를 그대로 마셨다고 한다. 그러다 보니 장(腸)이 나빠져 있는 것이다. 공장 엔지니어들은 대부분이 20대이다. 그런데도 몸이 아프다고 자주 결근을 한다. 생산 과정에 차질이 많아진다. 인건비가 싸더라도 결원이 많아 결코 싸지 않다. 여성들은 20대가 지나면 갑자기 엉덩이와 가슴이 기하급수적으로 커진다. 이유는 이들의 식사에 식용유가 많이 들어가기 때문이다. 인제라나 소스를 만들 때 기름을 들어붓는다. 대부분의 여성들이 엉덩이가 드럼통 만해져서 위압감이 들 정도이다. 그리고 허벅지는 쩍쩍 갈라진 흔적도 있다. 그러면서 체력이 약하니 직장에서는 자주 결근을 한다. 무단결근도 자주한다. 개념 없는 직원들은 2주, 3주 동안 안 나와 결국은 해고 시킨다. 여기가 고도가 높은 탓도 있겠지만 운동을 해보아도 이들이 더 쉽게 지친다. 이들의 종교 관습상 Fasting<(금식일(수, 금), 금식월(약55일, 2월-4월)>이 있다. 그러니 영양이 불균형되기가 쉽다. 이 기간에는 우유, 계란도 안 먹는다는 것이다. 또 이 종교적인 규칙을 잘 지키는 것을 매우 자랑스럽게 생각한다. 남자들은 마른 사람이 많다. 그런데 강가에서 목욕하는 것을 보면 남자의 물건은 크고 튼실하다. 그리고 의외로 이들은 섹스를 매우 즐긴다. 그러니 남자들은 많이 뺏겨 마르는 것 같다. 그것이 오히려 건강을 챙기는 길일지도 모른다. 채식을 하고 야간에 운동을 많이 하는 것. 그런데 일반적으로 이들의 체력은 약하다. 오히려 한국인 60세보다 20대들이 더 체력이 약하다. 같이 일하고도 그들이 피곤하다고 결근을 한다. 정신자세도 약하다. 근본적으로 체력이 약하니 이것을 고려하여 근무 일정을 잡아야 한다.

도둑9

참 도둑의 종류도 많다. 한국인이 호텔에서 자고 나오면서 아침을 먹으려고 나오다가, 핸드폰을 방에 두고 나왔다. 그러고 바로 들어가 찾으니 없어졌다. 매니저 불러 아무리 얘기해도 모두가 모른다고 한다. 불과 10~20분사이인데. 그곳에 들어간 청소부는 딱 한정되어 있는데도 이들은 무조건 모른다고 한다. 호텔 매니저는 누가 가져간 것을 안다. 그럼에도 찾아 주려고 하지 않는다. 느들은 돈 많으니 그저 희사해라는 식이다. 이걸 어떻게 하나? 경찰 부르면 시끄러워 진다. 그러면 경찰이 괴롭힌다. 어디 와서 뭘 써라, 증언해라 식으로. 그러다 지쳐 제 나불에 덜어지기를 바라는 것이다. 심지어는 저들끼리 팔아서 나누어 갖기도 한다. 호텔 사장에게 얘기해도 감감 무소식이다. 언제까지 확인 해 보겠다고 하고는 계속 시간을 끈다. 할 수 없이 경찰에 신고하겠다고 해야 한다. 그러면 신경을 쓰는 시늉은 한다. 이분은 결국 핸드폰 못 찾았다.

다른 사례들이 더 있다.

또한 공장 안에도 도둑이 극성이다. 칼라시트 강판을 1m이상 싸 두었는데 매일 밤 몇 장씩 빼가서 담 밖으로 던져서 훔쳐 갔다. 그래서 몇 개월 후 불과 몇 장 남겨두고 수 백 장을 경비와 짜고 훔쳐 낸 것이다. 하루에 조금씩 훔쳐가니 한국 매니저가 눈치 채지 못한 것이다. 그리고 공구, 작은 기계 등 돈 될 만한 것은 귀신같이 훔쳐간다. 이 도둑질은 경비와 짜고 하는 경우가 대부분이다. 그래서 내가 근무하던 회사도 경비들을 두 번 물갈이를 하였다. 그런데도 완전히 근절되지는 않았다.

공장에 일용직을 많이 고용한다. 그런데 이들의 행실이 아주 위험하다. 2층 통제실에서 근무하던 일용직 근무자가 한국 메지저의 비싼 핸드폰을 오랫동안 눈독을 들였다. 그러다 매니저가 급한 일로 현장에 간 틈을 타서 가지고 정문도 아닌 울타리를 넘어 도망간 것이다. 그 놈은 일 잘 한다고 믿고 특별히 통제실로 자리를 옮긴 놈이다. 그 후 한국매니저가 현지인을 통해 의사를 전달하였다. 누구라도 핸드폰 가져다주면 돈을 보상하겠다. 그러니 잠시 후 한 놈이 블랙마켓에 바로 그 핸드폰이 나왔는데 6,000비르(약 24만 원)를 달라고 한다. 그래 좋다. 가져와라. 다시 산다. 그러고는 나갔는데 그 핸드폰을 가지고 나온 놈은 바로 훔쳐간 놈과 같이 근무하던 일용직의 친구이다. 저들이 짜고 훔쳐가고 다시 주인에게 파는 것이다. 그래도 이 폰은 소중한 정보가 들어 있고 값도 비싼 것이라 주인을 어쩔 수 없이 그 돈을 주고라도 찾았다. 이 경우는 그래도 다행이다. 잃어버리고 못 찾는 것이 대 다수다. 그 훔쳐 간 놈은 두 번 다시 공장에 일하러 오지 못한다. 참 돌대가리들이다. 일용직의 약 한달 반치 월급 되는 돈의 핸드폰을 훔쳐가고, 그 뒤로 공장에서 영원히 일을 못하는 것이 더 손해인데 그런 생각은 못한다. 그저 눈앞에 비싼 기계가 있으니까 일단 훔치고 본다. 일 잘한다고 좋은 자리로 옮겨 준 놈이 그 짓을 하니 믿을 놈이 없는 것이다. 무조건 핸드폰(Cell Phone)은 주머니에 넣는 버릇을 들여야 한다. 한국 사람은 통화하고 대충 책상위에 두기 일쑤이다. 이런 습관을 반드시 고쳐야 한다. 안 그러면 항상 표적이 되어 언제 가져갈지 아무도 모른다. 이들에게는 꿈의 핸드폰인데 비싼 핸드폰 앞에서는 윤리고 신뢰고 나발이고 없다. 이런 도둑이 많다는 것은 이 나라 국민들 스스로도 인정을 하고, 방송에도 여러 번 홍보를 한다고 한다. 아프리카 국가 중에 과거에는 남아공 등 다른 나라가 도둑이 더 극성을 부렸으나, 지금은 에티오피아가 최악의 도둑

국가로 되었냐고 스스로도 인정을 한다. 개인 주택을 보면 높은 담에다 위에 꼭 철조망을 치고 그것도 모자라 대문 키는 철저히 가지고 다닌다. 의외로 도둑이 가까이 있다. 집의 식모, 청소부, 운전수 이들 또한 조심해야 한다. 이들도 비싼 것을 가까이에서 계속 보니 그 유혹을 못 참는 것이다.

배신(背信)의 전형

이곳에 이태리 계통의 큰 슈퍼마켓(밤비노)이 있다. 유럽계라서 돼지고기도 판다. 한국인들도 자주 이용 한다. 이곳에 약 10년 넘게 근무하던 현지인 매니저가 있었다. 이 직원이 큰 부정으로 인하여 해고가 되었다. 그런데 이 직원 그동안 자신이 메모 해 두었던 슈퍼마켓의 약점을 세무 당국에 고발을 한 것이다. 그 결과 거액의 벌금이 부과되었고, 그곳은 결국 현지 기업인에게 넘어 갔다. 에티오피아 세무 당국은 고발 자에게는 푸짐한 포상금까지 지급한다. 이런 사건이 비일 비재 하다. 회사에 충성한다는 생각은 눈곱만큼도 없다. 오랫동안 봉급 잘 받아먹었으면서도 고마움이란 없다. 내가 몸담고 있는 회사도 작은 문제이지만, 현지 근로자가 아무 이유 없이 수도 당국에 "회사에서 쓰는 물의 양보다 요금을 턱없이 적게 낸다."고 신고를 했다. 결과 다음 달은 전달보다 약 10배 이상의 물 값 청구서가 왔다. 자신의 이익과는 아무 관계도 없는데도 찌르고 난리 질 한다. 애사심은 물 말아 먹은 지 오래된 인간들이다. 그러니 이곳에서, 또는 다른 외국에서 사업 할 때는 현지인들에게 비밀유지에 신경을 써야 한다. 그리고 주요직책은 이들에게 맞길 수가 없다. 어떤 놈은 항상 삐딱한 시각으로 회사의 일 거수 일 투족을 감시하고 기록 해 놓는다. 그리고 자신이 불리할 경우 그걸 가지고 협박한다. 자기 자르면 불겠다는 식이다. 그러니 이런 놈들과 근무 할 때는 현지법을 철저히 지켜야 한다. 안 그러면 언제 신고할지 모른다. 회사 경영상 부득이 하게 법을 위반할 경우도 있다. 심각한 것이 아니면 그냥 넘어가기도 한다. 예로 원래 이 나라 Work Permit이 없으면, 여기서 급여 받고 일을 할 수가 없다. 반드시 신고하고 세금을 납부 해야만 일을 하는데, 최근 온 사람들은 Work Permit없이 일을 하는 경우가 있다. 심지어는 이런 것 까지 기록 해 두고 꼬투리를 잡는다. 회사의 발전이 개인의 발전이라는 기본적인 생각이 없는 족속 들이다. 그저 현재 편하고, 시간 지나서 급여만 받으면 된다는 놈 들이다. 회사의 존립은 아예 생각이 없는 놈 들이다. 그래서 외국서 사업 할 경우 무조건 현지법을 지켜야 하고, 현지 직원들에게 약점이 잡히지 않도록 해야 한다. 이들이 해고 되었을 때 회사의 법률위반을 법원에 고소하기도 한다. 이런 모든 조건을 감안해야 하기 때문에 이곳에서 공장 하는 것은 한국에 비해 몇 배 힘들다고 보면 된다.

이직(移職)

이곳에 대학 졸업하고 첫 직장에 들어간다. 그런데 능력 있는 직원은 6개월 후 끊임없이 이직을 시도한다. 이직의 징후는 먼저 경력증명서를 받아간다. 그리고 이 핑계 저 핑계로 결근이 잦아진다. 그 다음 한 1주일 지나면 다른 회사로 간다고 한다. 주 이유는 급여 이다. 단돈 500비르(약 2만원)만 더 준다고 해도 가차 없이 옮긴다. 그들은 아디스아바바(수도)에 근무하는 것을 선호한다. 인징사정없이 간나. 이렇게 돈에 부서운 종족도 드물 것이다. 그리고 현 회사에 있으라고 설득하면 옮기는 회사의 급여보다 월등히 많이 달라고 한다. 그러지 않으면 가차 없다. 참고 하시라! 능력 있는 직원 계속 잡아두려면 동향을 잘 파악해야 한다. 1~2년 잘 양성해 놓으면 간다고 짐 싼다. 특히 기계 장치산업의 경우 기술 인력이 쉽게 양성되지 않는다. 그런데 기술력이 향상 된 후에 홀딱 간다고 하면 막지를 못한다. 참 관리를 잘해야 한다. 그리고 최근 이 나라에 외국에서 제조업이 많이 진출하고 있다. 그래서 기능직이 많이 소요되어 다른 회사에서 양성한 자원을 돈으로 잘 빼간다. 참고하시라. 넋 놓고 있다가는 어 하는 사이에 잘 키워서 다른 공장에 기부하는 꼴이 되니.

특별 채용

현지에서 매니저급을 특별 채용 하는 경우가 있다. 경력 많고 지역 정, 관계에도 연결이 되는 사람으로 바로 매니저직급으로 채용한다. 그런데 이것은 매우 신중해야 한다. 면접 할 때는 자신이 탁월한 능력이 있는 것으로 포장을 하지만, 막상 들어오고 나면 그리 큰 역할을 못한다. 이들은 과장이 매우 심하다. 이들은 일반 직원에 비해 급여도 5배 이상이다. 그리고 이들의 능력이 저조하다고 판단되어도, 해고하기가 쉽지 않다. 그래서 어쩔 수 없이 이들을 달고 가야 한다. 경찰출신과 변호사, 다른 회사 간부를 채용 해본 결과 그리 만족한 결과가 아니었다. 그저 매월 거액의 월급만 타 가는 식이다. 특히 외국인 회사가 처음 들어오면 현지인들을 매니저로 채용하여 신속히 현지에 적응하려고 하는데, 주의를 많이 해야 한다. 어떤 경우 오히려 이들이 회사에 피해를 줄 수도 있다. 주로 이들은 회사가 직접 채용을 하는데, 한번 실수는 두고두고 회사를 어렵게 한다. 비록 잘 한다고 한 것이지만, 이곳 문화를 정확히 이해 못하여 크나큰 고통을 준 것이다. 또 다른 희한한 특채인데, 지역사회 경찰관을 선발 하였다. 회사가 지역 경찰청장의 부탁도 있고, 전직 경찰을 채용하면 경계 등 도난에도 도움이 되고, 지역사회 힘든 일도 앞장서서 할 수 있으리라는 단순한 생각에서였다. 이런 사례는 한국에도 자주 있다. 그런데 이직원이 에티오피아 지방정부 스파이 노릇을 한다. 세무당국에 영수증 없이 나간 것 있으니 세금 더 때려라 고 하던지, 지역사회 민원 들어 준다고 기부금이나 물자 요청 등을 대표로 자신이 받아 들고 온다. 공장 인근 마을을 반드시 지원 해 주어야 한다고 우긴다. 거기다 더 큰 불행은 이 직원이 가드를 통제하면서 모든 경비관련 업무를 손아귀에 쥐게 되었다. 그리고는 모든 지시를 자신에게만 받도록 통제 한다. 한국매니저가 지시해도 가드가 듣지 않는 상황이 되었다. 그러니 제 맘대로 도둑질을 할 수 있는 것이다. 야간에 가드 목줄을 잡고 같이 도둑질을 해 처먹는 것이다. 지역경찰채용해서 도움이 되고자 했으나, 오히려 살모사를 키운 격이다. 더 기가 막히는 것은 죄가 없는 동료직원들에게 공식적으로 죄를 뒤집어씌운다. 그것도 가드를 시켜 거짓 증언을 하게 만든다. 현지직원 왕초 노릇을 하고, 너희가 내말 안 들으면 이와 같이 다 해고한다. 그러니 내게 알아서 기어라고 하는 식이다. 그래서 이직원이 오고 나서 나쁜 일에는 대부분 이 놈이 개입되어 있다. 가드와 짜고 도둑질을 하니, 그것도 경찰의 기술을 가지고 직원들의 약점을 잡아 저지르니 현지인들도 그저 꼼짝 못하고 동조내지는 동참을 하는 것이다. 허탈해

신다. 고양이에게 생선을 맡기는 격이 된 것이다. 그런 경찰 놈을 채용을 하니 얼마나 위험한 짓인가? 그래서 현지인들을 채용 할 때는 정상적인 공고를 통해서 인터뷰를 철저히 하고 가급적이면 특채는 엄격히 제한 할 필요가 있다. 그리고 현지인의 특성을 이해 할 필요가 있다. 회사의 한순간 선택이 큰 실수라는 것이 곧 들어났다. 한국식 특채를 생각하고 쉽게 결정한 것이 두고두고 큰 골칫거리를 만든 것이다. 현지인이 30~40세정도 된 사람들은 생각이 거의 바뀌지 않는다. 공산주의 시절 교육을 받아온 사람들이기 때문이다. 거짓증언인지는 자신도 알고 다른 모든 직원이 아는데도, 목에 칼을 대는 시늉을 하며 진실이라고 증언한다. 거기다가 종교의 상징 끈 까지 끊으며 결백을 강조한다. 별 생 쇼를 다 한다. 속으로 참 웃긴다고 생각된다. 그런 종교를 핑계로 지랄병을 떤다. 한국 사람이 그 정도로 쇼를 하면 받아들일 것이라고 생각한다. 종교를 걸고 맹세하는 놈은 평소 정직하고 성실하다는 가드이다. 그런 놈도 똑같이 거짓말을 한다. 그리고는 종교에 자기 목을 건다고 개나발을 떤다. 절대 속지 마시라. 연기도 아주 그럴 듯하게 잘한다. 몸을 부들부들 떨면서 지랄을 한다.

급여

하루는 회사가 급여 일자를 조정하라는 지시를 하였다. 이유는 직원이 많아지는데, 급여 준비하는 기간이 너무 짧다는 것이다. 그것이 내 업무이므로 다른 방법으로 해결하자고 건의를 하였다. 그런데 회사의 특성상 한번 결정을 한 것은 번복을 잘 안 한다. 그래서 방안을 계획하고, 공고하고, 집합시켜 설명을 하였다. 그런데 현지 직원들이 당장 데모를 하고 작업을 거부 한다. 일자를 5일간 연기하는 것은 자기들이 도저히 용납 할 수 없다. 노동부에 청원하고, 데모는 점점 심해졌다. 그래서 대표는 할 수없이 원상 복귀 시켰다. 그런데 현지직원들이 데모를 하면서 추가로 초과근무수당을 올려달라는 요구도 같이한다. 괜히 혹이 하나 더 붙어서 이것도 올려 주었다. 편안히 잘 되고 있는 것을 건드려서 급여만 올려준 꼴이 된 것이다. 웃긴다. 현지의 관행을 잘 모르면서 한국식 경영 개념을 그대로 하려고 하는 고집이 만든 패착이다. 이곳 직원들은 자신들의 급여에 대해서는 목숨을 건다. 그리고 급여 일자에 맞추어 집세 등 생활설계를 한다. 이런 문화를 이해해야 한다. 리더의 고집과 잘못된 판단이 상황을 어렵게 만드는 현상을 초래 할 수 있다. 아프리카의 공장 관리는 많은 주의가 요망된다. 현지직원들은 틈만 나면 임금인상을 요구한다. 잘하는 사람에게만 부여하는 인센티브를 거부하고, "한국회사는 급여를 올려 주지 않는다고", 심지어 노동부에 고발까지 한다. 공산주의 생각이 머리에 막혀있다. 여긴 한국회사이니 한국식 급여인상 규정을 지키겠다고 하면 많은 충돌이 발생 한다. 그래서 내가 이곳에서 3년간 터득한 것은 갑자기 한국식 급여 체계로 바꾸는 것은 매우 위험하다. 최초 회사가 시작될 때 완벽하게 고정 하던지, 사전에 조건을 제시하고 이들이 동의 하도록 만들어야 한다. 이러한 시스템을 모르고 덤볐다가 낭패를 많이 겪는다. 한국인이 자신이 똑똑하다는 자신감과, 과거 한국에서의 경험한 방식을 고집하면, 이곳 공장 관리가 참 어려워진다. 여기는 에티오피아라고 수없이 얘기 했잖아!!!

에티오피아 공무원

세상 좋은 게 이곳 공무원인 것 같다. 시간나면 일하고 아니면 말고, 금요일은 주로 미팅 있다고 빠지고, 어디 간다고 빠지고, 집에 결혼식 있다고 빠지고, 삼촌 상당해서 안 나오고 ……. 그리고 빠진 사람이 자리에 없으면 그 일을 대신 한다는 것이 없다. 그 사람만이 한다. 절대 인계하고 가지 않는다. 담당자가 올 때 까지는 그 업무는 중지다. 환장한다. 특히 비자나 노동허가서 관련 업무는 피가 마른다. 수북하게 쌓여 있는 서류를 처리하려 들지 않는다. 할 수 없이 옆에 붙어 앉아 계속 독촉하고, 식사 사주고, 급행료 주면 그때야 중간에서 서류 꺼내어 진행 해 준다. 나라가 잘 되려면 먼저 공무원이 잘 해야 하는데, 이런 썩은 공무원까지 접대하며 일을 해야 한다는 것이 너무 힘들고, 자존심 상한다. 그나마 일을 제때 끝내려면 이렇게라도 해야 한다. 에티오피아서 근무 하려면 이런 지저분한 것까지 적절히 받아들일 마음의 준비가 된 사람이 와야 한다. 다음, 절대로 자신의 실수를 받아들이지 않는다. 예로, 운전면허증 발급담당자가 1종 보통으로 발급해야 함에도 본인 실수로 2종 보통으로 발급하였다. 그래서 정정 재발급을 요구하니 한국대사관에서 서류를 잘못 넘겨서 그러니 처음부터 서류를 다시 해오라고 한다. 그런데 대사관의 서류는 이상 없이 1종 보통으로 확인서가 되어 있었다. 그런데도 자신의 실수를 인정하지 않고 다른 이유를 대며 회피한다. 할 수 없이 처음부터 절차를 다시 밟아 1주일이 추가로 소요되고 비용도 더 지불한 이후에 발급받았다. 이것은 작은 예이다. 수도요금을 잘못 고지하고도 일체 인정하지 않고, 차일피일 기간만 끈다. 그러고는 기간 중에 내지 않으면 벌금이 부과될 것이라고 엄포를 놓는다. "너희들의 잘못을 솔직히 인정하고 서류정리를 다시 해주면 바로 지불 하겠다"고 해도 일체 철면피이다. 그리고 싫으면 이 나라 떠나라는 식이다. 이런 사실들을 일일이 들여다보면 에티오피아에서는 정말로 사업하기 어렵다는 것을 알 수 있다. 그러니 한국기업인들이여! 여기서 사업하려고 들어온다면 사전에 1년 이상 해당분야 사업내용을 현지와 맞는지 면밀히 검토 해보고 와야 한다. 그리고 공식적으로 나타나지 않는 문화, 습성, 인프라, 종족분쟁, 종교, 치안 등을 충분히 고려해야 한다. 만약 그렇지 않으면 불 보듯이 빤하게 곤란을 느끼고, 투자한 것을 후회 할 것이다. 한국뿐 만 아니라 중국, 터키, 인도계 사업가들도 접고 돌아간 경우가 많다. 이 뜨거운 나라에 와서 고생 만 쫄쫄이 하다가 사업 망하고, 건강 잃고 돌아가는 경우가 있으니 꼭 고려하시라!

오리발

참 이상한 종족 들이다. 금방 자기가 해 놓고도 불리하면 오리발을 내민다. 한 직원이 더 이상 그 일을 못하겠다고 한다. 그래서 너 매니저 명령 거부하느냐? 하니까, 못한다고 해놓고는 나중에는 엉뚱한 소리 하는 놈 들이다. 종교는 세상에서 가장 열심히 믿는다고 한다. 그런데 이들은 교회 밖에만 나오면 완전 180도 달라진다. 자신에게 불리하면 무조건 거짓말을 한다. 금방 자신이 한 행동도 부정한다. 표정하나 변하지 않는다. 공산주의와 종교가 짬뽕이 되어 나쁜 것만 남은 상황이다. 그리고 이놈들은 옆에서 동료가 거짓말 하고 도둑질 하여도 절대 신고하지 않고 모른척한다. 옆에서 본 놈에게 애 지금 금방 거짓말 하는 것 너 봤지? 하면 옆에 있던 현지인 놈은 딱 잡아떼며, 아무것도 모른다고 한다. 이런 유사한 상황을 몇 번 보면 도저히 용납이 안 된다. 돌아서면 거짓말 하고, 도둑질하고, 몇 년간 후원 하였는데 은혜는 모르고, 배신을 하니 어느 누가 이들을 지원하려 하겠는가? 그리고 뭘 도와주고 싶겠나? 두 번 다시 꼴도 보기 싫어진다. 내가 만난 현지인 중 100명이면 90명이 이런 상황이다. 너무 지나치게 나쁜 쪽으로 과장한다고 하실 분이 혹시 있으실지 모른다. 절대 과장이 아니다. 참고로 에티오피아는 오리를 키우지도 않고 먹지도 않는다. 절대로 오리발이 있을 수 없는 상황인데 이들은 오리발을 내민다.

철면피

경고장을 다수 받고 해고당한 운전수가 있었다. 그는 부당해고라며 소송을 하였고, 약간의 돈을 추가로 받아 갔다. 그리고 회사에서는 약 6개 월정도 지나가서 다 잊어 버렸다. 그런데 한번은 모르는 전화가 왔다. 누군가 보니 그 잘린 놈이다. 한다는 소리가 자신은 한국회사를 좋아하고 한국인들을 존경하니, 다시 운전수로 회사에 근무하고 싶다는 것이다. 포항제철 철판을 얼굴에 깔아도 이렇지는 않을 것이다. 자신이 잘못하여 회사에서 해고되었고, 회사를 상대로 소송까지 간 놈이 다시 취업을 시켜 달라는 것이다. 휴유. 잘리고 나니 한국회사 만큼 대우가 좋고 근무하기 좋은 곳도 없다는 것을 너무나 잘 알았을 것이다. 그러고는 뻔뻔하게 다시 근무하고 싶으니 받아 달란다. 이게 인간인가 원숭인가? 말인가 당나귀인가? 해서 "나는 당신 잘 모르니 전화하지 말라" 하고 끊었다. 한동안 머리가 멍하다. 사람이란 놈이 어떻게 그러나? 이런 유사한 사례는 자주 있다. 현지인들은 자신의 이익을 위해서는 체면이고, 나발이고 없다. 필요 할 때는 굽실굽실한다. 그리고 가치가 없다고 생각하면 안면 몰수 한다. 법대로 원칙대로만 하고 일체 정이나 은혜를 주면 안 된다. 두고두고 배신감에 치를 떨 것인 즉.

떠버리

떠버리 알리는 복싱에 관해서는 천재적인 실력이라도 있지. 이들의 말에 현혹되면 안 된다. 이들은 참 말이 많다. 또 청산유수(靑山流水)다. 특히 자기의 주장을 관철시키고자 할 때는 천하에 자신이 가장 박식하고 최고의 전문가, 권위자이다. 한국 사람은 말할 기회도 없이 떠들어 댄다. 전부 핑계며 엉뚱한 얘기를 하면서 혼란을 시킨다. 자신이 잘못했을 경우도 같다. 자기 합리화를 위해 엄청나게 말이 많다. 가만히 듣고 있으면 10, 20분을 저 혼자 떠든다. 상대방을 멍하게 만들어 교란을 시킨다. 혹 자신이 실수 했으면 깨끗이 인정하고 다음부터 반복하지 않으면 되는데도, 말로서 어떻게든 모면을 하려고 한다. 많은 사람이 비슷하다. 이런 놈들에게는 그저 Shut up, You just keep the point. 소리도 질러 본다. 별 효과가 없다. 가까이 있으면 찌든 노린내 까지 더해져 머리가 띵 해 진다. 이런 비슷한 상황을 하루에 몇 번씩 반복 할 때가 있다. 그러면 저녁때 매우 피곤해진다. 그러니 심리 조절도 잘해야 하고 건강관리도 잘해야 한다. 특히 성격 급하고 깔끔한 한국직원들은 더욱 조심해야 한다. 일일이 다 받아 주다가는 스스로가 지쳐서 나가떨어진다. 이들의 떠버리 전략에 말려들면 낭패를 본다. 처음 이곳에 와서 들어 보면 아주 그럴 듯하게 들린다. 그래서 몇 번

속는다. 이 유구한 기독교 국가에서 왜 인종들이 이렇게 변했는지 이해가 안 간다. 옛날 솔로몬과 시바라는 그 현명하고 멋진 조상이 있었다고 하는데, 어째서 2,000년 후 그들의 자손은 이 꼴인가? 역시 결론은 공산주의의 영향인 것으로 짐작된다. 그만큼 이데올로기가 무서운 것이다. 한번 그 공산주의 습성이 들어박히면 몇 세대까지 그 영향이 가는 것 같다. 공산주의를 거쳐서 인지 이들은 서류의 근거를 철두철미하게 챙긴다. 무엇을 하더라도 해당 기관의 둥그런 고무인을 찍은 서류를 보내고 그것을 받았다는 사인을 받아 놓는다. 심지어 관공서의 기부금 협조도 반드시 공문을 만들어 고무도장을 찍어 보낸다. 이런 근거를 만들어 놓는 것은 아주 대단하다. 이런 근거가 없으면 모든 법적인 책임을 지고 감옥 까지 가는 사태가 발생했기 때문이라고 한다. 시골 사람들도 그 지역 언어로 된 꼬질꼬질한 종이 서류를 신주 단지 모시듯이 간직한다.

직원간의 갈등

어느 회사, 조직이나 직원들 간에 갈등은 있다. 다만 그 정도의 차이가 있을 뿐이다. 그런데 여기는 이중고(二重苦)이다. 현지 직원과의 갈등, 한국직원들 간의 갈등이 있다. 현지 직원들과의 갈등은 이미 각오가 되어 있고 시간이 지나면 어느 정도 면역이 되는 느낌이다. 그런데 더 큰 문제는 한국직원들 간의 갈등이다. 안 그래도 스트레스가 많은데 삐딱한 직원 있으면 참 힘 든다. 해외에서 어렵게 근무 하면서 한국직원들끼리 뭉치고 팀워크가 잘되어도 힘든데, 꼭 꼬부장한 사람이 있는 경우가 있다. 대부분 한국서 퇴직하고 제2의 직장으로 온 사람들이다. 시비를 안 걸 것도 사사건건 지랄을 떤다. 그러면 방법 없다. 들이 박는다. 그러고도 고쳐지지 않으면 CEO에게 보고하고, 그래도 안 되면 내가 떠나는 수밖에 없다. 여러 사람이 다 불편해 한다. 그 한사람 때문에 모든 한국 사람이 싫증내고 회사에도 염증을 느껴 결국은 회사에 큰 손실을 준다. 이런 사람 있으면 해외에서는 더욱 큰 Damage를 회사에 주게 된다. 특히나 퇴직하고 외국까지 나올 사람이라면 전부 과거 한 가닥씩 하던 사람들이다. 60살이 된 사람들이 여기까지 와서 고쳐지겠는가? 그러니 해외 회사조직에 꼴통이 있으면, 미친척하고 들이박고 그래도 안 고쳐지면 내가 떠나는 게 좋다. 더 있다가는 몸 상하니까. 많은 사람들이 이와 유사한 경험을 하셨을 것이다. TV 드라마 주제들도 이런 내용이 가끔 나온다. 오죽 하겠는가 사람 사는 세상, 그것도 이역만리(異域萬里)아프리카 까지 와서 근무하는 사람들인데. 산전, 수전, 공중전까지 다 겪은 사람들인데 서로 감싸주고 도와줘도 부족 할 판에 …….☺

과일

여기 와서 개인적으로 가장 즐기는 과일이 망고이다. 망고도 재래종과 개량종(애플망고)이 있다. 재래종은 꼭 감자 같이 생겨서 향은 좋은데, 섬유질만 많고 먹을 게 없다. 대신 애플망고는 크고 육질이 많아 아주 먹을 만하다. 큰 것은 1kg정도 나가는데 여기 태양이 강하고 일교차가 커서인지 아주 맛있다. 이곳 과일 중에 으뜸이다. 섬유질이 많아 속을 깨끗하게 청소 해 주는 기분이다. 저녁에 과일로 스트레스 풀기도 좋다. 망고는kg당 2,400원정도이다. 망고가 있어 그나마 식욕이 유지되고 건강에도 다소 도움이 되는 것 같다. 아보카도도 괜찮은 편이다. 수박은 한국과 유사한데 별로 맛이 없다. 귤이나 딸기 등 다른 과일도 있는데 아직 기술수준이 낮아서 인지 맛이 없다. 나는 오로지 일주일 내내 망고, 아보카도가 끊이지 않도록 준비해서 건강관리 하였다. 기시타(sour sop)라는 이상하게 생긴 초록색 과일이다. 울퉁불퉁하고 가시 같은 게 표면에 있는 과일인데 이곳에서 처음 보았다. 현지인들도 잘 모르는 과일이다. 특이하여 하나사서 먹었는데 매우 색 다른 맛이다. 새큼하고 신선한 맛인데, 야쿠르트 같기도 하고, 하여튼 신선한 맛이다. 육질이 희고 질척하니 게맛살 같은데 즙이 많다. 이곳 먹을거리가 한국인의 입맛에 맞지 않는다. 피자, 햄버거, 스파게티, 인제라 등 현지음식, 고기류가 있지만 잘 맞지 않는다. 이렇게 입에 맞는 먹을 것이 별로 없는데, 과일 몇 가지는 먹을 만 하다. 그나마 이런 과일이라도 있으니 스트레스 풀고, 건강도 유지 할 수 있었던 것 같다. 각자 입맛에 맞는 과일을 찾아서 잘 챙겨 드시기 바란다. 특히 여기는 해산물이 없어서 생선은 먹을 수가 없다. 오직 육 고기뿐이니 식욕이 많이 떨어진다. 날이 뜨겁기도 하여 더욱 입맛이 떨어지기가 쉽다. 각자에 맞는 건강 유지법 개발이 필요하다.

관심

이들은 생각을 잘 하지 않는다. 그저 굴러가는 대로 둔다. 한 번에 2가지를 시키면 잘 못한다. 은행일 마무리 한 다음 어디 들리고, 뭘 사오라 하면 자주 그냥 온다. 그래서 한 가지 일하러 다시 나간다. 역사와 자연환경에 영향을 받은 것일 것이다. 그저 "덥고 비 오고 하니 그늘에서, 아니면 집안에서 비나 피하고 있지." 그런 자세 같다. 조금만 생각하면 쉽고 편하게 할 수 있는데도 전혀 그럴 의도가 없어 보인다. 쉬운 예로 은행에 돈을 찾아온다. 대부분 물건사고 급여를 주기 위한 것이다. 처음에 찾아올 때 다양한 단위로 찾아오면 되는데 잔돈을 바꾸러 다시 나간다. 그러고도 불편한 것을 모른다. 그러고는 잔돈 바꾸러 간다고 다시 차를 신청하여 나간다. 이런 놈들과 일을 하니 속이 편할 리가 있나? 또 분명히 아침에 급여준비 하라고 하였는데, 퇴근 전에 확인하면 아직 서류준비를 안 했다고 한다. 그리고도 태연하게 논다. 응용하는 생각이나 시도 자체를 하지 않는다. 문구용 풀 하나 사는데 한사람이 따로 가고, 음료수 사는데 한 사람이 따로 간다고 한다. 왜 둘이 가느냐고 물으면 장소를 모른다고 한다. 문구사 장소 알려주면 오는 길에 들르면 되지. 이 돌대가리야! 야단을 쳐도 못 알아먹는다. 꼴에 엉뚱한 자존심은 있어가지고 갖은 개폼은 다 잡는다. 이런 종족을 어떻게 교육 시키나? 퇴근차가 나가려고 할 때 쯤 급여를 준비한다고 난리 친다. 무뇌아가 이런 것이 아닌가 싶다. 머리가 돌아가지 않는다. 몇 시까지 도착해야 한다고 하면 늦어도 아무 거리낌이 없다. 네가 늦으면 다음 일정을 못하는데 왜 늦게 오냐 하면 태연하게 차가 밀리는데 어떻게 하라는 것이냐? 고 반문한다. 사전 전화도 없고 협조도 없이 그저 가는대로 내버려 준다. 1시간 정도 간단한 것도 반나절 걸린다. 그러고도 당연히 그런 것 이라고 생각한다. 처음에 잘못 기록하면 고치는데 시간이 많이 걸린다. 잘못 기록해 놓고도 고치려 하지 않는다. 아직 이들은 이런 개념이 부족하다. 특히 모든 걸 정확히 하는 한국회사에는 맞지 않다. 그래서 이들을 하나하나 끌고 가려면 속이 끓는다. 한국 사람은 더구나 더하다. 한 평생을 정확하게 살아온 사람들인데 오죽 하겠는가? 자동차 정비, 건축 등을 대중 대중마무리 한다. 눈에 보이지 않는 곳은 더 대충 마무리 해 둔다. 겉만 슬쩍 페인트 칠 해 놓는다. 그러니 여기서 살려면 신경 쓸 일이 엄청 많아진다.

청결

후진국이 아마 비슷할 것이라 생각이 된다. 그러나 여기는 더 심하다. 경제 여건이 안 되는 이유도 있지만 근본적으로 청소, 정리 정돈의 개념이 없다. 차를 타고 나가면 음식을 먹고 부스러기를 그대로 차에다 버린다. 식사하고 식탁에 쓰레기 버리는 것은 당연한 것으로 되어있다. 물마시고 물병은 그 자리에서 버린다. 사람이 안보면 복도에 침을 뱉는다. 꼴에 청소는 꼭 청소부가 해야 한다는 생각을 가지고 있다. 책상 옆에 자기가 버린 쓰레기도 꼭 청소부가 올 때 까지 기다린다. 자신은 청소를 하는 신분이 아니라는 것이다. 여자직원들도 샤워를 자주 못한다. 늘 냄새가 지독하다. 그리고 싸구려 향수를 잔뜩 발라 더 지독한 냄새가 난다. 얼굴도 좀 검은 색인데다가 위생관리 마저 안하니 여자들에게도 접근하기가 싫어진다. 치아도 닦지 않는다. 아직도 많은 사람들이 나무칫솔을 이용 한다. 전통적으로 나무를 연필크기정도 깎아서 그걸로 식사 후 이를 닦는다. 이런 여자들을 보면 그야 말로 이영자이다.(이: 이영자가 걸어간다. 영: 영 아니다. 자: 자지가 안 선다.!!!). 실제로 한국직원 한사람은 지독한 냄새 때문에 아예 현지 여자 옆에 가려고 하지 않는다. 이들의 골격은 그리 크지 않고 아담하다. 얼굴 틀도 아랍계의 영향을 받아 예쁜 편이다. 예쁜 만큼 자기 주변부터 청결 했으면 좋겠다. 워낙 경제가 좋지 않고, 물도 부족하여 지저분한 분위기에서 살았겠지만 외국인과 같이 근무 할 때는 청결히 하라고 강조 한다. 아주 일부 신세대 중 집안 수준이 좋은 친구들은 차차 서구의 습성을 따라가고 있다. 그런 것을 보면 한국인들은 참 위대한 유전자를 가지고 있다. 단시간에 변했고, 최고의 선진국이 되었으니.

도난대비 우선

이곳 북쪽 바흐다르라는 지역에 계곡이 있다. 풍광이 미국의 그랜드캐년과 유사한 멋진 장소이다. 그곳 강이 있어서 굴지의 일본기업이 다리 신축을 위해 소요되는 모든 공사 자재를 본국에서 가지고 왔다. 그런데 얼마 지나지 않아 자재를 모두 도둑맞았다. 그래서 일본에서 전부 다시 공수 해 와서 신축을 했다고 한다. 그 일이 있은 이후 에티오피아에 일본기업은 거의 진출을 하지 않았다고 한다. 그 정도이니 오죽 하겠는가? 공산주의는 빈곤, 거짓, 도둑이라는 유산을 남긴 것 같다. 한국의 기업이나 NGO, 기타 단체들은 이점을 고려하여, 도난에 완벽히 먼저 대비한 후에 공장을 하던 뭘 하던 해야 한다. 안 그러면 수없이 털리고 나서 후회 한다. 도둑 때문에 문 닫은 외국 업체가 있다는 것을 꼭 알아 두어야 한다.

일용직

이제 이곳에 온지 어언 3년이 되어 간다. 그런데 가면 갈수록 현지인들 다루기가 힘들고 싫어진다. 정규직이고 일용직이고 모두 떼거지 같다. 특히 일용직고용은 특이하다. 한국의 인력 시장 같은 곳에서 20여명 모아 와서 신체 건강해 보이는 직원을 임시 채용하여 단순한 일을 시킨다. 그런데 이들도 데모를 한다. 회사의 사정으로 일을 못할 형편이어서 오늘 근무 나오지 말라고 하면, 그래도 꾸역꾸역 나온다. 그러고는 연락을 못 받아서 나왔다. 그러니 하루 일당 쳐 달라는 것이다. 안주면 정문에서 들어 앉아 농성을 한다. 그래서 더러워서 할 수 없이 줘서 보낸다. 이렇게 버릇이 잘못 드니, 별의 별것을 가지고 다 트집을 잡고 돈을 달라고 한다. 또 건물 밖에서는 뜨거워서 일을 못하겠다고 우긴다. 오전치 월급 줄 테니 점심 전에 나가라고 하면, 꾸역꾸역 버티고 점심까지 먹는다. 그리고 오후 됐으니 하루치 월급 달라고 또 농성한다. 그러니 긍정의 감정이 생기다가도 쑥 들어간다. 이런 노동자들을 관리하여 어떻게 일을 하겠는가? 뻑 하면 농성하고 데모 한다. 한국회사는 데모하면 들어 준다는 것을 알고, 다른 그룹이 와도 이미 소문으로 전해 들어서 또 따라서 되풀이 한다. 그래서 애초에 철저히 규정대로 하고, 따르지 않으면 생산을 하루 못하더라도 바로 물갈이를 해야 한다. 안 그러면 일용직 근로자들에게 까지 시달림을 당한다. 오죽 하면 중국인들은 몽둥이로 때려서 일을 시킨다고 하겠는가? 가끔 가다가 중국 회사는 큰 데모와 소요가 일어나고 사람까지 상해를 당하는 경우가 있다. 그래서 이들을 다룰 때 처음에 규정을 정확히 설명하고, 계약서나 정보를 정확히 알려 주고, 동의하는 사람만 일 하라고 확고히 알려주고 시작해야 한다. 어설프게 했다가는 노동부 직원도 동원되고 경찰도 오고 난리를 친다. 규정대로 철저히 시키고 철저히 대우 해주는 수밖에 없다. 여기 특히 일용직은 떼거지 근성이 있으니 철저히 경계해야 한다. 그리고 이들은 도둑이 많다. 도난에도 특히 유의해야 한다.

젊은 여자

영어 좀하고 예쁘장한 여성들은 외국인들, 특히 중국, 한국 사람들에게 호감을 가진다. 그런데 유의할게 있다. 반드시 이들은 돈을 요구한다. 특히 젊은 여성들은 보이는 것은 많은데 살돈이 없으니 외국인에게 접근하여 돈을 요구 한다. 한두 번 만나 식사하고 지내다 보면 그 후 꼭 큰돈을 요구한다. 이유도 가지각색이다. 엄마가 병원 갔다, 학원 비, 집세, 등록금, 핸드폰 등등⋯⋯. 그리고 차츰 그 액수 가 커진다. 한국의 스마트 폰을 선호하며, 사달라고 한다. 어떤 한국 분은 스마트 폰만 서너 개 사 주었다고 한다. 매달 잃어 버렸다고 하여 사 주었다고 한다. 어떻게 하나같이 그 과정이 유사한지 모르겠다. 꼭 학원에서 외국인에게 뜯어 먹는 방법을 똑같이 교육 받은 것 같다. 착실해 보이는 여자도 한두 번 만나면 여지없이 위의 행태가 나타난다. 한 순간 감정이 싹 사라진다. 그러면 커피 한잔 마시고 딱 끊어 버려야 한다. 그리고 사람마다 다르겠지만 현지 여성들과 깊이 관계 갖지 않는 것이 좋다. 절대 명심해라. 괜히 잠깐 즐기려다 잘못 엮이면 돈쓰고 개 창피 당한다.

성격변화

여기 와서 착한 사람 다 버렸다는 말이 나온다. 에티오피아 와서 기본적으로 소리 지르고 욕을 하게 된다. 이유는 간단하다. 아주 일상적이고 사소한 것도 반복하여 실수하고 일을 안 한다. 그것도 대학 나온 친구들이 숫자 간단 한 것도 틀린다. 서류 하나하나가 예산이다. 그런데 이 숫자 하나 제대로 못 맞춘다. 차에 20번들을 실어야 하는데 21번들을 실어 내보낸다. 웃음도 안 나온다. 그러니 신경질만 늘고, 날카로워 진나. 한글로 욕노 한다. 그러니 혈압도 오르고 건강도 악화 된다. 내 스로의 컨트롤 불가로 스스로 무너진다. 그러지 말아야지 하면서도 눈앞에 벌어지는 상황을 보면 나도 모르게 큰소리와 욕이 나온다. 이해가 되는 선이 아니니 참을 수가 없는 것이다. 매일 밤 다짐을 한다. 이제는 성질내지 말고 욕도 하지 말자고. 그런데 사람, 그것도 한국사람 인지라 잘 안 된다. 한국인은 세계에서 가장 성질 급하고 정확하게 살아온 사람들이다. 이런 것들이 용납이 되지 않는다. 특히나 6~70년대 가장 경쟁이 치열하고 인구 증가가 많았던 시기에 살아온 한국인으로서는 무척 어렵다. 참 문화의 차이는 극복하기 힘들다. 그래도 참아보고 극복해 보려고 무던히 애를 써 본다. 아주 이골이 났지만 잘 안 된다. "한국인"이라는 것을 빨리 잊어버림이 좋다.

휴가(休暇)

통상 에티오피아에 나와 있는 주재원 들이나 근무자들은 6개월 마다 한번 씩 휴가를 나간다. 꼭 군대 전방근무 병사들이 휴가 가는 것과 유사하다. 정작 본인은 엄청 오랜만에 나가는 것 같은데 한국에 있는 가족들은 의외로 자주 나온다는 느낌이다. 참 느끼는 감이 주체에 따라서 큰 차이가 난다. 본인은 기다리고 기다려서 나가는 휴가인데……. 친지들이 아프리카서 고생한다고 고기며 회를 엄청 먹인다. 항상 과식하여 속이 거북하다. 휴가 마치니 2kg이 가볍게 늘었다. 한국에 얼마나 맛있는 것이 많은가? 2주간의 휴가를 받았는데 참 빨리 간다. 은행볼일, 관공서 볼일, 친지 인사 하면 금방 간다. 아쉽다. 그래도 당당히 후진국에 중공업을 발전시키고, 보람된 일을 한다는 것에 자부심을 가지고 다시 아프리카로 복귀 한다. 한국 있는 동안에도 머리가 복잡하다. 하도 치열한 정치 공방이 있고 사건 사고가 끝없이 꼬리를 무니. 사고뉴스가 너무 자주 나온다. 뉴스를 가끔 보는 것도 정신건강에 도움이 될 것 같다. 그리고 6개월의 시차인데도, 한국에 나오면 꼭 촌놈이 된 것 같다. 금방 문화의 충격을 느낀다. 심지어는 지하철 타는 것도 어설퍼진다. 한국은 너무 신속히 바뀌는지라 따라가기가 벅차다. 시골을 가도 새로운 도로와 건물들이 들어서서 분간이 어렵다. 대단한 대한민국이다. 너무도 역동 적이다. 단 정치만 선진화가 된다면 더 이상 부러울 것이 없을 것 같다. 그리고 머리가 참 좋은 민족이다. 감히 다른 민족들은 따라오기 힘들 것이다. 금쪽같은 2주 휴가가 순식간에 지나갔다. 다시 필요한 것을 챙겨 돌아온다. 그런데 Wife는 남편 챙길 욕심에 젓갈, 장아찌 등 특별 메뉴를 준비하는데 그게 너무 무겁다. 또 공항 검색대서 걸렸다. 할 수 없이 아프리카서 먹을 토종음식이라고 해명 하고 겨우 통과 했다. 구형 핸드폰과 노트북도 문제가 되는데 많이 봐 준다. 이곳에는 아직도 폴더 폰을 쓰는 사람이 많아 그들 주려고 장롱에 있던 폰을 털어서 가지고 왔다. 현지인들에게는 참 좋은 선물이다. 핸드폰 5~6년 된 것도 이곳에서는 10만 원 이상을 주어야 살 수 있다. 중고 노트북은 40만원씩 한다. 그러니 학생들이 노트북을 살 수가 없다. 이것저것 챙기느라 무게가 초과 되어 일부 짐은 공항 쓰레기통에 버렸다. 특히 현지인 주라고 옷을 많이 준비해 준다. 가져다주면 그들은 잘 입는다. 그러나 내가 가져가서 나누어 주는 것은 매우 번거롭고 귀찮다. 보통정성으로는 못한다. 아프리카를 자주 왕래 하는 사람은 이런 구호품 전달을 절대 안 한다. 힘들어서. 아예 깔끔하게 가방 하나만 가지고 오는 사람들이 부럽다. 이번에 이곳 아와사 강에서 메기 잡으려고 그물망도 하나 가져 왔다. 스트레스 풀기에는 최고의 방법 중에 하나다. 그렇지 않으면 휴일을 무료하게 보내거나 맥주로 대신해야 하니, 그나마 낚시가 큰 위안이 된다. 유튜브에 보니 그물망으로 민물고기를 잡는 광경을 보았다. 아프리카 강 지류에서도 적용되는지 시험 해보려한다. 잘되면 촬영해서 나도 유튜브에 올려야겠다. 휴식시간을 잘 보내야 하기 때문에 항상 보람 있게 보내려고 준비한다. 이 나이에 공부하기는 그렇고……. 사무실 직원 들을 위해 문구류와 옷, 필통 등을 가져 왔다. 다시 아프리카 갈 때마다 위대한 대한민국, 우리나라 좋은 나라 인 것을 재삼 확인한다.

주로 한국 갈 때는 커피를 많이 사간다. 다른 것은 별로 사갈게 없다. 간혹 흰색 꿀(사막지역의 선인장 꽃 에서 채취), 참깨를 사간다. 가방의 무게가 여유가 되면, 30kg까지 가능하다. 무엇보다 커피가 선물로 최고다. 아주 질이 좋은 에티오피아 커피는 인기다. 250g짜리를 여러 개 사는 것이 좋다. 500g짜리는 무겁고 주다보면 금방 동이 난다. 그래서 나는 작은 것을 가방에 꽉 채워가지고 간다. 보통 먼저 본사람 먼저 나누어 주는데, 꼭 끝에 가서는 부족한 게 사실이다. 많이 사가도 그렇다. 이상히도 한국에서 에티오피아에 오면 몸이 많이 피곤하다. 이곳에 오면 갑자기 더위를 느끼며 고도가 높은 것을 느낀다. 한국서 출국 할 때만 해도 절대 욕하지 않고, 소리 지르지 않고, 신경질 내지 않겠다고 맹세하고 왔지만 현실에 막상 접하면 자신도 모르게 스트레스가 생긴다. 지난 6개월 동안 내 몸에 많은 변화가 있었다. 잇몸이 자주 붓고, 통풍도 왔고, 무릎 관절이 많이 아프기 시작했다. 그것은 대부분이 이곳의 부족한 영양과 스트레스에 기인한 것이 많다. 아프리카 생활 2

년 6개월이 되니 몸에서 저항력이 떨어지는 것 같다. 그리고 약한 곳부터 아프기 시작한다. 할 수 없이 진통제와 소염제로 버티다가 한국 가서 진단을 한다. 치아의 경우 통풍이 많이 진행되어 빼야 한다고 한다. 그래도 어쩌나? 6개월 후 휴가 나오면 그때 발치하고 임플란트 하기로 하였다. 그동안을 아주 조심하면서 잘 관리를 해야 한다. 이곳이 덥고 건조하고, 고도가 높아 장기간 근무자들은 피로도가 심하고 밥맛이 없어진다. 영양이 부실해지면, 스트레스로 풍치 등이 온다. 나와 비슷한 경험을 한 사람들이 꽤 있다. 완전 귀국한 한국직원도 이가 아파 밥을 제대로 못 먹었다. 그 결과 15kg 정도 몸무게가 빠지고 나서 도저히 못 견디는 상황이 되어서야 사직하고 귀국하기에 이르렀다. 귀국하여 휴가 중에 건강검진을 하니 여러 가지 증상이 나왔다. 주 원인은 스트레스로 인한 위염, 그로인한 체중 감소, 영양부족으로 인한 여러 가지 증상이 복합적으로 나온 것이다. 스트레스가 만병의 근원이라는 것을 체험했다. 나이가 60에 육박하면 비슷한 신체 증상이 나타난다. 여러 사람이 풍치로 인하여 치아를 뽑았다고 한다. 나도 그 시기가 되었고 그래서 더욱 건강관리를 잘 해야 함에도 이곳 아프리카서는 원활히 되지 않는다. 이곳에 근무하면서 딜레마는 건강의 이상이 왔을 때 과연 어떻게 대처 하는가 이다. 그만큼 고도가 높고 뜨거운 지역에서 생활 하는 것이 쉽지는 않다는 것이다. 건강관리를 잘 하는 것이 이곳에서 오래 근무할 수 있는가의 중요 관건이 된다.

야간운전

무조건 조심하고, 안 나가는 게 상수다. 한번 한국인 만나러 아디스아바바에서 한식으로 저녁을 잘 먹고 오는 길 이었다. 안전하게 정상 속도로 오는데 갑자기 앞에서 도로가 구멍이 뚫려 있었다. 급히 틀었지만 모서리에 걸렸다. 그리고 한 1km쯤 오는데 바퀴에서 이상한 소리가 났다. 바퀴가 찢어진 것이다. 단순 펑크(punk)가 아닌 타이어 옆이 10Cm정도 찢어진 것이다. 벌써 밤 9시 30분인데 정비소도 없고 큰일이었다. 하필 스페어타이어가 없는 고물 승용차였다. 참 난감하다. 스페어타이어는 이미 오래전에 도둑맞았다. 깜깜한 밤에 변두리에서 당한 일이다. 급히 한국인에게 연락을 했다. 다행히 이분이 나와서 도와주어서 임시타이어로 교체하고 간신히 숙소까지 올 수 있었다. 그 고치는 과정도 아사리 판이다. 밤에 타이어 파는 곳을 갔는데, 이놈이 새것이라며 새것 타이어 값을 달라고 하는 것이다. 확인해보니 겨우 바람만 들어가는 낡은 타이어다. 옆이 닳아서 와이어가 드러난 타이어를 새것 값을 달라고 한다. 그래서 큰소리로 싸우고 장난치지마라 하고 1/3가격으로 임시 타이어를 샀다. 어두우니까 대충 얼렁뚱땅해서 새 타이어 값을 받으려는 놈 들이다. 이곳에서는 밤에는 안 나가는 게 신상에 좋다. 좀 시간이 지나니 경찰 순찰조가 총을 가지고 와서 검문한다. 2번을 왔다 갔다. 다행히 경찰들은 돈을 요구 하지는 않았다. 그런데 시골길에서 사고 당하면 야간에 강도가 나타나 돈 뺏고 차도 망가트린다. 그래서 시골에 갈 때는 꼭 주간에 갈 수 있는 거리로 가야하고, 혹시 모르니 반드시 스페어타이어를 가지고 있어야 한다. 이것은 목숨이 달린 일이다. 한번 식겁했다. 그나마 다행히 한국분이 나오셔서 약 2시간 만에 해결한 것이다. 아니었으면 큰 낭패 당 할 뻔 했다. 그리고 야간에는 가끔 신호등 없는 지역에서 사람들이 마구 지나간다. 인명 사고 가능성도 있다. 그리고 많은 현지 사람들이 음주 운전을 하는데 매우 위험하다. 여기는 아직 음주운전을 크게 단속 하지 않는다. 나도 가급적이면 야간에는 차 운전을 하지 않는다.

와이파이 등 통신

여러 시설이 열악하다. 통신망, 우편, 도로, 수도, 전기 등. 그리고 한번 전기가 끊어지면 언제 복구될지 기약이 없다. 급기야 가뭄으로 인해 수력 전기가 부족하여 격일제 전기를 공급 한다고 한다. 그러니 공장을 제대로 가동 할 수가 있겠는가? 와이파이 망도 연결이 자주 끊긴다. 급한 메일 보내려면 고급호텔로 가야 한다. 그런 것을 처음에 생각 하고 왔어도 막상 닥치면 당황한다. 다행히 최근에 중국 자본으로 건설한 고속도로는 깨끗한 편이다. 우편제도가 열악하다. 급한 서류는 DHL을 이용한다. 한국같이 우체국 제도가 잘 안되어 있고, 우편이 오면 본인이 우체국으로 가서 찾아와야 한다. 이곳 공장은 예비로 발전기를 꼭 비치하고 있어야 한다. 사전예고 없이 전기가 시도 때도 없이 나가기 때문에 어떨 때는 물을 받아놓지 않으면 세수와 변기도 쓸 수 없다. 여기서는 반드시 경우의 수를 고려해야 한다. 한국회사는 이런 열악한 경우의 수를 다 계산하고 이익을 창출해야 하는 것이다. 그러니 얼마나 힘들겠는가? 워낙 예상하지 못한 경우의 수가 많으니 다양하게 대비해도 어디서 펑크가 날지 모르는 상황이다. 이런 것을 극복하고 돈버는 회사는 너무 존경스럽다.

인격모독

에티오피아는 지구상에서 가장 자존심이 강한 나라 중 하나 이다. 자신이나 종족이나 지역이나 종교를 모독하면 심각 해 진다. 이들은 기억 해 두었다가 복수하려 한다. 한번은 한국직원이 아주 위험한 발언을 했다. "에티오피아 사람들은 외모는 사람인데 머릿 속은 짐승의 습성이 있는 것 같다."고 농담 삼아 회의시간에 얘기 했다. 내가 깜짝 놀라서 현지인들 표정을 보았다. 심각하게 받아들 이는 표정이 역력 하였다. 아무리 농담이라도 이들의 자존심과 관 련 된 얘기는 절대로 해서는 안 된다. 또 한 번은 "이 나라 정부 공 무원들을 비싼 월급 받고 도대체 뭐하는지 모르겠다."고 했다. 이 역시 금기다. 이 나라 공무원의 근무태도를 비판 한 것인데, 이것 도 바로 시장이나 다른 공무원의 귀에 들어간다. 특히 한국인은 현 지 직원 교육할 때 극히 말조심해야 한다. 정부의 눈 밖에 날 수 있 다. 이 나라에서 사업 할 때는 생각을 많이 해야 한다. 그렇지 않으 면 큰코다친다. 항상 띄워 주는 것이 좋다. 여자들도 자존심이 세 기는 같다. 이들은 머릿속에 아프리카에서 가장 우수한 국가라고 내심 생각 한다. 이곳 공무원은 비록 상급자라도 절대로 부하의 업 무를 터치 하지 않는다. 전형적인 공산주의 사고방식이다. 사인했 다가는 모든 책임을 져야 하기 때문이다. 여기서 민감하게 나가면 스스로 지쳐 나가떨어진다. 이 나라 일반 국민들의 사고 또한 위의 내용과 유사하다. 심지어 어떤 한국인은 이들은 원숭이에서 사람 으로 진화 되는 과정에 있는 것 같다고 말하기도 한다. 얼마나 시 달렸으면 이런 말이 나오겠는가? 그러나 인정할 것은 인정해야 한 다. 2천 년 전에는 찬란한 문명을 가졌던 나라이고 그 역사적 저력 이 있는 나라라고……. 반드시 이들을 존중한다는 마음 자세가 필요 하다. 그들의 저력은 북쪽 랄리벨라의 교회 유적과 악숨의 고대 유적을 보면 짐작이 된다. 그들이 비현실적인 언행을 하더라도 한 수 접고 들어가는 것이 좋다. 나도 2년이 넘어서야 이런 태도로 바뀌게 되었다. 그전에는 참으로 힘들었다. 당장 욕이 튀어 나온다. 야, 이XX발쌕꺄!! 등등. 그래도 세월이 지나니 이런 언행이 좀 자재 된다. 그나마 큰 다행이다. 멋모르고 한국식 기준으로만 해서 못 따라오면 개차반 취급했는데, 만약 그런 행동이 지속 되었다면 나도 봉변을 당 했을지 모른다. 이제는 가급적이면 부드러운 표정과 여직원들에게 스킨십과 공치사를 자주 해 준다. 의외로 이들은 스킨십에는 거리낌이 없고, 결혼한 여자도 마음대로 스킨십해도 된다. 그걸 오히려 좋아한다. 인격모독과 연관되는 표현은 절대 엄금이다.

도둑10

인접 중국공장 매니저가 하소연 하는 사례이다. 중국직원이 책상에 핸드폰을 두고 나가다가, 다시 사무실로 와서 가져가려 했다. 그런데 막 그때 현지 직원이 그걸 훔쳐가려는 찰라 이다. 그래서 옥신각신하다가 중국직원이 도로 뺏으려다가 밀리는 바람에 현지직원이 넘어졌다. 그랬더니 중국직원이 폭행하여 허리 다쳤다고 10만 비르(약 400만원)를 변상하라고 소송을 하였다고 한다. 이런 나라이다. 도둑놈이 훔쳐가려다가 들키니 다쳤다고 치료비 변상하라는 놈 들이다. 그러니 외국인은 조심 하는 수밖에 없다. 그리고 핸드폰은 쓴 후 반드시 자신의 주머니에 넣는 것을 습관화 해야 한다. 잠시 책상에 두면 그대로 날라 간다. 나도 점심 전에 사무실 책상에 핸드폰을 두었다가 앗 뜨거워라! 하고 급히 돌아와서 가져 간적이 있다. 현지인은 누구도 믿을 수 없으니 스스로 챙겨야 한다.

다음사례는 매우 흔한 기름 도둑이다. 여러 가지가 있는데 대표적인 사례가 1000비르 가져가서 500비르 채우고 가짜 1,000비르짜리 영수증을 제출하는 것이다. 여기 주유소는 점원에게 10비르만 주면 가짜 영수증을 끊어 준다. 그리고 기름을 주간에 채우고 야간에 다른 통으로 빼먹는 것도 있다. 이것은 흔한 방법이다. 그래서 차종별로 km당 소모량을 평균 계산하여 점검해야 한다. 몇 번 점검하면 이들도 포기한다. 한국병원에서 이런 식으로 도둑질 한 것이 천만 원을 넘어서 발각되기도 하였다. 그런데 이렇게 발각되어도 이를 제대로 변상 받을 수 없는 것이 이 나라 현실이다. 결국 눈뜨고 도둑질 당해도 그렇게 끝나버리는 경우가 대 다수다. 경찰에 수사의뢰하면 번거롭고 귀찮게만 하다가 시지 부지 끝난다. 굴지의 일본건설 회사가 이 나라 건설을 위해 야심차게 들어왔다가 아주 학을 띄고 철수했다는 얘기가 전설처럼 이 바닥에 내려오고 있다. 오죽하면 그 철저한 일본회사가 두 손 들고 나갔겠는가? 극심한 도둑 때문이다. 도난 대비를 최우선으로 하고 사업을 해야 한다.

적극성과 IQ

에티오피아 인들의 아이큐는 낮아 보인다. 이곳 최고 일류대학 나온 직원들도 그리 머리가 좋아 보이지 않는다. IQ는 둘째 치고 우선 적극성이 없다. 조상 대대로 물려받은 게으른 피 탓인지,

도무지 뭘 하더라도 적극적으로 하려 하지 않는다. 적극성과 관심이 적다 보니 IQ의 발전이 없어 보인다. 한국 사람은 머리가 다소 떨어지더라도 악착같은 자세가 되어 점진적으로 IQ가 발전하는데, 이들은 관심이 없으니 발전이 없는 것이다. 회사 업무에서도 마찬가지다. 아침에 지시하고 잘 하겠지 기대하면 큰코다친다. 퇴근 전에 확인하면 다 잊어버리고 멍하니 있다. 중간 중간에 체크해야 한다. 골백번을 강조한다. 내가 확인 하지 않더라도 항상 결과 보고하라고 하여도 또 골백번 잊어버린다. 이런 직원들 교육시키고 훈련시켜 정상으로 오기는 2년은 족히 걸린다. 2년이 된 직원들도 조금 방심하면 과거의 습성이 그대로 나와 곤욕을 치룬 것이 한두 번이 아니다. 그나마 조금 나은 직원들은 다른 외국인 회사 다니다 온 사람들이다. 여기서 한국매니저가 일을 잘 한다는 소리를 들으려면 초등학교 꼰대가 되어야 한다. 매일 기록 해 놓고 하나하나 체크해야 한다. 안 그러면 항상 펑크 난다. 특히 세금 등 마감을 앞둔 중요한 일들은 아주 신중해야 한다. 처음에는 이런 일에 적응이 되지 않아 스트레스를 너무 많이 받았다. 사람이 겉늙는다. 목에 주름이 쭈글쭈글 진다. 3년이 지나면 한국사람 얼굴이 확연히 차이가 난다. 태양이 뜨거워 생기는 것도 있지만 대부분은 스트레스 때문이다. 나도 가끔 한국에 가면 왜 그렇게 얼굴이 축났느냐는 소리를 많이 듣는다. 귀찮지만 적어서 하나하나 확인해라. 아니면 언제 뒤통수 맞을지 모른다.

맨홀 청소
건물을 짓고 뒤에 정화조와 하수도를 만들어 놓았다. 웃기는 게 정화조시설은 울타리 쪽에 연결되는 마지막 장소에 큰 구덩이를 파고 돌을 묻어 그 위에 흙을 덮는 식으로 마무리 해 둔다. 이 것이 약 2년 지나니 더 이상 땅속으로 소화를 못하고 위로 넘친다. 또 맨홀 뚜껑을 얹어 놓고 그걸 시멘트로 발라 놓았다. 그러니 정화조를 확인하고 청소 하려면 이 뚜껑 시멘트를 다 깨야 들어 넬 수 있다. 기가 막힐 뿐이다. 또 하수도 경사(구배)가 맞지 않아 오수가 흘러내리지 못하고 항상 고여 있다. 초등학생이 해도 이렇게 공사를 안 할 것이다. 그래서 이를 보수하고 재 공사하는데 많은 비용이 추가로 든다. 이렇게 해 놓고도 이것이 이 나라 표준이라고 강변하고 공사비를 더 내놓으라고 하는 놈들이다. 실제로 건물 잘 지었다고 홍보하면서 이걸 또 견학하러 오는 놈 까지 있다. 그 나 물에 그 밥이다. 정화조 맨홀 뚜껑을 다시 깨고 찌꺼기를 퍼내는 작업을 하려니 짜증이 난다. 건물 개판으로 지어 정화조 청소까지 해야 하니 열통 터지고 신물이 난다. 또 하나는 하수구 뚜껑을 맞 추려고 홀을 뚫어 놓았는데 전부 규격이 다르다. 그러니 뚜껑을 제 작하는데 어떻게 하나? 참 병신들 웃기게 해 놓았다. 명심하시라 현지 공사업체와 계약하는 그 순간부터 건축주는 을이며, 끌려 다 니다가 사기 당한다. 90%이상.

건강신호

이곳에서 2년 정도가 지나니 건강에 여러 가지 신호가 온다. 혈압은 그전부터 있었지만, 다른 것들이 추가로 생긴다. 관절이 부 어오고, 통풍이 오고, 먹는 영양제 종류도 늘었다. 비타민제 포함 하루 5가지 알약을 먹는다. 그래서 아프리카지사에 근무하는 기간은 한계가 있다. 개인적인 생각은 2년이 적절한 것 같다. 2년이 넘으면 자신도 모르게 몸에 무리가 가고 서서히 이상 신호가 오는 것 같다. 아직까지도 현지 교포들에게서 전설 같은 이야기가 전해 온다. 아프리카 지사에 첫 근무하러 온 직원이 현지에 적응을 하지 못해 매일 밤 죽어라고 술만 마시다가 3일 만에 그냥 죽어버렸다는 실제 이야기가 전해 온다. 이것은 사실이다. 나 같은 경우에 아침 숙소에서 나올 때 웃는 연습을 한다. 혼자 씽긋 웃어 본다. 그리고 다짐을 한다. 오늘은 "소리 지르지 않고, 욕하지 않는다." 현지 직원들에게 욕하고 소리 지른 날은 혈압이 오르고 퇴근하면 머리가 띵하며 만사가 싫증이 난다. 그렇게 노력을 하여도 안 될 때가 있다. 현지인들이 똑 같은 것을 3번 설명해도 실수할 때, 매일하는 것을 잊어버릴 때, 기본적인 일을 안 할 때 나도 모르게 눈에 불똥이 튀며 목소리가 커지고, 심하면 한국식 욕이 확 나온다. 이들도 대충 느낌으로 한국 욕을 안다. 통역 요원과 한국태권도를 배운 직원들은 더 감을 잘 잡는다. 이 나라 노동법상 인격모독, 욕을 못하며, 심지어 소리를 지르지도 못하게 한다. 그런데 사람인 이상 그렇게 하기가 쉽지 않다. 한국에서 난 첫 직장 퇴직하기까지 거의 욕을 하지 않았다. 에티오피아에 3년 있으면서 점잖은 사람이 아주 우습게 변했다. 꼭 쌍 팔년도 논산 훈련소 같은 별의별 욕을 다 하게 되었다. 나 스스로 통제 하려고 무진 애를 썼다. 그런데 세월이 갈수록 욕이 더 자연스럽게 나온다. 자신에게도 많이 미안하고, 가족과 현지 직원들에게 한편 송구한 마음이다. 매일매일 노력 하는 수밖에 없다. 성질내고 욕 해봤자 내 건강만 나빠지고, 누구 에게도 득이 되지 않는다는 것을 잘 알면서도 사람이기에 이것 통제가 잘 안 된다. 다시 더러워진 입이 정화 되려면 귀국하여 수도를 많이 해야 할 것이다. 소리 지르고 욕 하는 것이 특히 스트레스에 안 좋다. 나중에는 풍치 까지 생겨, 실제로 앞니가 흔들거리기 까지 했다.

믿은 놈

현지직원 중 팀 리더로서 아디스아바바 대학을 나오고 영어, 수학도 잘하고 머리가 좋고 거기다 동작 까지 빠른 직원이 있다. 현지 관공서와 현지인들 협조가 아주 원활하다. 그래서 이 직원을 승진시키고 급여도 대폭 인상토록 건의하였다. 그런데 웬걸. 이놈이 계약한 통근버스 기사와 짜고 도둑질을 한 것이다. 계약금을 부풀리고 차액을 자기에게 상납 받는 식으로 한 것이다. 그 액수가 매월 자신의 월급의 두 배가 넘는다. 모범 직원으로 다음에 한국 연수도 계획 된 놈이다. 개인적으로도 몇 번 "다른 사람은 못 믿어도 너는 믿는다." 열심히 일해라. 그럼 충분한 보상이 있을 것이다. 그렇게 수차례 신뢰를 주고 한국 스마트 폰도 사주고 선물도 많이 주고 믿은 놈인데, 이놈마저 도둑질을 한다. 나이도 21살에 입사하여 지금 23살로 아주 어리다. 이러니 누굴 믿겠는가? 머리 좋고 신세대에다 집안도 아버지가 변호사로 좋은 편이다. 눈치도 빠른 놈이 그런 짓을 하니 참 기가 막힌다. 한 선교사가 얘기 했듯이 이 나라 사람 중 과연 믿을 사람이 있겠는가? 라고 되물은 적이 있다. 종교적인 신념을 가진 분이 이런 얘기를 할 때 반신반의 했었다. 그런데 눈앞의 현실이 닥치니 당혹스럽다. 이런 현지직원을 어떻게 다루어야 할지 참 대책이 안 선다. 에티오피아 현지 직원들의 생각에는 외국회사에서 못 해먹으면 병신이라는 게 뚜렷이 있다. 그래서 틈만 보이면 도둑질을 해 먹는다. 그리고 이런 것을 명확한 증거가 없이 법정에 가면 대부분이 외국계회사가 진다. 소송비 내고 몇 달, 심지어는 1~2년까지 소송에 시달리다가 결국은 패소하고 만신창이가 된다. 확실한 증거를 가지고 가도 대부분 이 나라 법원은 화해하라고 현지인 편을 든다. 그래서 의문이다. 뭐 하러 이런 나라에 까지 와서 사업을 하고 돈을 벌어야 할까? 이익 남기려고 이 아프리카 까지 와서 고생 하는데. 글쎄 언제 고생한 보람을 찾을 수 있을지?

연수, 그리고 잠적

3년을 근무하고 팀 리더로서 모범적인 공장직원 2명이 있었다. 그래서 이들의 사기진작, 동기부여 차원에서 한국 연수를 1주일 보냈다. 한국의 철강 공장방문 및 기술지도, 관광계획 등 거액을 들여 한국을 보냈다. 그리고 5일이 지났는데, 남자 직원 2명이 메모를 남겨두고 사라졌다. "자신들을 찾지 말라는 메모", 말문이 막힌다. 이들은 여기 현지 공장의 리더 급이고 그동안 기술을 전수 받아 수준급으로 되었고, 팀 리더로 급여도 현지인 매니저급으로 받았다. 3년간 어려운 기술 가르쳐 놓으니까 한국 연수 가서 도망간 것이다. 이들은 이미 연수생으로 결정되고 나서 한국의 에티오피아인 도피를 지원하는 조직과 연결하여 작정을 하고 도망 간 것이다. 한 놈은 미혼이고 한 놈은 기혼에 어린 아들까지 있다. 그런데도 두 놈이 작당해 그대로 사라 진 것이다. 회사로서도 매우 난감 한 것이다. 대사관에 보증을 하고 비자를 받아 나갔는데, 사라졌으니 입장이 난처해 졌다. 다른 기관에서도 이런 일은 비일 비재 하다. 그동안 신뢰와 실력을 인정받아 놓고 한국을 가게 되면 신세 고칠 량으로 사라진다. 한국에 이미 이들을 안내 해주는 점조직이 퍼져 있다. 그들은 이 조직을 통해 불법 체류하면서 임금을 받고 몇 년 근무한 뒤 돈 모아서 추방 형식으로 돌아온다. 어떤 사람은 이곳에 조그만 빌딩을 사고 가게도 연 사례를 보았다. 이들에게는 한국은 꼭 6.25끝나고 한국 사람이 미국으로 가는 것만큼 생각 하는 것이다. 치밀하게 계산한 이놈들이 한국에서 경비가 필요하다며 몇 십 만원을 월급 가불하여 회사 돈까지 챙겨서 도망갔다. 그런 머리는 기가 차게 잘 돌아 간다. 이러니 이런 현지 놈들을 과연 어떻게 믿을까? 3년 동안 최고의 모범직원으로 신뢰를 받았고 창립기념일에 공로상까지 받은 놈이다. 회사에서 한국연수는 신중히 생각해야 한다. 차라리 한국의 장인 기술자를 초청하여 교육하고, 다른 방법으로 포상 하는 것이 좋다. 이들을 한국식 인센티브를 준다는 생각자체가 큰 착오이다. 지금은 좀 덜 하다고는 하나, 에티오피아 젊은이들은 한국가면 누구든지 도망가려는 유혹을 어쩔 수 없다. 남, 여 불문이다. 여자들도 많이 도망가서 심지어는 난민 신청을 하여 시간을 끌다가 눌러앉아 불법 체류로 돈 벌어 오는 사람들이 많다. 현재 한국에 에티오피아 불법 체류 자가 5천 명이 넘을 것이라는 통계가 있다. 믿을 수가 없다. 믿지 마라. 현지 어떤 사람도……

해외지사

외국, 그것도 아프리카에 있는 한국회사에 근무하기는 한국에서 같은 회사에 근무 하는 것에 비해 3배 이상의 부하가 걸린다.

한국직원 몇 명이 현지직원 100여명 이상을 관리해야 하고, 그 관리가 참으로 미묘하기 때문이다. 현지 직원들의 기본 생각이 자신들은 적당히 해도 외국회사는 돈이 많으니 급여를 많이 주어야 한다고 생각한다. 그리고 물건을 다루는 직책의 직원들은 외국 계 회사는 봉이고 도둑질 해 먹어도 고소도 못하고 적당히 넘어가니 못해 먹는 게 병신이다. 너도나도 해먹자! 같이 해먹자! 이런 생각이 팽배 해 있다. 이런 직원을 감시 감독하는 것은 꼭 경찰이 도둑놈 감독하는 것과 같다. 그리고 해외지사 대표중에 아주 난해한 사람도 있다. 특히나 해외 있는 대표는 외국까지 나와서 돈을 벌어야 하니 그 심정은 이해가 충분히 간다. 현지인들에게는 대우를 잘 해주면서 한국인들은 아예 종으로 본다. 한국 사람은 한빈 계약하면 꼼짝 못하니 맘대로 부려 먹어도 된다는 식이다. 이런 상황이 되면 여러 가지 생각이 든다. 아무리 제2의 직장이지만 이런 수모까지 받아 가면서 근무해야 하나하고 생각이 왔다 갔다 한다. 실업급여 몇 달 받고 당장 그만두고 싶은 생각이 굴뚝같다. 그런데 문제는 한국 직원을 쫀다는 것이다. "만만한 한국직원은 야근시키고 공휴일, 일요일 근무 시켜도 꼼짝 못하니 그렇게 해도 무방하다." 이렇게 생각하는 게 습관화 되어 있는 것 같다. 내가 근무 하던 회사도 유사하다. Line이 돌아갈 때 장시간 근무하여 생산을 해야 LPG등 경비가 절약되니 12시간, 16시간, 심지어 24시간 교대 근무를 시킨다. 현지 직원은 적절한 시간제 근무 시키면서 한국직원은 혹사를 시킨다. 물론 모든 한국인 공장이 그런 것은 아니다. 그러고도 시간외 수당, 휴일 수당은 챙겨줄 생각은 않는다. 당연히 한국인은 그렇게 해도 "불만이 없을 것이다"라고 가정하고 부려 먹는 것이다. 해외에서 한국사람 목 줄기 틀어잡고 돈을 벌려고 하는 회사가 있다. 제2의 직장으로 외국에서, 그것도 아프리카의 한국회사에 취직하고자 하면 각오를 단단히 해야 한다.

간신배

이것은 한국직원간의 문제이다. 다른 한국회사의 상황은 정확히는 모른다. 그러나 어느 회사나 간신배(스파이)는 있다. 특히 해외에 나와 있는 기업은 반드시 경영진 사람을 특별히 심어 놓는 것 같다. 처음에는 그걸 모르고 모든 정보를 공유하고, 속에 있는 얘기를 털어놓고 회사가 잘되는 방향으로 토론도 한다. 그런데 좀 있으니 모든 정보가 하나하나 샌다는 것을 느낀다. 사소한 일상생활까지. 그래서 그다음부터는 이 사람을 경계하고, 번드르 한 피상적인 얘기만 한다. 스파이가 있다는 것을 알고부터는 한국 직원간의 단합이나 회사의 충성심은 없어진다. 그런 사람을 심어 놓고 감시하는데 어느 누가 진실하게 일 하겠는가? 꼭 과거부터 내려오던 자기사람 스파이로 심어 놓고 감시하는 보통의 한국기업의 문화와 유사하다. 그런 스파이가 한사람 끼면 그 다음부터는 한국직원간의 인간관계는 와해되고, 팀워크는 어렵다. 근무를 하다 보니 첩자역할을 하는 자가 어느 날 한 사람이 왔는데, 나중에는 직원의 동향뿐만 아니라 인사문제까지 관여 한다. 처음에는 이 사실을 모르고 성심성의껏 정직하게 협조하다가, 어느 순간 스파이구나 감 잡는 시점부터는 다른 모든 한국직원이 그자를 경계하게 된다. 그때부터는 오직 기업의 공적인 업무관계만 유지된다. 현대의 한국인들에게는 이런 시스템의 용납은 어림 반 푼어치도 없다. 한국 사람이 어떤 사람들인데, 그런 짓거리를 맘속으로 받아들이겠는가?

그런 조직은 이미 모든 인간관계는 사라진다. 좋은 말을 하다가도 그자만 오면 입을 다물게 된다. 단지 직장에서 월급 타먹기 위한 공적이고 피상적인 보고관계만 있게 되는 것이다. 한국 회사들은 항상 이런 비공식 조직을 하나 심어 놓기를 좋아하는 것 같다. 그래야 회사를 경영하는데 안심이 되는 모양이다. 해외 나와서 직장 생활 하는 분들은 꼭 이점을 유의해야 한다. 꼭 간신배가 끼어 있다는 것을 알고 자신의 속을 모두 보이면 안 될 것이다. 그리고 항상 적당한 거리를 두어야 한다. 이상하게도 몇 달 지나면 그 간신배의 정체가 서서히 들어난다. 알려고 하지 않아도 자연히 알게 되는 것이다. 외국에 있다고 느슨하게 회사 생활하다가는 한칼에 날아간다. 본부에서는 이미 어떤 경로로든 끄나풀을 심어 놓는다는 것을 명심해야 할 것이다. 그리고 아무리 회사를 위한 것이라도 바른말을 너무 자주 할 필요도 없는 것 같다. 나 혼자 몸이 부서질 정도로 충성해 봤자 돌아오는 것은 거의 없다. 특히 스파이를 심어두었다고 확신하는 그 순간부터는 아예 회사에 대한 충성심이 맹물로 변한다. 생각 해 보라. 한국매니저 사기 올려주고 마음을 산다면 회사는 금방 정착할 것이고, 당연히 이익 창출도 신속히 진행될 것 아닌가? 이는 자명한 이치이다. 스파이를 심어 놓고, 한국직원을 감시하고 개차반 취급하면서, 오직 현지인들 환심만 사려고 한다면 어떻게 되겠는가? 이런 행태로 아프리카에서 제대로 회사를 정착시키겠다면 그것은 지나친 욕심이 아니겠는가?

한국직원의 충성심

개인적으로 근무기간 중 총 35일 일요일과 공휴일 정상근무

하였다. 그런데 회사에서 한국직원은 휴일 수당을 주려고 생각을 않는다. 현지직원들은 평일 30분 초과 근무하여도 오버타임 수당을 정확히 지급하면서도. 할 수없이 대표에게 건의하니 그때야 "그렇게 근무 했어요?" 하며 평일 근무한 것과 같은 비율로 보상을 하겠다고 한다. 그것도 선심 쓰듯이. 세계 어떤 나라가 공휴일, 일요일 근무를 평일과 동일하게 계산하나? 이런 꼼수 관리를 하는 회사도 있다. 한국인들은 은혜를 안다. 이런 수당을 제대로 보상해 주면 감동해서라도 몇 배 더 일을 열심히 하고, 충성심을 가지고 회사를 챙길 것이다. 이런 간단한 이치도 모르면서, 그저 한국 사람은 찍소리 못하고 쪼이면 일만 하니 잘 해줄 필요 없다고 생각한다. 이런 상황에서 회사가 조기에 정상화 되겠는가? 그러기를 바란다면 비정상이지. 내 개인적으로도 2년을 근무하다보니 무엇이 회사에 득이 되는지 훤하게 감을 잡게 되었다. 그러나 그런 조언과 건의를 하고 싶은 생각이 싹 사라진다. 아예 입 다물고 조용히 지낸다. 내 노하우를 진행하면 수백, 수 천 만원이 절약 되는데도 그런 아이디어를 제공하고 싶은 생각이 사라진다. 이런 귀한 노하우를 날려 버리는 회사의 행태, 참 우둔하다고 할 수밖에 없다. 진짜 중요한 것은 못 챙기고 중요하지 않은 자잘한 것을 우선 챙긴다. 계약 종료로 퇴직하는 직원에게 조금만 신경 써서 배려 해주면 간, 쓸개 다 빼주고 갈 텐데. 여기까지 와서 사업하는 사람이 아주 유능할 텐데, 뭐가 더 중요한지를 간과하는 것 같다. 다 자기 역량이니 내버려 둬야지!!! 뭐 때문에 이런 근시안 적으로 운영하는 회사에 충성을 하겠는가? 알아주지도 예우하지도 않는 회사를 위해. 아프리카에 현지 근무하는 한국직원들은 참고로 이런 것을 알고, 아예 그러려니 하고 대비하면 좋을 것이다. 맘먹고 해외서 직장생활 잘 하려면…….

아! 대한민국

월드컵 응원이 생각난다. 그리고 2019년 6월 15일 20세 이하 월드컵에서 준우승을 하는 사상 최고의 성적을 거두었다. 아프리카 에티오피아에서 보면 대한민국은 참으로 위대한 나라이다. 우리가 어릴 때 미국을 보는 것 같다. 무슨 제품이든지 세계일류 수준이기 때문이다. 핸드폰, 자동차, 가전제품뿐만 아니라 신라면, 자장면 하다못해 봉지커피 까지 참 우수하다. 의류, 신발도 마찬가지다. 볼펜, 달력 문구류도 기가 막힌다. 크기가 에티오피아의 1/10도 안 되는 나라인데 중공업, 화학공업을 전 세계에서 선도하는 나라이니 얼마나 위대 한가? 아무리 생각해도 불가사의 한 대단한 나라이다. 이런 것을 보면 지도자의 비전과 예지력, 결단력, 힘을 한곳으로 모으는 결집력, 선결과제추진 등이 무엇보다 중요하다는 것을 느낀다. 회사도 같은 것 같다. CEO가 어떻게 하느냐에 따라 회사의 명운이 달라진다. 그것은 내가 아프리카 에티오피아에 있는 한국회사에서 2년을 근무하면서 느낀 정확한 사실이다.

에티오피아 전문가

개인적으로 이분으로부터 많은 조언을 받았다. 이곳에서 사업을 하시는 박동규 사장님이다. 그분이 한번은 이런 말씀을 하신다. 한국에 휴가 가는 한국 매니저가 있으면, 현지인들은 귀신같이 알고 와서 알랑거린다. 한국에 휴대폰이 싸니 하나 사 달라는 것이다. 그래! 사줄게. 얼마짜리로? 그럼 돈을 먼저 줘. 라고 하면 "한국까지 갔다 오는데 같이 일하는 사람에게 선물 하나하면 무슨 문제가 있냐?"하며 공짜로 하나 사달라는 것이다. 한국 사람을 아주 돈 많은 물주로 안다. 무슨 자선사업가로서 얘기만 하면 50만 원짜리를 척 척 사다주는 줄로 안다. 나도 그렇고, 여기 대부분의 한국 사람도 그런 경험이 있다. 한국 갔다 오면 집에 안 쓰는 핸드폰을 여러 개 가져다가 이들에게 나누어 주었다. 일 잘하고 착실한 직원에게 그렇게 하였다. 그런데 이들은 한국에 스마트 폰을 공짜로 버리는 줄 안다. 그리고는 태연하게 "간단한 선물하나 하는데 뭘 그러느냐, 뭘 돈을 받느냐"고 한다. 철면피다. 자신이 공짜로 얻는 것이 당연한 듯이 한다. 표정하나 변하지 않고 달라고 한다. 태어나기 전부터 이들은 공짜에 물들어 있다. 유럽의 NGO들이 들어와 습관을 들인 탓이다. 이곳에서 19년을 거주 하시고 사업을 하는 한국 박동규 사장님도 혀를 찬다. 이렇게 뻔뻔스런 놈들은 지구상에 여기만 있을 것이다.

물품 대여

돈 빌려주고 떼인 사례는 여러 번 밝혔다. 그러나 다른 물건도 마찬가지다. 잠깐 쓰고 반납한다는 조건으로 삽이나 장비를 빌려 간다. 그리고는 감감 무소식이다. 달라고 하면 그때야 아! 없어졌다. 잊어 버렸다고 한다. 그리고 물어 달라고 하면 손만 좌우로 쩍 벌리면서 배 째라는 식이다. 여긴 작업 후 바로 창고로 반납하지 않으면 그날 밤 당장 다 잃어버린다. 공사 후 삽을 공사 현장에 두면 밤사이에 경비와 짜고 울타리 밖으로 다 던져서 사라진다. 그런 머리는 귀신같다. 돈이고 물자고, 장비고 일체 빌려주지 마라. 그게 뱃속 편하다. 돈도 마찬가지다. 심지어는 갓난아기 분유 값이 없다고 징징거리면서 돈 빌려 달라고 한다. 다음 월급날 꼭 준다고 한다. 그래서 급하기도 하고 딱 해보여 빌려 주면 99% 떼인다. 꼭 돈을 빌릴 때는 인간적 연민을 갖도록 강조한다. 인정상 거절을 못하게 이유를 단다. 부모가 급히 병원에 가야 한다는 등 해서, 그래서 몇 번 빌려 주다 보면 습관이 된다. 이번 급여 때 한꺼번에 다 갚을 테니 마지막으로 빌려달라고도 한다. 그러다 보면 몇 천 비르 된다. 결국 떼인다. 돌려받는 사례는 거의 없다. 이런 족속들이니 일체 어떤 조건으로 돈을 빌려 달라고 하더라도 안 빌려 주는 게 상책이다. 현지 직원들과 개인적인 돈 거래와 물건을 빌려 주는 것 가급적 하지 마시라. 더불어 정도 주지 마라! 나중에 마음의 상처가 더 클 수 있으니 만큼…….

신체리듬 관리

이 뜨거운 아프리카에서 감기 몸살이 오겠는가? 하겠지만 자주 감기 동반 몸살도 온다. 내 개인적으로도 2개월에 한번 씩은 격은 것 같다. 그 주 요인이 환절기다. 여기가 항상 뜨거운 것만이 아니다. 우기 4개월 동안은 서늘하다. 밖에 나가 있으면 따갑고 건조하며, 안에 들어오면 서늘하다. 밖이 뜨거워서 옷을 벗고 있다가 서늘한 방에서 오래 있다 보면 리듬이 틀어진다. 얼마 전에도 방안에서 런닝만 입고 몇 시간 TV를 보았다. 그런데 그 다음날 목감기가 왔다. 그리고 좀 무리 했던지 몸살감기가 겹쳐서 왔다. 한국에서 가져온 약으로 겨우 버틴다. 이럴 때는 직장이고 뭐고 다 때려

치우고 당장 귀국하고 싶은 마음이 굴뚝같다. 이곳의 감기 몸살은 한국의 늦겨울에 찾아오는 것과 유사 한데, 머리 안이 흔들리고 뼈 마디가 쑤신다. 충분히 쉬고 즉시 약을 먹고 처치해야 한다. 안 그러면 낭패 본다. 어떨 때는 침대에서 옴짝 달작 하기가 싫을 때가 있다. 외국 나와서 몸 아픈 것보다 서러운 게 또 있을까? 다른 방법이 없다. 사소한 것이라도 조심하고 스스로가 건강을 챙기는 수밖에 없다. 한번 씩 앓고 나면 몇 달은 조심 하다가 어느 순간이 되면 스르르 사라진다. 그러다 보면 한 번씩 오지게 걸린다. 철저하게 관리 하는 수밖에 다른 방법이 없다. 외국 와서 몸이라도 건강하게 소정의 기간을 마쳐야지, 몸 때문에 중도 하차 하는 경우가 꽤 있다. 조심 또 조심.

정전

에티오피아에서 공장을 하는데, 제일 문제가 인프라 이다. 그 중에 전기가 큰 문제이다. 전기의 질(質)도 문제지만 이미 전기 관련시설들이 낡아 언제 끊어질지가 모르는 상황이다. 게다가 이들은 통보의 개념이 없다. 바람 불고, 비 오고, 차가 전봇대를 들어박아 선이 끊어져서 갑자기 안 들어온다. 이곳 전기회사에서 일체 통보가 없다. 안 들어오면 들어올 때 까지 기다리라는 것이다. 하루에 3번 이상 정전되면 그날 작업은 오히려 손해이다. 또 2019년 5월부터는 공장 전기가 격일로 보급되었다. 비가적어 수력발전을 못했다는 이유이다. 더 웃기는 것은 격일로 보급한다고 TV공표까지 해 놓고, 중간에 공휴일이 있으면 정전 날짜에 예고 없이 전기를 보내고, 실제 들어올 날은 정전시킨다. 그러니 한국 공장에서는 환장을 한다. 생산준비 다 해놓고 전기오기를 기다리는데 전기공 사에 전화하면 그때야 오늘 정전이라고 한다. 정말 개(犬)라는 말 이 저절로 나온다. 회사는 안달복달 한다. 그리고 계속 공장이 정 상 가동되지 않고 수익이 나지 않으니 한국직원만 들이 볶는다. 땅 콩도 아닌데. 이러니 모든 한국직원들만 스트레스가 올라간다. 이 런 곳에서는 직원들도 스트레스가 심하고 오너 또한 그 정도가 심 해진다. 몸과 마음을 다 바쳐 회사에 충성할 수도 없고, 하고 싶은 맘도 없고, 할 필요도 없다. 왜? 이곳의 사정이 이런데 한국직원 만 애걸복걸 해 봤자 남는 건 자신의 건강을 해치는 것 뿐이니. 특 히 지혜롭지 못한 조직, 자신의 생각이 항상 최고라는 생각에 사 로 잡혀있는 사람이 있을 때는 더하다. 에티오피아는 수력 발전에 의존하고 있다. 그래서 전반기에 비가 많이 오지 않으면 전기 생산 이 안 된다. 정부에서 전기소요가 많은 제철, 제조업 등 공장은 격 일로 24시간씩 공급하기로 결정했다. 그래서 공장을 격일로 24시 간 돌리는 체제로 바꾸었다. 그런데 2주까지는 문제가 없는데 이 기간이 한 달이 넘으니 여러 곳에서 문제점이 나타난다. 우선 몸에 리듬이 맞지 않아 한국직원들이 아프기 시작하고, 피로가 가중되 어 일을 하기가 힘들어 진다. 그러니 제조업 공장은 그야 말로 초 긴장이다. 이곳 전기담당부서 매니저는 뇌물을 은연중에 요구한 다. 자기에게 바치면 정상적으로 전기 공급을 잘 해 주겠다는 취지 로 슬쩍 정보를 흘린다. 이런 나라의 인프라와 그것을 관리하는 관 료들의 행태가 이렇다. 차라리 공장을 안 하고 말지……

체력고갈

체력이 바닥났다. 에티오피아에 3년 이 다 되가니 남아 있는 체력이 없다. 체력의 재충전 없이 써 먹기만 해서 그런 것 같다. 하루는 별로 먹은 것도 없고 술도 마시지 않고, 상한음식이나 자극성 있는 것을 먹지도 않았다. 그리고 푹 쉬었다. 그런데 갑자기 새벽에 속이 미식 거린다. 위가 거북해서 잘 수가 없다. 화장실에 가서 저녁에 먹은 것 모두 토했다. 나중에는 쓴쓸한 위액 까지 토한다. 그러더니 잠시 후에는 설사가 난다. 묽은 대변이 아니라 꼭 소변 같은 물줄기 설사가 난다. 이런 적도 처음이다. 혹시 수인성 전염병이 아닌가? 덜컥 겁이 났다. 아직 새벽 3시도 안 되었는데……. 땀은 비 오듯이 흐른다. 몸에 수분이 부족할 것 같아 생수를 한 컵 마셨다. 그런데 마시는 족 족 위가 미식 거리면서 토하게 된다. 꼭 무슨 비눗물을 마신 것 같은 느낌이다. 이거 이렇게 큰일 당하지나 않나? 겁이 난다. 겨우겨우 추슬러 한숨 잤는데, 아침까지 긴장이 된다. 물 총 같은 설사를 5회 하고나니 몸속에 음식물은 아예 남아 있지 않다. 허리가 척 꼬부라지고 머리가 어질어질 하고 온몸에 매가리가 없다. 정로환과 항생제 한 알을 먹었다. 아랫배 통증은 조금 가라앉는다. 다소 속이 풀린다. 점심을 숭늉을 만들어 오라고 하여 조금 마셨다. 약간 풀린다. 오후에 또 속이 부글거려 화장실을 다시 들락거린다. 참 기분이 으스스 하다. 이제 귀국 할 때가 된 것이다. 더 이곳에 있다가는 온몸이 망가 질 것 같다. 결정했다. 신속히 귀국 하는 것으로. 대표와 면담하고 계약 종료와 더불어 그만 마무리 하려 한다. 더 이상 있다가는 몸을 제대로 간수 할 수 없다. 급격한 체력 저하와 같은 비율로 에티오피아라는 나라가 급격히 싫어진다. 지금까지 나는 세계 여러 나라(20여 개국)에 근무하고 방문한 적이 있다. 그런데 여기 같이 정이 들지 않는 나라는 처음이다. 몸이 아프기 시작하니 더 정이 떨어지는 것은 어쩔 수 없는 것이리라. 3년을 근무 했다. 그 정도면 충분히 근무 한 것이다. 옛날에 군대3년 시집살이 3년이라 했다. 이곳 아프리카도 유사하다. 3년이면 긴 기간이다.

일본차(車)

　세계에서 일본을 무시하는 나라는 한국뿐이 없다. 그러나 일본과 일본사람들은 절대 무시할 수 없다. 무시 한다는 그 자체가 한국인의 열등감이 아닌가 싶다. 제조업에서 일본은 참 선신국이다. 우리는 절대 그들을 무시하지 말고 차분히 배워야 한다. 그리고 분란을 조장하는 행위도 하면 안 된다. 속으로는 쓰리더라도 한국은 아직까지 일본을 잘 배워야 한다. 이것은 분명한 진리이다. 이곳에서도 느끼는 것이 일본의 압도적인 경제력과 기술력이다. 저자는 강력히 권장한다. 아프리카서 일 하려면 일본차를 써라! 한국 차를 쓰는 것은 절대 애국이 아니다. 한국에서 면세로 들어오니까 어쩔 수 없이 한국 차를 쓰는 경우가 있다. 그런데 이게 참 고통스럽다. 한 1년 정도 지나면 이곳 도로환경이 나빠 차가 금방 망가진다. 그러다 보면 부속이 없어 한국에 신청해야 한다. 신청하면 한 달씩 걸리기도 한다. 아직 한국 차가 아프리카에 많지 않아 유통되는 부속이 적다. 그러니 그동안 또 일본차를 빌려 써야 한다. 그러느니 아예 일본차를 사는 것이 뱃속 편하다. 한국 차를 사면 결국 한국 욕한다. 이따위로 차를 만들었냐는 등. 그리고는 폐차도 일찍 시키게 된다. 한국 차가 아프리카에 퍼지고 있지만 아직도 95% 정도가 일제차다. 일본은 수 십 년 전부터 아프리카 시장을 장악하였다. 실제 일본사람은 이곳에서 거의 볼 수 없는데도 일본차가 거리를 메운다. 우선 일제차가 고장도 적고, 고장 나도 부속이 많아 고치기가 쉽다. 한국공장도 그렇고 NGO단체도 그렇고 면세라고 한국 차를 가지고 들어와서 한번 고장 나기 시작하면 식겁한다. 제발 아프리카서는 일제차를 써라! 그것이 진정한 애국이다. 그리고 일본을 무시하고 배척하면 결국 한국 손해다. 일본을 경멸하는 것은 이 나라 사람들의 똥배장과 유사하다. 지나간 과거를 감정에 대입하는 것은 아무짝에도 쓸모없는 무모한 짓이다. 언제까지 과거를 먹고 살 것인가? 베트남을 보라. 월남전당시 한국군이 철천지원수였고, 전쟁 중 얼마나 억울한 전쟁범죄가 많았나? 그런데도 그들은 과거를 잊고 미래를 같이하자고 한다. 참 아름다운 모습니다. 이런 상황을 오늘을 사는 한국인은 명심하여야 할 것이다. 이곳에서 보니 새삼 한, 일 관계와 한, 베트남의 관계가 새로운 시각으로 보인다.

에티오피아에서 기업경영

저자는 해외(에티오피아)에서 한국회사의 경영역량이 참으로 중요하다는 것을 뼈저리게 실감 하였다. 어느 국가, 회사, 조직이나 경영자가 제일 중요하다. 그 조직의 성패를 좌우 한다. 특히 에티오피아에 있는 외국제조업 회사는 신경 쓸 것이 워낙 많다. 어떤 날은 경영자가 별것 아닌 것 가지고 화를 많이 내는 경우가 있다. 가만히 생각해 보면 이해가 가는 면도 있다. 이 나라 사정상 공장을 제대로 돌리지 못한다. 외환문제, 원재료수입, 전기단전, 스트라이크 등이 원인이다. 그러니 자연히 짜증이 날 수 밖에 없다. 한편으로 이해가 가는 상황이다. 수백억 자금을 받아 투자 하였는데, 뺵 하면 공장이 정지하니 미칠 지경일 것이다. 하루 생산 하지 않으면 엄청난 손실이 발생한다. 한 달 쉬면 수억 원의 손실이 발생한다. 수익을 벌어도 시원치 않은데 손실이니 오죽 하겠는가? 해외에서 공장이 제대로 돌아가지 못하면 한국직원들도 일하기가 힘들어 진다. 스트레스는 쌓이고, 몸은 몸대로 지친다. 급여를 적게 받더라도 내 나라에서 가족과 함께 사는 게 최고라고 느껴진다. 한국뉴스를 보니 대한항공 사주가 별세 했다고 나온다. 그런 재벌 오너도 나이 들면 다 떠나는데, 뭐 그렇게 팔자 고치겠다고 이역만리 아프리카까지 와서 일 해야 하는가 하는 생각이 문득 든다. 정상적으로 최초 예상한 대로 공장이 잘 돌아가서 생산이 잘 된다면야 이런 스트레스를 안 받을 것이다. 돌발변수가 많아 예상하지 못한 상황이 발생하니, 투자금회수도 안되고 이익도 나지 않고, 계속 비용만 추가 되고, 시간이 지날수록 압박이 더 할 것이다. 한국직원으로서 오너를 잘 보좌하고 공장이 잘 돌아가게 하여 이익창출을 하도록 하는 것이 임무이다. 그런데 에티오피아서는 그게 그렇게 쉽지 않다. 한국회사가 영세한 기업 포함하여 약 20여 개가 이 나라에 사업을 위해 들어 왔지만, 그중에 제대로 수익을 내는 회사는 20%도 되지 않는 것 같다. 어쨌거나 한국인들끼리는 똘똘 뭉쳐 열심히 정상가동을 하려고 최선의 노력을 한다. 회사도 이런 한국직원의 자세를 꼭 이해하여야 한다. 그리고 예우해 주어야 한다. 한국직원이 잘하면 자연히 공장이 잘 돌아가는 것은 간단한 이치가 아닌가? 그리고 관리자는 유연해야 한다. 한국에서 터득한 유용한지식이 있더라도 여기에서는 그대로 적용이 안 된다.

에티오피아 상황에 맞지도 않는 것을 자신이 잘 한 것 이라고 그대로 적용하려고 하니 괴리가 생긴다. 이런 고집이 회사를 더욱 어렵게 만들 수 있다. 그런 실수를 하였으면, 본인의 생각을 고쳐야 함에도 자신의 방법이 정답이라고 우기는 관리자도 있는 것 같다. 스스로 판단하여 역량이 안 되면 절대 아프리카사업을 하면 안 된다. 본인도 회사도 한국직원도 망가진다. 저자는 해외사업체 관리자들의 역량에 대하여 심층적으로 관찰하였다. 어떻게 설명해야 좋을까? 아프리카까지 와서 기업을 하고 돈을 번다는 관리자는 과연 어떤 사람이 적임자 일까? 소규모 한국식당이나 LG, 삼성, 현대 등 대기업 지사는 돈을 좀 버는 것 같은데, 다른 기업은 수익이 별로 나지 않는 것 같다. 이런 기업체를 경영하면서 이익을 창출하는 관리자는 참으로 대단한 사람들이다. 한편 여기까지 오는 관리자들은 유별나게 지독 한 것 같기도 하다. 머리도 비상하고, 체력도 좋고, 정치력, 협상력도 있고, 영어도 잘하고, 참 탁월한 분들임에는 분명하다. 그런데 특이한 것도 있는 것 같다. 즉, 한국 직원은 이미 계약했고, 당연히 일만 열심히 해야 한다는 생각이 있는 것 같다. 한마디로 한국직원은 호구이다. 한국인은 혹사 시켜도 문제없다고 생각하는 것 같다. 즉 한국직원 쪼여서 돈 벌려고 한다고 느껴진다. 웃기는 것은 현지직원은 소리만 한번 질러도 월급 올려주고 처우를 개선 해 준다. 2년간 몇 번 씩 급여를 올려 준다. 그런데 한국직원은 홍어 취급한다. 너 월급 받기 싫으면 귀국하라는 식이다. 이런 직장의 직원50% 정도는 1년도 못 채우고 그만둔다. 아무리 한국보다 급여를 많이 준다고 해도 못 견디는 것이다. 아프리카라는 특수성과 환경에 적응을 못하는 경우도 있지만, 특이한 회사의 캐릭터에 기인하는 경우도 있는 것 같다. 에티오피아에서 사업을 하고 이익을 남기는 그 자체가 엄청난 모험이고 도박이다. 흔히 말하는 도리집고 땡을 하는 것과 유사하다. 그리고 이들은 이미 다양한 사업 경험이 그 분야에서 있던 사람들이다. 현지 직원도 잘 다룬다. 잘 다룬다는 것은 좀 다른 의미인데, 현지 직원에게는 현지법을 따르면서 대우를 적절히 해 준다. 그런데 한국직원에게는 그렇지 않다. 그저 한국직원은 종놈 부려 먹듯이 부려 먹는다. 그래도 꼼작 없이 따를 것이라는 것을 알기 때문이다. 한국직원의 심리 상태와 현 실태를 교묘히 이용하는 것이다. 명색이 에티오피아에 투자한 한국 회사들은 한국과 에티오피아의 우정과 경제 발전에 공헌한다며, 박근혜대통령시절 경제교류일환으로 투자가 된 곳이다. 표면은 이처럼 거룩하게 포장 하였어도, 그 내막은 한국직원을 무지막지하게 일을 시키는 경우가 있는 것 같다. 현지 교민들 사이에서도 한국회사들이 한국직원을 혹사한다고 소문이 나 있는데도 회사는 이를 모르는 것 같다. 한국직원이 고생하여 공장을 정상화 시켜도 추석, 구정명절에 떡국 한 그릇 제공하는 것이 전부이다. 아프리카에서 떡국을 먹을 수 있으니 그것으로 감지덕지하라는 것이다. 그런데 현지 언론에 광고나 행사스폰서에게는 수 천만원을 사용하고, 각종 행사에도 거액을 쓴다. 현지 정치인들 기관장들 로비에는 아낌없이 돈을 쓴다. 하다못해 현지 노동부 관계자, 전기 담당 매니저에게도 뒷돈을 준다. 그런데도 유독 한국직원에게는 마른수건 짜듯이 짠다. 한국매니저에게 우선 잘 대해주어야 공장이 신속히 정착되고 잘 돌아 갈 것이 아닌가? 그런 간단한 이치도 모르고 에티오피아까지 와서 사업을 한다는 것은 말이 안 된다. 처음에는 한국직원들이 일치단결하여 아프리카까지 와서 한국기업이 꼭 성공해야 한다는 일념으로 열심히 일 한다. 조기에 기업이 정착하고, 신속히 이익이 발생하도록 모두 한마음으로 업무에 전념한다. 하나같이 회사에 대한 충성심으로... 그런데 1년, 2년이 가도 아무런 보상이나 비전이 없으니 하나하나 회사에 대한 마음이 서서히 떠난다. 정해진 계약기간이 만료되면 대부분의 한국직원은 귀국한다. 아프리카에서 회사의 성공은 한국직원의 헌신으로만 가능하다. 우선 한국직원을 신뢰하고 최고로 예우를 해 주는 것이 첫 번째 조건이다. 이것이 중요한 기본적인 한국회사의 경영능력이고, 역량이고 덕목이라고 생각한다. 한국기업이 아프리카까지 와서 돈 벌고 성공하려면...

도둑11

또 다른 도둑놈이 있다. 공장을 가로질러 가는 전선을 설치하여 공장 뒤편 마을에 임시 전기를 공급 하였다. 전선을 설치한 2주 후 갑자기 전봇대가 쓰러지고 전선이 잘려 나간 것이다. 짐작컨대, 경비들이 외부 연락하여 무주공산 전선이 있으니 밤에 와서 끊어 가라고 한 것 같다. 구리선은 바로 현찰이니 오죽 좋은 표적이겠는가? 경비들은 도둑질을 도우면서 부수입 올린다. 한국도 과거 전선 잘라서 엿 사먹기도 하고 그랬다. 그런데 여기는 지금까지 그런 좀 도둑이 있다. 그것도 울타리를 넘어 들어와 전선을 잘라 간 것이다. 웃기는 것은 이 전선은 마을 사람들에게 공장의 전기를 공급하는 라인이다. 즉 현지인들의 복지를 위해 설치 한 것인데, 현지인들이 도둑질을 한 것이다. 마을 사람들은 전선이 공장안에서 도둑맞았으니 공장에서 변상 하라고 한다. 어이가 없어 이 요구는 묵살하였다. 이런 나라에 와서 사업을 하니 한국 매니저들이 얼마나 시달리겠는가?

버스 정비

일반적인 차 정비는 이미 앞에서 소개 하였다. 이번소개는 버스를 고친 사례를 자세히 설명 하겠다. 현대차인데, 버스 브레이크 시스템에 고장이 나서 에티오피아 최고의 현대 자동차 직영점 마라톤 정비소에 차를 맡겼다. 절차도 복잡하다. 미리 법적문제를 방어하기위해 정비의뢰 서류까지 제출하라고 한다. 세차까지 한 다음 가져다가 맡겼다. 그런데 2일이면 정비 완료 될 것으로 생각 했는데 1주가 지나도 정비를 못한다. 그래서 차를 회수해 오려 하니 이미 다 분해를 해놔서 회수도 못하게 해 놓았다. 차를 가져가면 뜯어놓고 차일피일 시간을 보내고 정비 비를 올린다. 고칠 능력도 없다. 할 수 없이 변호사를 통해 다시 문서를 작성해서 10일 만에 고치지도 못하고 빼 왔다. 무조건 뜯어 놓고 어떤 경우 한 달까지 끈다고 한다. 이런 짓거리를 하는 놈들이 아디스아바바 현대 직영점이라고 간판을 달고 영업을 한다. 할 수 없이 한국인 정비소에 가져갔다. 여기서는 부속 가져다주니 단 하루 만에 고친다. 이곳 정비소는 이렇게 개수작을 부리고 차만 망가트린다. 세상에 이런 놈들이 또 어디 있나? 그것도 아디스아바바에서 최고수준의 현대직영 정비소라고 하는 놈들이 이런 장난질을 한다. 그래서 한 달이고 두 달이고 잡아놓고 차 주인을 애태우다가 돌려주고 나면, 금방 더 큰 문제가 다시 생긴다고 한다. 이 이야기는 한국 정비사장에게 전해들은 얘기다. 새 차 갖다 맡기면 멀쩡한 차 수리부속을 헌 것으로 갈아 끼우고 고물 만들어서 나온다는 것이다. 그래도 큰 다행으로 버스는 10일 만에 한국인 정비소로 옮겨서 마무리를 잘 하였다. 이런 과정을 모르면 우습게 당한다. 또 하나는 한갓진 골목에 차를 잘못 세워 두면 트렁크를 쇠 파이프로 연 다음 스페어타이어와 정비공구 등을 탈취 해 간다. 이것도 유의해야 한다. 후진국, 아프리카 에티오피아에서는 조심할 것이 너무도 많다. 스스로 알고 대비하는 수밖에 없다.

공사(公私)구분

이들은 공사 구분이 불명확하다. 공산주의 아래서 교육 받은 사람일수록 더 그렇다. 한직원은 동생 졸업식 행사가 있다고 해서 회사차를 빌려 달라고 한다. 그것도 공문을 써서 요구한다. 한국 같으면 상상이 안 되는 일을 당연하다는 듯이 가져온다. 그래서 이것은 개인 행사이므로 안 된다고 하면 이해를 못한다. 회사 것 제 것을 구분을 못한다. 그리고 성금도 자주 걷는다. 뻑 하면 직원 어려운 일이 있다고 연판장 비슷한 것을 돌린다. 그리고 100~200비르(4,000~8,000원)정도를 거출하여 전달한다. 부의금도 이렇게 거출한다. 직접 장례식장에서 주지 않고 회람을 돌려 거출한다. 종이를 돌리면 일 잘 하는 현지 직원은 성금을 준다. 처음에는 이런 공사 구분하는 일을 지키지 않는다고 교육시키기가 쉽지 않다. 그래도 계속 교육을 시켜야 한다. 문제는 나이든 직원일수록 오히려 이런 습성이 바뀌지 않는다는 것이다. 이들을 교육을 시켜서 순화시키고 그들의 고정 관념을 바꾸는 것은 참으로 어렵다. 아무리 강조하고 교육해도 바뀌지 않으니 나중에는 스스로 지쳐서 포기 하고 만다. 그래서 "느그들은 한평생 그렇게 살고 자식들도 그렇게 살아라."하고는 더 이상 교육하기를 포기하기도 한다. 그들을 교육시켜 바꾸려고 하다보면 내가 스트레스 받아 혈압이 올라가고 이곳에서 생활하기가 어려워진다. 그러니 포기 할 때는 적당한 시기 빨리 결정하는 것이 좋을 것이다. 그러는 것이 신상에 좋다.

리조트

가끔 소더레(아디스아바바 남쪽위치)라는 리조트에 간다. 옆에 강이 흘러간다. 여기는 물이 귀하고 강이 많지 않아 약 1시간 정도 차를 타고 가야 있다. 마을 옆에 오픈되어 있는 강가는 가면 안 된다. 가기만 하면 귀신같이 알고 아이들이 모여들어 성가시게 한다. 그리고 눈만 돌리면 도둑질을 해 간다. 그래서 할 수없이 입장료 약 4,000원을 주고 리조트 지역으로 가서 쉰다. 여기는 아주 여유롭고 날 파리 같이 달려드는 아이들이 없어 좋다. 어떨 때 에는 아주 고기가 잘 잡힌다. 메기도 크다. 가끔 잉어 비슷한 것도 잡힌다. 메기는 한국메기와 똑 같다. 다른 어종은 모양이 좀 다르다. 잉어 과는 황토 물에서 자랐는데도 아주 희고 깨끗하다. 여기서 평소 소소한 낙이 강바람 쏘이고 낚시 하는 것이다. 그리고 강 이라고 하지만 그리 크지 않고 한국의 개울보다 약간 더 크다. 그것도 이 나라에서는 아주 큰 강으로 친다. 심지어 에티오피아 사람들은 이런 리조트 방문을 과거 한국 사람이 제주도 가는 만 큼이나 대단하게 생각 한다. 그 안에 호텔과 식당, 수영장, 온천 등 편의시설이 있다.

현지인 행사

이들은 부족으로 시작해서인지 가족의 관계가 매우 끈끈하다. 사돈의 팔촌까지 관혼상제 행사에는 가야 한다. 그리고 기간도 길다. 또 시골이 고향인 직원은 통상 1주일 이상을 간다. 그리고 꼭 간다. 만약 빠지면 그 사람은 자신의 부족에서 왕따를 당한다고 한다. 병문안도 같다. 친구가 입원해도 가고 사촌이 졸업식을 해도 온 친척이 동참한다. 집안에서 외국을 가면 꽃다발을 들고 온 가족, 친척이 공항에 나온다. 좋은 행사든 나쁜 행사든 반드시 얼굴을 내 밀어 도장을 찍는 것이 이 나라 관습이다. 무슨 친구 입원에 문안을 낮에 가느냐? 일과 끝나고 밤에 가라고 해도 굳이 조퇴를 하고 간다. 처음에는 이해하기 참 힘들었다. 그런데 오래 있어보니 모두가 그렇게 하는 것을 알았다. 그러니 여기서는 그런 관습을 이해 해 주어야 한다. 그리고 근본적으로 일하기 싫어하고 놀기 좋아하는 습성도 작용한 것으로 보여 진다. 문상을 간다고 하면 이들은 하나의 관례적인 행사나 놀이로 생각한다. 그것을 아름다운 전통으로 생각하는 경향이 있다. 그러니 이들은 이런 관습을 전혀 고치려고 하지 않고 오히려 전통으로 굳게 이어가고 있다.

현지인의 식재료

일면 한국과 비슷한 면이 있다. 식사시간 때면 유독 고춧가루 냄새가 심하게 난다. 현지 직원 식재료비에 고춧가루가 많은 부분을 차지한다. 그리고 이들은 양파를 아주 많이 먹는다. 주식인 인제라 소스를 만들 때 양파가 들어간다. 양파와 고춧가루, 그리고 마늘도 많이 먹는 편이다. 인제라가 2~3일 정도 숙성된 것이고, 다른 식재료도 한국과 비교 하여 일면 유사한 것도 있다. 양파는 사이즈가 작은데 딴딴하고 맛있다. 아마도 건조한 토양과 뜨거운 태양의 영향 일 것이다. 한식 반찬에는 항상 양파를 간장에 절여서 준비 하도록 한다. 그나마 입맛 없을 때 좋은 재료다. 여하튼 이들은 고추 가루를 즐기는데, 생고기를 먹을 때도 고춧가루에 찍어 아주 맛나게 먹는다. 뻘건 혓바닥을 내 밀면서. 이들은 부식을 많이 먹는 편이다. 부침개 같은 인제라위에 콩, 감자, 야채, 고기 등으로 요리한 소스를 듬뿍 얹어 먹는다. 그리고 식재료 구매 담당하는 직원 관리를 잘 해야 한다. 주기적으로 세부적인 가격체크를 해야 한다. 처음에는 정직하게 하다가도 어느 순간 되면 장난을 친다. 잠깐 눈 돌리면 가격과 무게를 속인다. 여러 가지 신경 써야 하고, 꼭 한국의 꼰대 스타일로 체크해야만 그래도 덜 속인다. 아무리 정직해 보이는 직원도 어느 순간되면 사기를 치니 이거 항상 형사의 눈으로 감시 하지 않으면 뚫린다. 여기 3년 있으면서 식재료 속이는 걸로 많이 당했다.

사고, 부상(負傷)

공장에는 위험 요소가 많다. 당연히 부상도 자주 당한다. 그중에 대표적인 것이 화상, 외상, 골절 등이다. 이때 주의 할게 있다. 당장 부상당하여 피가 나고 소리 지르면 당황하여 우선 병원부터 보낸다. 그렇게 응급 처치를 하고 병원에 후송 시켰더라도 사후에 반드시 서류를 갖추어 놓아야 한다. 사고 경위, 사고의 책임, 당시 상황 등을 주위동료 근로자와 매니저의 확인서를 받아 두어야 한다. 당장 급한 치료에만 신경 쓰고 증거서류를 잊기 쉽다. 대부분 경미한 건은 치료 종료 후 자연적으로 무마된다. 그러나 현지법을 악용 하는 직원은 소송으로 간다. 그들은 단지 사고 확인서만 회사에서 받아 간 다음 소송을 하여 거액의 합의금을 요구한다. 당시의 정확한 증거서류를 준비 해 두지 않으면 요구하는 대로 줘야한다. 더 심각한 것은 머리나 신체의 중요한 부분을 다치면, 치료가 끝난 후에도 후유증, 신체 손상비용 등 거금을 합의금으로 제시 한다. 이를 미연의 방지하기 위해서는 반드시 정확한 경위서를 작성하여 두어야 한다. 여기 악질 근로자가 부상을 이유로 소송 걸면 거의 회사가 진다. 이들은 일단 퇴사를 하고, 부상 확인서를 받아 간 다음 변호사를 동원 거액을 요구하는 소송을 제기한다. 그는 이 한 건으로 평생 먹고 살 생활비를 뜯으려고 한다. 회사에서 부상직원 확인서를 해 줄때도 정확한 내용을 확인 한 다음 잘 해 주어야 한다. 자신의 실수 또는 안전장구를 착용하지 않거나 안전규정을 준수하지 않아서 생긴 사고도 모두 회사의 책임으로 돌리고 변상을 요구한다. 소송까지 가지 않도록 사전에 합의서나 관련 증거 서류를 잘 작성 해 두어야한다.

종교와 실생활의 딜레마

저자는 이들의 실생활 중에 종교를 관찰 하였다. 초기 기독교의 형태로 어떤 면에서는 매우 엄격해 보인다. 매주 일요일이면 하얀 스카프를 두르고 교회로 간다(사진참조). 온 가족이 깨끗한 옷을 갈아입고 경건하게 간다. 그리고 도로가에 걸인들에게 기부금도 낸다. 외양으로 보면 이렇게 경건하고 철저한 신자로 보이는 나라도 없을 것이다. Orthodox(에티오피아 정교회)건물도 웅장하고 내부에 기도하는 모습을 보면 엄숙하기 이를 데가 없다. 그리고 건전해 보인다. 이렇게 교회자체로만 보면 에티오피아는 더없이 신성하고 올바르게 보인다. 그러나 교회를 떠나면 아니다. 그 지역을 떠나면 무질서하고 거짓말 하고 도둑질을 한다. 또 정교회를 다니는 사람들은 지키는 것이 많다. 금식(Fasting)이 주로 수, 금요일인데 오전에는 식사를 안 한다. 대부분의 신자들이 이것을 지킨다. 문제는 육체노동을 하는 직원들도 이것을 지킨다는 것이다. 그러니 젊은 친구들이 허기가 져서 일을 제대로 할 수가 없는 것이다. 그래도 굳건히 지키려고 한다. 그런 정도의 신심이 있다면 일상생활을 더 정직하고 도둑질을 하지 말아야지. 거짓말과 도둑질을 늘상 달고 살면서 이 종교의 규율은 지키려고 한다. 철저한 이중성이다. 또 종교마다 고기를 사는 곳도 정해져 있다. 중국인이 오기 전까지 돼지는 개와 같이 방치 해 두었다고 한다. 돼지는 아무도 먹지 않으니 그냥 버렸었는데, 중국인들이 찾기 시작한 이후로는 이들이 기업적으로 키워 팔고 있다. 오래전에 대기근이 와서 수십 만명이 굶어 죽을 때도 그 지역에 위의 동물들은 멀쩡하게 잘 살았다고 한다. 종교 규칙상 자신이 죽을지언정 교리에 어긋나는 고기는 먹지 않았다고 한다. 참 특이한 종족이다. 그 정도의 종교 정신이라면 왜 오늘날 까지 이렇게 사는가? 이해가 안 된다. 하물며 프랑스 사람들도 대기근에는 개고기까지 먹으며 생명을 유지 했다고 하는데, 이들은 그런 동물들을 살려주면서 자신들이 죽음을 택했다고 한다. 또한 그 후손들은 이 사건을 신에 대한 도리로서 아직까지 자랑스럽게 설명한다. 그래야 죽어서 천국을 간다고 한다. 우선 사람이 먼저 살고 나서 건강하게 신을 섬겨야 맞는 순서가 아닌가? 여하튼 이들의 종교관을 볼 수 있는 사례이다. 그리고 금식월이 별 따로 있다. 부활절과 크리스마스에 약 2달 정도 금식을 하는데, 금식하는 기간도 참 길다. 이때는 12시전에는 금식을 하고, 오후에 식사를 한다. 그 식사도 육류, 계란, 심지어는 우유 , 초콜릿

등도 먹지 않는다. 금식을 한다고 하니 회사 식당 식단 짜는데도 유의해야 한다. 이런 교리는 공산주의를 거치면서도 사라지지 않고 굳건히 지키고 있다. 아마 초기 기독교를 받아들이는 과정에서 그 전통이 강력하게 고착된 것으로 보인다. 그리고 외국인들은 이들의 종교 관습에 대해 관여 하지 않는 것이 좋다. 자신들이 최고의 성스런 교인이라고 자부심이 대단하다. 괜히 건드릴 필요는 없다. 그렇게 오전 식사를 하지 않으니 점심을 2끼 분을 먹는다. 그러니 위장병이 생기는 것은 당연한 결과 인지도 모른다. 그리고 에티오피아 젊은 사람들이 의외로 체력이 약하다. 그 이유도 이런 종교적인 관습이 한 원인으로 보인다.

주유소 주의

자주 어울리는 한국 사장님이 한분 계신다. 나와 아침 일찍 약속이 있어 주유소에 들러 기름을 만충 하려 하였다. 그런데 그날 따라 주유소 직원이 구석에 있는 주유기로 안내를 하였다. 그런데 그 주유기는 차의 반대편에만 게이지가 있는 주유기였다. 오랫동안 이곳에서 생활한 이분도 별 의심 없이 500비르 넣으라고 하고 기다렸다. 그런데 평소보다 빨리 주유기를 차에서 떼더라고 한다. 그래도 별 의심 없이 당연히 잘 넣었겠지 하고 계산하고 출발하였다. 잠시 달리다 보니 아차! 한 것이다. 주유 게이지가 차 운전석 반대편에만 있어 주유원만 눈금을 볼 수 있었던 것이다. 그래서 할 수 없이 다음주유소에서 500비르만큼 다시 넣었다. 그렇게 넣고 눈금을 비교 해보니, 첫 주유소에서 100비르만 넣고 500비르를 받은 것이다. 이들은 순간이라도 방심하면 도둑놈으로 변신한

다. 사장님도 순간 방심하여 아침 일찍 별 의심 없이 넣다가 그들1
주일 치 급여를 헌납 한 것이다. 여기 사람들은 모두가 외국인, 특
히 중국인 비슷하게 보이면 벗겨 먹으려고 한다. 그들 생각은 중국
인들은 우선 멍청하고, 돈이 많으니 사기쳐먹자. 그리고 중국인들
은 사기 당해도 여간해서 경찰서나 법원까지 가지 않는다는 것을
잘 안다. 그러니 벌겋게 눈뜨고 당한다. 항상 영수증 확인하고 정
확히 차분히 하지 않으면 당한다. 그리고 사기 치다가 걸리면 오히
려 이들이 큰소리 치고 성질낸다. 자신의 과오를 감추려고. 또 사
기 당했으면 바로 잊어버려야 한다. 사기당하고 10분만 지나도 못
찾는다. 현장에서 바로 해결하지 않으면 힘들다. 경찰 불러도 그놈
도 같이 도둑놈이고, 오히려 경찰에게 일당을 주어야 하고 차비만
더 뜯긴다. 그러니 일단 이들의 수법을 알고 예방하는 것이 최고의
방법이다.

돌풍(突風)

여기는 일교차가 아주 심하다. 특히 우기에는 더 하다. 낮에
덥다가 저녁때 먹구름이 모여 오면서 소나기가 오기 직전에 돌풍
이 분다. 회오리바람같이 세게 분다. 어느 정도인가 하면 유리창
과 공장 지붕이 파손될 정도 이다. 이곳 공사 수준이 그리 견고하
지 못한 원인도 있지만 그만큼 환절기 돌풍이 세다. 거의 연중행사
이다. 작년 이맘 때 쯤에는 현관의 두꺼운 유리문이 문이 작살났
다. 이럴 경우는 전기도 거의 끊어지기가 일수 이다. 돌풍이 불기
전에 조짐이 있다. 갑자기 주위가 어두워지면서, 기온이 급강하 한
다. 그리고 소나기와 같이 들이 친다. 이런 조짐이 보이면 즉시 문

을 달아 두어야 한다. 우박과 동반하여 오는 경우도 있다. 자주 그런 것이 아니고 우기가 극에 달할 때 이런 현상이 일어난다. 공장이 있는 지역은 평지 이다. 기온의 역전이 일어나면서 주위 먼 산에 공기가 충돌하면서 이런 현상이 발생 하지 않나 싶다. 그러고 이런 돌풍이 계속되는 것이 아니고 30분 정도 하고 그친다. 어떨 때는 탁구공만한 우박을 동반 할 경우도 있다. 그리 위험한 상황은 아니나 이럴 경우는 잠시 피하는 게 상책이다. 30~40분정도 피해 있으면 금방 해가 난다. 여기 날씨는 아프리카 나라 중 좋은 편이다. 황소바람에 익숙해지는 것도 이 나라에 잘 적응 하기위한 한 방법이다.

농가

현대식 우리를 만들어놓고 기업식 소 농장을 하는 곳도 생겨나고 있다. 그러나 아직 대부분의 농가에서는 10마리정도의 소규모 숫자로 사육을 한다. 농가 집안에 사람과 한쪽을 막아서 짐승이 같이 거주하는 곳도 있다. 이들은 가축도 가족같이 여긴다. 그런데 아침에 집에서 가축 무리를 내보내는 모양이다. 소와 염소, 양, 당나귀, 낙타도 섞여 있다. 그런데 이들 가축이 길과 초지를 다니면서 스스로 먹고 다닌다. 그리고 저녁때는 자기 집으로 자동적으로 돌아가는 모양이다. 일부 무리가 많은 경우는 일꾼을 하나 붙여 관리하기도 한다. 거리, 심지어는 고속도로 중앙분리대까지 진출하여 풀을 뜯어 먹는다. 위험하다. 실제로 도로 옆에서 풀을 뜯어 먹다가 갑자기 차로 돌진하여 Road Kill 된 사례가 많다. 길가에 각종 가축이 널 부러져 있다. 그런데도 이들은 아예 치울 생각도 않는다. 2~3일 지나면 사체의 배에서 가스가 차서 풍선같이 부풀어 오른다. 그런 사체를 떠돌이 개들이 뜯어먹고 난리다. 그리고 비가 오고 햇빛이 비추기를 반복하면 한 달 정도 후에 가죽만 남는다. 거리에서 죽은 가축은 그대로 두어 자연히 사라질 때까지 방치한다. 도로복판에 갑자기 가축이 침범하는 경우를 대비하여 가축무리가 보이면 무조건 천천해 가면 좋을 것이다.

기부거부 기술

에티오피아에서 익힐 기술도 많다. 이들은 대놓고 기부를 요구 한다. 염치고 창피 한 것도 없다. 관공서고 개인이고 할 것 없이 기부를 요구한다. 공장과 아무 관계없는 분야에서 무슨 축제나 회의한다고 돈을 요구 한다. 그리고 여러 기관에서 교대로 사람이 공문을 만들어 찾아온다. 무슨 수질개선 포럼 하는데 기부하라, 경찰이 야간에 공장 주변을 순찰 도는데 오토바이를 기증하라고 하는 등 등. 그것도 떳떳하고 당당하게 빗 받으러 온 것 같이 요구하다. 그리고 지역경찰에 근무하던 경찰 출신을 한명 특채를 했다. 그런데 이 친구가 모든 기부금 관련된 것을 물고 들어온다. 자기가 지역사회 대변인같이 기부금 희사 창구 역할을 한다. 공장 뒤쪽 마을 전기제공을 해달라고 하고 마을에 수돗물을 달라고 한다. 이곳 지역에 왔으니 무조건 기부 하라는 것이다. 그리고 그렇게 지원 받는 것을 당연하게 생각하고, 안주면 다른 방향으로 치고 들어온다. 시청에 보고하여 다시 청구가 들어 온다. 이런 모든 기부를 다 들어주다보면 회사 이익이 날 틈이 없다. 그래서 거부의 기술을 익혀야 한다. 아주 부드럽게 현재 형편을 얘기하고 정중히 거절하는 기술을 잘 익혀야 한다. 참 더럽다. 어떨 때는 마을 주민들이 개떼같이 몰려와 시위하듯이 기부를 요구하기도 한다. 이럴 때 법무 팀 직원을 앞세워 최대한 부드럽게 정리하는 절차를 거쳐야 한다. 참 묘한 기술이 요구 된다.

꼰대 식 관리

현지 직원들은 일단 관심이 없고 잘 잊어버린다. 매일하는 동일한 일도 확인하지 않으면 어느 순간 하지 않는다. 몇 일후 확인하면 그때야 실수 했다고 한다. 예로, 매일 같은 시간에 물을 보급하라고 했다. 이런 간단한 것도 매일 체크 하지 않으면 거른다. 그래서 체크리스트를 30~40개를 정리 해 놓고 매일 체크 하는 수밖에 없다. 아니면 이들은 빼먹고도 당연한 듯 처 놀기만 한다. 관공서 내야하는 공과금등도 마감일을 확인 하지 않으면 그냥 지나친다. 자기의 매번 하는 고정된 일도 이렇게 놓친다. 이들을 한국 직원 같이 생각하면 절대 안 된다. 매일 확인 하는 게 뱃속 편하다. 실수하고 나서 개새끼 소 새끼 해봐야 내 속만 아프다. 그리고 벌금 등 다 물어야 한다. 모든 처리가 한국인 같이 쉽게 되지 않는다. 한국직원 1시간이면 될 일도 2~3일 걸린다. 그래서 아예 데리고 가서 찍어 주어야 한다. 심지어는 손을 잡고 가서 콕 찍어 주어야 한다. 그래도 돌아서면 잊어버리는 현지 직원이 있다. 이들의 생활 습관이나 전통 등의 관습에 젖어 있어서 이걸 바로 잡으려면 엄청 난 노력과 인내가 필요하다. 한국의 초등학생에게 시켜도 잘 할 일을 개판으로 하니. 이렇게 신경 쓰고 하루가 지나가면 저녁에 목이 아프고 가래가 나온다. 그러나 내가 경험 한 바로는 이 꼰대식 관리가 그래도 여기서는 아주 탁월한 관리 방법이다. 기억하시라 꼰대식 관리!

해고의 기술(技術)

에티오피아에서 근무를 잘 하려면 해고의 기술도 필요하다. 현지 직원 해고는 아주 신중해야 한다. 자신이 잘못하여 경고장을 3회 이상 받고 해고 되어도 이들 중 90%는 소송으로 간다. 그래서 경고장을 많이 주었더라도 법적으로 꼼꼼히 따지고 난 다음 해고해야 한다. 이런 사실은 이곳에 진출해 있는 외국인 회사면 어김없이 자주 겪는 일이다. 신물이 나도록 당한다. 재판에서 현지 직원이 지는 경우도 있다. 그 경우는 싸움과 관련 된 것이다. 이 나라 법원에서는 싸움과 관련된 해고에 대해서는 엄격히 회사의 입장을 받아들인다. 그 외의 것은 거의가 현지인 직원이 이긴다. 그래서 해고를 위해 여러 번 시행착오 끝에 아주 좋은 방법을 찾았다. 회사에 손해를 주지 않고 자연스럽게 내보내는 방법을 찾았다. 이는 매우 귀중한 정보다. 이렇게 하지 않으면 거의 소송에서 회사가 지며, 몇 달치, 많게는 8개월 치 급여를 물어 줘야 한다. 소송 중에도 증인출석, 대표 출석 등 많은 고통을 당한다.

이곳에서 기업하는 사람들은 해고 대상 직원이 있다면 다음과 같이 진행하면 좋을 것이다.

1. 일단 급여를 올려주지 마라.(업무평가를 통해 보너스 등 일체 주지마라.)
2. 그리고 가능한 어려운 직책으로 보직을 옮겨라.
3. 같은 부서에 근무하는 직원, 그 사람보다 늦게 들어온 후배 직

원 중에 우수한 직원을 눈에 띄게 급여를 올려줘라!(그 직원이 알 수 있도록 확실히 올려 줘라!)

이런 식으로 약 2달 정도 지나면 스스로 알아서 나간다. 이 나라는 개뿔도 없으면서(원래 개뿔은 없지만)자존심 하나는 세계1위이다. 자신보다 늦게 들어온 직원이 월급을 더 받는다고 하면 이들은 수치심에 견디지를 못한다. 그리고 이들의 급여는 개인의 인사사항으로 외부에 알리지 않는데도 자기들끼리 순식간에 퍼진다. 내가 경험한 방법 중에 이 방법이 가장 충돌 없이, 신사적으로 조용히 해고 하는 방법이다. 직원이 심각한 잘못을 하여, 예로 도둑질하고 근거가 확실하다고 해고 하면 법원으로 간다. 그러면 똑 같은 개새끼 판사가 "그래도 회사를 위해 일했으니 몇 달 치 급여를 보상해줘라." 또는 복직시키라고 판결을 한다. 이 방법은 간단하지만 아주 중요한 정보다. 내가 이곳에 3년 근무 후 터득한 Know How이다. 여기는 사람 뽑기도 힘들고, 관리하기도 힘들고, 해고 하기도 힘들다.

신축 후 2년

건축 후 1년 정도는 비가 새지 않고 그런대로 멀쩡해 보인다. 그런데 2년 정도 접어들면, 사방에 금이 가고 비가 스며들어 곰팡이가 핀다. 참 사이비 건축술이다. 간단한 배수로도 경사가 맞지 않아 물이 빠지지가 않는다. 중간에 물이 고여 썩는다. 또한 여기 토양은 비를 먹으면 부피가 팽창한다. 그래서 하수도를 흙 팽창을 감안하여 튼튼하게 콘크리트로 해야 한다. 그런데 눈가림으로 블럭을 쌓아서 대충 해 둔다. 그러다가 딱 2년 째 되면 흙의 부피 팽창으로 인해 하수도가 다 무너진다. 그러면 다시 공사하는 데 돈이 더 든다. 그런 것 보면 속이 확 뒤집힌다. 눈감고 아옹 식으로 해 놓고 끝나면 그만이다 식으로 도망간다. 후진국이 다 그랬을 것이다. 그러나 여기는 아주 심하다. 그리고 돈은 최초계약보다 이 핑계 저 핑계로 더 받아 간다. 개판으로 짓고 대금을 더 요구 한다. 누누이 강조하지만 돈이 두 배 들더라도 외국 계 회사, 유럽이나 중국 건축회사와 계약을 하고 건물을 완성하는 편이 더 효율적이고 결과적으로 더 싸게 먹힌다. 참고로 에티오피아에서 건물 지어본 한국인이 있으면 한번 물어보시라! 건물 짓고 나서 속 썩이지 않은 사람이 있는가를? 건물 짓고도 애물단지가 되는 경우가 많다. 2년 후 보수비가 더 많이 들 수도 있으니 꼭 유의하기 바란다.

수목(樹木), 식목행사

이곳은 우기가 약 4개월이다. 그래서 그 기간에 수목이 잘 자란다. 11월경에 이 나라 여행을 하면 이 나라 전체가 초록빛이다. 조경수로 쓰이는 나무도 이때 심으면 아주 잘 자란다. 그리고 이 나라는 특이하게 오스트레일리아에서 수입 했다는 나무가 있다. 시골 집 주위나 마을 산에도 온통 이 나무이다. 유칼리툽스라고 하는 나무이다. 이 나무는 가뭄에도 잘 자란다. 가물 때는 우기에 물을 뿌리에 품어서 자란다고 한다. 처음에는 이 나라 고유종이라고 생각했는데, 외국에서 수입 했다고 한다. 이 나무는 키가 크고 단단하여 목재, 화목으로도 많이 쓰인다. 문제는 이 나무가 이 나라의 수자원을 고갈 시키는 나무라고 한다. 참 아이러니이다. 황제시대에 이 나라에 도움이 될 거라고 외국에서 수입한 것이 이제 이

나라에 토착화 되었고, 이제는 환경파괴의 주범이 되었다고 한다. 이 나무가 들어오기 전에는 에티오피아의 수자원이 풍부한 나라이였다고 한다. 그래서 외국산을 들여 올 때는 조심 할 필요가 있다. 모든 것이 좋은 것만은 아니다. 한국도 이런 사례는 많다. 황소개구리 등 등

에티오피아에도 식목일이 있다. 여기 우기인 7월 말이다. 한국에서 내가 초, 중, 고 다닐 때 매년 4월5일 마다 식목 행사를 한 기억이 있다. 그런데 한국과 다른 것이 있는데, 한국은 묘목을 사주고 어느 지역에 나무를 심으라고 한다. 이 나라는 구역과 나무수종을 정해 준 다음 몇 그루를 사서 회사 자체적으로 심으라고 강제로 지시를 한다. 외국 계 기업도 동일하다. 그러니 이것은 환경운동한다고 외국기업에게 강제로 세금 걷듯이 한다. 의무적으로 시행 하고 보고 하라고 한다. 그러니 이런 것도 일종의 준 세금이다. 이런 것을 보더라도 이 나라는 아직 외국 기업이 투자를 할 그런 나라가 절대 아니다. 그래서 나는 여러 번 강조 하였다. 외국 회사는 세금 외에 뜯어가는 것이 너무나 많다. 이곳에 투자를 원하는 사람들은 제3, 제4 심사숙고하기 바란다.

식수(食水)유의

우기(6-10월)에는 수인성 점염 병이 돌 수 있다. 특히 식수에 유의해야 한다. 우기에는 거의 매일 한차례씩 비가 온다. 건조하던 지역이 매우 습해 진다. 그리고 장티푸스 등 전염병도 온다. 가끔 언론에도 홍보를 한다. 외부에 나갈 때는 항시 검증된 물을 사 가지고 다니는 게 좋다. 어떤 곳은 물도 가짜를 공급하는 경우가 있

다. 주로 정수기용 큰 물통에 가짜 물을 공급하는데, 수돗물을 쓰는 경우도 있고, 지역에서 나는 검증 안 된 물을 주는 경우가 있다. 우기에 이런 물을 잘못 마셨다가 설사 등 질병이 오는 경우가 있었다. 꼭 확인하시라. 여기는 먹는 식수도 사기 치는 곳이다. 그래서 에티오피아에서는 항상 세밀하게 확인 하여야 한다. 그것이 건강하게 근무 할 수 있는 길이다. 그러다 보니 한국 매니저들은 신경 쓸 게 너무 많아지고, 엄청나게 피곤해 진다. 그래도 마시는 식수는 중요 하니 신경을 많이 써야 한다. 통상 마켓에서 파는 플라스틱 물은 안전하다. YES상표의 물은 질이 우수 하다. 외부로 갈 때는 이 물부터 먼저 챙기기 바란다.

저울 속임

한동안 그래도 좀 더 가난한 사람 도와준다고 거리 좌판대의 과일을 사먹었다. 나는 망고를 좋아하여 일주일에 5kg정도를 산다. 좌판대의 망고가 질도 좋기 때문이다. 그런데 나중에 보니 이놈들이 저울 속임을 한다. 작은 것으로 약 20cm정도 되는 일직선 막대 저울인데, 이것은 스프링으로 작동한다. 그래서 스프링을 미리 좀 늘려 놓으면 무게가 더 나가는 것이다. 이런 장난질을 하는 것을 알고 그 다음 부터는 일반 가게에서 구매를 한다. 참 여기는 믿을 사람이 별로 없다. 그러니 이곳에서 생활 할 때 먼저 온 사람들에게 물어 보고, 판단하여 제일 좋은 방법을 모색하는 것이 좋다. 또 유의 할 것이 한국 교민이라고 먼저 온 사람들의 말을 100%믿고 따르면 안 된다. 어느 나라나 비슷하지만 이민을 온 교포 사회에 보면 질이 좋지 않고, 전과경력이 있는 사람, 사기꾼들이 있다. 명심하나! 오랜 검증을 거쳐 본인이 확실하다고 판단하기 전에는 한국인도 반드시 조심하여야 한다. 어떤 경우에는 먼저 온 한국 사람이 뒤에 온 한국 사람을 사기 칠 수 있는 곳이 교포 사회이다. 회사직원으로 온 정직한 한국직원은 좋은 먹잇감이 될 수 있다.

한글통역(通譯)

한글을 통역하는 현지인들은 두 부류가 있다. 어떤 방법으로든 한국에 가서 몇 년 머물다 온 사람과 에티오피아에서 스스로 배운 그룹이 있다. 두 번째 그룹은 특이하다. 대부분 처음에는 호기심에서 한국 드라마를 보면서 한글을 배우기 시작한다. 그러다가 대학에 개설되어 있는 한국어 단과 반에서 6개월~1년간 배우는 게 주 코스이다. 드라마와 영화로 한글을 배운다는 것이 신기하다. K-POP도 중요한 영향을 준다. 그중에는 수준급 통역도 있다. 머리가 좋은 아이들이다. 주로 아디스아바바 대학 다니는 학생들이다. 이들은 급여도 많이 받는다. 기본이 1만 비르 이상 받는다. 보통 대졸초봉이 4천 비르인데 비해 2배 반 이상을 받는다. 그런데도 최근에 어학 자원이 품귀 현상이 일어난다. 왜냐 하면 무슨 일인지 모르지만 한국에서 투자하기 위한 기업들이 많이 들어온다. 그래서 수요가 폭증하여 지금은 배 이상 급여를 줘야 한다. 어학을 잘 하기가 쉽지 않은데, 일단 한번 배워 두면 한국어의 경우 아주 대우가 좋다. 중국어도 유사하다. 나도 어학에 상당히 관심이 많아 처음에는 이 나라 암하릭어를 배우고자 하였다. 그런데 사람이 싫고, 이 나라가 싫으니 두 번 다시 배우고 싶은 생각이 사라졌다. 어학도 관심인 것 같다. 그 나라가 싫으면 말도 배우기 싫다. 과거 아랍 권에 잠깐 머물 때가 있었는데, 그때는 짧은 기간이지만 간단한 말을 배우고자 노력 한 적이 있다. 참 이 나라는 정이 안가는 나라이다. 그러니 자연히 이 나라 말까지 배우기가 싫어 영어로만 의사소통을 했다. 그리고 영어가 편하다.

제 7 장

·

Out of Africa

Out of Africa(아프리카 탈출)!

여기도 아프리카 이다. 사하라이남 아프리카 여러 나라 중에 에티오피아는 상당히 특이하다. 아프리카 근무와 더불어 아프리카 탈출 계획도 잘 세워야 한다. 즉 기업인들은 여기서 몇 년 동안 투자를 하고, 생산을 하고, 이익을 내고, 그다음 인계를 하고 떠날 것인가를 청사진을 잘 세워야 한다. 개인적으로도 같은 절차이다. 내 개인적으로는 3년을 예상하고 왔다. 그런데 조금 고민이 생긴다. 더 있다가는 내 영혼과 건강이 파괴가 될 것 같기 때문이다. 같은 후진국이라도 중동과 동남아는 조금 다르다. 이들은 일하기 싫어하고 게을러도 거짓이나 사기 같은 것은 여기보다 덜하다. 즉 일하기가 여기보다 수월 하다는 것이다. 그러니 자신의 여건을 고려하여 처음부터 Out of Africa, Out of Ethiopia 계획을 잘 세워야 할 것이다. 기업인이나 NGO, 선교인 기타 방문자들은 분명히 명심해야 한다. 모든 여건을 고려하여 철저히 계획을 세워야 한다. 그렇지 않고 지내다가 건강을 버린 후 귀국하는 사람도 상당 수 있다. 심지어는 사망하는 경우까지 있다. Out of Africa는 영화 제목이 아니다. 현실이다. 그것도 심각한 현실이다. 어떤 한국인은 철수시기를 잘못 잡아 사업 다 망하고, 돈 다 털리고 세금도 못 내고 야반도주하는 경우도 있다. 여긴 그런 나라이다. 낭만이 있는 영화와 같은 Out of Africa가 절대로 아님을 명심하시기 바란다. 무슨 팔자를 고치겠다고 이런 개판 나라에 머물겠는가? 수명을 단축 해 가면서 까지!

아름다운 마감

어떤 회사, 어떤 조직이나 그 구성원들은 계약에 의해서 움직이고 급여를 받는다. 계약이 종료되면 사직해야 한다. 저자도 한국 회사에 계약이 종료 되었다. 더 이상 이 나라는 있고 싶지도 않고, 체력도 바닥나서 있을 수도 없다. 그리고 애초에 3년 작정하고 와서 내가 목표한 것 100% 달성 하였다. 후임에게 인계 준비를 하였다. 그런데 마지막으로 사직하는 직원에게 회사가 아주 홀대를 하는 경우도 있다. 그래도 아프리카에 처음 정착하는 회사가 조기에 정착을 잘 하도록 열심히 일했다. 오너가 알아주던 아니던, 하루 평균 11시간 이상을 근무와 대기를 하였다. 한마디로 혹사도 마다 않고 회사의 조기 Setting 위해 헌신하였다. 이런데도 마지막 사직하는 한국직원을 푸대접한다. 한마디로 회사가 무지하다는 결론 밖에 할 말이 없다. 그동안의 서류로 남기지 않은 노하우(Know how)가 얼마나 많겠는가? 서류에 없는 노하우가 더 가치가 있는 것이 많다. 그런데 그런 분위기를 못 만들어 준다. 그러면 굳이 내가 나서서 알려 줄 필요가 뭐 있나? 괜히 미운 털만 박히지. "끝이 아름다워야 모두가 아름답다". 는 만고의 진리가 있다. 그런데 무지한 회사가 있으면 그런 모습을 보여 줄 수가 없다. 그냥 서류와 파일로만 피상적으로 공식인계하고 만다. 후임자가 알아서 해라 식이다. 장기간 시행착오를 거쳐 정착된 엑기스 노하우 몇 개만으로도 수 천 만원을 절약 할 수 있다. 회사가 그만큼 빨리 정착 할 수도 있다. 직원의 아름다운 뒷마무리는 회사가 하기에 달렸다. 특히 이곳 에티오피아에서 회사 경영의 세밀한 노하우는 그 직책에 근무 하지 않은 사람은 모른다. 에라! 알아서 잘 하겠지 하고 둔다. 그리고 후임이라고 온 직원도 의지가 없고 건방지다면 더더욱 세세히 인계 해 줄 의욕이 있겠는가? "그래 잘 해봐라" 이다. 너 그렇게 잘났으니 오죽 잘 하겠나 이다. 특히 에티오피아에서의 전임자의 업무 지식은 서류에 없는 구두 전달이 더 중요하다. 그런데 머리 나쁜 사람들은 그런 걸 모르는 것 같다.

등소평

개인적으로 중국의 지도자 등소평을 존경한다. 저자는 평소 이런 생각을 하였다. 에티오피아(Ethiopia)에도 등소평 같은 지도자가 나온다면 어떨까? 그는 강력한 카리스마와 사심 없는 애국심을 바탕으로 거대한 영토와 50개가 넘는 종족을 일체화 시키고 중국을 오늘날의 강대국으로 만드는 초석을 마련하였다. 이런 지도자가 나와서 에티오피아를 종족이 아닌 국가개념으로 이들을 통합하고 개혁시킨다면 이곳도 아프리카에서 강대국으로 변모 할 것이다. 이 나라는 기본적으로 땅도 크고 인구도 1억이 되어 충분한 저력이 있다. 다만 수 천 년의 종족주의와 지방 분권화된 시스템으로 나라의 역량을 결집하지 못하고, 수시로 지역별 소요가 발생하는 것이다. 지도자들도 종족에 물려서 혁신을 못하고, 불안한 정국이 계속되고 있다. 종족별 언어도 다르다. 표준어가 통용이 안 된다. 이 나라 공무원 교육기관 같은 곳에서 등소평을 연구하고 향후 이런 지도자를 양성하면, 에티오피아도 천지개벽을 하지 않을까라는 생각을 해 보았다. 아직까지 이 나라는 정치와 경제가 매우 불안하다. 국가의 두뇌들은 그 역량을 국가를 위해 쓰지 못한다. 상류층들은 외국으로 나가거나 이민가기 바쁘다. 종족주의로 국가의 개념이 부족하다. 우수한 자원을 양성하지도 활용하지도 못한다. 수 십 년간 가난이 반복된다. 무엇보다 정신개혁가 필요하다. 지금생각으로는 백년하청이다. 공산주의로 폐쇄되고 낙후 되었던 중국을 획기적으로 변화 시켰듯이 이들도 꼭 등소평과 같은 위대한 영웅이 나오기를 염원 해 본다. 지금같이 선진국으로부터 구호금에 매달려 살다보면, 언제까지나 가난을 반복할 것이다. 이제 자본주의로 전환 된지 약 30여년이 되어간다. 지금쯤은 위대한 지도자가 출현하여 이 나라를 과감히 바꾼다면 이들은 아프리카에서 미래가 있는 선진국이 될 것이다.

변화(變化)

등소평은 절대 변화지 않을 것 같은 중국대륙을 변화 시켰다. 에티오피아의 건물과 자동차는 하루가 다르게 변화가 있다. 이들은 돈에 대하여 집착이 아주 강하다. 그래서 돈이 된다고 하는 것은 귀신같이 한다. 상품을 판매 하는 것도 같다. 그런데 잘 바뀌지 않는 게 있다. 이들의 습성이다. 고착된 생각과 버릇은 바뀌지 않는다. 매일아침 교육하고 회의하고 가르쳐 주어도 다음날 잊어버린다. 한국의 새마을 운동으로 생각하면 안 된다. 이들은 피에 유전인자가 박혀 있는지, 절대 안 바뀐다. 여기에 장기간 사업을 하신 박동규 사장님 계신데 이분의 말씀도 같다. 10년이 지나도 안 바뀐다고 한다. 오죽하면 이런 말씀을 하시겠는가? 회사의 대부분의 직원이 대학을 나왔다. 영어의사 소통도 문제없다. 컴퓨터를 접한 신세대로 이 나라에서는 고급 인재들이다. 그런데도 변하지가 않는다. 하루도 소리 지르지 않고 가는 날이 잘 없다. 꼴에 자존심은 있어서, 자신이 잘못하고도 소리 지르면 왜 소리 지르느냐고 되묻는다. 변화 할 생각은 안 하고. 정신적인 변화가 있어야 에티오피아도 발전 할 것이다.

복 받은 에티오피아

에티오피아는 건기가 1년에 2/3, 우기가 1/3이다. 이런 고산지역 기후 덕택에 에티오피아가 커피의 자생지로 최적의 조건을 갖추고 있는 것 같다. 우기에 비가 많이 오고 무더운 날씨임에도 한동안 습기가 많다. 그리고 11, 12월 수확 전에 다시 건기로 돌아선다. 그리고 땅은 비옥하다. 대지의 모습도 천지 차이로 바뀐다. 우기에는 온통 사방이 초록으로 덮이고, 선기에는 온통 마른 풀과 황토색의 황무지로 바뀐다. 그런데도 가축들은 온종일 걸어 다니며 이 건조한 풀을 잘 먹고 잘 큰다. 그러다가 6월부터 푸른 싹이 나면 부드러운 풀을 먹고 다시 살이 찐다. 어쩌면 가축들에게도 에티오피아의 기후는 축복일지도 모른다. 남쪽 지방은 호수도 많고, 나름대로 물이 풍부한 편이다. 그래서 농작물도 잘 된다. 수박등 과일과 야채가 풍부하다. 그래도 아프리카에서는 여건이 좋은 나라임에는 틀림없다. 이정도의 토양과 기후가 받쳐주는 나라가 많지 않다. 우기가 지나고 바로 10월 말쯤 여행을 하면 경관이 좋다. 이런 좋은 나라를 당연히 잘 가꾸어야 한다. 그러면 아프리카 국가 중에 분명히 강대국이 될 것이다. 특히 북쪽의 시미엔 국립공원, 다나킬 소금호수 등은 한번쯤 가볼만 하다. 시미엔에는 세계적인 희귀동물 왈리아(야생염소와 유사함, 맥주 상표이름 동일) 등이 있다.

세금(稅金)대비

어느 나라든지 세금은 기업의 사활을 결정하는 중요한 문제이다. 그런데 유독 에티오피아는 외국 기업에게 더 악랄하다. 유럽 선진국보다도 세금 떼는 것은 더 귀재이다. 일단 외국기업을 투자하라고 유치한 다음에 5년 정도 잘 방치를 하여둔다. 그런 다음이 문제다. 이런 저런 이유로 온갖 명목을 붙여 세금을 때린다. 기업이 감당 할 수 없을 정도로. 정부에 기부금, 직원들 항공료, 숙/식료 등 몇 년 치를 합하여 Penalty까지 냅다 때려 버린다. 순익의 70%의 세금을 맞을 수도 있다. 도저히 기업이 정상정인 사업을 할수 없을 정도로 때려버린다. 그러니 한국의 굴지의 건설회사도 결국 세금 때문에 쓰러지고 철수하는 지경에 다다른다. 이렇게 당한 외국회사가 많다. 도저히 견딜 수 없게 만든다. 이 나라 공무원의 습성이 참 개새끼들이다. 그러려면 애초에 기업 유치를 하지 말아야지, 기업 유치 할 때는 갖은 특혜를 준다고 유혹 해 놓고 공장이 정상화 되면 날로 먹으려 하는 것이다. 이 나라에서 외국 기업을 유지 하려면 제일먼저 세금관계를 면밀히 연구 한 다음 가능성이 있을 때 투자 여부를 결정해야 할 것이다. 권 하건데, 다른 동남아 국가를 선택하라고 강력히 권장한다. 이 나라 정부의 투자유치 감언이설(甘言利說)에 절대 속지 마시라. 이들은 동양인들 즉 중국, 한국인들을 돈 많은 봉이며, 우둔한 멍청이로 여긴다. 참고로 일본과 미국, 유럽 대부분의 나라는 이 나라에 거의 투자 하지 않는다. 그래도 에티오피아보다 조금 앞선 중국, 인도, 터키 등이 주요 투자 대상국이다. 특히 중국의 시골 수준이 여기와 유사하기 때문에 중국은 여기가 먹힌다. 그리고 그들은 현지인들을 중국식으로 무자비 하게 조진다. 그래서 여기 수준에 맞게 회사를 운영하고 제품을 만든다. 제발 오지마라 이런 나라는……. 도시락 싸가지고 가서 말릴 것이다. 오시면 100%후회 한다.(내가 힘주어 수차례 강조 하였는데도 오는 사람은 돈 버리고, 건강 버리려고 작정한 사람이다. 다른 말로 얼이 빠진 사람이다.)

공항

에티오피아 국제공항은 신도시 지역인 볼레(Bole)에 있다. 국적기로 에티오피아 국기의 문양을 그려 넣은 항공기가 유럽 미주 아시아 등 노선이 다양 하다. 동북 아프리카 허브 역할을 해서 항공기가 많이 뜬다. 스튜어디스들은 전형적인 에티오피아 여성들인데 미인이다. 그러나 아직 서비스가 부실 한 편이다. 중국자본으로 현대식 공항 청사를 증축 중에 있다. 후진국 대부분의 나라가 그렇지만 공항을 이용하기가 매우 불편하다. 우선 검문검색이 심하다. 2번을 검색한다. 처음 모든 짐을 다 한 다음 탑승하기 전에 기내 짐 검사를 다시엑스레이 검사를 한다. 번거롭고 짜증이 난다. 더 한 것은 벨트, 신발, 재킷, 심지어 반지 까지 빼라고 한다. 그리고 나름대로 철저하게 검색을 한다. 미화($)는 3,000달러 이상을 가지고 나갈 수 없다. 걸리면 무조건 압수이다. 한국 사업가 한 분이 가방에 몇 만 불 가져가다가 검문에 걸려 그대로 압수당한 사례가 있었다. 교민사회 사고가 있으면, 한국 대사관으로부터 소식이 전파된다. 그래서 현찰을 규정이상 가져가는 것은 매우 조심해야 한다. 여기는 압수당하면 그대로 뺏기고 만다. 돌려받는 것은 아예 생각도 못한다. 그러니 거액의 달러를 가져가려면 잘 안배를 하여 여러 사람이 나누어 가든지, 철저히 넣어 가야 한다. 그리고 농산물도 많이 가져가면 걸린다. 참깨가 여기 특산품인데, 기준이 5kg이다. 그런데 한번은 20kg을 짐마다 나누어서 가져 간적이 있는데, 이것은 뺏기지 않았다. 커피는 무게를 통제 하지 않는다. 다만 커피 생두를 가져가다가 걸리면 압수당한다. 제일 신경 쓰이는 것이 규정보다 많이 지참한 달러이다. 특히 이 나라는 현재 달라가 부족하여 외화 반출을 엄격히 금지 하고 있다.

에티오피아에 꼭 오시려는가?

좋다. 에티오피아는 일면 가능성이 있어 보이는 나라이기도 하다. 오려거든 반드시 아프리카와 에티오피아의 정세를 확실히 인식하고, 공부를 하고, 이해를 한 후 확신이 있을 때 오시기 바란다. 이어서 여기에 오는 목표와 계획 등이 정확히 수립되어야 할 것이다. 물론 계획대로 착착 되는 것은 없다. 예상치 못한 돌발변수가 자주 발생한다. 많은 부정적인 면에도 불구하고 여기에도 희망은 있다. 에티오피아의 어머니가 자식교육에는 헌신적이다. 다른 아프리카 국가보다는 그래도 지능 지수가 높은 것 같다. 또 다른 사하라이남 아프리카에 비하여 치안도 어느 정도 확보된 편이다. 시골사람들은 아직 때 묻지 않고 순수하다. 다른 아프리카 보다 덜 시커멓다. 대졸 자들은 영어 소통이 된다. 거기에다 6.25전쟁 때 전투 병력을 파병하여 우리를 도와주기도 하였다. 그러나 오시려거든, 반드시 현지 상황을 철저히 숙지하시라. 그리고 모든 면에서 너무 큰 기대는 하지 마시라. 더 위험한 것은 "일단 한번 부딪쳐보지"란 생각은 아예 하지 마라. 여기서는 한번 부딪치고 나서 깨지고 나면 더 이상 재기가 어려워진다. 이곳에서의 실패로 인하여 다른 나라 사업지원이나 봉사 까지도 중단하게 되는 사태가 발생 할 수 있다. 각종 매체를 확인하여 보라. 과연 에티오피아 와서 최초 목표대로 성공한 사례가 몇 건이나 있는지? "한국이 지원해 주지 않으면 누가 하겠는가라는 고상한 어리석음"은 즉시 버려라. 이미 유럽각국에서 70년 전부터 지원 해왔지만, 그들도 이제는 넌덜머리를 내고 하나 둘 씩 철수 하고 있다. 6.25전쟁 보은? 이정도로만 해도 된 것이다. 지금부터는 이들이 스스로 자각 하여 일어서야 한다. 더 이상 도둑에게 돈을 부어 줄 필요는 없다. 그것은 오히려 환자에게 마약을 주는 것과 같은 상황이다.

제 8 장

·

에티오피아 여행

세계문화유산(사진참조)

에티오피아는 세계문화 유산이 10여개가 있다. 그것도 자국에서 주도하여 세계문화유산에 등제 된 것이 아니고 유네스코에서 자발적으로 그 가치를 인정하고 지정한 것이다. 랄리베라는 1,000년 이상의 역사를 간직한 바위교회이다. 통 바위산을 위에서부터 정으로 깎아 만든 바위 교회인 것이다. 기독교가 전파될 때 많은 사람들이 이스라엘 예루살렘을 가고자 했으나 거리가 멀고, 중간에 이교도의 위험으로 인하여 순례가 힘들어 지게 되었다. 그래서 당시 왕이 예루살렘 가는 대신 제 2의 예루살렘을 만들라고 지시하여 세운 것이다. 에티오피아 관광 책자에 반드시 나오는 전 세계 크리스친들의 성지이다. 힘 있고 무지막지한 조상(왕조)이 있었다는 것은 그 후손들에게 엄청난 혜택을 준다. 마치 진시황이 그랬던 것처럼. 바위교회그룹이 한두 군데가 아니다. 11개 그룹의 교회가 있다. 이 교회는 만들 때부터 지금까지 예배를 보고 있다. 바위 교회에는 나이든 할머니들이 맨발로 오로지 신앙심을 경주한다. 이들에게 사탕, 과자 물을 주어도 받지 않는다. 오로지 신앙심으로 무장하여 기도에 열중한다. 이상한 음조로 으-으~으 하며 기도를 읊조린다. 마이크로 통해서 울려나오는 소리는 온 산에 퍼진다. 이런 행사가 1천년 이상을 이어오고 것이다. 유럽, 이스라엘 등에서 온 관광객이 많다. 그런데 주변이 아직 정리가 되지 않고 지저분하다. 길가에 오줌 찌든 냄새가 진동한다. 유네스코 예산 받아 재건축도 하는데, 아직은 인류 문화유산이라는 개념이 희박하다. 북 동쪽 소금사막과 용암을 보러 갔는데, 그곳은 자연그대로의 웅장함이 있는 반면, 이곳은 오로지 인간의 힘으로 만들어 놓은 유산이다. 전 세계 많은 관광객이 오는데, 역시 외국인에게는 입장료를 많이 받는다. 두 사람 입장료가 약 7만원이다. 청소부 한 달 월급 정도이다. 이곳은 다른 것은 볼 것이 없고 인간의 손으로 창조한 바위 구조물이다. 기독교 신자라면 한번은 와 볼만 한곳이다. 경건한 신앙심이 절로 우러나오는 것 같다. 주위가 산촌이어서 식사나 숙소가 부실한 편이다. 그야말로 종교적 신념으로 한번 와볼만 한 곳이다. 역사, 종교적 관점에서 한번은 볼만 하다. 아디스아바바에서 1박 2일이면 충분하다.

북쪽 관광(사진 참조)

에티오피아의 북쪽에 유명한 광광지가 많다. 북동쪽, 북서쪽으로 나누어 있는데, 제대로 보려면 1주일 정도 걸린다. 에티오피아는 영토가 큰 나라이다. 아프리카 국가 중 일찍 문명이 발달하고, 기독교를 받아들인 나라이다. 이들의 자부심에는 항상 솔로몬과 시바(슈바)여왕이 있다. 이들은 그들의 후손이라고 주장을 한다. 특별한 인류 문화유산이 다수 있다. 대표적인 곳이 시미엔 산, 용암화산, 다나킬 소금호수, 랄리벨라 교회, 곤다르고성, 악숨 고대유적, 청나일 강, 아바이계곡 등이 있다. 특히 랄리벨라 교회는 보통사람들이 평생 돈을 모아 이곳 성지 순례를 하는 것을 큰 소망으로 갖기도 한다. 개인적으로 4박5일의 시간을 내서 북쪽 여행을 가보게 되었다. 장관이다. 한번은 가볼만한 곳이다. 국내선 비행기가 잘 연결되어 있다. 다나킬 지역은 꼭 방문해야 할 곳이다. 소금호수와 소금 사막, 소금산등을 볼 수 있다. 메켈레 지역 용암이 흐르는 산에 갈 수 있는데 밤에 올라간다. 헤드라이트를 켜고 올라가서 밤에 볼 수 있다. 그리고 산꼭대기에서 땅바닥에 모포를 깔고 노숙한다. 주변 온 천지가 유황냄새로 가득하다. 별을 이불로 삼아 잔다. 춥지는 않은데 바람이 심하게 분다. 오랜 군 생활을 했어도 완전 노지에서 텐트도 없이 잠을 잔 것은 처음이다. 색다른 경험이기는 하다. 살아 있는 용암이 수 백 미터 아래에서 강물처럼 파도치면서 흘러나온다. 어디로 가는지는 알 수가 없지만, 꼭 태양의 혓바닥 같이 넘실거리며 흘러넘친다. 야외에서 자는 것이 좀 불편하다. 소금 호수, 소금산도 가까이 있다. 다만 거기는 개인 침대를 하나씩 주고 야외에서 잔다. 주의 할 것은 외국인이 특히 시간이 촉박하게 예약하면 바가지를 엄청 씌운다는 것이다. 1인당 약 40만 원 짜리 관광 코스를 나는 80여 만 원을 지불했다. 그것도 그곳에 가서 세계 각국에서 온 여행객들과 이야기 하는 과정에서 알았다. 시간이 촉박하고 이곳에 인터넷이 안 되어 직원을 시켜 급히 예약 한 것이 완전 봉이 된 것이다. 여행 내내 괘씸한 생각을 지울 수가 없다. 비록 환상적인 소금 행성과 몸이 뜨는 호수, 소금 광산, 소금 채굴, 낙타 소금 대상(Caravan)등 아주 이국적인 것을 잘 감상 하였음에도. 그러나 참으로 괘씸한 여행 옵션이다. 오지에서 자고 하루는 학교교실 같은 바닥에 침대를 10여개씩 깔아놓고 한 방에서 자라고 한다. 꼭 난민 체험 같은 분위기이다. 샤워는 4일 중 하루 찬물로 할 수 있다. 대부분 유럽 여행객인데 그들은 자세한 여행 정보를 가지고 와서 바로 적응한다. 난민 캠프의 난민 대우를 받아도 즐겁게 느긋하게 잘 먹고 잘 잔다. 그리고 이들은 금방 친구가 되고 대화를 잘 한다. 피곤한데도 같이 어울려 즐겁게 웃고 맥주도 마시며, 정보도 나눈다. 금방 친해져서 다음 여행 코스를 같이 잡기도 한다. 남녀 구별 없이 한 공간에서 자며 자연스럽게 친해진다. 그렇다고 문란한 것은 절대 없다. 지킬 예의는 확실히 지키면서 찾을 것은 다 찾아 먹는다. 젊은 유럽 여자들도 용감하게 혼자 다닌다. 금발에 백옥 같은 피부를 가진 여성도 거리낌 없이 오지를 자유롭게 다닌다. 부럽기도 하다. 독일 여행객이 특히 많다. 이곳은 에리뜨리아 국경에 가까워 항시 무장 군인이 동행하여 경호를 한다. 총을 어깨위에 얹고 양손을 올려 지탱하는 자세이며, 이들은 바지 대신 치마 같은 천으로 두르고 다닌다. 그 치마가 공기를 소통하게 하고 그늘을 만들어 주어 시원하다고 한다. 그리고 자신들의 물건을 강하게 만들고 야간 애정행위에도 도움을 준다고 하니 다목적 의복이다. 공기를 통하게 하여 습한 것을 없애고 무좀도 예방하니 충분히 가능성은 있는 개똥 이론인 것 같다. 거기다가 소피를 볼 때는 여자처럼 앉아서 천을 슬쩍 벌리고 볼일 본다. 그리고 모래로 자기 고추를 슥 문지르고 일어나면 그만이다. 그런데 소금 사막에서 나 참. 거기에서도 앉아서 볼일을 본다. 그 귀중한 관광 자원이고 인류의 유산인 그곳인데 가드라는 놈이 총 차고 거리낌 없이 오줌을 앉아서 싼다. 다른 사람은 별 관심이 없어 잘 못 보는데, 내게는 정확히 걸렸다. 이들은 그 넓은 소금 바닥에 자기 오줌 조금 깔기는 것이 뭐가 대수냐는 식이다. 그리고 마치 소금바닥에 자기의 오줌을 더해 더 짜게 만들려는 심산인 것 같기도 하고. 이곳 주민들이 가드의 오줌 섞인 소금을 먹을 텐데. 아직도 이들의 인식도는 매우 떨어진다. 경호를 하는지 뭘 하는지도 잘 모르겠다. 이곳에 올 때는 꼭 인터넷 검색을 하여 비교 해보고 투어 회사를 지정 하라. 그리고 메일을 보내 협상하라! 그러면 50% 이상 디스카운트한 가격에 갈 수 있다. 사실 50% 디스카운트해도 싼 옵션이 아니다. 그러니 미리 시간을 두고 인터넷 여행 사이트 검색하고 다녀온 사람들의 후기를 참고하는 것이 바가지를 쓰지 않고 알차게 여행 하는 방법이다. 특히 이곳에는 동양 사람 중 한국, 중국인은 큰 봉이다. 봉황이 아니고 봉이다. 봉이 되어 쓰린 여행을 하지 않으려면 인터넷 검색을 자세히 하라. 어린친구들이 오히려 더 잘 하니 이들의 도움을 받으면 최상의 여행을 할 것이다. 그리고 꼭 한번 볼 가치가 충분히 있는 곳이다. 다나킬 소금용암 분출 지역은 꼭 화성에 온 것 같다. 현재도 계속 지하에서 뜨거운 물이 용암처럼 흘러나와 새로운 형형색색의 소금 형상을 만들고 있다. 그런데 지금 이 곳에 오는 여행객은 참 운이 좋다. 이들은 그 귀한 관광지를 현장에 다 들어가게 하고 만져도 문제없다. 심지어는 밟아 파손해도 아무런 제제가 없다. 현장에 들어가 앉아 사진도 찍을 수 있다. 막 생겨나는 소금 기둥과 형형색색의 동굴 종유석 같은 것을 파손해도 관여 하지 않는다. 그 보물 같은 관광자원을 현장에 걸어 들어가 직접 체험 할 수 있다. 한국 같으면 1km 밖에 철 울타리를 하여 보호 할 텐데. 이런 것은 좋은 것인지 나쁜 것인지 잘 분간이 안 간다. 소금 분출시 광물의 함유 비율에 따라 표면색이 달라진다. 마치 다른 별에 와 있는 것 같은 착각이 든다. 반드시 경험 해보라고 권장 드린다. 시미엔 국립공원도 권장 한다. 여기는 우선 장엄하다. 멀리서 보면 꼭 미국의 그랜드캐년을 온 것 같은 느낌이다. 이곳은 세계적인 보호 종인 왈리아 아이백스 (Walia. 맥주상표와 동일)를 볼 수 있고 여우도 있다. 나는 멀리서 지나가는 왈리아만 보았다. 그리고 공원 입구에 수 백 마리의 원숭이 집단이 있다. 이들은 하루 종일 풀을 뜯어 먹고 산다. 보통 차로 둘러보는데, 전문 유럽여행객들은 1주일 정도 공원 내부를 트래킹을 하기도 한다. 에티오피아에 이렇게 웅대한 자연이 있다는 것을 보여 준다. 이들에게 큰 축복이다. 다음은 곤다르지역이다. 옛 고성 있다. 강력했던 왕조시대를 보여 준다. 단지 고성 하나로 그리 오래 볼거리는 아니다. 불루나일(Blue Nile)폭포를 포함한 아바이 계곡 또한 장대한 지역으로 지나는 길에 한번 쯤 들릴 만 하다.

아디스아바바 주변관광

국립박물관은 꼭 방문토록 권장한다. 거기에 인류의 조상 루시가 있다. 에티오피아에서 인류가 시작되었다고 한다. 바로 인접하여 아디스아바바 대학 박물관이 있다. 두 군데를 같이 보면 좋다. 그리고 이곳 생활상 등 민속자료도 전시되어 있다. 그리 박물관의 수준이 좋지는 않지만 볼 가치가 있다. 다음은 은또또 산이다. 아디스아바바 시내의 북쪽에 있는 산이다. 이곳에 가면 시내가 다 보인다. 그리고 황제의 피난처와 의복 박물관, 올토독스 교회 등이 있다. 산에 올라가는 길에 전통 옷 시장이 있는데 그리 질이 좋지는 않다. 한국이나 선진국 같은 관광지로 기대 하면 좀 썰렁하다. 그다음은 아디스아바바 서쪽으로 약 1시간 거리에 있는 티야라는 석기시대 조각 군이 있다. 백 만 년 전의 인류가 만들었다는데 믿어야 할지. 그때 만든 조각으로는 탁월 해 보이는 인류 문화유산인데, 규모가 작고 큰 의미는 없다. 다음은 시내 운동장 인근에 전통가죽옷 상가가 있다. 가죽옷이 싸고 질은 보통이며, 디자인이 떨어진다. 편하게 입을 수 있는 정도 인데, 6만 원 정도이면 보통의 가죽 잠바를 살 수 있다. 그리고 중국 야채가게가 있는데, 거기에 참깨를 살 수 있으며, 다양한 과일도 있다. 다음은 전통 공연장이 많이 있다. 아비시니아 등 전통식사와 커피(분나)세리모니 그리고 전통 공연을 즐길 수 있다. 마리암 교회 등 큰 Orthodox(정교회)건물이 있는데, 한번쯤 가볼만 하다. 그리고 호텔 나이트클럽에서 술을 즐길 수 있다. 나이트클럽에는 현지 여성들도 온다. 한국식당은 3곳이 있다. 가끔 한식이 그리울 때 대장금이란 식당을 가면 그래도 한국 맛을 즐길 수 있다. 그리고 사장이 이곳에 사업한지 약 20년 되는 분으로 좋은 정보를 들을 수 있다. 여기는 삼겹살도 있고 생선도 있다. 한국식당의 소주 값은 상당히 비싸다. 차라리 양주가 더 낫다. 이곳 양주 값은 싼 편이다. 중국식을 좋아하면 시내 곳곳에 중국 식당이 많이 있다. 가끔 매운 훠궈를 즐길 수 있다. 시내 관광을 위해 한국식 택시를 흥정하면 된다. 5만 원정도 주면 하루 종일 코스에 맞추어 볼 수 있다. 선물 가게는 주로 열쇠고리 등 가죽제품을 파는데 조잡하다. 기념으로 이곳 커피 끓이는 토기주전자와 커피용 작은 컵을 사간다. 토기 주전자로 끓인 커피는 독특한 맛으로 이 커피 맛에 익숙해지면 한국 커피는 맛이 없다. 아디스아바바 시내 피아자 지역에 토모카라는 커피숍이 있다. 1953년에 문을 연 이곳은 커피도 사고, 마실 수 있는데, 유럽인들에게 관광 코스이기도 하다. 가장 오래된 커피 브랜드로 선물로 구매하기도 한다. 시내에는 호텔이 많고 서구식 식당에서 피자, 햄버거, 샌드위치, 스파게티, 포도주도 즐길 수 있다. 아디스아바바는 그래도 발전되어 있고 큰 도시이다. 여성들도 세련되어 있고 때깔이 다르다. 아디스아바바에서 남쪽으로 약 1시간 거리에 있는 소더레강도 피로 풀기는 좋다. 리조트 호텔이 같이 있는데 수영장, 식당, 바가 잘 갖추어져 있다. 특이한 온천지역인데 이곳에서 온천욕을 즐긴다. 물은 유황온천수 같은데 질이 아주 좋다. 대중목욕탕에 가서 온천을 즐길 수 있는데 낮에는 현지인들이 너무 많아 가기거북하고, 새벽이나 야간에 가면 좋다. 이곳 내륙에서 수영을 즐길 수 있는 곳이다. 그리고 비키니 입은 여성들도 많이 볼 수 있다. 그런데 좀 시커머서 눈요기 감은 아니다. 개인적으로 주말에 낚시를 즐기던 곳인데, 리조트 옆에 강이 흐른다. 황토색 물에 낚시를 하면 튼실한 메기가 잡힌다. 강가에서 라면 끓여서 양주 한잔하는 것이 휴일의 최고 호사스런 낙이었다. 일요일에 숙소에서 TV를 보거나 빌빌거리면 다음 한 주가 너무 피곤하다. 그런데 강에 나와서 재충전하면 개운하고 그나마 일주일이 편안하다. 이런 좋은 방법을 이곳에 오래사업을 하신 박동규사장님께서 추천을 해 주셨고, 특별한 바쁜 일이 없으면 한국사람 몇 명이 팀을 꾸려 쉬러갔다. 에티오피아에서 그나마 건강한 몸과 마음으로 지낼 수 있었던 이유 중에 하나가 이곳에서 재충전 하는 것이었다. 개인적으로 박 사장님께 너무 감사한 마음이다.

남쪽(사진참조)

낭가노 등 남쪽에 큰 호수가 많다. 이곳에는 배를 대절하여 호수 중간에 섬에도 갈 수 있고, 각종 철새, 하마도 볼 수 있다. 호수에서 잡은 붕어로 튀김을 해 준다. 맥주안주로 먹을 만 하다. 그런데 반드시 사전에 가격을 확실히 정하고 시켜야 한다. 중국 사람으로 간주하고 엄청 바가지를 씌운다. 리조트의 호텔도 좋은 편이다. 이런 곳에 갈 때는 미니버스(봉고형)와 현지인 운전수를 대동하고 가면 위험을 예방 할 수 있다. 에티오피아는 북쪽만 제외하고 아디스아바바를 중심으로 3면에서 커피를 재배한다. 동쪽에 하라가 있고 남쪽에 아와사, 서쪽에 짐마가 있다. 원래 커피는 코파라는 지역에서 처음 시작이 되었다고 한다. 전설 같은 얘기가 전해

져 오는데, 목동(Kaldi)이 양을 키우다가 우연히 발견했다고 한다. 양이 이 커피 열매를 먹고 원기 왕성하게 잠도 없이 정력을 과시하더라고 한다. 그래서 이 목동이 지혜로운 이 에게 전달했고, 여기서부터 커피를 마시기 시작한 기원이라고 한다. 이 커피가 예멘(고대 예멘 인이 에티오피아로 이주하였음.)을 거쳐 중동 무슬림국가로 전파되었고, 최초 코파 지역 이름을 따서 커피로 명명 하였다고 한다. 무슬림 성직자들이 기도 할 때 커피를 마시니 졸리지도 않고 영적인 수행을 하는데 도움이 되었다고 한다. 유럽의 크리스천들은 최초에는 커피를 악마의 열매라고 하여 멀리 하였다고 한다. 그러다가 그들도 마셔보니 기가 막히거든. 그래서 전 세계로 퍼진 계기가 되었다고 한다. 특히 이곳 커피는 참 향이 좋다. 아디스아바바 남쪽(350km거리)에 있는 예르가체페 근처의 커피농장을 방문한 적이 있다. 커피농장에 커피나무만 심어 놓은 게 아니고, 바나나 등 다른 나무도 같이 심어 놓았다. 다른 나무들이 태양을 가려주고 수분을 조절해 준다고 한다. 고목나무가 된 조상 커피나무가 있고, 작은 묘목 커피나무도 있었다. 커피가 익으면 체리가 한국의 앵두와 유사하다. 11,12월에 수확을 한다. 긴 수로를 통해 커피콩의 껍질을 벗기고 채반 같은 곳에 널어 말린다. 그러면 하얀 색의 커피콩이 나오고, 겉의 딱딱한 껍질을 다시 까면 그 안에 초록색 원두가 나온다. 커피를 창고에 보관할 때는 흰 껍질이 있는 채로 건조시킨 후, 꼭 한국의 벼를 보관하듯이 큰 창고에 보관을 한다. 처와 딸과 같이 커피 농장을 볼 수 있어서 아주 즐거웠다.

인접국가 여행

에티오피아를 여행하고 인접국가인 케냐로 가서 사파리를 경험할 수 있다. 또 한 코스는 마다가스카르로 행선지를 잡을 수 있다. 다음은 이집트를 잡을 수 있다. 에티오피아가 주변국을 가는 허브 역할을 하는 공항이다. 실제로 배낭여행으로 여러 나라를 여행하는 사람들이 많다. 통상 에티오피아에 10일 정도 머물고 이어서 다른 인접국으로 여행을 가면 적절 할 것 같다.

지방여행과 준비

에티오피아는 나라도 큰 나라이지만 소수부족까지 합치면 80여개가 된다. 그래서 지방 오지로 가면 언어소통도 문제가 된다. 그리고 각 부족별 대우가 동등하지 않아 분쟁이 자주 발생 한다. 지방으로 가면 조심해야 한다. 현지인 가이드를 앞세우든지 단체로 그 지역을 잘 아는 사람과 더불어 같이 가야한다. 2~3명이 안심하고 갔다가는 자칫 큰 낭패를 볼 수 있다. 그리고 지방으로 갈수록 소요나 데모가 수시로 일어나 안전을 가늠하기 어렵다. 어디서 불량배 일단이 나타나서 강도로 돌변할지 모른다. 대도시는 이런 것이 드물다. 중국인 같이 보이면 이들은 강도짓을 하려고 맘을 먹고 접근한다. 아예 변두리는 단체 관광이나 확실한 팀으로 가지 않는 이상 가지 않는 것이 좋다. 한번 당하면 크게 당한다. 그 지역이 상대적으로 중앙 정부로부터 홀대 받고 있다고 생각하면 더 외국인에게 적대적인 경우가 많다.

여행 할 때는 항상 화장지를 준비해야 한다. 화장실이 열악하며 휴지가 없기 때문이다. 장거리 버스를 타고 원거리 여행 할 때도 중간 휴게실이나 화장실은 없다. 길가에 세워두고 나무 뒤편이나 풀밭에서 대충 해결한다. 그런데 한쪽은 여자들이 볼일보고, 다른 쪽에서는 남자들이 볼일 본다. 여자들도 별 수치심이 없어 보인다. 대충 까고 볼일 본다. 주유소의 화장실이 있는데, 열악하고 당연히 휴지는 없다. 그리고 호텔이라고는 하지만 시설이 열악하다. 수건, 비누, 치약 등 개인 도구를 가져가는 것이 필요하다. 심지어는 모기약(향)도 가져가는 것이 좋다. 잠 자다보면 모기 때문에 잠을 설친다. 일급 호텔이라도 모기가 있고, 시설도 열악하다. 지역에 따라 화장실에 물이 안 나오는 경우도 있고, 전기가 나갈 때도 있다. 어렵게 시간 내서 여행 갔는데 실망하는 경우가 있으니 유의하기 바란다. 참고로 매 겨울마다 저자의 가족(딸 포함)이 이곳에 여행을 와서 약 1달간씩 머물다 갔다. 겨울이라도 이곳은 따듯하니 한국에서 지내기보다 좋다. 그리고 이곳은 아직도 자연그대로 보존되어 있는 곳이 많다. 특히 북쪽지역은 볼 곳이 많다. 가족이 방문 할 때마다 4박5일 여행계획을 잡아 돌아보았다. 인생에서 또 다른 의미가 되었다. 한국 사람이 에티오피아 방문할 기회도 자주 없을뿐더러 색다른 에티오피아를 보기는 더욱더 어렵다. 평생기억에 남을 것이다.

제 9 장

·

마무리

계약종료

에티오피아에서 근무가 종료되었다. 옛말에 "떠날 때는 말없이"라는 말이 있다. 그래서나도 조용히 떠나려고 출발 하루 전 까지도 일체 현지 직원들에게 알리지 않았다. 그리고 당일도 최대한 조용히 사무실 들어가서 "근무 잘 하라"고 하고 간단히 악수만 하고 나왔다. 알리지 않아도 일부 직원은 나의 출발을 알 수 있었을 것이다. 업무를 인계하고 열쇠 등을 반납했으니까. 그러나 대부분의 현지 직원들은 하루 전까지도 몰랐다. 그래서 조용히 깨끗하게 출발 하려고 맘먹었다. 그리고 아디스아바바 본부 사무실에 들러 인사하고 나오는데 현지 한글통역 여직원 2명이 갑자기 밖에를 다녀오더니 포장을 내 밀었다. 지금까지 자기들에게 잘해주어 너무 감사하다며 가죽가방 선물을 사온 것이다. 이들에게는 거금의 돈 일 터인데. 아예 본부사무실은 알리지도 않았는데, 이들도 내가 가는 날 알았다면서 급히 선물을 준비 한 것이다. 이들 모두 아주 머리가 좋고 근무자세가 우수한 직원들이다. 3년간 현지인들에게 선물을 받아 본적이 없고, 아예 받는다는 생각도 없었다. 이들은 얼어먹어 버릇만 했기 때문에, 한국인에게 선물을 준다는 것은 상상을 못 했다. 나도 너무 뜻밖이어서 깜짝 놀랐다. 너희들은 내가 간다고 얘기도 안했는데 어찌 이런 것을 선물로 준비 했니? 하니까 "그동안 너무 고마웠다"고 하면서 다정히 포옹까지 해준다. 둘이 돈을 분담해서 마련했다고 한다. 순간 울컥 한다. 마치 10년 전에 아프가니스탄 동의부대장으로서 철수 할 때 현지 가드들이 작은 선물을 준비 해 줄때가 기억난다. 그래도 미운 정 고운정이 들었나? 내가 그리도 골치 아파했던 현지 직원들 사이에도 일부 이런 직원이 있구나 생각하니 새삼 감회가 새롭다. 그래도 근무한 보람이 있구나 하는 생각이 든다. 한국에 오자마자 감사 메시지와 더불어 한국 특산품을 이들에게 보냈다.

인계

한국회사 계약이 종료 되면 후임자가 오고 한동안 같이 근무한 다음 업무 인수인계를 한다. 그런데 후임자나 회사의 태도가 중요하다. 현재 근무자는 업무에 대하여 많은 노하우와 지식이 있다. 공식 서류로 전달하는 것보다 보이지 않는 흐름을 구두로 설명하는 것이 더 중요 하다. 그런데 회사가 임무종료 하는 사람을 무시하면, 이 중요한 노하우를 전달 받지 못한다. 공식서류만 전달 받는 것이다. 전임자는 아쉬울 것이 없다. 이런 노하우를 못 받는다는 것은 회사로서는 엄청난 손해다. 오랫동안 시행착오를 거쳐 최선의 방법을 찾아서 적응된 것이다. 이런 중요한 정보를 전달 해 주지 못한다. 가는 사람이 뭐가 답답하다고 귀찮게 세밀히 전달하겠는가? 회사가 가는 사람 서운하게 하고, 더구나 후임자가 태도가 되지 않았다면, 당연히 귀중한 know How는 폐기 될 것이다. 이런 것을 회사는 잘 이해해야 한다. 실무자들이 처리하는 하나하나가 돈으로 따질 수 없는 귀중한 Know How이다. 우선 가는 사람은 모든 것을 털고 간다. 그런데 마지막으로 회사가 예우를 해 주지 않으면, 절대로 소중한 비법을 전수 해 주지 않는다. 나도 이런 경험을 하였다. 후임자는 하나라도 전임자로부터 세부적으로 받아 내려면 신중하게 요청하고, 겸손하게 받아내려고 노력해야 한다. 그런데 이번의 경우는 두 가지가 다 맞지 않는다. 그래서 공식적인 서류만 전달 해 주었다. 서류외의 중요한 사안에 대하여 전혀 중요성을 인식하지 못하고, 들으려고도 하지 않고, 자기 고정된 생각으로 받아들인다. 그런 상황이면 귀한 정보를 알려주고 싶은 생각이 없다. 경험 많고, 잘났다고 생각하는 사람에게 자세히 소중한 정보를 알려줄 이유가 뭐가 있는가? 간절히 요청하고 성실한 태도를 보이고 공손히 받으려 해도 줄 똥 말똥 인데. 참 아둔하다. 아마도 오랜 기간 엄청난 시행착오를 거칠 것이다. 고생하고 금전적으로 손해를 본 후에야 이해 할 것이다. 전임자가 가기 전까지 최대한 소중한 엑기스 Know How를 뽑을 생각을 안 한다는 것이 불가사의 하다. 특히나 아프리카에 나와서 사업을 하는 기업은 아주 색다른 현장 업무 노하우가 많다. 이런 것을 아예 생각지도 않으니. 나 참! 어이가 없다. 더구나 떠나는 사람에게 예의가 없고 선방지게 보이면, 미쳤냐? 그런 상황에서 소중한 엑기스를 제공하게. 아마도 자기 나름대로 경험으로 잘 해보라고 내버려 둔다. 각각의 산업마다 특색이 있고 직책마다 특색이 있는데, 과거의 경험만으로 카버 한다고 자신한다. 속으로 웃음이 나온다.

사직(辭職)

해외 한국회사에서 사직 할 때는 살벌하다. 가차 없다. 그대로 마무리 하고 나가면 된다. 아예 정이고 나발이고 없다. 오버타임수당이고 뭐고 없이 그대로 나가라고한다. 그동안 근무한 정이고 뭐고 그런 것도 없다. 그런 살벌한곳이 해외 한국회사이다. 그래서 받을 것 받고 정리할 것은 미리 문서로 잘 정리 해 두어야 한다. 그렇지 않으면 낭패 본다. 내가 근무하던 한국 회사도 같다. 매일 오버타임 몇 시간씩하고, 공휴일과 일요일에 근무 했음에도 한국인의 특성상 회사가 잘되면 챙겨 주겠지 하고, 아무 문서 증거를 남기지 않았다. 그랬더니 그런 근거 있냐는 것이다. 할 말 없다. 그래서 내 경우는 현지직원 출근기록 과거 것을 전부정리 하여 제출 하였다. 겨우 일부만 인정받았다. 그것도 큰 선심 쓰듯이. 이런 것이 해외 회사이다. 그래서 개인의 신상에 관련 된 것은 반드시 기록을 남기고 정확히 결재를 받아 두어야 한다. 그저 인정상 회사를 위해 충성하고 열심히 일하면 회사가 알아서 챙겨주겠지 하는 것은 참으로 순진한 생각 이다. 이곳에 나온 교민도 그렇고, 회사도 그렇고, 한국 같지 않다. 끝날 때는 무 자르듯이 잘라 버린다. 그러니 개인의 신상에 필요한 것은 자신이 잘 챙겨 두었다가 반드시 근거 자료를 내고 보상을 받아야 한다. 안 그러면 그야 말로 봉사 활동 열심히 해준 꼴이 된다. 그 봉사도 사전에 작정하고 해주면 아무 이상 없다. 그런 것도 모르고 혹사당하다가 나중에 보니 몸만 상한 것을 알았을 때는 매우 허탈하다. 한국 사람은 정에 끌려서 일을 하는 경향이 있기 때문에 회사의 급한 일이나 중요한 일이 있으면 죽을 똥 살 똥 모르고 일을 한다. 그래서 정상적인 회사라면 적절한 보상과 위로 말이라도 해 준다. 그런 게 없고 걸레 짜듯이 짜기만 하면 나중에 학을 띄게 된다. "내가 왜 이런 회사에 그토록 충성을 하였는가?" 하고 회의를 느끼게 된다. 나와 같은 이런 상황을 많은 한국 직원이 해외 공장에서 이미 겪었다. 그런데도 이런 일들이 계속해서 반복이 된다. 반드시 법대로 근무하고 그대로 원칙대로 처리 하는 것이 좋다. 정, 충성심, 애국심, 한국 사람간의 친밀감, 말짱 도루묵이다. 개인적인 사례로 일요일, 현지 공휴일도 없이 회사에 충성 하며 근무 하였다. 그리고 아침 7시부터 11시간씩 근무와 대기를 했다. 당연히 회사발전을 위해 해야 하는 줄로 만 알고 하였다. 이역만리 동부 아프리카 까지 와서 혹사당하고 몸까지 약해져 갈 필요는 없다. 그건 스스로 바보짓 하는 것이다. 자료를 근거로 회사에서 정당한 대우를 해 주지 않을 때 해결 하여야 한다. 해외서 그것도 아프리카 까지 와서 사업하는 리더가 보통 사람이겠는가? 특별하지 않으면 아프리카 와서 사업하여 돈을 벌수 있겠는가? 어떤 측면에서는 대단한 사람이 아니고서는 이곳에서 살아남을 수 없음이다. 살벌하고 인정사정없다. 그러니 자신의 권리는 자신이 알아서 챙기기 바란다!

석별

그동안 정이 들어서 일까? 계약기간을 마치고 귀국한다고 하니 설렁하다. 시기적으로, 이곳 우기는 거의 매일 밤비가 온다. 비가 오면 공기가 매우 서늘해진다. 그리도 지겹던 에티오피아 생활, 넌더리나던 그 생활이 끝나 가니 오히려 홀가분하고 왠지 을 씨년스럽기 까지 하다. 비가 내리는 탓도 있으리라. 이상히도 식욕이 한번 떨어지니 회복이 되지 않는다. 그리고 체중은 계속 준다. 무릎관절까지 아파 온다. 그래서 하루는 아디스아바바 한국식당 (대장금)가서 부드러운 소갈비를 먹었다. 그랬더니 무릎관절 아프던 것이 가신다. 허 참 이상도 하이. 그럼 그동안 관절이 아팠던 것이 단지 영양 부족이었던 것인가? 그럴 가능성도 있어 보인다. 왜냐 하면, 입맛이 없다보니 거의 매일 국에다 밥 조급 말아먹는 것이 전부이다. 어떨 때는 고추장에 참기름을 비벼 먹기도 한다. 이상히 육식이 땅기지 않는다. 그리고 현지 조리사가 한식을 제대로 못 한다. 맛이 없어 자연적으로 잘 먹지를 못한다. 얼굴의 광대

뼈가 들어나고 가슴에는 갈비가 하늘거린다. 그러니 하루 빨리 귀국하는 것이 맞다. 더 있다가는 포로수용소 죄수같이 될 수도 있을 것이다. 그런데도 막상 간다고 하니 마음이 서운하다. 어떤 이유일까? 우선 첫 직장 정년퇴직하고 제2의 직장으로 아프리카 후진국에 직장으로 와 있다가 돌아가는데, 내 스스로가 그리 썩 만족을 못했다는 것이다. 큰 기대와 설래임으로 왔는데, 거의 상처뿐인 영광만 남은 것 같은 자괴감 때문이리라. 특히 한국 회사는 스스로 회사가 조기 정착하도록 최선을 다 했음에도 회사는 인정하지도 않는다. 단지 계약기간 됐으니 사직하라는 것이다. 너무도 허탈한 상황이다. 체력이 고갈되는 등 내 일신상 문제로 더 근무하라고 하여도 반드시 귀국해야 할 상황이다. 그러나 회사에서 이런 혹사를 전혀 인정 해 주지 않는다는 것이 더 없이 서운하다. 이런 회사에 뭣 땜에 충성을 하고 성심을 다해서 일했는가? 아쉬움이 있다. 한국인이 하는 회사가 아프리카에서 번듯하게 조기에 정착하고, 이익을 창출 하고, 외국회사의 표준이 되도록 정성을 다 하였지만 돌아오는 것은 싸늘한 대우이다. 그런 감정들이 더해서 에티오피아 떠날 시점에 더욱더 맘이 가라앉는 것 같다. 서늘한 우기 날씨와 더불어. 어쨌거나 여기도 내 인생에서 중요한 한 부분을 차지한다. 옛 말에 남자는 군대생활 3년, 여자는 시집살이 3년이라고 했다. 난 인생 60줄에 아프리카 살이 3년을 더 했다. 그러니 남자가 반드시 해야 할 3년 단위 기간을 두 번을 한 것으로 스스로 위안을 한다. 그게 어디 보통 남자가 할 수 있는 일이던가? 남들은 한번뿐이 못하는 인생의 가장 힘든 기간을 두 번씩이나 했는데. 스스로 이것이라도 위안을 삼아야지!

귀국 후

많이 피곤하다. 우선 내가 처음 아프리카 에티오피아에 갈 때보다 몸무게가 약 10kg 빠졌다. 귀국 직전에는 몸에 힘이 없다는 것을 느꼈다. 우선 스트레스가 많고 식사가 아무래도 부실하여 제대로 먹을 수 없는 환경이기 때문이다. 스트레스가 많으니 자연히 입맛이 없어진다. 그래서 주로 과일을 많이 먹었다. 귀국하여 1주일은 거의 잠 만 잤다. 낮에 자고 밤에 자고, 먹고 자고, 자고 먹고. 한 1주일 지나니 조금씩 체력이 회복 되는 것 같다. 아마도 아프리카 여독이 다 풀리려면 1~2개월은 더 지나야 될 것이다. 아무리 급여가 좋다고 한들 아프리카서 장기간 근무하는 것은 한계가 있다. 그리고 본인의 육체적 정신적 상황과 해외생활 적응도 등을 따져서 거기에 맞게 근무 하여야 한다. 6개월도 못 버티고 돌아오는 경우도 꽤 있다. 중간에 질병이 발생하여 포기하는 경우도 있다. 나의 경우 최초 3년을 계획하고 갔고, 또한 내 육체적인 한계가 온 것 같아 자동적으로 3년 종료 후 귀국을 결심하게 된 것이다. 더 있다가는 몸에 탈이 난다. 무엇보다 스트레스 관리를 잘 해야 한다. 그렇지 않으면 중도에 다 하차 한다. 내가 있던 직장장도 다수의 직원이 12개월 내에 포기하고 귀국 하였다. 어떤 젊은 친구는 1주 만에 바로 귀국하기도 했다. 연령대가 60이 가까워 진 사람들은 더욱더 건강에 유의해야 한다. 체력이 언제나 청춘이 아니기 때문이다. 2년 정도 된 다른 직원들도 건강의 이상을 호소한다. 누구나 연령별 신체 상황은 유사하다. 그걸 과신하고 근무 하다가는 큰일을 당 할 수도 있다. 자신과 주변 환경을 잘 확인 해 보아야 한다. 이역만리 그곳까지 가서 건강까지 잃으면 너무 억울한 일 아닌가? 그래도 내가 최초 목표한 3년을 대과(大過)없이 근무할 수 있어서 회사의 직장동료들과 한국교민들께도 감사의 말씀을 드린다. 최초계획한대로 에티오피아에서 내 인생의 아주 특별한 의미로 근무 할 수 있어서 큰 영광으로 생각한다. 특히 에티오피아 전문가로서 개인적으로 많은 정보를 제공해 주시고, 도와주시고, 자문을 해 주신 박동규 사장님께 심심한 감사를 드린다. 무사히 귀국 한 것에 대해 온 가족들(정숙, 형진, 연주)에게도 감사의 말을 전한다. 대한민국 국민으로서 자부심을 느끼면서, 국가에도 감사한 마음이다. 위대한 대한민국! 우리나라 좋은 나라.

커피, 태양, 전설의 땅 에티오피아

—

펴낸날   2019년 10월 25일 초판 1쇄
지은이   김승기
이메일   skk8300@naver.com

펴낸곳   킹 포레스트
펴낸이   김병원
전화   010-5206-7113
이메일   bwhyu1090@naver.com
제작   대양문화인쇄사

ISBN   979-11-968364-0-5 (03810)